GABRIELE DIECHLER

Lavendelträume

Roman

INSEL VERLAG

4. Auflage 2019

Erste Auflage 2018
insel taschenbuch 4650
Originalausgabe
© Insel Verlag Berlin 2018
Alle Rechte vorbehalten, insbesondere das der
Übersetzung, des öffentlichen Vortrags sowie der Übertragung
durch Rundfunk und Fernsehen, auch einzelner Teile.
Kein Teil des Werkes darf in irgendeiner Form
(durch Fotografie, Mikrofilm oder andere Verfahren)
ohne schriftliche Genehmigung des Verlages reproduziert
oder unter Verwendung elektronischer Systeme verarbeitet,
vervielfältigt oder verbreitet werden.
Vertrieb durch den Suhrkamp Taschenbuch Verlag
Umschlag: zero-media.net, München
Umschlagfoto: FinePic®, München
Satz: Satz-Offizin Hümmer GmbH, Waldbüttelbrunn
Druck: CPI – Ebner & Spiegel, Ulm
Printed in Germany
ISBN 978-3-458-36350-7

Familienbande

FAMILIE IST DIE ERSTE LIEBE IM LEBEN EINES JEDEN MENSCHEN!

1. KAPITEL

»… *wurden uns mit beiliegendem Schreiben die Daten Ihrer Mutter, Barbara Bent, bekanntgegeben* …«, Julia blätterte zur Kopie, überprüfte die Daten und überflog die ersten beiden Absätze, »… *nach dem Ableben Ihrer Mutter bitten wir Sie, sich schnellstmöglich mit uns in Verbindung zu setzen, damit wir in Ihrem Sinne tätig werden können* …«

Julias Blick schweifte ab in Richtung Fenster. Draußen mischten sich vereinzelte Schneeflocken in das Grau des Himmels. Beim Aufstehen heute Morgen hatte die Sonne durch die Wolken geblitzt; ein Wintertag wie viele andere. Doch dieser Brief machte ihr klar, dass nichts war wie sonst. Julia zwang sich, ihren Blick von dem eintönigen Grau draußen abzuwenden. In diesem Moment läutete die Türglocke. Aus dem Hausflur ertönte Stevie Wonders Mundharmonika, dann Dionne Warwicks markante Stimme: »And I never thought I'd feel this way …«

Julia erkannte den Song auf Anhieb. Immer wenn sie ihn hörte, fühlte sie sich, als ob sie von jemandem, den sie liebte, umarmt wurde. »Keep smiling, keep shining, knowing you can always count on me, for sure. That's what friends are for.«

Der Briefbogen fiel ihr aus der Hand und landete auf den Zeichnungen neben ihrem Frühstücksteller. Mit wenigen Schritten war Julia an der Tür und öffnete sie. Vor ihr stand Maren, ihre Freundin und Geschäftspartnerin. Sie hielt ihr Smartphone, aus dem die Musik erklang, in der linken Hand und eine Fotomontage in der rechten. Auf dem Schwarzweißfoto war eine Hollywoodschönheit in eleganter Hochzeitsrobe abgebildet, deren Kopf durch Julias ersetzt worden war.

Gerührt trat Julia zur Seite. Kaum war Maren in den Flur getreten, ergriff sie Julias Hände. »Darf ich bitten?« Maren bugsierte Julia tanzend an den Zeitungen vorbei, die sich auf dem Teppich stapelten, um später entsorgt zu werden, und drehte ihre Freundin schwungvoll im Kreis, dann führte sie sie ins Wohnzimmer. Julia war von dem Song wie beflügelt. Jeder Gedanke verflüchtigte sich.

Leichtfüßig schwebten die beiden Frauen über den Teppich und sangen mit: »… For good times and bad times.«

Bei der letzten Strophe löste Maren sich von Julia und ließ sich lachend auf einen Stuhl fallen. Sie strich sich eine Haarsträhne aus dem Gesicht. Julia, der vom Tanzen warm geworden war, öffnete das Küchenfenster. Auf dem Dachfirst spazierten Tauben gurrend auf und ab, und von gegenüber winkte ihr die Nachbarin zu.

»Den Song hab ich eine Ewigkeit nicht mehr gehört.« Julia hatte gerötete Wangen, als sie sich zu Maren umdrehte.

»Eigentlich wäre es ein Tag für Mutter und Tochter, aber nun ist es einer für uns«, versprach Maren. Julia musterte die glückliche Braut auf dem Foto, das Maren mitgebracht hatte.

»Die Fotomontage ist dir gelungen.« Sie lachte gelöst. Beim Weitersprechen änderte sich ihre Tonlage jedoch und mit einem Mal klang sie verzagt. »Nur hab ich leider keine Zeit, Hochzeitskleider anzuprobieren … nicht so kurz vor Weihnachten.« Maren ließ sich von Julia Tee einschenken. Sie trank einen Schluck und tippte dann mit dem Finger auf das Foto. »Keine Ausreden.« Sie klang, als würde sie sich nicht abweisen lassen – nicht schon wieder. »Niemand verlangt von dir, gleich beim ersten Anlauf ein Brautkleid zu kaufen, dich umzuschauen wäre allerdings ein Fortschritt. Und der Blumenschmuck und das Make-up erledigen sich auch nicht von selbst.«

»Du hast ja recht«, räumte Julia zerknirscht ein. »Es ist unverzeihlich, dass ich dich deshalb bereits zweimal vertröstet habe.« Manchmal hatte Julia das Gefühl, Maren zweifle an ihrer Entscheidung, heiraten zu wollen. »Es gibt so viel zu tun in letzter Zeit. Manchmal weiß ich nicht, wo mir der Kopf steht. Und dann noch die Hochzeit …«

Maren griff nach Julias Hand und sah sie eindringlich an: »Beruflich haben wir beide uns schon immer ins Zeug gelegt, Julia, aber denk jetzt mal an dich, an dein Privatleben.«

In den letzten Monaten hatte Julia fast ununterbrochen gearbeitet. Doch niemand, nicht mal Maren, wusste, dass es da noch ein Projekt gab, das sie bisher verschwiegen hatte. Sie wollte abwarten, bis sie damit fertig war. Marens gute Laune und ihr Enthusiasmus waren ansteckend.

»Okay! Sobald du deinen Tee getrunken hast, starten wir zur ersten Brautkleid-Runde.«

Maren atmete erleichtert auf.

»Und am Abend gehen wir in den Ivory Club. Als Wiedergutmachung«, versprach sie.

Julia war nicht so selbstbewusst, wie sie klang, doch im letzten halben Jahr hatte sie gelernt, Gedanken an Furcht und Zweifel nicht überhandnehmen zu lassen. Vielleicht würde sie das Anwaltsschreiben bei einem gemütlichen Essen mit Maren für ein paar Stunden vergessen können.

Sie trat an ihre Arbeitsecke, um das Schreiben fürs Erste dort abzulegen. Doch als sie vor ihrem Laptop stand, zögerte sie und kehrte zum Frühstückstisch zurück.

Maren sah sie fragend an: »Gibt's noch was?«

Julia blickte auf den Brief in ihrer Hand. Ihre Anspannung war geradezu greifbar. »Kannst du mal einen Blick darauf werfen?«

Maren streckte ihre Hand nach dem Brief aus, den Julia nur zögerlich losließ. Konzentriert begann sie zu lesen und bemerkte kaum, dass Julia hinter sie getreten war, um Absatz für Absatz mitzuverfolgen. Als sie mit dem Text durch war, blickte sie Julia verwundert an: »Na, das sind vielleicht Neuigkeiten.«

Julia zuckte unmerklich mit den Schultern und sprach aus, was ihr durch den Kopf ging, seit sie das Kuvert geöffnet und die ersten Zeilen gelesen hatte. »Sieht so aus, als käme ich nicht drum herum, nach Paris zu fliegen.« Der Zorn, den sie wegen des Schreibens empfunden hatte, war mit einem Mal erloschen. In den vergangenen Monaten hatte sie eine wichtige Entscheidung aufgeschoben, um Ruhe zu finden. Doch irgendwann muss man sich den Tatsachen stellen.

2. KAPITEL

Ein halbes Jahr zuvor

Der Wind, der die letzten Tage um die Häuser gefegt war, hatte merklich nachgelassen. Zielstrebig trat Julia aus dem Haus und ging auf ihren silberfarbenen Golf am Straßenrand zu. Um kurz vor fünf – wenn die Straßen noch fast menschenleer waren – erschien ihr Frankfurt wie ein Dorf.

»Fünf ist selbst für dich früh.« Eine Stimme ließ Julia zusammenfahren. Erschrocken drehte sie sich um.

»Maren!«

Ihre Freundin stand im dumpfen Licht einer Straßenlaterne und blickte zu ihr herüber. Im Jogginganzug und ungeschminkt sah sie aus, als käme sie geradewegs aus dem Bett. »Was treibst du in aller Herrgottsfrühe hier auf der Straße?«

Von der Schulzeit abgesehen, die Julia und Maren zum Teil gemeinsam verbracht hatten, konnte Julia sich nicht daran erinnern, Maren je vor neun Uhr morgens zu Gesicht bekommen zu haben. Gewöhnlich arbeitete sie abends länger und las dann bis tief in die Nacht oder sah sich Filme an. Wenn morgens um sieben der Wecker klingelte, gab es nichts Schöneres für sie, als sich noch mal im Bett umzudrehen und weiterzuschlafen.

»Dasselbe könnte ich dich fragen.« Maren war näher gekommen und küsste Julia auf beide Wangen. »Du siehst aus, als hättest du die halbe Nacht kein Auge zugetan.«

Julia ersparte sich eine Antwort. Maren wusste auch so, dass ihr seit dem Tod ihrer Mutter alles Mögliche durch den Kopf ging – vor allem nachts. »Also, wenn du mich fragst, ist es höchste Zeit, diese verdammte Rüstung abzulegen, mit der du neuerdings durchs Leben gehst. Ich weiß, die hast du dir zugelegt, um in einer Welt, in der man Menschen verlieren kann, bestehen zu können. Ich bin mir nur nicht sicher, ob sie ihren Zweck erfüllt.«

Marens Worte sorgten schlagartig für Ernüchterung bei Julia. Die Freundin hatte ins Schwarze getroffen. Egal, was sie tat, um sich besser zu fühlen, es gelang ihr einfach nicht, zu ihrem alten Leben zurückzufinden, zu dem Leben, das sie gehabt hatte, als ihre Mutter noch lebte.

Julia sah in Marens Gesicht und wusste, dass auch die Freundin etwas bedrückte.

»Die Immobilie in der Franz-Rücker-Allee«, entfuhr es beiden Frauen wie aus einem Mund. Sie lächelten, weil es nicht das erste Mal war, dass sie zur selben Zeit dasselbe dachten und es auch aussprachen. Julia wusste, dass der Verkauf der Gründerzeitvilla einen enormen Imagegewinn für Marens Firma bedeuten würde.

»Lenk nicht ab, Julia. Wir reden jetzt nicht über meinen Job, sondern über dich ... willst du tatsächlich mitten in der Nacht abhauen?«

»Meine Güte, Maren!« Julia stellte ihre Reisetasche ab, in die sie alles gepackt hatte, was sie für eine Woche Südfrankreich brauchte. »Das klingt, als wäre ich auf der Flucht.«

»So sieht es für Frank auch aus. Er hat mich gestern nach unserem Treffen noch angerufen und gefragt, ob ich glaube, dass du tatsächlich fahren wirst.«

»Bist du deswegen hergekommen?« Julia sah, wie Maren ein Gähnen unterdrückte.

»Ich weiß, Frank hat in letzter Zeit nicht immer die richtigen Worte gefunden. Er ist verletzt, Julia, trotzdem versucht er, stark für dich zu sein. Warum wartest du also nicht, bis er dich nach Frankreich begleiten kann?«

Julia wandte den Blick ab. »Es würde dauern, bis er Urlaub bekäme, und in der Zwischenzeit würde er mir die Reise ausreden. Das will ich nicht.«

Julia hatte Frank im letzten Jahr in einem Bistro kennengelernt. Sie hatten beide an der Theke auf ihre Drinks gewartet und waren ins Gespräch gekommen. Zwei Tage später rief er an, um sie ins Deutsche Architekturmuseum auszuführen, wo ein Event stattfand. Frank war attraktiv, mit blonden, gewollt zerstrubbelt aussehenden Haaren, die einen interessanten Kontrast zu dem Anzug bildeten, den er an jenem

Abend trug. Und er war charmant. Julia hatte begeistert zugesagt.

»Weißt du noch, wie aufgeregt du mich angerufen hast, nachdem du Frank kennengelernt hattest? Wie angetan du warst, weil er sich gemerkt hatte, wofür du dich interessierst, und wie viele Gemeinsamkeiten ihr entdeckt habt. Endlich ein Mann, der nicht nur klasse aussieht, sondern auch aufmerksam ist, hast du gesagt.«

Wehmut packte Julia. Die Intensität ihrer Gefühle hatte sie damals völlig überrascht. »Natürlich weiß ich das noch … als wäre es gestern gewesen. Es schien, als würde uns kaum etwas voneinander unterscheiden. Schon verrückt!«

»Diese Erinnerungen solltest du nicht verdrängen, nur weil das Leben dir gerade eine Menge abverlangt!« Maren konnte ihre Zunge kaum im Zaum halten. »Du musst um dein Glück kämpfen, Julia. Gib nicht auf, hörst du. Und davon abgesehen, denk auch mal an mich.« Nun grinste sie verschmitzt. »Woran kann ich denn noch glauben, wenn ihr beide, du und Frank, es nicht hinbekommt?«

»Ach Maren!« Julia war gerührt. Sie war so sehr mit ihren eigenen Gedanken beschäftigt gewesen, dass ihr darüber entgangen war, wie sehr Maren mit ihr fühlte. »Manchmal kommt es mir vor, als wäre die Zeit vor dem Unfall komplett aus meinem Gehirn gelöscht. Du hast schon recht, das darf ich nicht zulassen.«

Es war noch nicht lange her, da hatte Julia *ein Leben* gehabt. Ihre Familie, Frank, eine Handvoll Freunde und ihre Arbeit hatten ihr jeden Tag das Gefühl gegeben, ein sinnerfülltes, glückliches Leben zu führen. Bis ihre Mutter bei einem Autounfall ums Leben gekommen war.

Nach der Beerdigung verließ Julia kaum noch ihre Wohnung. Ein schleichender Prozess, der rasch zur Gewohnheit wurde, weil ihn anfangs niemand ernst nahm – vor allem Julia selbst nicht. Auch zu Hause war die Stimmung meist gedrückt.

»Ich verstehe, dass jeder anders mit Trauer umgeht«, hatte Frank Julia eines Tages aufzurütteln versucht. »Manche weinen nächtelang, bis sie genug davon haben, einige machen eine Gesprächstherapie, wieder andere melden sich zum Yoga oder zum Boxen an. Verstehst du, sie *machen* etwas, Julia!«

»Soll das heißen, du glaubst, ich packe das Leben nicht mehr an?«

»Nenn es, wie du willst. Jedenfalls kannst du dich nicht für den Rest deines Lebens zu Hause verkriechen. Weißt du überhaupt noch, wer du bist? Ich kannte mal eine Frau, deren Träume nie groß genug sein konnten, die immer für das Leben war, nie dagegen.«

Julia war weit davon entfernt, an ihr voriges Leben anzuknüpfen. Da war diese bleierne Müdigkeit, die eher ihren Kopf als ihren Körper betraf und die sich wie eine dunkle Wolke auf sie legte und verhinderte, dass sie wieder Tritt fasste.

»Hast du schon mal daran gedacht, dass ich dein Verhalten auch als Verweigerung mir gegenüber ansehen könnte? Es ist nicht nur *deine* Trauer, *dein* Leben, sondern auch unseres ... es ist auch meins!« Frank hatte gekränkt geklungen, sogar aufgebracht.

»Und wie geht's jetzt weiter?«

Julia tauchte aus ihren Gedanken auf und sah Maren mit großen Augen an. »Das Wichtigste ist jetzt für mich, herauszufinden, was hinter dieser Karte steckt, die ich in dem Päckchen mit der Parfümschachtel gefunden habe.« Maren sah Julia zweifelnd an.

»Es sieht dir gar nicht ähnlich, deswegen gleich in den Wagen zu steigen, um nach Frankreich zu fahren. Du behältst doch sonst in jeder Situation einen kühlen Kopf. Der Hitzkopf von uns beiden bin ich.« Marens Augen waren vor Müdigkeit zusammengekniffen.

»Manchmal ändern sich Dinge, vielleicht nicht für immer, aber zumindest phasenweise«, sagte Julia. Sie bemühte sich, Maren zu erklären, in welche Richtung ihre Gedanken gingen. »In letzter Zeit werde ich das ungute Gefühl nicht los, meine Mutter gar nicht richtig gekannt zu haben. Warum mietet sie ein Postfach, lässt sich ihr Lieblingsparfüm dorthin schicken und sagt niemandem etwas davon?« Julia wartete nicht auf Marens Antwort. »Das tut man nur, wenn man irgendetwas unter allen Umständen für sich behalten möchte.«

Maren nickte. »Kann schon sein«, gab sie halbherzig zu. »Aber musst du deshalb gleich das Schlimmste annehmen?«

»Ich weiß noch nicht mal, was das Schlimmste ist, Maren. Aber ich habe vor, Antworten zu finden. Soweit ich zurückdenken kann, war meine Mutter nie in dem Dorf in der Provence, in dem der Parfümeur Antoine Lefort lebt und arbeitet. Vermutlich erfahre ich durch ihn, was sie dazu bewogen hat, diesen Aufwand mit dem Postfach zu betreiben. Irgendetwas muss sie ja mit diesem Mann verbinden ...« In letzter Zeit fiel es Julia zunehmend schwer, Gefühle zuzulassen. Dass sie jetzt endlich darüber sprach, was sie so lange mit sich herumgetragen hatte, erleichterte Maren.

»Mir ist klar, dass seit dem Unfall deiner Mutter nichts mehr ist wie vorher.«

15

Julia nickte mehrmals. »Das macht mir Angst, Maren. Fürchterliche Angst.« Ihre Stimme war belegt. »Fragen zu stellen ist das Einzige, was mir geblieben ist. Wenn ich das nicht tue, werde ich verrückt.«

»Ich weiß, Julia, ich bekomme es jeden Tag mit. Frag, was du dich fragen musst, aber bitte hör auf, dich für den Tod deiner Mutter verantwortlich zu fühlen.«

Als Maren die Ratlosigkeit in Julias Gesicht sah, lenkte sie ein. »Verzeih! Es redet sich leicht, wenn man das nicht selbst erleben musste. Wenn es dir hilft, deine Energie auf diese Karte und deren mysteriöse Geschichte zu lenken, dann tu es.«

Julia nickte, erleichtert, dass Maren ihr nun gut zuredete. »Ich versuche vor allem zu verstehen, warum Ma in letzter Zeit so …«, sie brach ab, fand kein passendes Wort für ihr Empfinden und drückte es simpel aus, »… so *anders* war.«

Am Abend zuvor hatte Julia Frank in seinem Stammlokal überrascht. »Kneif mich mal einer, ich trau meinen Augen nicht.« Frank war aufgesprungen und mit einem strahlenden Lächeln auf sie zugekommen. Julia spürte seinen Kuss auf ihren Lippen, sah, wie Frank ihr galant den Stuhl zurechtrückte und seinen beiden Freunden ein Zeichen gab, woraufhin sich diese zurückzogen.

Nachdem der Kellner ihr einen alkoholfreien Cocktail serviert hatte, ließ Julia einen Moment verstreichen. »Ich bin hergekommen, um dir etwas zu erzählen, Frank.«

»Nur zu, du hast meine ungeteilte Aufmerksamkeit«, erwiderte Frank mit hoffnungsvollem Blick.

»Ich habe vor, in den nächsten Tagen nach Südfrankreich zu fahren.«

Franks Blick wurde immer verschlossener, je länger er Julia zuhörte. »Du willst dich in Südfrankreich mit einem Parfümeur treffen, um herauszufinden, was diesen Mann und deine Mutter verbunden hat«, fasste er das Wichtigste zusammen. »Falls es überhaupt eine Verbindung gab.« Er klang skeptisch.

Ein Gefühl des Unbehagens stieg in Julia auf. »Ja, Frank, das möchte ich. Und nicht nur das. Ich glaube, ich brauche ein paar Tage allein, um Antworten auf meine Fragen über meine Mutter zu finden. Roquefort-les-Pins ist ein entzückendes Dorf in der Nähe von Grasse. Vielleicht können wir nächstes Jahr gemeinsam hinfahren, dann kenne ich mich dort schon aus.« Julia hatte es zuversichtlich klingen lassen, allerdings vermieden, Frank in die Augen zu sehen.

»Roquefort-les-Pins«, wiederholte er mit stoischer Miene, »hab ich noch nie gehört.« Er presste die Lippen aufeinander, was er oft tat, wenn ihm etwas nicht gefiel. Dann ließ er seinen Überlegungen freien Lauf. »Warum hast du nicht früher mit mir darüber gesprochen? Ein paar Tage Urlaub zu zweit wären nicht das Schlechteste momentan.« Grübelnd nippte er an seinem Bier und hoffte, sie würde ihm die Enttäuschung anmerken und vielleicht ihre Pläne ändern.

»Die Reise ist nicht als Urlaub gedacht, Frank. Davon abgesehen kannst du nicht einfach so aus Frankfurt weg. Unverheiratet, keine Kinder, der Letzte in der Reihe derer, die frei bekommen.«

Frank war Versicherungsmathematiker, durch und durch verlässlich, ein Stratege. Dass Julias Argument bezüglich seines Anrechts auf Urlaub Hand und Fuß hatte, machte es nicht besser. Seit dem Unfall war auch er dünnhäutig geworden.

»Trotzdem«, sagte er unnachgiebig. »Mir ist nicht wohl

bei dem Gedanken, dich alleine so weit fahren zu lassen. Abgesehen davon bin ich mir nicht sicher, ob es dir guttut, in Erinnerungen an deine Mutter zu schwelgen.«

»Es geht vor allem um die Karte, die ich in der Box mit Mas Lieblingsparfüm gefunden habe. Im Postfach, von dem niemand wusste … zumindest ich nicht.« Julia hatte die Karte Frank gegenüber nur einmal erwähnt.

»Ich erinnere mich daran«, entgegnete Frank. Er schien nicht zu verstehen, worauf sie anspielte.

»Die Sache lässt mir keine Ruhe.«

Frank hob fragend die Augenbrauen. Eine steile Falte entstand auf seiner Stirn. »Du sagtest, die Karte enthalte eine Liebesbotschaft und sei versehentlich in das Paket gelegt worden, oder etwa nicht?«

»Dessen bin ich mir eben nicht mehr sicher!«

»Und wenn schon. Deshalb fährt niemand tausend Kilometer oder mehr in irgendein südfranzösisches Kaff. Ruf den Parfümeur an oder skype mit ihm, wenn du ihm unbedingt in die Augen sehen möchtest. Die Karte hat nichts zu bedeuten … eine Liebesbotschaft von einem Fremden, das sähe deiner Mutter gar nicht ähnlich. Irrtümer solcher Art kommen vor.« Julia glaubte, Franks Gedanken lesen zu können. *Weshalb bist du so rastlos und unsortiert? Das Gegenteil der Frau, in die ich mich verliebt habe.*

»Dass meine Mutter etwas verheimlicht haben könnte, macht mich stutzig, Frank. Warum sonst hätte sie ein Postfach gemietet? Ein Anruf reicht bei weitem nicht aus, um Licht in dieses Dunkel zu bringen. Es geht hier auch um mich, darum, wie ich weiterleben kann.«

Tags zuvor hatte sie ihm noch einmal zu beschreiben versucht, wie sie sich seit dem Unfall ihrer Mutter fühlte. Wie jemand, der ohne Fallschirm aus einem Flugzeug gestoßen wurde und ins Bodenlose fällt.

»Das klingt furchtbar, aber es geht irgendwann vorüber, Julia. Du musst nach vorne schauen. Lass doch zu, dass ich dir dabei helfe.« Er hatte ihr gut zuzureden versucht, doch Julia wusste nicht, wie man das machte: nach vorne schauen. Was bekäme sie zu sehen? Dieselbe Schuld, dieselbe Tragödie. Das, was sie fühlte. Seit Wochen versuchte sie krampfhaft, ihre Gedanken beiseitezuschieben, doch es funktionierte nicht. Jeden Tag kamen sie wieder, um sie zu quälen.

Maren war gegen dreiundzwanzig Uhr zu ihnen gestoßen, hatte ein Glas Weißwein bestellt und sich in das Gespräch eingeklinkt. »Julia muss ihren Kopf freibekommen, Abstand gewinnen. Die Reise bietet ihr die Möglichkeit dazu.« Sie hatte nicht ganz überzeugt geklungen; umso heftiger hatte Julia ihr beigepflichtet, in der Hoffnung, das Thema damit abschließen zu können.

Maren und sie hatten gemeinsam Abitur gemacht, sich dann aber aus den Augen verloren. Bis sie sich in einem Club zufällig wieder über den Weg gelaufen waren. Seit kurzem arbeiteten sie sogar zusammen. Julia fertigte Zeichnungen für Maren an, die als Immobilienmaklerin tätig war; eine Arbeit, die überdurchschnittlich gut bezahlt wurde, sobald eine Immobilie verkauft wurde.

»Ein abgeschlossenes Grafikdesignstudium ist für mehr zu gebrauchen als nur dafür, gutes Geld zu verdienen«, gab Frank manchmal zu bedenken. Er wollte Julia motivieren, nach einigen beruflichen Umwegen an ihrem ursprünglichen Plan, als Illustratorin zu arbeiten, festzuhalten. Doch sie verschob diesen Plan immer wieder, weil ihr die Zusammenarbeit mit

Maren Spaß machte und weil sie es als befriedigend empfand, mit ihr gemeinsam etwas auf die Beine zu stellen. Insgeheim war sie stolz auf das, was sie bisher geleistet hatten.

»Woran denkst du?« Marens fragender Blick holte Julia
zurück ins Hier und Jetzt. Sie hatte sich in ihrer Rückschau
verloren und Marens Anwesenheit fast vergessen.

»Ach ... bloß an gestern. An Franks Enttäuschung darüber,
nicht mitkommen zu können. Und daran, was wir beide beruflich schon gemeistert haben.«

»Frank wird's überleben.«

Etwas in Marens Tonfall ließ Julia aufhorchen. »Was ist
los? Gibt's Neuigkeiten bezüglich der Franz-Rücker-Allee,
irgendwas, das du mir noch nicht erzählt hast?«

»Leider ja«, vertraute Maren Julia an. Seit Tagen dachte sie
nur noch an ihr aktuelles Immobilienprojekt. »Ist ziemlich
vertrackt, das Ganze. Jedenfalls ist gestern durchgesickert,
dass es zwei Mitbewerber gibt. Kurz Immobilien und Brei-
tenberg & Liebig. Wenn die an einer Immobilie dran sind, bei-
ßen sie sich fest wie wild gewordene Hunde.«

»Beides schwere Kaliber auf dem Immobilienmarkt.« Julia
ahnte, wie es in Maren aussah. Mitbewerber konnten einem
das Leben schwermachen.

Doch Maren hatte sich offenbar bereits wieder gesammelt.
Ihr Gesichtsausdruck verriet, dass sie nicht gewillt war, sich
ins Abseits drängen zu lassen. Die *Franz-Rücker-Allee* war eine
Gründerzeitvilla in bester Lage, allerdings mit strengen Auf-
lagen des Denkmalschutzamtes. Julia wusste, dass es trotz
aller Bedingungen ein Riesenerfolg wäre, wenn Maren den
Vertragsabschluss schaffte.

»Womit wir jetzt punkten müssen, sind optimale Lösungen für den Innenbereich. Ich weiß, Julia, die gestalterischen Möglichkeiten sind aufgrund des schwierigen Grundrisses beschränkt … trotzdem dürfen potenzielle Kunden auf etwas Besonderes hoffen, das nur wir ihnen bieten.« Julia nickte Maren schließlich zu.

»Wir werden unser Konzept in alle Richtungen optimieren, unser Bestes geben … und noch ein bisschen mehr …«

Maren gab sich kämpferisch, aber Julia registrierte die Müdigkeit in den Augen der Freundin. Maren sah erschöpft aus. Doch sie gab bestimmt nicht auf.

»Die einzigartige Lage der Immobilie ist ein Pluspunkt für alle Makler, meiner Meinung nach entscheidet jedoch das Gesamtkonzept über den Verkauf. Worum es in weiterer Folge geht, ist eine Symbiose von Innen und Außen. Eine durchgehende Linie, nichts Abgehobenes oder Hypermodernes, ganz im Gegenteil, und alles von höchster Qualität. Maren, ich habe da schon ein paar Ideen. Wir kriegen das hin – du und ich!« Julia wollte ihrer Freundin Mut zusprechen, und tatsächlich atmete Maren auf. Was Berufliches anging, konnte sie sich hundertprozentig auf Julia verlassen. Seit sie Julias Zeichnungen zu jedem ihrer Immobilienprojekte beisteuerte, hatten ihre Angebote eine persönliche Note. Die Kunden schlugen die Pläne auf und fanden sich in einer Geschichte wieder, die Julia »erzählte«. Sie sahen, wie das Leben in der Immobilie aussehen könnte. Das war in der Branche keine Selbstverständlichkeit. Und für Julia war es praktisch, von überall aus arbeiten zu können. Alles was sie brauchte, waren Millimeterpapier, Stifte, Scanner und Laptop.

»Okay, ich lass dich jetzt fahren. Halt mich auf dem Laufenden, was deine Zeichnungen für die Franz-Rücker-Allee anbelangt, und natürlich auch über die Karte des Parfümeurs.

Und ruf Frank regelmäßig an, sonst steht er ständig bei mir auf der Matte. Du weißt ja, Verliebte und Verrückte handeln manchmal irrational.«

»Wird gemacht«, beteuerte Julia. Sie lachten, und für einen kurzen Moment herrschte wieder diese vertraute Leichtigkeit zwischen ihnen.

Julia schloss ihre Freundin in die Arme und ließ sie eine Weile nicht los. »Danke, dass du für mich da bist, Maren«, murmelte sie. Seit je mochte sie Marens Warmherzigkeit, ihre Wangenküsse beim Begrüßen und Verabschieden; früher hatte sie sich daran erfreut, sie zu erwidern, doch nun drang keine Wärme mehr zu ihr durch. Es war, als stecke sie mitten im Sommer im Winter fest, ohne etwas dagegen tun zu können.

An der Ampel stellte Julia das Radio an. Sogleich drang die sonore Stimme des Sprechers an ihr Ohr. »Wegen eines Unfalls auf der A8 ist die Strecke zwischen Aichelberg und Merklingen auf der Höhe Drackensteiner Hang für mehrere Stunden gesperrt.« Konzentriert verfolgte Julia den Verkehrsfunk.

Die Ampel sprang auf Grün. Während sie beschleunigte, sah sie sich wieder den Gang des Würzburger Krankenhauses entlanglaufen, in das ihre Mutter nach dem Autounfall eingeliefert worden war. Damals hatte sie versucht, jeden belastenden Gedanken an schwere Verletzungen zu verscheuchen. *Optimistisch bleiben!*, hatte sie sich wie ein Mantra vorgesprochen. Immer wieder diese beiden Worte: *Bleib optimistisch!* Als der Arzt kam und sich mit müdem Blick an sie wandte, ahnte sie bereits die bittere Wahrheit. »Sie haben meine Mutter nicht retten können.« Der Satz war ihr entwichen, bevor sie ihn hatte zurückhalten können.

22

»Wir haben unser Möglichstes getan.« Unverstanden rauschten seine Worte an Julia vorbei, und in ihr zerbrach etwas in tausend Stücke.

Seit jenem Tag raubte ihr das Gefühl, eine Mitschuld am Tod ihrer Mutter zu haben, jede Kraft. Anfangs hatte sie sich wie eine Ertrinkende an die Trauer in den Gesichtern fremder Hinterbliebener geklammert, wenn sie das Grab besuchte. Andere hatten ebenfalls einen geliebten Menschen verloren. Diese Tatsache ließ Julias Schmerz für kurze Zeit verblassen, ließ sie eine von vielen sein, die Schweres durchmachten. Doch viel zu schnell kamen die Leere und die Kraftlosigkeit zurück, gegen die sie nichts ausrichten konnte. Sie erwachte jeden Morgen mit diesem Gefühl und legte sich jeden Abend damit schlafen.

Frank hatte ihr bald nach der Beerdigung Bücher zur Trauerbewältigung mitgebracht, um ihr zu helfen, das Geschehene zu verarbeiten. Doch die Wochen vergingen, ohne dass es Julia besser ging, und so hatte er sie eines Nachts, als sie wieder einmal nicht schlafen konnte, ernsthaft ins Gebet genommen.

»Tatsache ist, es war die Entscheidung deiner Mutter, dich aus dem Auto anzurufen, obwohl sie keine Freisprechanlage hatte. Dein Vater und du, ihr habt sie mehrmals ermahnt, während der Fahrt nicht zu telefonieren. Es klingt nicht schön, aber ihr Handeln war leichtsinnig, Julia. Du trägst keine Verantwortung dafür.« Julia hatte sich nach Mitgefühl gesehnt, nicht nach einer Erklärung. Das Fatale am Unfall war, dass zwei Dinge zusammenkamen – die Nachlässigkeit ihrer Mutter und ihre eigene.

»Wenn ich Mas Pullover pünktlich zurückgegeben hätte, hätte die fehlende Freisprechanlage keine Rolle gespielt, weil

Ma mich nicht hätte anrufen müssen. Sie könnte vielleicht noch leben, Frank ...«

»Vielleicht, eventuell, hätte sein können ... diese Überlegungen helfen niemandem, Julia. Unglück und Enttäuschung lassen sich manchmal nicht vermeiden. Versuche weiterzuleben, das hätte auch deine Mutter gewollt.« Frank hatte recht, jeder musste dem Lauf des Lebens folgen, so oder so. Trotzdem halfen seine Worte Julia nicht weiter. Sie glaubte nicht, dass er sich das Ausmaß ihrer Schuld tatsächlich bewusst machen konnte, und zog sich immer mehr in ihr Schneckenhaus zurück.

Wochen nach der Beerdigung gab Julias Vater die Kleidung seiner Frau weg, weil ihn der Anblick beim Öffnen des Schranks bedrückte. Wenig später fand Julia in der hintersten Ecke eines Fachs im Schrank ihrer Mutter den Schlüssel zu einem Postfach. Ihr Vater hatte ihn beim Ausräumen offenbar übersehen. Im Postfach befand sich eine Schachtel mit dem Lieblingsparfüm ihrer Mutter, ›La Vie‹, und obenauf eine Karte. Die Nachricht bestand aus wenigen Worten.

Mon cœur!
Je t'aimerai jusqu'à la fin de ma vie!
A.

»*Mein Herz! Ich werde dich lieben, solange ich lebe! A.*« Julias erster Gedanke war, dass es sich um ein Versehen handeln müsse. Doch bald kamen ihr Zweifel. Was, wenn die Karte nicht irrtümlich in der Schachtel gelandet war? Hatte der Parfümeur über die Jahre eine Vorliebe für ihre Mutter entwickelt? Vielleicht hatte er sich in ihre Stimme verliebt, als sie ihn angerufen hatte, um das Parfüm zu bestellen? Parfümeure waren vermutlich Menschen mit großer Vorstellungskraft, schon von Berufs wegen. Julia fand jedoch keine plausible Erklärung für das geheime Postfach: Was wollte ihre Mutter verbergen?

Tags darauf kam ihr die Idee zu einer spontanen Reise nach Südfrankreich. Vielleicht würde es ihr helfen, dem Leben ihrer Mutter – posthum – nachzuspüren.

Lautes Hupen riss Julia aus ihren Überlegungen. Sogar auf der linken Spur der A5 herrschte dichter Verkehr. Eine Kolonne Autos schlich hinter einem Wohnmobil her, dessen Fahrer versuchte, einen Skoda zu überholen. Während Julia hinter der Autoschlange herfuhr, suchte sie einen Sender mit Musik, die ihr gefiel. Eine Weile ging es zügig voran, doch nach den Nachrichten gab der Moderator einen fünfzehn Kilometer langen Stau aufgrund von Bauarbeiten durch. Der Verkehr stockte erneut, und Julia hielt an einer Raststätte, um einen Kaffee zu trinken und sich die Beine zu vertreten. Obwohl keine Ferienzeit war, wimmelte es von Autos und Menschen. Während Julia ihren Kaffee trank, nahm sie sich vor, so lange zu fahren, wie sie sich dazu in der Lage fühlte. Sie fuhr bis zum frühen Abend durch und checkte dann in einem Hotel ein, das neben einer Tankstelle an der Autobahn lag. Das konzentrierte Fahren hatte sie ermüdet, trotzdem rief sie Frank an und sprach lange mit ihm.

Vor dem Einschlafen holte sie erneut die Karte des Parfümeurs aus ihrer Handtasche. Antoine Leforts Schrift war rechtslastig, die Buchstaben waren schwungvoll ausgeführt. Einmal mehr versuchte Julia, sich den Mann hinter den Buchstaben vorzustellen. Auf seiner Homepage gab es kein Foto von ihm. Er war der große Unbekannte – nicht nur, was sein Aussehen anbelangte.

3. KAPITEL

Einige Wochen zuvor

Antoine Lefort öffnete die Flügeltür in der Küche und blickte in die hügelige Landschaft. Weit und breit sah man nur gelbe Blüten. »Als hätte jemand eimerweise gelbe Farbe über Südfrankreich ausgeleert«, murmelte er versonnen vor sich hin.

Der intensiv süße Duft der Mimosen, deren Blüten sich mit den ersten Sonnenstrahlen geöffnet hatten, ließ Antoine augenblicklich vergessen, dass er heute nur schwer auf die Beine gekommen war. Am Abend zuvor hatte er mit seinem Sohn Nicolas eine Flasche 2010er Saint Romain geleert, um auf dessen unerwarteten Besuch anzustoßen. Meist reichten zwei Gläser Rotwein aus, dass Antoine schlecht schlief. Doch für einen entspannten Abend mit Nicolas nahm er eine halb durchwachte Nacht in Kauf.

Antoine ging zum Spülbecken und füllte den Wasserkessel, um Kaffee zu kochen. Er schob ein Blech mit zwei Baguettes in den Ofen und spürte, wie das Gefühl des Unwohlseins allmählich verschwand.

Auf dem Kiesweg neben der Terrasse hüpfte ein Spatz fröhlich auf und ab. Der Vogel und die Mimosenblüte ließen Antoine an seine Kindheit zurückdenken.

Es war sein sechster Geburtstag. Draußen lag der Tau noch schwer auf den Blättern. Die Wiese war nass. Antoine spürte die Kälte zwischen den Zehen, als er in der Dämmerung barfuß zum Teich rannte und plötzlich unter der Linde einen verletzten Vogel erspähte. So schnell er konnte, sprintete er zurück zum Haus, hinein in die Küche, wo Maman, auch sie früher als sonst auf den Beinen, seine Geburtstagstorte mit einer Sechs aus Marzipan verzierte. »Maman … komm schnell!«, verlangte er eindringlich. Hand in Hand rannten sie durch den Garten. »Hast du vergessen, dass heute jemand Geburtstag feiert? Die Torte … ich muss sie fertig machen. Wo willst du denn mit mir hin?«

Mamans Lachen flog durch den Garten, bis hinunter zum Teich. Dort sah sie den verletzten Vogel. Mit betrübtem Blick bückte sie sich zu dem Tier hinunter. »Er wird nach dir picken, wenn du ihm zu nah kommst. Ein verletztes Tier ist unberechenbar.« Antoine glaubte einen Vorwurf in Mamans Stimme zu hören. Wusste sie etwa, dass er sich die Gelegenheit, den Vogel anzufassen, nicht entgehen lassen wollte? Seit er letzten Herbst im Zirkus gewesen war, hatten ihn die Bilder von dressierten Tieren und deren Zutraulichkeit nicht mehr losgelassen. Die erwartungsvolle Vorfreude, die ihn erfüllte, seit er den Vogel im Garten entdeckt und sich wie ein Zirkusdirektor gefühlt hatte, wich einem Gefühl des Ertapptseins und der Beschämung. Er lief bis zu den Ohren rot an und ließ von seinem Plan ab, dem Tier aufgrund seiner Verletzung näher kommen zu können. Stattdessen stellte er je eine Schale mit Wasser und Sonnenblumenkernen vor den Vogel und ließ sich von Maman für seine Hilfsbereitschaft loben.

Während sie zurück in die Küche eilte, um die Torte zur schönsten, die sie je gemacht hatte, werden zu lassen, hockte er sich ins Gras, um den Vogel still zu beobachten. Die Kälte des Morgentaus kroch ihm die Beine hoch, doch er spürte sie kaum. Er dachte an seine Freunde, an ihr Prahlen über ihre Haustiere, daran, dass ihm ein Tier bisher verwehrt geblieben war. Doch so niedlich Hunde, Katzen und Streifenhörnchen auch waren, niemand besaß einen wilden Vogel. Wenn er es geschickt anstellte, würde er Maman später vielleicht davon überzeugen können, den Vogel mit in sein Zimmer nehmen zu dürfen, um ihn gesund zu pflegen. Alles, was er brauchte, waren ein Käfig und etwas Geduld, damit der Vogel gesund würde. Und einen Namen. »Oscar, so heißt du ab jetzt. Hörst du!?«, sprach er zu dem Vogel, als könne der ihn verstehen. Mamans striktes Verbot und der spitze Schnabel des Vogels, der es angeblich auf ihn abgesehen hatte, waren vergessen. Antoine streckte seine Hand vorsichtig nach dem verletzten Tier aus und schaffte es, sie sachte auf dessen kleinen Körper zu legen. Er spürte das seidenweiche Gefieder, das unter seinen Fingern leicht nachgab. »Oscar!«, raunte er leise. Fühlte er tatsächlich das Pochen des kleinen Herzens unter seiner Hand? Auch sein Herz schlug viel zu schnell. Der Vogel tat ihm nichts, sondern sah ihn nur an. Spürte er, dass er es gut mit ihm meinte? Ja, das musste es sein. Der Vogel und er, sie waren jetzt Freunde und gehörten zusammen. Vergessen waren der Käfig und die Nachbarskinder mit ihren Haustieren. Antoine wünschte sich mit einem Mal nichts sehnlicher, als Oscar wie durch Zauberei heilen zu können, um ihm die Weite des Himmels, die Freiheit zurückzugeben. Wäre das nicht so, als hätte er ihm ein zweites Leben geschenkt, als hätte der Vogel, wie er, heute Geburtstag?

Am nächsten Morgen war Oscar tot.

Antoine fühlte bittere Tränen in sich aufsteigen, als er den kleinen steifen Körper im Garten liegen sah. Wehrlos und allein. Überwältigt von Reue und Zorn, weil er dem Drang, Oscar anzufassen, nachgegeben hatte und jetzt annahm, dieser Umstand sei für dessen Tod verantwortlich, begann er, sich auf die Hände zu schlagen, so lange, bis sie rot waren und wie Feuer brannten.

Am Tag darauf öffneten sich wie durch ein Wunder die Mimosen. In den Gärten, auf den Feldwegen und den Hügeln sah Antoine gelbe Blüten. Der Geruch setzte sich in ihm fest und weckte Empfindungen, von deren Existenz er bisher nichts gewusst hatte. Er schnupperte an jeder Blüte, an der er vorbeikam, drückte seine Nase tief ins Gelb, schloss betört die Augen, vergaß Oscar und fühlte, wie die schwere Süße seinen Körper erfüllte. Riechen war spannender als Verstecken spielen. Es ließ ihn alles andere vergessen.

Mit dem Blütenmeer kamen die Feste. In den Straßen roch es nach gebratenem Fleisch und Fisch, eingelegtem Käse und Süßigkeiten. Ob jung oder alt, jeder hieß die Mimosenblüte willkommen, wie ein lange vermisstes Familienmitglied. Antoine kostete von Eiern in Mayonnaise und leckte sich die klebrigen Finger nach dem Verzehr von Pistazien-Macarons ab. Immer wieder roch er an den Mimosen. Riechen war für ihn wie Verliebtsein in das schönste Mädchen weit und breit.

Die Uhr piepste und holte Antoine zurück in die Gegenwart. Der Vogel draußen flog davon, und mit ihm verging die Erinnerung an jenes Jahr, in dem der Duft der Mimosen ihm das Wunder des Riechens geschenkt hatte. Hastig zog Antoine das Blech mit den heißen Baguettes aus dem Ofen und stellte den Wasserkessel, den er auf der Arbeitsfläche vergessen hatte, auf die Herdplatte. Zum Schluss riss er einen Zettel vom Block, der an der Wand hing.

Bonjour, Nicolas!, begann er in seiner markanten Schrift. *Im Kühlschrank findest Du Brie de Meaux und Obst vom Markt.*

Frisches Baguette und Croissants sind auch da. Lass es Dir schmecken ... und komm gut mit dem Malen voran. Apropos Arbeit, was meinen Duft anbelangt, tüftle ich jeden Tag weiter daran herum. Das kann ich sagen, mehr allerdings nicht.

À bientôt, Papa!

Antoine legte die Nachricht unter die Teekanne und riss ein Stück Baguette ab. Jetzt noch eine Tasse Kaffee, dann wäre der Start in den Tag perfekt. Er nahm Butter und Erdbeermarmelade, die seine Haushälterin Camille eingekocht hatte, aus dem Kühlschrank. Doch als er alles auf den Tisch stellte, holte ihn das ungute Gefühl vom Abend zuvor ein, das wie eine dunkle Wolke über ihm geschwebt war und sich erst später, kurz vorm Zubettgehen, aufgelöst hatte.

Nicolas hatte gekocht, wie an jedem ersten Abend seiner Besuche.

Antoine liebte seine Gerichte, doch leider bot sich ihm nur selten die Gelegenheit, sie zu probieren. Bereits in der Küche kostete er aus dem Topf.

»Und? Für gut befunden?«, fragte Nicolas.

Antoine verdrehte die Augen und nickte: »Du verstehst es, selbst aus den einfachsten Zutaten ein köstliches Gericht zu zaubern. Vielleicht hättest du Koch werden sollen?« Er lachte und Nicolas stimmte ein.

»Die Lust daran habe ich von Maman, wie du weißt«, er beugte sich zu seinem Vater vor, »wenn ich nachts manchmal wach liege und an sie denke, weißt du, worum sie mich dann bittet?« Antoine schüttelte den Kopf. »Dir etwas Gutes zu kochen, damit du dich an sie erinnerst und sie nicht zu einem Bild auf deinem Nachttisch werden lässt.« Antoine wedelte sich mit der Hand Luft zu, es war heiß in der Küche.

»Aber wenn du mich fragst, ist die Gefahr gering.« Nicolas zwinkerte seinem Vater zu.

Bei jedem gemeinsamen Essen schlossen sie Marguerite auf irgendeine Weise mit ein. Manchmal, indem Nicolas eins ihrer Leibgerichte zubereitete, etwa eine Zwiebel-Käse-Quiche, ein anderes Mal, indem er einen besonderen Moment in Marguerites und Antoines Leben durch eine Geschichte lebendig werden ließ oder sich etwas ausdachte, so wie jetzt. Es war ein liebgewonnenes Ritual. Erst danach begannen sie, über alles Mögliche zu plaudern.

Nicolas griff nach der Salatschüssel, mischte das Dressing unter und verteilte den Salat auf zwei Teller. Sie nahmen am Tisch Platz und begannen zu essen.

»Apropos Partnerschaft, Nico. Wie steht es eigentlich zwischen Véronique und dir?«

Nicolas hielt inne. Sein Gesicht verdunkelte sich. »Das Kapitel ist abgeschlossen«, er klang bedrückt.

»Du hast kaum je über euch gesprochen«, hakte Antoine nach. »Ich will dir keineswegs zu nahe treten. Wenn du es also für dich behalten willst …«

Nicolas hob beschwichtigend die Hände. »Nein, nein, schon gut.« Er kreuzte die Arme vor der Brust und lehnte sich zurück. »Es gibt keinen Grund zur Verschwiegenheit. Leider ist das Ende dieser Geschichte kein gutes.« Er sammelte sich und fing an zu erzählen. »Véronique und ich hatten anfangs eine wundervolle Zeit miteinander. Uns verband die Liebe zur Kunst und zum Theater, wir kochten sogar füreinander.« Er lächelte bei der Erinnerung, ein linkisches Lächeln, das ihn wie einen kleinen Jungen aussehen ließ. »Véronique ist eine lausige Köchin, allerdings mit dem Vorteil, dass sie über ihre Missgeschicke scherzt. Sie ist ein Mensch, der die Dinge leichtnimmt.« Nicolas klang versonnen, als er die Vergangenheit heraufbeschwor. »Es lief, wie gesagt, gut zwischen uns … bis ich erfuhr, dass diese Leichtigkeit auch eine Schattenseite hat. Sie traf sich weiterhin mit ihrem Ex-Freund Jean-Louis. Regelmäßig!«

Antoine, der mit Appetit gegessen hatte, begann zu husten. »Entschuldige.« Er trank mehrere Schlucke Wasser, räusperte sich und wischte sich mit der Serviette über den Mund. »Scheint eine komplizierte Situation zu sein.« Er wusste, wie Nicolas sich gefühlt haben musste. Wusste es genau.

»Das kannst du laut sagen.« Nicolas fuhr mit dem Finger den Rand seines Wasserglases entlang. »Als ich sie darauf ansprach, brach sie in Tränen aus. Sie habe es kommen sehen, dass sie sich nicht zwischen uns entscheiden könne, und um mich nicht zu belasten, habe sie mir erzählt, die Beziehung zu Jean-Louis sei beendet.«

Antoine hatte schon mit so etwas gerechnet. »Es ist nicht immer einfach, ehrlich zu sein. Wir alle machen Fehler.«

Nicolas sah an Antoine vorbei in die Dämmerung, bemerkte nicht dessen hastige Bewegung, als er sich die Serviette auf dem Schoß zurechtzog. »Glaub mir, Papa. Wir haben unzählige Gespräche geführt und versucht, vernünftig mit der Situation umzugehen.« Ernüchtert sah er seinen Vater an. »Und weißt du was …? Vielleicht hätte ich es weiterlaufen lassen, wenn ich nicht an Maman und dich hätte denken müssen. Ehrlichkeit und Vertrauen, die Basis eurer Ehe. Damit habt ihr die Latte ziemlich hoch gelegt.« Er schwieg einen Moment. »Vermutlich will ich es so hinkriegen wie du und Maman.« Nicolas wirkte mit einem Mal entschlossen. »Nein! Mit Véronique und mir ist es endgültig vorbei. Ich möchte mit keiner Frau zusammen sein, die mir nicht die Wahrheit sagt.«

Obwohl der Lammeintopf vorzüglich schmeckte, war Antoine schlagartig der Appetit vergangen. »Und wie läuft es beruflich?«, schnitt er ein anderes Thema an.

»Fast täglich flattern Einladungen für Kunstmessen herein und über neue Aufträge kann ich nicht klagen. Zeig mir den Maler, den das nicht freut.« Antoine liebte es, Neuigkeiten aus Paris zu erfahren. Vor allem solche, die mit Nicolas' Beruf zu tun hatten. Doch noch nie kam es ihm so gelegen, das Gespräch auf Nicolas' Arbeit zu lenken, wie jetzt, wo sein Geheimnis ihn ernsthaft in Gefahr brachte, sein Schweigen zu brechen.

»Dein Galerist hofft vermutlich darauf, dass du Aufträge demnächst über Nacht erledigst. Allein um den Hype um deine Person auszunutzen.« Nicolas trank einen Schluck Rotwein.

»Allerdings!« Er griff nach der Karaffe, um Wasser nachzugießen. »Manchmal wünschte ich mir, ich wäre ein Heinzelmännchen, wie in dem Märchen, das Maman mir früher vorgelesen hat. Leider bin ich nur ein gewöhnlicher Mensch mit zwei Händen und einem Kopf.«

»Höchste Zeit, dir eine Pause zu gönnen, Nico. Bleib, solange du magst.«

»Danke, Papa. Ich bleibe gern. Die letzten Tage hatte ich nur noch den Wunsch, die Stadt gegen das Landleben einzutauschen. Durchatmen … bevor ich mich wieder der Hektik des Kunstmarkts ergebe!« Er zögerte kurz. »Ich habe fünf großformatige Bilder bis Ende des Jahres zugesagt. Trotzdem werde ich mir morgen freinehmen, um mich ganz auf das Landleben einzustimmen.«

»Wenn ich du wäre, würde ich den Rummel um mich auch nicht mögen«, bekräftigte Antoine. »Wir sind beide Menschen, denen es um die Sache geht, nicht um den Ruhm oder darum, was die Öffentlichkeit von uns denkt.«

Nicolas trank sein Wasserglas leer und warf nachdenklich ein: »Leider gehört der Wirbel um meine Person nun mal dazu.«

»Kürzlich habe ich einen Artikel über dich gelesen, in dem es um das Rangeln um deine Bilder ging. Das Ganze hat inzwischen wohl seltsame Ausmaße angenommen.«

»Ich weiß! Ich komme mir manchmal wie ein Topmodel vor. Fotos hier, Interviews da, Instagram, Twitter, Snapchat, keine Ahnung, was als Nächstes kommt ….«

Antoine griff nach Nicolas' Hand und drückte sie fest, um ihn seine Freude über dessen Entschluss, nach Hause zu kommen, spüren zu lassen.

Nach dem Hauptgang holte Nicolas eine Schüssel Obstsalat mit Sonnenblumenkernen und Baiser aus der Küche. Sie plauderten weiter über die Neuigkeiten im Dorf und das Leben in Paris, währenddessen leerten sie die Flasche Rotwein. Erst nach Mitternacht räumte Nicolas das Geschirr in den Geschirrspüler, wischte die Arbeitsflächen sauber und ging in sein Zimmer, um sich seit langem endlich wieder einmal auszuschlafen.

Kurz vor halb sechs hörte Antoine leise die Tür im Erdgeschoss ins Schloss fallen. Draußen zog die Helligkeit des Tages auf. Er hatte bereits damit gerechnet, dass Nicolas seine guten Vorsätze über Nacht in den Wind schießen und sich schon im Morgengrauen auf den Weg zur Scheune machen würde. Vor zwei Jahren hatte er dort große Fenster einbauen lassen, nun kam reichlich Tageslicht in den vier Meter hohen Raum. Seitdem zog Nicolas sich, wenn er hier war, regelmäßig dorthin zurück, um zu arbeiten. Vorräte an Leinwänden und Farben gab es genügend.

Lange war Antoine selbstverständlich davon ausgegangen,

34

dass Nicolas in seine Fußstapfen treten würde. Doch nach seiner Ausbildung zum Parfümeur hatte Nicolas eines Tages aus heiterem Himmel angekündigt, nach Paris ziehen zu wollen, um sich als Maler zu versuchen.

»Ich habe es immerhin probiert. Ist ja nicht so, als würde es mir keinen Spaß machen, mit Parfüms zu arbeiten«, hatte er gesagt.

Antoine war außer sich gewesen. »Du hast ein außergewöhnliches Talent, Nico, das kannst du nicht einfach so aufgeben.« Von einigen Kollegen abgesehen, die sich ebenfalls nicht von großen Konzernen hatten einwickeln lassen, war Nicolas der Einzige, mit dem er auf Augenhöhe über Düfte sprechen konnte.

»Tut mir leid, dass ich dich enttäusche, aber ich muss das tun, was meiner Meinung nach das Richtige für mich ist«, hatte Nicolas nur erwidert.

Antoine hatte jahrelang mit Nicolas' Entschluss gehadert. Daran konnten auch die Versuche seiner Frau, ihn zu besänftigen, nichts ändern. Marguerite hatte mehr Verständnis für den Berufswunsch ihres Sohnes, sie konnte selbst recht gut zeichnen. Doch seit ihrem Tod hatte Antoine nur noch Nicolas.

Eines Morgens, einige Monate nach Marguerites Tod, ertappte er sich beim Schreiben. Nachdem er alles Wichtige notiert hatte, legte er den Zettel unter die Teekanne in der Küche. Tagsüber malte er sich aus, was Nicolas zu seinen Gedanken sagen würde. In seinem Kopf entspann sich ein Dialog, der ihn beflügelte.

Als Nicolas das nächste Mal in Roquefort-les-Pins war, wies Antoine ihn auf die Nachrichten unter der Teekanne hin. Nicolas las jeden Zettel aufmerksam, neugierig darauf, was seinem Vater durch den Kopf ging. Meist berichtete Antoine

in seinen Nachrichten von den kleinen und großen Zufällig-
keiten, die ihn zu neuen Duftkreationen inspirierten. Oft
schrieb er von der Liebe zu dem, was er tat, und da auch Nicolas seinen Beruf liebte, teilten sie ähnliche Gedanken.

Mit der Zeit wurde das Schreiben für Antoine zu einer
liebgewordenen Gewohnheit. Und jedes Mal schenkte ihm
der Anblick seiner Nachricht unter der Teekanne einige Sekunden des Glücks. Dabei wusste er, dass er einer Illusion
erlag. Das Gefühl von Nicolas' Anwesenheit war bloße Ein-
bildung, und doch machte sie die Einsamkeit, unter der er
litt, weniger bedrückend.

4. KAPITEL

Am nächsten Tag funkelte das ultramarinblaue Meer verfüh-
rerisch in der Sonne, eine weite glitzernde Fläche.

Bereits am Morgen, als Julia das Hotel verließ, war ihr der
Tag ungewöhnlich klar vorgekommen, und je später es wurde, umso mehr stachen die Farben hervor: Smaragdgrün, tiefes Rot, strahlendes Weiß und leuchtendes Gelb.

Der Verkehr hielt sich in Grenzen, es ging zügig voran. Julia genoss die Fahrt. Während sie aus dem Fenster sah, glaubte
sie die kitzelnden Sonnenstrahlen auf der Haut zu spüren.
Sie fuhr von der Autobahn ab und folgte der Landstraße
Richtung Mougins. Die Villen und Landhäuser links und
rechts des Weges und in den Hügeln sahen wie verstreute
Schmuckstücke aus. Eindrucksvolle Häuser mit Swimming-
pools, Landhäuser in Pastellfarben, dazwischen Steinhäuser

mit alten Holztüren und Blumentrögen neben dem Eingang. Julia summte ein Lied von Gilbert Bécaud, als sie den Ortseingang von Mougins passierte und weiter der Hauptstraße folgte, bis zu dem Schild: Vieux Village. Von dort ging es nur noch hügelaufwärts.

Am höchsten Punkt der Region befand sich das Hotel. Ein terrakottafarbenes Gebäude mit hellgrünen Fensterläden.

Vor dem Eingang hielt Julia an, nahm ihre Tasche aus dem Kofferraum und schlenderte auf die Rezeption zu. Hinter einer blühenden Hecke sah sie einen Pool mit Liegen rundherum und aufgespannte Sonnenschirme. Vergnügte Stimmen und das Geräusch von spritzendem Wasser drangen zu ihr hinüber.

»Bonjour, Mademoiselle!?« Eine Frau mit tizianrotem Haar kam auf Julia zu. Sie trug einen schwarzen Rock, eine weiße Bluse und eine grüne Weste mit Goldknöpfen. Flugs griff sie nach Julias Tasche. Julia stellte sich in ihrem besten Schulfranzösisch vor. »Ich hoffe, Sie hatten eine gute Anreise, Mademoiselle Bent?« Das Französisch der Frau klang melodiös. »Ich bin Emma. Sie können sich jederzeit an mich wenden, wenn Sie einen Wunsch haben. Jetzt bringe ich Sie erst mal auf Ihr Zimmer.« Emma deutete mit der freien Hand zum Haus und ging zielstrebig voran, hinein in den Bungalow und weiter bis zu einem verglasten Gang, der durch Wacholderbüsche verdeckt war. Er verband den später erbauten Bungalow und das ältere Haupthaus, vermutlich ein ehemaliges Gut, miteinander. Im Haupttrakt erinnerte Julia alles an vergangene Zeiten, Marmorböden in glänzendem Braun, gelb getünchte Wände, dunkle Eichenmöbel und üppige Blumenbuketts. Eine Fensterfront gab den Blick in die hügelige Landschaft und auf einen Teich frei. Am Ende des Ganges öffnete

Emma eine Flügeltür. Im Zimmer stellte sie Julias Tasche ab und stieß schwungvoll die Läden auf. Sonnenstrahlen tauchten den Raum in Licht. Alles wirkte einladend und ausgesprochen französisch: die zart geblümte Tapete, das altmodisch anmutende Polsterbett und der Ohrensessel mit den Kissen. Der Balkon mit dem schmiedeeisernen Geländer lenkte Julias Blick nach draußen. Von dort konnte sie auf den Park blicken, bis zu den Häusern von Grasse, die im leichten Dunst lagen. »Oh …«, entfuhr es ihr, als sie hinaustrat. Der Blick war atemberaubend und reichte bis weit über die Hügel, fast bis zum Meer, das sich von hier zwar nur erahnen, dafür aber umso intensiver vorstellen ließ.

»Darf ich für heute Abend einen Tisch in unserem Restaurant für Sie reservieren, Mademoiselle Bent? Bis auf zwei Tische sind wir bereits ausgebucht.« Emma sprach wie eine Freundin, die ihr einen guten Tipp gab. »Sie werden es nicht bereuen«, fügte sie hinzu, »Robert, unser Koch, ist ein Genie.« Julia nickte zustimmend. Warum eigentlich nicht? Am ersten Abend konnte sie sich etwas Besonderes gönnen. Die nächsten Tage wäre noch immer Zeit, den Rotstift anzusetzen.

»Jetzt bin ich neugierig geworden. Ja, bitte reservieren Sie für mich«, bat sie Emma.

Als sie allein war, räumte sie ihr Gepäck aus, danach machte sie sich frisch, schlüpfte in ein Sommerkleid und setzte sich in den Lehnsessel, um zu telefonieren.

Jakob Bent hob gleich nach dem zweiten Läuten ab. Julia hörte, wie er durch die Wohnung ging und den Wasserhahn aufdrehte. »Bist du in der Küche?«, fragte sie.

Ihr Vater bejahte. »Ich bin erst vor wenigen Minuten zur Tür hereingekommen, Lehrerkonferenz, jetzt will ich mir was zu essen machen und dann …« Als seine Frau noch lebte, hatte Jakob nach dem Essen gern den Tag mit ihr Revue passieren lassen, in besonderen Momenten mit einem Campari.

»Peter kommt gleich vorbei. Er will mir die Fotos vom Irlandurlaub zeigen.«

»Was kochst du dir denn? Lass mich raten.« Julia musste nicht lange überlegen. »Steak mit Bratkartoffeln?« Seit ihr Vater alleine war, versuchte er hartnäckig auf dem schwankenden Boden seines neuen Lebens die Balance zu halten. Dazu gehörte, für sich zu kochen und sein Umfeld nicht mit seiner Trauer zu belasten. Sein Leitsatz lautete neuerdings: *Ich komm klar!*

»Steak geht immer, Julia, und Kräuterbutter ist, soweit ich weiß, noch im Tiefkühlfach.« Julia hatte ihm einige einfache Gerichte beigebracht, an denen er sich jetzt versuchte.

»Dann brauchst du nur noch darauf zu achten, dass das Fleisch well-done ist, so, wie du es magst.«

»Wie gut, dass ich Talent im Braten habe und nicht so leicht aufgebe.« Jakob schob ein leises Lachen hinterher, als wolle er Julia damit zeigen, dass bei ihm, trotz des Verlusts seiner Frau, das Leben weiterging. »Durchhalten kann ich nicht nur meinen Schülern gegenüber propagieren, ich muss es auch selbst leben.« Jakob sprach in letzter Zeit oft davon, dass das Leben nicht danach frage, was man wolle. Dinge passierten, und man musste sie annehmen. Er war Rektor an einer der traditionsreichsten Schulen Frankfurts, dem Lesssing-Gymnasium, das seit dem 18. Jahrhundert existierte. Seine Familie, die Arbeit und eine Schachpartie am Samstagabend, mehr hatte er nicht zu seinem Glück gebraucht.

»Und, wie gefällt es dir in Mougins?«, wollte er von Julia wissen, während er mit der Pfanne herumklapperte.

»Es ist herrlich hier, angenehm warm und ausgesprochen

farbenfroh.« Julia hatte ihren Vater in dem Glauben gelassen, sie fahre zur Erholung in den Süden. Von der Karte in der Parfümschachtel wusste er nichts.

Vor einiger Zeit, als sie ihren Vater mit einem spontanen Besuch überrascht hatte, war sie Zeugin einer rührenden Szene geworden. Ihr Vater stand im Bad und roch am Parfüm ihrer Mutter. Tränen liefen ihm über die Wangen. Wie angewurzelt war sie in der Tür stehen geblieben, unfähig, diesen Moment stiller Trauer zu unterbrechen.

Tags darauf hatte auch sie am Parfüm gerochen und einen tröstlichen Moment lang die Anwesenheit ihrer Mutter gespürt. Doch bevor sie den Flakon zurückstellen konnte, war er ihr aus der Hand gefallen und zerbrochen. In der Parfümerie, wo sie Ersatz kaufen wollte, hatte man ihr gesagt, das Parfüm sei ein Nischenduft, der in Deutschland nicht erhältlich sei. Da ihrer Mutter das Parfüm nie ausgegangen war, hatte sie in der ganzen Wohnung nach Vorrat gesucht, bis ihr im Wäscheschrank der Schlüssel für das Postfach in die Hände fiel. Nachdem sie die Karte des Parfümeurs gefunden hatte, hatte sie die Website von Antoine Lefort besucht und zu ihm Kontakt aufgenommen. All das hatte sie ihrem Vater verschwiegen, um ihn nicht zu beunruhigen.

Julia wechselte noch einige Sätze mit ihrem Vater, hörte, wie Öl in der Pfanne zischte, und verabschiedete sich dann von ihm, um Frank anzurufen.

»Sorry, Julia, aber gleich steht ein superwichtiges Meeting an. Am besten, ich rufe dich zurück, wenn ich zu Hause bin. Dann haben wir Zeit zum Reden«, schlug Frank vor. Es war kurz still, dann sagte er: »Ich vermisse dich. Bleib nicht zu lange fort.«

»Ich vermisse dich auch, Frank.«

Nach dem kurzen Gespräch mit Frank versuchte Julia sich daran zu erinnern, wann sie sich das letzte Mal in seinen Armen geborgen gefühlt oder ihn von sich aus geküsst hatte? Sie riss sich aus den trüben Gedanken und trat auf den Balkon. Um sie herum zwitscherten Vögel und in der Ferne riefen Kinder einander etwas zu.

Nachdem sie Maren eine Mail geschrieben hatte, fuhr Julia noch einmal in den Ort, um den Wagen vollzutanken. Am Aussichtspunkt von Mougins, auf halbem Weg zurück zum Hotel, stieg sie aus und betrachtete die sanft geschwungene Hügelkette mit dem babyblauen Himmel darüber. Etwas drängte sie, gleich heute nach Roquefort-les-Pins zu fahren, und so setzte sie sich wieder hinters Steuer und fuhr zum zweiten Mal an diesem Tag den Hügel hinunter. Die Parfümerie Lefort war geschlossen, das stand auf der Homepage, doch da das Labor des Parfümeurs sich im selben Gebäude befand, hoffte Julia, ihn auch ohne Termin anzutreffen.

5. KAPITEL

Einige Wochen zuvor

Das Labor, in dem sich ein Sammelsurium an Flaschen, Mörsern, Phiolen und Flakons befand, war der meistfrequentierte Raum in Antoines Haus – das Herzstück. Wenn er morgens nach dem Frühstück das Zimmer durchschritt, öffnete er aus Sentimentalität auch die Flügeltür zum Wintergarten. Dort hatte Marguerite nach der Hochzeit mit viel Liebe ihre kleine Parfümerie eingerichtet. Noch heute standen hier kostbare

Flakons, und noch immer waren die Auslagen dekoriert, als wäre der Verkauf nie eingestellt worden.

Wenn Antoine seinen Kopf zur Tür hineinsteckte und auf der Schwelle stehen blieb, sah er die Jahre an sich vorbeiziehen. Kunden aus dem ganzen Land und sogar einige internationale Connaisseure hatten sich hier ihre Wünsche nach erlesenen Düften erfüllt. Die meisten hatten instinktiv erkannt, wofür seine Düfte standen: für Liebe, Leidenschaft, Freundschaft und Gemeinsamkeit, manchmal auch für etwas, das niemand wissen sollte, ein kleines Geheimnis. Einmal hatte ein Kunde gesagt, seine Düfte seien wie ein zarter Händedruck oder ein verzauberndes Lächeln.

Nachdem Marguerite vor vier Jahren an einer Lungenembolie gestorben war, hatte er die Parfümerie geschlossen. Die Glocke über der Eingangstür erklang nur noch, wenn jemand das Schild »Geschlossen« übersah und glaubte, hier noch immer etwas kaufen zu können.

Wie jeden Morgen schlüpfte Antoine auch heute in seinen Arbeitsmantel, legte den Hörer neben das Telefon, um nicht gestört zu werden, und setzte sich an seinen Arbeitstisch.

Bedächtig öffnete er die erste Phiole, zog mit einer Pipette etwas von der bernsteinfarbigen Flüssigkeit auf und gab einige dunkle Tropfen auf das blütenweiße Papier des Teststreifens. Die Mouillette in seiner Hand färbte sich ein.

Seit je empfand Antoine es als Privileg, morgens den Duft auf sich wirken zu lassen, an dem er gerade arbeitete. Das stets gleiche Prozedere erinnerte ihn daran, dass das Kreieren von Düften etwas Außergewöhnliches war, aber auch beständige Arbeit bedeutete. Antoine nahm seine Brille ab, rieb sich die Augen, um sich besser konzentrieren zu können, und hielt sich den Teststreifen unter die Nase. Eine Weile schnupperte er daran, schließlich setzte er seine Brille wieder auf, so dass sein schlohweißes Haar, das ihm störrisch vom Kopf abstand, durch die Brillenbügel über den Ohren notdürftig gebändigt wurde. Er warf einen Blick in die Fensterscheibe und stellte fest, wie sehr ihm das Alter neuerdings ins Gesicht geschrieben stand. Ein immer breiter werdender Faltenkranz umgab seine Augen, und unzählige Linien hatten sich in Wangen, Stirn und Kinn gegraben, doch sein Geist war von den gelebten Jahren verschont geblieben. Noch immer waren seine Gedanken sprunghaft, wie eine Katze, die einer Maus hinterherjagte. In seinem Geist wohnte noch immer der junge Parfümeur von damals, der neugierig auf die Geheimnisse des Lebens war und sie anhand von Düften zu entschlüsseln suchte.

Während Antoine arbeitete, dachte er daran, wie schwer er es sich all die Jahre gemacht hatte, als er im Stillen darauf gehofft hatte, sein Sohn möge als Maler scheitern. Bei jedem Telefonat hatte er Nicolas motiviert, weiterzumachen, hatte beteuert, dass er an ihn glaube. Dabei hatte er verschwiegen, dass er sich noch immer wünschte, Nicolas würde zu seiner Arbeit als Parfümeur zurückfinden. Doch vor zwei Jahren hatte plötzlich jemand mit einem großen Namen in der Branche Nicolas unter seine Fittiche genommen und dann begann ein wichtiger Sammler, Bilder von ihm zu kaufen. Inzwischen wusste die Kunstwelt, wer Nicolas Lefort war, und Antoine wusste, dass er einen Traum begraben musste. C'est la vie!

Antoine hörte, wie jemand die Haustür öffnete, dann erklangen Schritte im Gang. Mathieu Fournier brachte ihm wie jeden Morgen die Post. »Bonjour, Mathieu. Wie geht's dir heute?« Antoine ging Fournier entgegen, um ihn mit einem Schulterklopfen zu begrüßen.

»Danke der Nachfrage, Toto. Ist ziemlich schwül draußen, ansonsten kann ich nicht klagen.« Fournier kramte in seiner Posttasche. Sein von Wein und gutem Essen gerundeter Bauch hing ihm über den Hosenbund, und wie immer zog Mathieu Fournier zwischendurch am Gürtel, um die Wölbung kleiner erscheinen zu lassen.

»Und? Was bringst du mir heute?«, wollte Antoine wissen.

»Rechnungen, Toto, und ein Paket. Hier, du musst unterschreiben.« Antoine ergriff den Stift, den Fournier gezückt hatte, und quittierte den Empfang des Pakets. Dann nahm er seinen Freund mit in die Küche. Dort goss er Kaffee in zwei Becher, schäumte Milch auf, gab Zuckerwürfel hinein und bestäubte den Milchschaum liebevoll mit Kakaopulver.

Das gemeinsame morgendliche Kaffeetrinken war Antoine heilig, und obwohl Mathieu Fournier Espresso bevorzugte und sich jahrelang gewehrt hatte, die *hellbraune Brühe* zu trinken, die Antoine zubereitete, schätzte er inzwischen den sahnigen Café au lait mit einem Hauch Schokolade. »Und … was hat es mit dem Päckchen auf sich? Spann mich nicht auf die Folter. Öffne es endlich.«

Fournier pustete auf den Milchschaum und beobachtete, wie Antoine das Paket öffnete, das Papier zur Seite schob und auf einen Brief und eine Schachtel feinstes Gebäck blickte.

»Millefeuille«, stellte Fournier staunend fest. Er trank den ersten Schluck Kaffee und linste dabei über Antoines Schulter, dann nickten die beiden Männer einander zu und griffen in die Schachtel, um von dem Gebäck zu kosten.

»Das Karamell schmilzt zwischen den zarten Blätterteigschichten.« Fournier, der Süßes und Salziges liebte, war ein fachkundiger Genießer und ließ sich nur ungern eine Köstlichkeit entgehen. Antoine lutschte ebenfalls genüsslich an seinem Gebäckstück und überflog dabei den Inhalt des Briefes. Plötzlich begann er zu fluchen.

»Verflixt noch mal!«, schimpfte er. »Glauben diese Herren aus Paris, sie können mich mit Süßigkeiten bestechen?« Fournier, der nach einem zweiten Millefeuille gegriffen hatte, sprach kauend dazwischen.

»Wieso regst du dich auf, Toto? Was steht denn in dem Brief?«

»Ach … eine der großen Champagnerkellereien möchte eine Duftkerze lancieren, mit mir als Parfümeur.« Fournier sah ihn mit einem Blick an, der Unverständnis ausdrückte. »Reichlich Geld fürs Marketing ist selbstverständlich vorhanden, allerdings soll auf oberflächliche Duftmetaphern zurückgegriffen werden, anstatt olfaktorische Eindrücke mit der notwendigen Tiefe wiederzugeben.«

»Na und?« Fournier kratzte sich am Bart. »Was passiert schon Schlimmes, wenn du diesem Wunsch nachkommst? Außer, dass du endlich berühmt wirst. Das ist längst überfällig, Toto.« Seit fast vierzig Jahren brachte er Antoine jeden Morgen zwischen neun und zehn die Post, hielt einen Plausch mit ihm, trank einen Kaffee und fragte ihn nach seinen Duftkreationen, obwohl er nichts davon verstand. Doch noch nie hatte er seinen Freund so aufgebracht erlebt.

Antoine schob die Schachtel mit den Köstlichkeiten von sich weg. »Für diese Herren müssen am Ende vor allem der Preis und die Verkaufszahlen stimmen. Für mich jedoch haben Trends und schneller Ruhm keine Priorität. Deshalb lehne ich solche Aufträge aus Prinzip ab.«

Fournier verstand nicht, was so schlimm an dem Angebot sein sollte. »Was spricht denn gegen oberflächliche *Duftmetaphern*? Nicht jeder will viel Geld für ein Parfüm ausgeben und möchte trotzdem gut riechen. Schon wegen der Frauen.« Süße Erinnerungen an das weibliche Geschlecht standen Fournier förmlich ins Gesicht geschrieben. Antoine warf den Brief mit großer Geste in den Abfall.

»Das kann ich dir sagen, Mathieu. Oberflächliche Duftmetaphern sind wie billiger Fusel. Den trinkst du doch auch nicht. Nein … ich lasse mich nicht kaufen. Egal, wie hoch der Preis ist und welches Konfekt man mir schickt. Ich fühle mich der Qualität verpflichtet.«

»Was für ein Sturschädel du bist, wenn's um Parfüm geht. Kannst du nicht beides machen? Teures und Günstiges?«, brummte Fournier vor sich hin.

Ihre Unterhaltung ging in ein wildes Durcheinander über, bis Fournier es aufgab, Antoine verstehen zu wollen, und sich nach Nicolas erkundigte. »Hab gehört, er ist gestern hier angekommen. Wie geht's ihm denn?«

Antoine machte eine Handbewegung, die alles Mögliche bedeuten konnte. »Nicolas ist wieder Single.« Er liebte es, über seinen Sohn zu sprechen. »Heute Morgen ist er gleich in der Scheune verschwunden, um ein neues Bild anzufangen. Er ist besessen von der Malerei.«

Fournier klopfte Antoine auf die Schulter. »Wundert dich das? Das hat er von dir.«

»Ja, ja, reib es mir nur unter die Nase! Nico und Toto, die Besessenen.« Antoine trank seinen Kaffee aus und stellte seine Tasse und die seines Freundes in die Spüle. Gemeinsam gingen sie zur Tür.

»Wo wir schon von der Arbeit sprechen. Bleibst du bei

dem Namen für deinen neuen Duft? ›Désir‹ … Verlangen.«
Fournier schüttelte den Kopf.

»Und das in deinem Alter.«

Antoine fasste Mathieu Fournier am Arm und sah ihn auffordernd an. »Schließ die Augen«, sagte er in einem Ton, der keinen Widerspruch zuließ.

»Und nun?«, fragte Fournier, als er getan hatte, wie ihm geheißen.

»Stell dir Folgendes vor: Eine Frau schlendert vom Strand auf ein Haus an den Klippen zu. Alles an ihr ist weiblich, ihre Rundungen, die sanfte Bräune ihrer Haut, ihr wiegender Gang, ihr Lächeln. Sie lebt intensiv, ist ganz *da*. Sie ist glücklich. Und du, Mathieu, bist ihr Liebster und wartest in dem Haus mit den geöffneten Fenstern in glückseliger Sorglosigkeit darauf, dass sie zu dir kommt. Dass sie dich willkommen heißt. All das soll mein neuer Duft einfangen.«

»Mon Dieu!«, Fournier öffnete die Augen und leckte sich über die Lippen. Einen köstlichen Moment lang hatte er sich in der von Antoine beschriebenen Szene verloren. »Mir wird warm ums Herz … und woanders spüre ich die Hitze auch.«

»Siehst du: Verlangen …« Antoine sprach das Wort voller Ehrfurcht aus. »Das ist es doch, was uns alle antreibt. Egal, wie alt wir sind.«

Fournier strich sich über den Bauch. »Wie konnte ich das vergessen!«

»Die richtigen Ingredienzen für einen Duft und den passenden Namen auszuwählen, hat nichts mit Alter zu tun, Mathieu, nur mit Erfahrung und oft sogar damit, alles, was man weiß, zu vergessen. Das Beste im Leben ist zeitlos. Die Liebe, Düfte, das Essen, der Wein, ein gutes Buch, ein Gespräch.«

Fournier nickte überzeugt. »Da sage noch mal einer, das

Leben meine es nicht gut mit uns.« Die beiden Männer umarmten einander, erfreut darüber, sich vom Alter und den Schwierigkeiten, die das Leben manchmal mit sich brachte, nichts vormachen zu lassen. Jedenfalls nicht in diesem kostbaren Moment.

»Also dann, bis morgen, Mathieu.«

»À demain, Toto!« Draußen stieg Fournier auf sein Dienstrad und winkte Antoine fröhlich zu.

Trotz seiner anfänglichen Ablehnung ging Antoine das Angebot der Champagnerfirma nicht aus dem Kopf. Im Falle einer komplexeren Kreation, durfte er es dann wagen, seinen Sohn um Unterstützung bei der Erstellung der Rezeptur der Duftkerze zu bitten? Die Hoffnung darauf, wenigstens einmal mit Nicolas arbeiten zu können, bevor es zu spät und er zu alt wäre, ließ Antoine seine Bedenken abschütteln wie einen lästigen Schal, für den es zu warm war.

Als er die Scheune betrat, sah er Nicolas auf der obersten Stufe einer Leiter stehen. Er hielt eine Farbpalette in der einen und einen dicken Pinsel in der anderen Hand. Mit dem Pinsel trug er Farbe auf eine riesige Leinwand auf und schuf so die Umrisse des Gesichts einer Frau. Seinen Sohn selbstvergessen dort oben arbeiten zu sehen, erinnerte Antoine an sich selbst. Wenn er über einer Duftkomposition brütete, kam es vor, dass er alles um sich herum vergaß.

Antoine trat näher und räusperte sich. Nicolas hatte ihn nicht kommen hören, doch nun blickte er sich nach ihm um. »Ah, Papa.«

»Hast du einen Moment Zeit für mich, Nico? Drüben, im Labor?«

»Weshalb kaufst du dir kein pied-à-terre, irgendwo in der Nähe? Leisten kannst du dir eine zweite Wohnung jetzt allemal. In der Scheune steht dir außerdem jederzeit ein Atelier zur Verfügung. Komm doch öfter hierher, um abzuschalten«, schlug Antoine seinem Sohn vor.

Nicolas hatte neben Antoines Arbeitstisch Platz genommen. Die Flakons und Rezeptbücher ließen den Tisch chaotisch, aber vor allem lebendig wirken.

»Ich stelle im Herbst in Paris aus, Papa, und nächstes Jahr in New York. Es gibt eine Menge vorzubereiten. Ich wüsste nicht, wann ich Zeit fände, öfter herzukommen«, gab Nicolas zu bedenken.

»Betrachte die Wohnung als Geldanlage. Und komm, wann immer du kannst. Niemand drängt dich.«

Antoine sah seinen Sohn voller Zuneigung an. Als Vater führte er mit ihm bisweilen hitzige Diskussionen, doch Nicolas und er schätzten und respektierten einander, wie es nur Menschen taten, die gelernt hatten, Andersartigkeit nicht als Angriff, sondern als Gewinn anzusehen. Sie waren sich darin einig, dass das Leben das war, was man daraus machte.

»Nico, es fällt mir nicht leicht, aber ich möchte dich um einen Gefallen bitten.« Antoine zögerte, bevor er weitersprach. »Ich habe ein Angebot für eine Duftkerze hereinbekommen, gerade eben, mit der Post …« Während er seiner Vision ungeduldig folgte, begriff Antoine, dass er sich auf der Suche nach dem neuen Duft festgefahren hatte. Ob Nicolas ihm auch da helfen konnte? »Und mit meinem neuen Parfüm … nun ja, ich komme nicht recht weiter damit.«

»Bittest du mich gleich bei zwei Projekten um Mitarbeit, Papa?« Nicolas verspürte weder Ärger noch Enttäuschung, dass sein Vater ihn nun um Hilfe bat, sondern vielmehr Sorge, dieser könne gesundheitliche Probleme haben und zu stolz sein, zuzugeben, dass er seine Arbeit nicht ohne Hilfe zu Ende bringen konnte. »Geht's dir nicht gut, Papa? Sag mir bitte die Wahrheit!«, drängte er.

Antoine hielt Nicolas' Blick stand, inzwischen schämte er sich für jedes Wort, das ihm entglitten war. Er rutschte auf seinem Stuhl bis nach vorne zur Kante. »Mein Junge, mach dir keine Sorgen. Vor dir sitzt ein alter Sturschädel, der es nicht lassen kann, seinen Sohn in sein Leben einbeziehen zu wollen. Nichts sonst.«

Und ein Lügner, fügte er im Stillen hinzu. Ein ängstlicher Lügner, der längst reinen Tisch hätte machen sollen, indem er die Vergangenheit offenlegt.

Nicolas ließ sich erleichtert in den Stuhl sinken. Die Blässe, die ihm die Sorge ins Gesicht gezeichnet hatte, ließ nach. »Wenn das so ist, darf ich dich an die dreitausend Gerüche erinnern, die ein Parfümeur auseinanderhalten können soll.«

»Du hast einen Abschluss als Parfümeur, Nico, und hast nur aufgegeben, weil du dein zweites Talent entdeckt hast, was dein gutes Recht ist. Manchmal denke ich sogar, du wolltest mir die Erkenntnis ersparen, um wieviel besser du bist, als ich es je war. Aber glaub mir, es hätte mir nichts ausgemacht. Ich wäre stolz auf dich gewesen.«

Nicolas schüttelte erneut den Kopf, diesmal vehementer. »Papa, was redest du nur? Du und ich, wir lieben es, Düfte zu entwickeln. Wenn die Arbeit getan und das Parfüm fertig ist, gibt es nichts Befriedigenderes, als den Duft loszulassen, damit er Menschen erfreut. Ich habe mich nie in Konkurrenz zu dir gesehen. Ich bin Maler geworden, weil ich das noch mehr liebe, als Parfüms zu kreieren.«

Antoine war aufgestanden und stellte nun verschiedene,

durchnummerierte Flaschen nebeneinander auf. Mit einem leisen Geräusch zog er den Glasstöpsel aus der ersten Flasche.

»Es freut mich, das zu hören«, er schob die Flasche näher zu Nicolas hin. »Und weißt du was? Du würdest mir schon helfen, wenn du einmal riechen und mir deine Meinung sagen würdest.« Nicolas blickte unentschlossen auf die Flasche. Er kämpfte mit sich. »Es fehlt etwas, Nico. Nur was?« Antoine sah ihn voller Freude an, und plötzlich war es, als gehorche Nicolas einem Reflex. Er griff nach dem Flakon, und wie sein Vater es tat, schloss er andächtig die Augen, während er den Geruch auf sich wirken ließ.

Aufbruch

ANGST LÄSST DAS LEBEN ZU KLEIN
WERDEN, UM SICH DARIN NOCH
GLÜCKLICH EINZURICHTEN.

6. KAPITEL

Auf dem Weg nach Roquefort-les-Pins wurden die Häuser immer weniger, und zunehmend zierten Blumenfelder die Landschaft. Langsam machte sich ein Gefühl angenehmer Schwere in Julia breit. Es war, als hätte sich in ihrem Kopf ein Vakuum gebildet, ein leerer Raum, den sie genoss. Vielleicht konnte sie daraus neue Kraft schöpfen.

Nachdem das Ortsschild hinter ihr lag und sie in eine Seitenstraße eingebogen war, wurde der Asphalt rissig, ging in Schotter über und endete vor einem Feld mit orange blühenden Blumen. Julia fuhr das Fenster auf der Fahrerseite hinunter und sah sich um. Ein warmer Luftschwall drang in den Wagen. Nirgendwo ein Haus. Nach einigem Herumkurven auf der Suche nach einer Werbetafel oder Ähnlichem sah Julia einige Meter vor sich einen Mann auf einem E-Bike. Er lenkte das Rad präzise an den wildwachsenden Blumen am Straßenrand vorbei.

Julia verlangsamte den Wagen auf Schritttempo und sprach den Mann an: »Bonjour, Monsieur, können Sie mir helfen?«

»Kommt drauf an, Mademoiselle.« Der Mann beugte sich zu ihr hinunter. »Falls Sie jemanden suchen, der hier lebt, bin ich der Beste, den Sie fragen können. Mathieu Fournier, ich bin hier Postbote, im Moment jedoch nicht im Dienst.«

Der Mann lehnte sein Rad an einen Laternenpfahl und hielt ihr seine Hand hin, groß und gebräunt.

»Julia Bent«, stellte sie sich vor.

»Wen oder was suchen Sie denn, Mademoiselle?«

»Monsieur Lefort! Antoine Lefort. Er ist Parfümeur und hat hier irgendwo sein Labor. Allerdings so gut versteckt,

55

dass ich eher Gefahr laufe, mich zu verirren, ohne ihn zu finden.«

Fourniers Brauen zogen sich zusammen.

»Ich stehe in Mailkontakt mit Monsieur Lefort. Wir kennen uns also«, schob Julia beschwichtigend hinterher.

Fournier machte eine Handbewegung, die Julia nicht deuten konnte. Er setzte sich auf den Beifahrersitz und bedeutete ihr, vorerst der Hauptstraße zu folgen. Julia bog zweimal ab, bis sie sich auf einer Straße befanden, die am Ende in ein Lavendelfeld mündete. Wenige Meter davor stand ein Haus, das man erst auf den zweiten Blick sah, weil es von hohen Pinien und Wacholdersträuchern umgeben war.

Fournier deutete auf Besucherparkplätze, die zur Parfümerie gehörten. »Dort können Sie parken«, sagte er. Julia stellte ihren Wagen vor dem Eingang ab und stieg aus.

»Riecht himmlisch hier!« Die Luft duftete süßlich. Fournier, der ebenfalls aus dem Wagen gestiegen war, klärte sie auf.

»Sehen Sie die südliche Begrenzung des Gartens?« Er deutete mit der Hand an, wo sie hinschauen musste. »Das ist Schopflavendel, riecht nach Kampfer und blüht schon im Mai hellviolett bis rosa. Die Stelle ist magisch«, sagte er in einem Ton, der klarmachte, dass daran kein Zweifel bestand. Julias Neugierde war geweckt. Schon als Kind hatte Magisches sie angezogen.

»Von welcher Art Magie sprechen Sie?«, fragte sie interessiert.

»Von der wundersamen Metamorphose, die genau dort ...«, Fournier deutete erneut in die Richtung, »... dort hinten stattfindet. Das sind nicht meine Worte, sondern die von Toto, von Antoine Lefort«, stellte er richtig.

Der Platz, an dem sie standen, mit den Hügeln im Hintergrund und dem Blumenfeld davor, wirkte kraftvoll und friedlich zugleich. »Toto, so nennen ihn fast alle, war einer der besten Parfümeure ... jedenfalls, wenn Sie mich fragen. Seine Düfte mischen sich mit denen der Natur: Ginster trifft auf Bentylacetat, Jasmin auf Lyral, Lavendel auf Damascon. Nicht, dass Sie glauben, ich wüsste so was, ich habe es aufgeschnappt, wenn ich ihm die Post brachte.«

Julia lauschte den Worten des Mannes. Vergessen waren ihre vom langen Sitzen im Wagen steifen Knochen. Sie war hellwach. »Ihre Worte klingen für mich wie aus einer anderen Welt.« Sie versuchte gar nicht erst, ihre Begeisterung zu zügeln.

Fournier lag offenbar etwas auf der Seele, in seinen Augen schimmerte es feucht, doch er sprach weiter. »Toto war ein großer Künstler, wissen Sie.«

»Ich bin hier, um mit ihm über einen seiner Düfte zu sprechen.« Julia unterschlug, dass es vor allem um ihre Mutter ging. »Und um Monsieur Lefort persönlich kennenzulernen«, gestand sie.

»Sind Sie von dieser Champagnerkellerei aus Paris, die Toto zu dieser verfluchten Duftkerze überreden wollte?« Fournier klang von einem Moment auf den anderen ungehalten.

»Aber nein«, protestierte Julia entschieden. Sie begegnete seinem verschlossenen Blick, versuchte ihn mit einem schnellen Lächeln zu besänftigen. »Wie kommen Sie darauf? Hören Sie nicht, wie holprig mein Französisch ist?«

Sie sprach aus, was ihr schon die ganze Zeit aufgefallen war. »Wieso sprechen Sie eigentlich in der Vergangenheitsform von Monsieur Lefort?«

Fournier blieb stehen. Er holte tief Luft und sprach dann

die bittere Wahrheit aus: »Toto ist gestorben. Friedlich eingeschlafen, nach einem erfüllten Leben.«

»Aber ich habe doch mit ihm korrespondiert. Noch vor
zwei Tagen.« Julia stand verdattert da. Sie konnte nicht glauben, was sie hörte.

»Unmöglich, da war er längst beerdigt«, behauptete Mathieu Fournier.

»Und wer hat mir dann auf meine Mails geantwortet?«
Erlaubte dieser Postbote sich einen Scherz? Falls ja, war es
ein schlechter.

»Ich kenne mich nicht mit Computern aus. Ich bin altmodisch, ich mag Briefe. Ich weiß nicht, wer Ihnen geschrieben
hat.«

7. KAPITEL

Einige Wochen zuvor

Seit seinen Anfängen als Parfümeur wusste Nicolas, dass man
die einzelnen Elemente eines Duftes weder zu stark noch zu
schwach betonen durfte. Er hatte sich nie besonders an den
Duftfamilien oder an der Duftpyramide orientiert. Vielmehr
liebte er es, seinem Instinkt zu folgen.

»Es ist lange her, seit ich zuletzt einen Duft gerochen habe,
der sich noch in der Entwicklung befindet.« Nicolas sah es
als seine Pflicht an, daran zu erinnern, dass er aus der Übung
war.

»Lass dir Zeit«, meinte Antoine beschwichtigend. »Ich
möchte nur wissen, was du empfindest, wenn du riechst,

woran ich arbeite. Wie lange du dafür brauchst, ist zweitrangig.«

»Also gut!« Nicolas rieb die Hände aneinander, bis sie warm waren.

Wenige Augenblicke später stand er mit seinem Vater in dem kleinen, separaten Raum, der Teil seines Labors war und wo man von keinem Geruch überwältigt wurde. Hier testete Nicolas die erste Serie von zehn Duftvarianten innerhalb einer Stunde, jede Variante auf je einem Teststreifen. Der erste Duft setzte sich unmittelbar in seinem Gehirn fest. Es dauerte nicht lange, bis Nicolas ein spontanes Urteil fällte. »Ich muss an ›Ysatis‹ von Givenchy denken, aber dieser Duft ist weicher in der Basis und tiefer im Abgang …«

»Genauso empfinde ich auch, Nico«, gab Antoine aufgeregt zu. Nicolas öffnete die zweite Flasche, die sein Vater vor ihn stellte, bald darauf die dritte. Jedes Mal ließ er sich Zeit, tupfte sich sogar einige Tropfen Parfüm aufs Handgelenk und ließ den Duft lange auf sich wirken.

»Das hier«, er stellte die Flaschen zurück und legte die letzte Mouillette, an der er gerochen hatte, auf den Tisch, »ist komplex, betörend und sinnlich, aber nicht aufdringlich, der Duft verzaubert mich … aber, wie du selbst sagst, es fehlt etwas.«

»Du riechst es also auch?« Antoine schlug sich aufs Knie.

Nicolas nickte. »Wie viele Varianten hast du ausgearbeitet?«

Antoine wurde rot vor Aufregung. »Zu viele, wie immer!«, sagte er.

»Ich will sie alle riechen«, verlangte Nicolas.

Antoine schob weitere Flaschen und das Rezeptbuch mit den Formeln zu ihm hinüber. »Hier, meine Notizen. Ich habe

197 Einzelkomponenten gewählt, um einen Duft einzufangen, der einerseits frisch und blumig, andererseits schwelgerisch mit einer sattdunklen Tiefe sein soll, ohne dabei überladen oder schwülstig zu riechen. Du weißt, ich mag keine überladenen Düfte.« Er war fieberhaft vor Enthusiasmus, eilte zu den Regalen, entnahm ihnen weitere Flaschen. Nicolas sah, mit welcher Sorgfalt sein Vater sein Handwerk ausübte. Diese Aufmerksamkeit erinnerte ihn an die Zeit seiner Jugend, die von besonderen Geruchserlebnissen geprägt gewesen war. Die Düfte seines Vaters hatten ihn zu der Erkenntnis geführt, dass das Leben besonders schön war, wenn man es zelebrierte – so hatte sein Vater seine Arbeit verrichtet: bedächtig, konzentriert und mit Freude. Das hatte ihn immer berührt.

Nicolas verbrauchte unzählige Teststreifen und verschloss schließlich sämtliche Flakons, weil es spät geworden war. »Ich brauche mehr Zeit, Papa«, sagte er und erhob sich. »Ich gehe jetzt zurück zu meiner Arbeit. Morgen reden wir weiter über deinen Duft.«

Antoines Stimme vibrierte vor Anspannung. »Vielleicht kann Louanne ihn Probe tragen und berichten, wie es ihr damit geht?«, warf er ein.

Louanne war seit der Grundschule Nicolas' engste Vertraute. Obwohl er und sie unterschiedlicher nicht sein konnten und sich selten sahen, weil Louanne in Grasse geblieben war und Nicolas in Paris lebte, hielt ihre Freundschaft.

»Ich frage sie gern danach, aber keine Angst …«, Nicolas umarmte seinen Vater liebevoll. »Du hütest dich seit je vor dem Gefälligen, bei den Düften wie im Leben. Du findest deinen Duft, ich bin mir sicher!«

Nach einem frühen Abendessen mit seinem Vater zog Nicolas sich für den Rest des Abends in die Scheune zurück, stellte die Deckenstrahler an, stieg auf die Leiter und fuhr fort, die Wangenknochen und das Kinn einer Frau zu konturieren.

Die Bitte seines Vaters, ihm zu helfen, erinnerte ihn daran, wie lange die Welt der Düfte auch sein *Zuhause* gewesen war. Noch heute benutzte er kein Parfüm, nur Seife und Aftershave, und er hatte keiner Frau, die in seinem Leben bisher eine Rolle gespielt hatte, je ein Parfüm geschenkt. Insgeheim hoffte er darauf, eines Tages doch noch einen eigenen Duft für die Frau, die ihn wirklich berührte, herzustellen – als Liebesbeweis.

Während er malte, verlor er sich nicht nur im Bildnis der Frau auf der Leinwand, sondern immer mehr in einem blumig intensiven Duft, der dem frischerblühten Flieders ähnelte. Leider war Flieder olfaktorisch nicht zu verwenden, doch die Erinnerung an die blütenerfüllte Luft, wenn er früher mit seinen Freunden Pierre und Louanne im Sommer durch den Garten und die Blumenfelder gestreift war, hatte ihn nie verlassen. Einen Fliederduft zu kreieren hieße vor allem, ihn in subtiler Weise nachzubauen … und ihm etwas Betörendes hinzuzufügen. Nicolas' Intuition sagte ihm, dass das möglich wäre, und mit einem Mal fühlte er sich versucht, alles stehen und liegen zu lassen und sich in das Labor seines Vaters einzuschließen, um es zu versuchen. Die Intensität dieser plötzlichen Empfindung überraschte ihn.

Als Nicolas sich kurz nach Mitternacht unter die Dusche im Garten stellte, war es bereits um einiges kühler geworden, trotzdem genoss er es, sich im Freien den Schweiß und die Farbreste vom Körper zu spülen. Während das Wasser über seinen Körper rann, dachte er noch einmal über den Duft seines Vaters nach. Es war nicht nur die Zusammensetzung der Inhaltsstoffe, die ihm keine Ruhe ließ, es war noch etwas anderes, das ihn verwirrte, doch er kam nicht darauf, was es war.

Er trocknete sich ab und rannte in der Dunkelheit zum Haus. Im ersten Stock wartete das kleine Zimmer auf ihn, in dem er immer wohnte, wenn er von Paris hierherkam.

Camille, die Haushälterin, verzierte das Kopfkissen stets mit einem Sträußchen Lavendel, wie seine Mutter es all die Jahre zuvor getan hatte. Nicolas legte sich aufs Bett und überkreuzte die Arme. Das nachdenkliche Gefühl, das ihm beim ersten Proberiechen von ›Désir‹ beschlichen hatte, hielt an. Der Duft hatte interessante Ecken und Kanten, genauso, wie ein guter Duft sein musste. Was fehlte also?

Nach einer Weile stand Nicolas noch einmal auf und blickte aus dem Fenster. Er nahm die Umrisse der Natur wie Scherenschnitte wahr. Der Garten wirkte nicht mehr so gepflegt wie zu Zeiten seiner Mutter, übte aber noch immer einen gewissen Reiz aus; an manchen Stellen wirkte er wild, an anderen versonnen. Nicolas begriff schlagartig, was ihm am Duft seines Vaters nicht behagte. Es war der Name: Désir – Verlangen. Er verband angenehme Gefühle mit dem Wort. Jemanden mit jeder Faser des Körpers zu begehren – was gab es Schöneres? Trotzdem war es nicht wirklich Verlangen, woran er dachte, wenn er die Flaschen öffnete, die sein Vater ihm heute zum Riechen hingestellt hatte. Hinter der Basisnote eröffnete sich eine weitere Bedeutung. Sie war zarter, flüchtiger und vor allem verletzlicher als Verlangen. Hoffnung, Espérance!

Draußen sprang eine Katze miauend vom Baum. Ein wissendes Lächeln umspielte Nicolas' Gesicht, er hatte mit einem Mal das Empfinden, in das Herz seines Vaters gesehen und Klarheit gewonnen zu haben. Es war ein Gefühl puren Staunens, dann absoluter Gewissheit. Einen Duft, der das Gefühl von Verlangen und Begierde einfing, hatte sein Vater bereits erschaffen – ›La Vie‹. Sein neuer Duft jedoch spiegelte Hoffnung und zärtliche Liebe wider. Dessen war Nicolas sich nun sicher.

Es war spät geworden. Antoine wollte gerade das Licht seiner Arbeitslampe ausknipsen, als ihm einfiel, dass er seit Tagen keine Mails mehr abgerufen hatte. Seine Haushälterin erledigte das meistens für ihn, löschte Junk-Mails und Werbung und druckte die Nachrichten aus, die für ihn wichtig waren. Doch Camille konnte wegen eines Ischiasleidens derzeit nicht zur Arbeit kommen, und so war Antoine diesbezüglich auf sich gestellt. Seufzend entschloss er sich, das Notwendige hinter sich zu bringen, öffnete sein Postfach und beobachtete, wie die einzelnen Mails eintrafen. Als er die Liste der Nachrichten überflog, blieb er an einem Absender hängen: j.bent@gmx.de.

Er öffnete die Mail und begann zu lesen: … *wegen jener Karte, die Sie irrtümlich in die Schachtel meiner Mutter Barbara Bent gelegt haben, schreibe ich Ihnen heute …*

Antoines Hände schlossen sich um die Kante seines Arbeitstisches. Er spürte schmerzlich die Sehnsucht nach einer Frau, in die er sich, obwohl er damals bereits verheiratet war, seit ihrer ersten Begegnung in einer Parfümerie in Grasse verliebt hatte. Wenn er an sie dachte, empfand er ein Gefühl von Schwerelosigkeit. Und Schuld. Durch sie wusste er, dass nichts so unergründlich war wie das Gefühl, das zwei Menschen miteinander verbinden konnte. Sosehr er sich damals auch bemüht hatte, es war ihm nicht gelungen, gegen den kraftvollen Sog anzugehen, der ihn zu ihr hinzog. Und so hatte er die wahre Tiefe des Lebens kennengelernt, den schmalen Grat zwischen Glück und Lüge.

Zweimal im Jahr schickte er ihr eine Flasche ›La Vie‹. Einen Duft, den er eigens für sie kreiert hatte und den sie über alles liebte. Und jedes Mal legte er eine Karte dazu, auf die er zärtliche Worte schrieb. Mehr, etwa einen Anruf, gestand er sich nicht zu.

Dass nun jemand ihr Postfach geöffnet und seine Karte gefunden hatte, verhieß nichts Gutes. Der Gedanke, dass etwas passiert sein könnte, schnürte ihm schmerzhaft die Kehle zu.

8. KAPITEL

Julia folgte Fournier durch ein Holztor in den Garten des Parfümeurs. »Die lilaroten Blüten der Bougainvillea springen einem förmlich ins Auge«, sagte sie, als Fournier unter einer blumenumrankten Pergola stehen blieb. Begeistert sah sie sich im Garten um.

»Wissen Sie, dass die Bougainvillea zur Familie der Wunderblumengewächse gehört?« Der monotone Tonfall von vorhin war aus Fourniers Stimme verschwunden.

»*Wunder*blumengewächs!«, wiederholte Julia das Wort fasziniert. Ein Wunder, das war es, wonach sie sich sehnte. Ein Wunder, das ihr ihre Mutter zurückbrächte.

»Der Eingang zum Haus ist dort drüben.« Fournier wandte sich zum Gehen, doch Julia hielt ihn zurück.

»Warten Sie, Monsieur Fournier. Ich bringe Sie zurück zu Ihrem Rad.« Sie konnte ihn nicht einfach so entlassen.

»Lassen Sie mal.« Fournier winkte ab. »Ein Spaziergang wird mir guttun. Wenn Sie im Haus niemanden finden, gehen Sie zur Scheune dort hinten. Da ist Nicolas meistens anzutreffen.«

»Nicolas? Ist das Monsieur Leforts Assistent?« Julia suchte mit den Augen nach der Scheune, voller Hoffnung, dass dieser Nicolas ihr weiterhelfen konnte.

Fournier schüttelte den Kopf. »Toto hätte nie mit jemandem zusammengearbeitet, dafür war er zu eigenwillig. Nicolas ist sein Sohn.« Fournier streckte ihr seine Hand hin. Sie lag schwer und warm in Julias, als sie sie zum Abschied drückte.

»Adieu, Monsieur Fournier. Danke für Ihre Hilfe!« Sein Blick war so traurig, dass Julia einen Stich im Herzen verspürte.

»Adieu, Mademoiselle Bent.«

Julia entschied, gleich zur Scheune zu gehen, und so folgte sie dem Kiesweg, vorbei an Glyzinien und Clematis. In Antoine Leforts Garten fühlte sie sich wie im Märchen.

Ihr fiel die Verkäuferin in der Parfümerie in Frankfurt ein, die ihr auf die Schnelle etwas über Nischenparfümeure erzählt hatte. Genau so wie es hier aussah, hatte sie sich das Umfeld eines Duftkünstlers, wie Antoine Lefort es offenbar war, vorgestellt. Ein Haus inmitten der Natur, abgelegen genug, um konzentriert arbeiten zu können und sich gleichzeitig durch alles, was die Landschaft ringsum zu bieten hatte, inspirieren zu lassen. Julia betrachtete das Haus, um es mit ihrer Vorstellung zu vergleichen. Es war ein zweistöckiger, weiß getünchter Bau mit Sprossenfenstern und hellblauen

Fensterläden. Das Dach, mit braunroten Ziegeln gedeckt, zog sich bis weit über das Mauerwerk, als wolle es Schutz vor Wind und Wetter bieten, und vermutlich tat es das auch. Daran angrenzend sah sie die Parfümerie, deren Tür durch ein schmiedeeisernes Gitter verschlossen war. Am liebsten wäre Julia sofort hineingegangen, um in den Regalen nach außergewöhnlichen Parfüms zu stöbern.

Wie sollte sie Nicolas erklären, dass sein Vater ihrer Mutter eine Liebesbotschaft geschickt hatte? Selbst wenn es ein Versehen war, irgendwo gab es eine Frau, die Antoine Lefort eine Menge bedeutet hatte. Wusste sein Sohn davon? Nun, da der Parfümeur unerwartet verstorben war, würde es schwer sein, herauszufinden, was ihre Mutter und ihn verbunden hatte. Vielleicht hatte Toto, wie Monsieur Fournier Antoine Lefort genannt hatte, mit seinem Sohn über ihre Mutter gesprochen. Sie hoffte, dass es so wäre, damit sie die Reise hierher nicht umsonst angetreten hatte.

Julia war derart in Gedanken versunken, dass sie den Mann, der von rechts auf sie zukam, erst bemerkte, als sie ein »Bonjour, Mademoiselle« hörte. Überrascht blieb sie stehen. Er trug Jeans, die an den Knien abgewetzt waren, ein T-Shirt voller Farbkleckse und Turnschuhe, deren Schnürsenkel nicht zusammengebunden, sondern achtlos in die Seiten gesteckt waren.

»Entschuldigen Sie«, begann Julia überstürzt auf Deutsch. »Ich spaziere gewöhnlich nicht durch fremde Gärten, ohne nachgefragt zu haben, ob ich das darf.« Sie hatte den Satz gerade ausgesprochen, als sie ihren Fehler bemerkte. »Excusez-moi!«

Der Mann lächelte sie beschwichtigend an. »Sie können beim Deutschen bleiben, wenn Ihnen das lieber ist«, unterbrach er sie. Als er ihren fragenden Blick sah, fügte er hinzu:

»Ich habe einige Zeit in Köln gearbeitet. Kölnisch Wasser, das kennen Sie, nicht wahr? Damals habe ich ganz gut Deutsch gelernt.«

»4711, das kennt jeder«, nickte Julia. »Dann sind Sie Nicolas Lefort?!«

Der Mann hielt ihr die Hand hin, und sie schlug ein, spürte, wie ihre Finger von einer Hand gedrückt und gleichzeitig mit der anderen umschlossen wurden. Ein ungewöhnlicher Händedruck, voller Wärme und Willkommen. »Und Sie sind Julia Bent aus Frankfurt. Ich habe Ihre Mail gelesen, in der Sie schreiben, dass Sie meinen Vater sprechen möchten ... Offenbar hatte mein Vater auf eine erste Nachricht von Ihnen reagiert, und da er dann leider nicht mehr antworten konnte ...« Diesmal war Julia es, die ihn unterbrach. »Dann waren Sie derjenige«, sie zögerte kurz. »›Wenn Sie Fragen haben, rufen Sie an oder kommen Sie vorbei. Fragen gehören beantwortet, bevor sie Magenschmerzen verursachen.‹ Kein Wort zu wenig, keins zu viel. Alles auf den Punkt gebracht.«

Nicolas Lefort nickte: »Und da sind Sie. Ehrlich gesagt, hatte ich mit einem Anruf gerechnet.«

Julia breitete die Arme aus, als wolle sie die Landschaft umarmen. »Eine Reise in die Region der Parfüms wollte ich mir keinesfalls entgehen lassen«, sagte sie und versuchte, beschwingt zu klingen. »Übrigens hat ein gewisser Monsieur Fournier mich hierher gelotst. Er hat mir vom Tod Ihres Vaters erzählt.« Julia sah in Nicolas' strahlende Augen. »Mein Beileid«, sagte sie aufrichtig.

»Danke«, er sah nicht betroffen zu Boden, sondern erwiderte ihren Blick, und plötzlich glitt ein Lächeln über sein Gesicht. Zum ersten Mal seit Wochen konnte Julia nicht anders, als zurückzulächeln, nicht gezwungen oder gequält, sondern ganz natürlich. »Bitte halten Sie mich nicht für pietätlos oder verrückt. Aber wenn ich an meinen Vater denke, muss ich lächeln. Die letzten Tage, die wir miteinander verbracht haben, gehörten zu den schönsten, die uns vergönnt waren. Ich bin froh, hier gewesen zu sein, als er mich brauchte.« Nicolas lächelte noch immer. »Ich würde alles dafür geben, meinen Vater am Leben zu wissen … und doch ist da ein Gefühl von …«, er überlegte, wie er es ausdrücken sollte.

»Akzeptanz?«, mutmaßte Julia. Nicolas nickte. »Monsieur Fournier sagte, Ihr Vater sei nach einem erfüllten Leben friedlich eingeschlafen.«

»Ja, er hatte ein wunderbares Leben. Höhen und Tiefen inbegriffen«, bestätigte Nicolas. Seite an Seite schlenderten sie auf das Haus zu, und Julia registrierte die geschmeidige Kraft, die in Nicolas' Bewegungen lag. Bald erreichten sie eine Eingangstür aus Holz, in deren Mitte sich ein messingfarbener Türklopfer befand. »Darf ich Sie auf einen Kaffee hineinbitten, Julie? Oder hätten Sie lieber eine Tasse Tee?« Er sprach ihren Namen französisch aus. Julie statt Julia. Es klang weich und gefiel Julia.

»Oh, vielen Dank. Kaffee wäre wunderbar«, sagte sie und folgte ihm in den Flur des Hauses, der, wie jener im Hotel, mit Marmorplatten belegt war. An den Wänden hingen Lampen in Form von Amphoren, die gerade genug Licht abgaben, damit man sich zurechtfand. Nicolas schritt an mehreren Türen vorbei, bis er eine davon mit der Schulter aufstieß.

»Kommen Sie.« Nicolas betrat vor ihr die Küche. »Bitte, nehmen Sie Platz!« Er deutete auf einen Tresen aus hellem Stein, der sich an die Arbeitsfläche anschloss. Julia setzte sich auf einen Hocker und sah sich um. Über dem Herd hingen Kupferpfannen, die offensichtlich auch benutzt wurden. Ansonsten bestach die Küche durch eine ansehnliche Sammlung an Kochbüchern und eine imposante, rote Schneidemaschine für Wurst und Schinken. Nicolas bediente die Kaffeemaschine, schäumte Milch auf und gab Kekse in eine Schale. Alles in Windeseile, ohne jedoch hektisch zu wirken. Mit den Kaffeebechern und den Keksen kam er zu Julia und nahm neben ihr Platz. »Sie haben Ihre Mutter verloren.« Er bedachte sie mit einem mitfühlenden Blick.

Julia nickte. »Sie hatte vor einigen Monaten einen tödlichen Autounfall.«

»Ein Autounfall!«, wiederholte Nicolas. Obwohl das Thema schwierig war, hatten seine Worte etwas Unaufdringliches.

»Ja«, bekräftigte Julia. »Man hat sie noch in ein Krankenhaus bringen können, aber es war zu spät.«

»Das tut mir leid, besonders für Sie, weil Sie mit der Trauer weiterleben müssen.«

Julia hatte das Gefühl, etwas darauf erwidern zu müssen. Doch wenn sie zu viele schmerzliche Details preisgab, würde sie von der Trauer überrollt werden. Sie wollte nicht vor einem Mann weinen, den sie gerade mal ein paar Minuten kannte. »Als mein Vater und ich ins Krankenhaus kamen, war meine Mutter bereits tot. Wir konnten nur noch die Beerdigung organisieren.« Sie schluckte schwer.

»Das muss eine schwierige Zeit für Sie sein. Man kann nur hoffen, irgendwann das Schlimmste hinter sich zu haben.«

Julia schüttelte den Kopf. »Ehrlich gesagt ... weiß ich das nicht so recht.« Sie schwieg.

»Finden Sie nicht auch, dass es heute viel zu schön ist, um den Kaffee im Haus zu trinken?« Julia war froh, das Thema wechseln zu können. Ihr Blick folgte Nicolas Leforts Hand, die auf eine Holzbank vorm Fenster gerichtet war. Unter ehemals blauer Farbe schimmerte der Naturton durch und verlieh der Bank eine schöne Patina. »Dort ist es windgeschützt, einer meiner Lieblingsplätze.« Sie trugen alles nach draußen, und als Julia Platz nahm, spürte sie die Wärme, die von der Hauswand abstrahlte, roch den Duft der Pinien und der Mimosen ringsum. Frankfurt lag in weiter Ferne. Hier war alles bunter, stiller, geruchsintensiver. Julia trank ihren Kaffee und betrachtete Nicolas genauer. Sein schmales Gesicht lief in einem markanten Kinn zusammen, das seinem ansonsten ausgewogenen Profil etwas Kantiges verlieh. Die dunklen Haare waren kurz geschnitten und gingen entlang der Koteletten in die Bartstoppeln eines Dreitagebarts über. Er wirkte lässig, durch seine Kleidung sogar etwas unkonventionell.

»Wissen Sie was?«, Nicolas hatte seinen Blick schweifen lassen und sah sie nun an, »… meistens bin ich froh, nichts über die Zukunft zu wissen, mich überraschen zu lassen.« »So ging es mir früher auch«, stimmte Julia ihm zu. Sie mochte seinen charmanten französischen Akzent. »Besonders, wenn es sich um Momente wie diese handelt. In Ruhe Kaffee trinken und dabei in einem Garten sitzen, der eine Spur verwildert ist, so, wie ich es mag.« Sie blickte in den Himmel, wo Schwalben zwitschernd ins Blau flogen.

»Ja, das sind besondere Augenblicke«, stimmte Nicolas ihr zu.

Er stand auf, entschuldigte sich und verschwand noch mal im Haus. Wenig später kehrte er mit einem Imbiss zurück. »Haben Sie Hunger?!« Ohne Julias Antwort abzuwarten, stellte er ein Tablett auf den Tisch und reichte ihr einen Teller: »Greifen Sie zu!« Julia roch den würzigen Duft des Käses und bekam Appetit. Sie nahm sich von allem und begann zu essen.

»Das Brot schmeckt nach Anis und Kümmel und der Käse nach Rosmarin. Köstlich!« Nicolas goss Wasser in zwei Gläser, legte sich Schinken aufs Brot und biss herzhaft hinein. »Was halten Sie davon, später mit mir ins Labor meines Vaters zu gehen? Ich zeige Ihnen, womit er sich beschäftigt hat. Deshalb sind Sie doch hier, nicht wahr? Wegen der Parfüms ... vor allem wegen des Lieblingsdufts Ihrer Mutter?«

»Eine Führung wäre wunderbar.« Dass sie vor allem wegen der Nachricht seines Vaters an ihre Mutter hier war, ließ sie vorläufig unerwähnt.

Beim Essen erzählte Nicolas über das Leben in der Region rund um Grasse. »Die meisten Menschen hier leben im Einklang mit der Natur und den Düften, die sie umgeben.«

»Für jemanden wie mich, der schon immer in der Stadt lebt, ist das schwer vorstellbar«, sagte Julia. »Hier duftet alles, in Frankfurt dagegen *riecht* es eher.« Nicolas wusste, wovon Julia sprach.

»Ich verstehe, was Sie meinen. Ich bin hier aufgewachsen, lebe aber seit Jahren in Paris, deshalb ist es auch für mich jedes Mal etwas Besonderes, hier zu sein. Man vergisst die Autoabgase und den Lärm und taucht in eine andere Welt ab.«

Als der Brotkorb leer und Schinken und Oliven aufgegessen waren, trugen sie das Geschirr in die Küche und gingen in Antoine Leforts Labor. Der Raum war rechteckig, mit Fenstern zur Gartenseite, und größtenteils mit Glasvitrinen möbliert, die mit unzähligen Flakons bestückt waren. Jeder Winkel des Labors strahlte Tradition aus, vor allem eine mit Kupferstichen dekorierte Wand, auf denen Blüten und Kräuter festgehalten worden waren. Gleich gegenüber sah Julia Fotos, auf denen ein Mann in verschiedenen Lebensabschnitten abgebildet war, oft mit einem weißen Kittel bekleidet: Das musste Antoine Lefort sein. Julia ging am Bürosessel vorbei, dessen Leder in der Mitte, wo Monsieur Lefort wohl jahrzehntelang gesessen hatte, eine dunklere Farbe angenommen hatte, und schritt die Fotos ab. Seit Tagen hatte sie sich vorzustellen versucht, wie der Parfümeur aussah. Nun sah sie, dass er groß und schlank, fast hager gewesen war und bis zuletzt tatkräftig und offen gewirkt hatte.

»Ihr Vater hatte ein warmes Lächeln.«

Nicolas' Augen schweiften über die Fotos, die er so gut kannte und die er nun mit Julias Augen sah. »Ja, er besaß enorm viel Lebensfreude und hatte ein großes Herz, manchmal aber auch einen Dickschädel. Ich vermisse ihn jeden Tag.«

»So geht es mir mit meiner Mutter auch. Ich denke viel an sie.« Als Julia mit den Fotos durch war, drehte sie sich in alle Richtungen, um das Labor als Ganzes aufzunehmen. »Meine Güte, was es hier zu sehen gibt.« Ihr Blick glitt über die Glasflakons, die mit Flüssigkeiten in jeder Farbschattierung gefüllt waren. »Der Raum ist eine Mischung aus Apotheke, Labor und Wunderkammer. Zum Träumen.« Nicolas lächelte angesichts von Julias Freude.

»Als Raum zum Träumen habe ich das Labor nie gesehen. Hier wird einem viel abverlangt, allerdings nach getaner Arbeit auch etwas zurückgegeben.« Nicolas deutete auf den Schreibtisch, auf dem allerhand Fläschchen standen und ein riesiger Stapel Papiere lag. »Dort hat mein Vater bis zuletzt an einem Duft gearbeitet. Leider ohne ihn vollenden zu können.« Das Strahlen in seinen Augen erlosch, Wehmut packte ihn. »Wissen Sie, was ich mich frage?« Nicolas klang unsicher. »Ob ich den Duft für ihn zu Ende bringen soll.« Er zog zwei

Stühle heran, deutete auf einen, auf dem Julia Platz nahm, und setzte sich auf den anderen.

»Das hätte Ihr Vater sicherlich gewollt, nicht wahr?«, vermutete Julia.

Plötzlich schüttelte Nicolas nachdenklich den Kopf. »Manchmal denke ich, all das war eine letzte Inszenierung von ihm.« Julia sah ihn fragend an, und so holte er weiter aus. »Bevor es mich zum Malen hinzog, war ich Parfümeur wie er. Nach einigen Jahren in Köln habe ich allerdings aufgegeben.« Er stützte sich auf die Ellbogen. »Mein Vater war enttäuscht, hoffte immer darauf, dass Düfte für mich, genauso wie für ihn, eng mit Geschichten und Emotionen verknüpft wären. Ich empfinde meine Arbeit anders. Beim Malen sehe ich ein Gesicht vor mir und beginne es zu zeichnen. Ich trage Farbe auf, und während ich immer tiefer in das Bild eintauche, wird es in meinem Kopf still. Ich verspüre nur den Wunsch, das Bild, das ich im Kopf habe, auf die Leinwand zu bringen.«

»Klingt spannend«, räumte Julia ein. »Allerdings fühle ich mich eher der Sichtweise Ihres Vaters zugetan. Ich liebe Geschichten. Schon immer. Wenn meine Mutter vor ihrem Tod einen letzten Wunsch ausgesprochen hätte«, fuhr sie fort, »wäre ich froh, ihn ihr erfüllen zu können. Ich will nicht sentimental klingen, aber ich glaube, dadurch könnte ich ihr noch eine Weile nahe sein.« Julia blickte durch das Fenster in die Weite des Gartens und spann ihre Gedanken fort. »In Ihrem Fall, Nicolas, lautet die entscheidende Frage: Wie wichtig ist es Ihnen, den Duft Ihres Vaters zu Ende zu bringen?«

Nicolas hörte Julia aufmerksam zu. »Fest steht, ich werde weiterhin als Maler arbeiten. Was nicht heißt, dass mir der letzte Duft meines Vaters nicht am Herzen liegt. Ein furchtbarer Zwiespalt.« Er presste seine Hände gegeneinander, als könne er die Spannung ausgleichen, die ihm so zusetzte.

»Halten wir die Fakten fest.« Julia war in ihrem Element. »Welche Möglichkeiten haben Sie? Entweder Sie belassen es dabei, dass der Duft Ihres Vaters ein Fragment bleibt, oder Sie arbeiten selbst weiter daran und widmen sich, sobald das Parfüm fertig ist, wieder dem Malen. Sie können den Auftrag natürlich auch an einen Kollegen oder eine Kollegin vergeben und den Duft im Namen zweier Parfümeure auf den Markt bringen.«

»An die letzte Möglichkeit habe ich noch gar nicht gedacht. Julie, Sie schickt der Himmel!«

Nicolas' unbefangenes Lächeln erinnerte Julia an das Lächeln ihrer Mutter. Als sie ein Mädchen war, hatte ihre Mutter sie oft gelobt. »Du stehst gern für etwas ein, Julia, und sprichst aus, was du denkst.« Ihre Mutter hatte vieles, was sie getan hatte, gutgeheißen. Während der Jahre im Gymnasium hatte ihre Mutter ihr eingeschärft, durchzuhalten, was auch immer geschehe. »Halt den Kopf hoch, Julia! So siehst du am weitesten.« Ihr Verhältnis zueinander war immer gut gewesen, bis auf die Wochen vor dem Unfall. Julia hatte ihre Mutter immer öfter in Gedanken versunken erlebt, *abwesend*. Auf ihre wiederholten Fragen, was los sei, hatte sie keine befriedigende Antwort erhalten. Zu dieser Zeit hatte sie oft Kritik einstecken müssen. Manchmal verdient, wenn sie sich etwas ausgeliehen und es zu spät zurückgegeben hatte, manchmal völlig aus der Luft gegriffen. Julia hatte angenommen, ihre Mutter habe Probleme. Sie kämpfte schon länger mit den Wechseljahren, hatte oft Migräne und lag nachts wach. Doch nach einer Weile war sich Julia nicht mehr sicher, ob das der einzige Grund für die Fahrigkeit ihrer Mutter sein konnte. So etwas hätte sie nicht derart aus der Ruhe gebracht.

»Julie? Möchten Sie noch Kaffee? Oder ein Glas Orangenlimonade?«

Julia fuhr sich mit der Hand übers Gesicht, als könne sie so die Vergangenheit wegwischen.

»Sie schienen gerade weit weg zu sein ...« Nicolas bedachte sie mit einem Blick, der echtes Interesse bekundete.

»Stimmt, das war ich! Die letzten Wochen waren schwierig.«

Nicolas vermutete, dass Julia eine Frau war, die sich nicht gleich jedem offenbarte. Trotzdem musste es einen Grund für ihre erzwungen wirkende Zurückhaltung geben. Als sie weitersprach, verstand er, was sie bewegte.

»Ich habe den Tod meiner Mutter am Handy mitangehört.« Sie fuhr am Bund ihres Kleids entlang, zupfte nervös am Stoff und überwand sich zu einem weiteren Satz. »Und das ist noch nicht alles. Wenn meine Mutter mich damals nicht angerufen hätte, könnte sie vermutlich noch leben.« Unwirsch schob sie ihren Stuhl zurück, sprang auf und wusste plötzlich nicht, was sie tun sollte. Als sie Nicolas' fragenden Blick sah, setzte sie sich wieder und begann, das Bild zu beschreiben, das ihr fast täglich vor Augen stand. »Morgens beim Aufwachen höre ich den Schrei, kurz vor ihrem Tod ... er war so laut, dass ich mir am liebsten die Ohren zugehalten hätte.« Julia stockte und zwang sich, weiterzusprechen. »Vermutlich wundert es Sie, aber bisher habe ich niemandem anvertraut, was *wirklich* passiert ist. Ich weiß nicht, wie ich das Erlebte in Worte fassen soll. Ich schäme mich so.« Julias brüchige Stimme und ihre angespannte Haltung berührten Nicolas. Er registrierte ihre viel zu kurze, hastige Atmung.

»Haben Sie schon einmal versucht, das Geschehene aus einer distanzierteren Perspektive zu sehen? So, als wären Sie eine Randfigur und beobachteten nur.«

Julia rieb sich fest über die Haut am Hals, als müsse sie etwas, das dort nicht hingehörte, wegkratzen.

»Versuchen Sie es, bevor es Ihnen zu viel wird.«

Sie nickte mechanisch, doch plötzlich war ihr, als glitte sie durch eine sich langsam lichtende Nebelwand. Sie sah alles deutlich vor sich. »Ich hatte mir einen Pullover von meiner Mutter ausgeliehen und ihn nicht rechtzeitig zurückgegeben«, begann sie ihre Erzählung. »Sie rief mich an, um mich zu bitten, meinem Vater den Pulli mitzugeben, der vorhatte, sie am Wochenende zu besuchen.«

»Wohin fuhr Ihre Mutter?«, wollte Nicolas wissen.

»Sie war auf dem Weg zur Kur in irgendeinem Dorf in Bayern.« Jedes Wort war ein Berg, den es zu bezwingen galt, doch je weiter Julia ausholte und erzählte, was ihr auf der Seele lag, umso mehr schien sie an Kraft zu gewinnen. »›Gib deinem Vater den Pulli mit, das Wetter ist schlecht, ich brauche ihn!‹, sagte sie zu mir. Sie schimpfte, ich sei zu nachlässig in letzter Zeit. Sie sei enttäuscht. Ihre Stimme klang streng. So kannte ich sie gar nicht. Während wir telefonierten, sah ich im Geist meine Mutter hinterm Steuer ihres Wagens sitzen, sah, wie sie sich das Handy ans Ohr hielt.« Noch nie war sie so nah am Erlebten gewesen. Es fühlte sich an, als hätte sie den Unfall anstelle ihrer Mutter erlitten – und überlebt.

»Wie ging es weiter, Julie?« Nicolas spürte, dass die Rückschau wichtig für Julia war. Ihr Redefluss stockte hier und da, doch ihre Stimme hielt.

»Das Telefonat lief nicht gut. Meine Mutter wurde laut, und auch ich reagierte verärgert. Irgendwann glitt ihr das

Handy vermutlich aus der Hand. Sie muss danach gegriffen haben …« Julia entwich ein leises Stöhnen, als sie Nicolas' Augen fand, die sie weiterhin aufmerksam fixierten. »Ich sehe es wie in einem Film vor mir: Ma bückt sich nach dem Handy, sucht den Boden danach ab. Sie ist kurz abgelenkt, ein paar lächerliche Sekunden der Unaufmerksamkeit, dann hat sie es endlich zwischen den Fingern. Doch als sie aufblickt, sieht sie die Leitplanke vor sich. Sie reißt das Steuer herum, will ausweichen und schreit … schreit so laut sie kann.« Julia begann zu zittern.

»War das das Letzte, was Sie von Ihrer Mutter gehört haben? Dieser Schrei?«

Julia unterdrückte ein Schluchzen. »Nein! Nach dem Schrei hörte ich einen ohrenbetäubenden Knall. So etwas hatte ich noch nie gehört.« Sie spürte, wie ihre Hände unruhig wurden, sie bekam sie nicht unter Kontrolle, dann sah sie, wie Nicolas seine Hände nach ihr ausstreckte. Die weichen Innenflächen seiner Hände legten sich wie eine schützende Hülle um ihre Haut. Augenblicklich durchströmte sie ein Gefühl der Geborgenheit, das ihr die Kraft zu einem weiteren Satz gab. »Danach war Stille, erschreckende Stille«, sagte sie leise. Nicolas schwieg. »Nach der Beerdigung hat man mich beschworen, mein Leben weiterzuleben. Nur, wie soll ich einen Strich ziehen? Im Grunde weiß ich nicht, ob jemals der rechte Zeitpunkt kommen wird, um mit dem Tod eines geliebten Menschen abzuschließen und nach vorne zu schauen. Ich sehne mich nach nichts mehr als danach, alles rückgängig machen zu können.«

Nicolas versuchte, Julias Erzählung mit seinen eigenen Gefühlen zu verknüpfen. Der Tod seines Vaters hatte ihn tief getroffen, doch es war der Lauf der Natur. In Julias Fall lagen die Dinge anders. »Kann es sein, dass Sie Angst haben, Ihre Mutter ein zweites Mal zu verlieren, wenn Sie nach vorne blicken? So, als würden Sie sie verraten?« Julia blickte erschrocken auf, beinahe ungläubig. Wie zerbrechlich sie wirkte. Als Nicolas ihr im Garten begegnet war, hatte sie ein Leuchten in den Augen gehabt, von dem sie selbst nichts wusste. Dieses Leuchten war nun verschwunden.

»Vielleicht!« Sie biss sich auf die Unterlippe. »Manchmal frage ich mich, ob mein Vater mich insgeheim verurteilt und es mir nur nicht sagt. Und oft genug fürchte ich mich davor, in Selbstmitleid zu versinken und in einer Sackgasse zu landen. Vielleicht ist das sogar schon passiert.« »Sich hinter widersinnigem Groll zu verschanzen, weil das Schicksal einem übel mitgespielt hat, passiert leicht. Das ist menschlich.«

Julias Gefühle wurden mit einem Mal zu Wellen, die sie jeden Moment zu überrollen drohten. Sie wehrte sich, ihnen nachzugeben.

»Sie müssen sich nicht zusammenreißen, Julie, ich weiß, wie Ihnen zumute ist.« Nicolas hatte den Satz kaum ausgesprochen, als Tränen in Julia aufstiegen, die sie nicht länger unterdrücken konnte. Tränen, die sie seit dem Tod ihrer Mutter fest in sich verschlossen hatte. Sie wich Nicolas' Blicken aus, zog die Beine an, stützte ihren Kopf auf die angezogenen Knie und verbarg ihr Gesicht in ihren Händen. Leise schluchzend schlang sie die Arme um ihre Beine, wiegte sich langsam vor und zurück. Irgendwann drang ihr Name wie aus weiter Ferne zu ihr vor. »Julie?«

Langsam hob sie ihr Gesicht und ließ die Beine sinken. Sie stürzte das Glas Wasser, das vor ihr stand, hinunter und sprach dann stockend weiter. »Jeder erinnert mich daran,

dass ich weitermachen muss … fang dich endlich wieder …
blick nach vorn …«

Nicolas hielt ihr ein Taschentuch hin, damit sie sich über
die rotgeränderten Augen tupfen konnte. Vorsichtig wischte
sie sich die Nässe aus den Augenwinkeln.

»Die meisten Menschen können mit Veränderungen nur
schwer umgehen«, wusste er. »Sie fühlen sich hilflos, glauben,
Trost spenden zu müssen, und wissen nicht wie.«

»Kann schon sein.« Julia hatte das Taschentuch zusammen-
geknüllt, nahm ein weiteres von Nicolas entgegen und putzte sich die Nase.

»Haben Sie schon mal darüber nachgedacht, dass es genug
sein könnte, Ihre Gefühle auszuhalten?«

Julia sah ihn überrascht an. »Sie meinen, ich soll einfach so
weitermachen? Ohne etwas zu ändern?«

Nicolas schüttelte den Kopf. »Nicht einfach so! Trauer weicht
man gewöhnlich aus, man möchte sie so schnell wie möglich
loswerden. Wenn Sie sie allerdings zulassen, anstatt dagegen
anzukämpfen, haben Sie eine Menge getan. Es ist nicht leicht,
Traurigkeit anzunehmen … denken Sie an das hässliche Gefühl der Ungerechtigkeit und an die Wut, weil passiert ist,
was passiert ist.« Nicolas sprach mit so viel Aufrichtigkeit,
dass Julia verwundert seiner Stimme lauschte.

Als sie sich wieder etwas beruhigt hatte, zeigte Nicolas ihr
die Parfümerie. Froh, ihre Trauer einen Moment hintanstel-
len zu können, nahm Julia in einem Plüschsessel Platz. Sie
fühlte den samtigen Stoff wie eine Liebkosung an ihren Beinen, und je länger Nicolas ihre vielen Fragen zu Parfüms und
zu seinem Vater beantwortete, umso mehr ließ Julia sich
vom Rhythmus seiner Sprache mitreißen. Hier saß sie also

und machte sich anhand seiner Worte ein Bild von Antoine Lefort. Dem Mann, den irgendetwas mit ihrer Mutter verband.

»Mein Vater hat dafür gelebt, Nischendüfte zu kreieren. Erfolg und Ruhm standen bei ihm erst an zweiter Stelle«, erklärte Nicolas nicht ohne Stolz.

»Und Ihre Mutter, wie stand sie dazu?« Julia holte aus, froh, nun diejenige zu sein, die Überlegungen anstellte. »Die Vorgehensweise Ihres Vaters war sicher lobenswert und hat der Welt unnachahmliche Düfte beschert, sie bedeutete aber auch den Verzicht auf materiellen Erfolg und Ansehen, oder etwa nicht?«

»Absolut. Hätte mein Vater sich mehr um das Kommerzielle gekümmert, hätte er weit mehr Erfolg haben können. Auf seinem Gebiet war er eine Koryphäe, aber er sprach kaum darüber. Meine Mutter und er waren ein eingespieltes Paar. Nicht nur auf dieser Ebene, aber da besonders.«

Julia suchte nach Worten, um Antoines Karte anzusprechen, doch bevor sie sie fand, sprach Nicolas weiter: »Mein Vater sagte einmal: ›Die meisten Menschen glauben, die Liebe versteht sich von selbst, doch dann erleben sie Eifersucht, Neid, Verzweiflung, Missgunst. Was treibt Menschen an, das zuzulassen?‹ Er war sehr um Ausgleich bemüht, liebte es, Menschen zu verbinden. Vielleicht hatte er recht? Wir sollten einander zu begreifen versuchen, anstatt uns zu verurteilen. Überlegungen dieser Art flossen in seine Arbeit mit ein ... das war ihm wichtiger als Erfolg um jeden Preis.«

Irgendwo klingelte ein Handy, unterbrach diesen Moment der Nähe. Nicolas stand auf. An der Tür blieb er kurz stehen, nickte Julia aufmunternd zu und verschwand aus ihrem Blickfeld.

Augenblicke später hörte sie ihn telefonieren, leise drang seine Stimme zu ihr hinüber. Behutsam langte Julia nach einem Flakon in Griffweite, zog den Stöpsel heraus und roch an einem Duft von unvergleichlicher Intensität. Selbstvergessen schloss sie die Augen, betört von dem Parfüm. Sie musste Nicolas sagen, wie berauschend dieser Duft war. Sie war noch ins Riechen vertieft, als sie Schritte im Gang hörte. In Erwartung, ihn im Türrahmen zu sehen, öffnete sie die Augen. Doch es war nicht Nicolas, sondern eine Frau in einem blauen Leinenkleid. Sie sah sie mit einem wissenden Lächeln an. »Sie sind gerade dabei, sich in ein Parfüm zu verlieben, n'est-ce pas?«

Julia musste zugeben, dass es stimmte, und nickte.

»Ich bin Louanne Morel.« Die Frau kam näher und reichte Julia die Hand. Rote Fingernägel blitzten vor ihr auf. Falls sie überrascht war, jemanden in der Parfümerie anzutreffen, die nicht mehr betrieben wurde, ließ sie es sich nicht anmerken.

»Monsieur Lefort ist in einem der Zimmer nebenan und telefoniert! Ich bin Julia Bent«, sagte Julia auf Französisch. Sie schlüpfte in ihre Sandalen, die sie sich vorhin achtlos von den Füßen gestreift hatte, und stellte den Flakon zurück auf den Tisch.

»Bilder oder Parfüms?«

»Weder noch«, entgegnete Julia.

»Dann sind Sie keine Kundin oder Sammlerin?« Louanne lehnte sich an den Verkaufstisch.

»Nein. Ich bin Touristin ... na ja, nicht ganz. Eigentlich versuche ich, hier Abstand von einem Schicksalsschlag zu gewinnen«, gab Julia zu.

»Oh, das tut mir leid. Ich wünsche Ihnen ganz schnell bessere Zeiten.«

»Allerdings liebe ich Parfüms«, beeilte Julia sich zu sagen.

»Welche Frau tut das nicht. Und hier gibt es eine Menge davon.«

Julia nickte Louanne Morel zu und fuhr fort. »Meine Mutter stand mit Antoine Lefort in Kontakt. Sie liebte sein Parfüm ›La Vie‹ und trug es jeden Tag.« Damit war alles gesagt, ohne etwas preiszugeben, das vielleicht niemand wissen sollte.

»›La Vie‹ ist ein faszinierender Duft. Hin und wieder verwende ich ihn selbst. Ich arbeite ebenfalls mit Düften, wenn auch nur im Verkauf. Meine Familie führt in dritter Generation eine Parfümerie in Grasse. Dort verkaufen wir hauptsächlich Nischendüfte, Seifen, spezielle Lotionen und dergleichen.« Louanne fuhr sich durch ihr kurzes blondes Haar, das sich verspielt im Nacken kräuselte. Sie sah nicht nur hinreißend aus, sondern wirkte auch unbekümmert freundlich. Früher hatte auch Julia diese Leichtigkeit besessen. Früher, als ihre Mutter noch lebte. »Und woher stammt Ihr Akzent?«, unterbrach Louanne den kurzen Moment schmerzlicher Erinnerung. »Deutschland?«, riet sie.

»Frankfurt, um genau zu sein«, konkretisierte Julia. Wo war die Neugier auf die Überraschungen des Lebens hin, die sie früher verspürt hatte? Sie war immer an anderen Menschen interessiert gewesen, doch jetzt war sie in Gedanken ganz woanders. Hier und heute kam sie sich verschlossen wie eine Auster vor. Und viel zu steif.

»Als Französin kommt man recht häufig nach England. Nach Deutschland fahre ich nur, wenn ich einen speziellen Grund dafür habe. Bei meinem letzten Aufenthalt in London bin ich einem hinkenden Hund und seinem ebenfalls hinkenden Herrchen begegnet. Der Mann kam aus Bayern, lebte inzwischen aber in Chelsea.« Louanne gab eine nette Anekdote über den Deutschen zum Besten, den sie auf der Straße versehentlich angerempelt und den sie danach noch einige Male getroffen hatte. Sie waren mitten im Gespräch, als Nicolas in der Tür erschien und stehen blieb, um die Pointe mitanzuhören. »Und dann erfuhr ich, dass der Dackel hinkte, weil sein Herrchen es tat. Als sein Leiden behoben war, trippelte die Dackeldame wieder elegant wie früher durchs Leben.« Louanne lachte und Julia stimmte mit ein. »Zusammenhalt zwischen Mensch und Tier«, fasste sie die Geschichte zusammen.

Nicolas kam näher und umarmte Louanne. »Wie ich sehe, habt ihr euch bereits bekannt gemacht.« Zufrieden blickte er die beiden Frauen an.

»Klar haben wir das!« Für Louanne schien nichts selbstverständlicher zu sein, als sich auf Anhieb mit Menschen zu verstehen.

»Warst du in der Nähe?«

Louanne nickte.

»... und da dachtest du, ich schau mal kurz bei Nico vorbei ...«

Louanne ließ ihr charmantes Lachen hören. »Ich wollte nachprüfen, ob dein Smartphone dich wieder im Griff hat.«

Nicolas wandte sich augenzwinkernd an Julia. »Louanne spielt auf meine angebliche Arbeitswut an.« Er zuckte mit den Schultern, um das Gesagte abzumildern.

»Wie ich sehe, bist du wieder im Alltag angekommen, Nico. Ich warte gern auf dich, wenn du telefonierst. Julia und ich haben uns angeregt unterhalten.« Louanne sah Julia an und grinste verschwörerisch.

»Die Zeit verging wie im Flug«, bestätigte Julia. Sie warf einen Blick auf ihre Armbanduhr. »Himmel noch mal«, sie stand übereilt auf. »Es ist Stunden her, seit ich durch das Gartentor getreten bin.« Rasch griff sie nach ihrer Handtasche. Louanne gab ihr die Hand. Ein fester, warmer Händedruck. »Au revoir!«

Nicolas begleitete sie zur Tür und trat mit ihr in das warme, frühabendliche Licht. »Ich hoffe, Sie kommen wieder«, sagte er. Ehe Julia begriff, was er vorhatte, zog Nicolas sie an sich. Überrascht von seiner Nähe, vergaß sie im ersten Moment, sich zu rühren, schließlich gab sie nach, um sich wohlig in die unerwartete Umarmung zu schmiegen. »Geben Sie den Kampf gegen die Realität auf, Julie, er kostet nur Kraft. Und trauern Sie. Das wird Sie trösten.« Julia lauschte gebannt Nicolas' Stimme. Die Zeit schien stillzustehen. Zuneigung, das war es, was sie in seiner Gegenwart fühlte, große Nähe.

Wenige Augenblicke später stieg sie in ihren Wagen und sah, wie Nicolas ihr hinterherwinkte.

Julia kam rechtzeitig zum Abendessen zurück ins Hotel. In der Ruhe ihres Zimmers rief sie Frank an, um ihm von den Erlebnissen dieses Tages zu berichten. Danach legte sie sich ein Wolltuch gegen die Abendkälte um die Schultern und steuerte die Terrasse des Restaurants an, die mit großen, unregelmäßigen Steinen vom Liegebereich des Hotels abgegrenzt war. Die Speisekarte des Restaurants las sich großartig. Leider waren Julias Französischkenntnisse nicht gut genug, um jeden Gang ihres Abendessens, inklusive kulinarischer Grüße aus der Küche, zu übersetzen: Artischocken, überbackener Fenchel, Kartoffeln savoyardischer Art, Fisch, der in einem Bett aus Meersalz zubereitet worden war. Sie beschloss, sich überraschen zu lassen.

Nachdem der Koch von Tisch zu Tisch gegangen war und verdientes Lob eingeheimst hatte, zog Julia sich auf ihr Zimmer zurück. Sie machte es sich auf der Récamiere, die vor dem Fenster stand, gemütlich und ließ ihre Gedanken schweifen. In der Ferne leuchteten die Lichter von Grasse. Die Landschaft hier legte ihr die Worte *bedächtig, still, besänftigend* auf die Lippen, doch die üppige Blumenpracht, die fröhlich wirkte, passte nicht zu ihrer Gemütsverfassung. Antoine Leforts Karte mit ihren wenigen, dafür aber umso innigeren Liebesworten, drängte sich zum wiederholten Mal in ihr Gedächtnis. Was diese Karte wohl für Nicolas bedeuten könnte? Seine Eltern lebten beide nicht mehr. Was immer zwischen dem Parfümeur und ihrer Mutter gewesen war – es war vorbei. Deshalb hoffte sie, er würde das Ganze pragmatisch sehen. Doch dann erinnerte sie sich daran, wie liebevoll er von seinen Eltern und deren Beziehung zueinander gesprochen hatte. Die Karte würde Bruchstellen aufdecken und vielleicht Charaktereigenschaften entlarven, die Nicolas noch nicht kannte. Zum ersten Mal fürchtete Julia sich nicht nur vor ihren eigenen Gefühlen. Sie wollte dem Mann, der ihr heute beigestanden hatte, nicht wehtun.

Durch das offene Fenster drang das Zirpen der Zikaden. Eine Weile lauschte sie den Geräuschen der Natur und sah in die von Lichtern durchwobene Dunkelheit hinaus, die hier eine besondere Intensität annahm. Wie anders es hier war als in Frankfurt ... und erst die Gerüche. Julia konnte sich nicht daran erinnern, jemals Blütendüfte derart intensiv wahrgenommen zu haben.

Sie ging zu Bett, löschte das Licht und schloss müde die Augen, doch Franks Fragen aus dem abendlichen Telefonat hallten wieder durch ihren Kopf. Er hatte sie eindringlich gebeten, die wichtigen Dinge bald zu klären. *Wenn deine Mutter eine Affäre hatte, was ändert das für dich, für dein Leben? Der Sohn des Parfümeurs kann dir bezüglich der Karte nicht helfen, das nehme ich jedenfalls an. Halt nicht an Dingen fest, die nicht mehr zu ändern sind.* Julia hatte den Nachmittag mit Nicolas bei ihrem Telefonat bewusst ausgespart und verschwiegen, dass er sie dazu gebracht hatte, endlich den Finger in die Wunde ihrer Schuld zu legen. Frank würde wissen wollen, weshalb sie sich einem Fremden geöffnet hatte anstatt ihm. Doch darauf wusste sie selbst keine plausible Antwort.

Sie drehte sich auf die andere Seite ihres Bettes und zog sich die Decke bis ans Kinn. Im Dunkeln sah sie Nicolas' Augen vor sich. Grau und weit, so, wie sie sich das Meer im Winter vorstellte.

Am nächsten Morgen weckte sie der Signalton einer SMS. Als Julia die Augen aufschlug, nahm das zauberhafte Zimmer Gestalt an: die Blümchentapete, der ausladende Lesesessel und die Kommode mit den verschnörkelten Beinen. Über dem Sessel hing ein Wirrwarr an Kleidung. Gestern Abend hatte sie alles achtlos über die Lehne geworfen.

Julia genoss es, an diesem verwunschenen Ort ohne Straßenlärm, Polizeisirenen oder sonstigen Stadtgeräuschen den Tag zu beginnen. Sie strich über das weiche Laken. Doch schon bald kämpfte sie wieder gegen die Bilder des Unfalls an, die sich wie immer machtvoll in ihr Bewusstsein drängten. Sie setzte sich im Bett auf, stellte die Füße auf den Boden und spürte den kühlen Stein unter ihren Füßen. Ihre Augen wanderten durchs Zimmer, sie versuchte, sich an etwas festzuhalten, etwas Realem, Gegenwärtigem, und doch drängten sich ihr die Bilder der Vergangenheit unaufhaltsam auf. Blitzschnell wurden die Schönheit der Umgebung und die

Düfte vom Schrei ihrer Mutter überdeckt. Der Schrei hallte so laut durch Julias Kopf, dass sie sich die Hände auf die Ohren presste, bis sie schmerzten.

Irgendwann erinnerte sie sich an die SMS und stand auf, um nach ihrem Smartphone zu angeln, dabei stieß sie sich den Kopf am Bord über ihrem Bett. So weit war sie schon, dass sie nahezu froh war über körperlichen Schmerz, weil er sie von ihren Sorgen ablenkte. Sie blickte auf die Romansammlung über ihrem Kopf. Dann ließ sie sich zurück ins Bett sinken und warf einen Blick auf das Display ihres Smartphones. *Hab das Unmögliche möglich gemacht. Bin in fünf Tagen bei dir ... dann hängen wir noch ein paar Tage Urlaub an. Kuss – Frank!* Leises Unbehagen stieg in Julia auf. Sie schrieb eine Antwort, setzte ein Smiley hinter ihre Worte und ging ins Bad. Trauern, sich selbst keine Schuld zuweisen, weil sie nur in Selbstmitleid versinken würde, das konnte doch nicht so schwer sein. Doch es war schwerer als gedacht. Die Trauer drohte sie in einen dunklen Schlund zu ziehen, wo das honiggelbe Licht dieses Morgens nicht hinkam, wo Einsamkeit und Hilflosigkeit auf sie warteten. Sie kämpfte nicht mehr dagegen an – ließ es zu und stand zitternd vorm Waschbecken.

Als sie sich beruhigt hatte, erinnerte sie sich daran, in der Nacht von Nicolas und seiner Familie geträumt zu haben. Er und sein Vater saßen gemeinsam mit ihr an einem großen Tisch im Garten. Sie hatten zu Mittag gegessen, ein üppiges Mahl mit Wein, Kaffee und Grappa als Abschluss. Als Dessert servierte Antoine eine Tarte Tatin, und just in dem Moment als sie davon kosten wollten, trat ihre Mutter, jung und schön, durchs Gartentor. Marguerite, Nicolas' Mutter, kam aus dem Haus, lief mit umgebundener Schürze auf Barbara zu, umarmte sie und flüsterte ihr ins Ohr, sie möge ihre Familie in Ruhe lassen. Obwohl die beiden Frauen weit entfernt standen, verstand Julia jedes Wort; ihr Geist war bei ihnen, bei Marguerite und ihrer Mutter.

Julia putzte sich die Zähne und verdrängte die Erinnerung an den Traum.

Nach dem Mittagessen würde sie noch mal zu Nicolas fahren, ihm die Karte zeigen und nicht eher ruhen, bis sie Antworten auf ihre Fragen bekäme. Wie war es möglich, dass zwei Menschen, die über tausend Kilometer voneinander entfernt wohnten, Liebesbotschaften austauschten? Inzwischen mutmaßte Julia, dass nicht nur Antoine Lefort ihrer Mutter geschrieben hatte. Bis zu ihrem Unfall hätte ihre Mutter ihm jederzeit unbemerkt antworten können. Wie lange lag ihre Bekanntschaft zurück und wie hatte sie begonnen? Und warum wussten ihr Vater und sie nichts davon? Julia, die ihre Mutter in den letzten Jahren als Freundin angesehen hatte, war gekränkt, dass sie ihr von Antoine nichts erzählt hatte.

»Mein Herz! Ich werde dich lieben, solange ich lebe!«

Sie nahm die Karte täglich zur Hand und versuchte nachzuempfinden, was ihre Mutter beim Lesen gefühlt haben mochte. Niemand schrieb solch zauberhafte Worte, wenn es nicht um eine tiefe Liebe ging, eine Begegnung, die Oberflächliches hinter sich gelassen hatte. Julia griff nach dem Handtuch, drehte das Wasser auf und trat unter die Dusche. Vor ihrem inneren Auge sah sie Antoine und Barbara auf einer Straße im gleißenden Sonnenlicht stehen, während ihr Vater sich in die Schatten einer dunklen Gasse zurückdrängte.

Als sie unter dem Wasserstrahl stand, trat ihr hingegen das Bild von Nicolas in Jeans und fleckigem T-Shirt vor die Augen. Sie lehnte ihre Stirn an die Glasscheibe und genoss das prasselnde Wasser auf ihrem Körper und den zitronigen Duft des Duschgels. Wie Nicolas wohl in sauberer Hose und Jackett aussah?

9. KAPITEL

Die Flügeltür, die nur angelehnt war, öffnete sich leise quietschend und mit einem Schwall frischer Morgenluft tapste eine Katze ins Zimmer, sprang aufs Bett und begann mit leisem Schnurren Nicolas' Hand abzulecken. Das anfangs sanfte Kitzeln an seinen Fingern wurde stärker. Instinktiv drehte Nicolas sich zur Seite, doch sein Atem hatte bereits seine Gleichmäßigkeit verloren. Gähnend schlug er die Augen auf, blinzelte und sah eine kleine Zunge aus dem Maul eines rotbraunen Fellknäuels schnellen. »Hey, was machst du da? Wir haben uns doch noch nicht mal vorgestellt ...« Nicolas richtete sich auf und blickte der Katze in die Augen. Mit einem Satz sprang sie vom Bett und flüchtete miauend in den Garten. »Katze, komm zurück!« Nicolas ging zum Fenster, doch die Katze war bereits hinter den Büschen verschwunden, und so schloss er die Flügeltür und entnahm seinem Koffer Jeans und T-Shirt, um sich anzuziehen.

Seit kurzem schlief er im Schlafzimmer seines Vaters. Nach dessen Tod hatte er sich dort eines Abends aufs Bett gesetzt, um in die Vergangenheit abzutauchen. Auf dem Nachttisch lag noch immer Antoines Spiralblock mit Notizen über blumige, fruchtige, holzige, krautige, marine, sanfte und animalische Noten: Hexenol, Galbanum, Thymian, Kumarin, C14 Pfirsich-Aldehyd, Fructon … Nicolas hatte darin geblättert und sich gefragt, weshalb sein Vater sich etwas notierte, das er im Kopf gehabt hatte. Hatte er sich etwa mit dem Gedanken getragen, einen Führer durch die Welt der Düfte zu schreiben? Eine Reihe hochangesehener Parfümeure hatte sich bereits daran versucht, unter anderem Jean-Claude Ellena, den sein Vater bewundert hatte. Einmal mehr begriff Nicolas, dass sein Vater und er nie genug Zeit gehabt hatten, um alles zu besprechen, was ihnen wichtig war.

Neben dem Block stand ein Foto seiner Mutter in ihren Vierzigern. Sie war keine auffallend schöne, aber eine beeindruckende Frau gewesen, offen, geradlinig und verständnisvoll.

Nicolas liebte den Raum, in dem seine Eltern die Nächte miteinander verbracht hatten, bis sein Vater nach dem Tod der Mutter das Zimmer zu seinem gemacht hatte. Der Raum war nicht groß, zudem spärlich eingerichtet, ein Bett, zwei Nachttische, eine Stehlampe und ein Sessel, mehr gab es dort nicht. Doch vor allem der Sessel bedeutete für Nicolas, seit er ein kleiner Junge war, eine ganze Welt. Hierher hatte er sich noch zu Beginn seiner Schulzeit geschlichen, wenn er von Albträumen geplagt wurde. Er hatte die Tür geöffnet, war leise ins Zimmer getreten und hatte in der Tiefe des Sessels Geborgenheit gefunden. Wenn sein Vater, der nachts oft wach wurde, ihn dort entdeckte, hatte er ihm die verworrensten Geschichten erzählen können, ohne von ihm wegen seiner blühenden Fantasie ausgelacht zu werden. Sein Vater hatte sich zu ihm gesetzt, ihm tröstend übers Haar gestrichen und versprochen, seine Fantasie werde ihm eines Tages dienlich sein, nicht jetzt, später, wenn er erwachsen wäre. Einmal hatte sein Vater ihm anvertraut, dass das Zimmer deshalb so wenig Möbel enthielt, damit *Raum* übrig blieb. Raum, um die Gedanken treiben zu lassen. »Denk daran, mein Junge. Wo alles vollgeräumt ist, musst du für Leere sorgen. Im Labor stapeln sich die Flaschen und Papiere, doch hier können meine Gedanken frei herumfliegen. Jeder Mensch braucht einen Platz wie diesen. Ein Zimmer mit viel *Nichts*.« Obwohl er nicht alles begreifen konnte, hatte Nicolas staunend zugehört. Die Worte klangen wie ein Rätsel, das er irgendwann lösen musste, und allein das Gefühl, ernst genommen zu werden und etwas zu hören, das eher einem Erwachsenen als einem Kind geschuldet war, machte ihn stolz. In diesem Zimmer hatte er sich seit je aufgehoben gefühlt. Und tat es noch heute.

Nachdem er die Tageszeitung überflogen hatte, stellte Nicolas eine Schale mit Milch auf die Terrasse. Falls die Katze zurückkäme, würde sie sich über ein Frühstück freuen.

Danach zog er sich in einen der Räume neben dem Labor zurück. Dort lagerten Jasminblüten auf mit Olivenöl bestrichenen Glasplatten. Wie früher sein Vater begann Nicolas die alten Blüten durch neue zu ersetzen. Wenn die Fettschicht reichlich mit dem ätherischen Öl der Jasminblüten gesättigt war, könnte er das Duftöl durch Auswaschen der Glasplatten mit Alkohol vom Fett trennen und die Essence absolue d'enfleurage gewinnen. Nicolas hielt das Andenken an seinen Vater hoch, deshalb brachte er es nicht übers Herz, das kostbare Blütenöl aufzugeben. Er würde hierbleiben, bis die Arbeit beendet wäre. Sein Vater nahm Jungfernöl für die Enfleurage, niemals Schweineschmalz. Nur bei vorsichtig gepresstem Olivenöl könne er sich der Geruchlosigkeit sicher sein, hatte er immer betont. Ein nachdenklicher Ausdruck trat in Nicolas' Gesicht, als er an die Regeln seines Vaters dachte, die er in seiner Zeit als Parfümeur zum Großteil übernommen hatte. Behutsam erneuerte er sämtliche Blüten und stapelte die in Holzrahmen eingepassten Glasplatten aufeinander, um sie bis zum nächsten Tag wegzustellen.

Er verließ das Labor, brühte in der Küche frischen Kaffee auf und machte sich mit zwei Bechern auf die Suche nach Camille. Er fand sie im ersten Stock, wo sie Möbel abstaubte. Seit sie ihr Ischiasleiden auskuriert hatte, war sie wie eh und je im Einsatz. Ein Wirbelwind, der Nicolas jeden Tag klarmachte, dass das Leben weiterging. »Bonjour, Camille.« Er reichte ihr einen Becher Kaffee.

»Oh, danke, Nicolas.« Camille nippte an ihrem Kaffee und warf sich das Tuch, mit dem sie über die Möbel gewischt hatte, über die Schulter, um auf der Bank Platz zu nehmen, auf die Nicolas deutete.

Sie war eine resolute Person, die ihr Alter lieber für sich behielt. Vermutlich befand sie sich jenseits der Sechzig. Da Nicolas um ihre Eitelkeit wusste, vergaß er nie, ihr etwas zum Geburtstag zu schenken. Sie liebte Seidenschals und Mützen aus Kaschmir, im Grunde alles, was Eleganz versprach, und in Paris wurde er immer fündig. Zu ihrem letzten Geburtstag hatte er ihr in der Rue de Saint-Honoré Handschuhe aus feinstem Lammleder ausgesucht. Sie waren bordeauxrot und mit einem Flechtmuster versehen. Als Camille sie ausgepackt hatte, hatte sie vor Freude einen spitzen Schrei ausgestoßen. »Meine Freundinnen werden vor Neid erblassen, wenn sie mich mit diesen eleganten Dingern sehen. Vor allem, wenn sie hören, von wem ich sie bekommen habe.« Sie hatte die Handschuhe sofort angezogen und festgestellt, dass sie wie angegossen passten.

Seit dem Ableben seines Vaters bemühte Camille sich, *Leben ins Haus zu bringen*. »Solange du hier bist, bin ich für dich da«, sagte sie in einem Ton, der keine Widerrede zuließ. Gegen Nicolas' Willen bestand sie darauf, von Montag bis Freitag für ihn zu kochen. »Menschen, die trauern, sollten nicht allein am Tisch sitzen«, behauptete sie. Als Nicolas ihr Angebot nicht annehmen wollte, brachte Camille ihren Mann Bruno ins Spiel, der, seit er sechzehn war, in der Boucherie arbeitete. »Bruno muss dringend abnehmen, und da wäre es gut, wenn er mich mittags nicht vor einem vollen Teller sitzen sieht. Soll ich wegen seiner jahrelangen Unvernunft etwa hungern?« Camille war einen halben Kopf größer als ihr Mann, was weder sie noch ihn zu stören schien, zudem war sie schlank, ein sportlicher Typ. Die Hausarbeit und ihr Garten hielten sie auf Trab, sagte sie, und vermutlich stimmte es. Bruno hingegen war untersetzt, sein Körper wirkte weich und nachgiebig, in den letzten Jahren war er stark übergewichtig geworden. »Brunos Blutzuckerspiegel macht ihm neuerdings Probleme. Wie oft hab ich gesagt: ›Hör auf, alles in dich hineinzuschlingen, Bruno. Gönn dir mal eine Pause vom Essen.‹« Camille schüttelte resigniert den Kopf. »Wie du dir denken kannst, hat er munter weitergefuttert. Er liebt das Essen, Nicolas. Mehr als seine Gesundheit, sogar mehr als mich. Gott sei Dank hat Dr. Dubois ihn nun durch ein ernstes Wort zur Vernunft gebracht. Seitdem hält er sich mit Fleisch und Süßem zurück.«

»Ich nehme an, du hast Dr. Dubois einen Besuch abgestattet, bevor er sich dazu durchgerungen hat, deinem Mann ins Gewissen zu reden.« Ein flüchtiges Lächeln, das um Camilles Lippen spielte, bestätigte Nicolas' Verdacht. Keine Frage, Camille war um ihren Mann besorgt, doch sie war auch tatkräftig, und vor allem war sie clever. Weitere Diskussionen folgten, bevor Nicolas es endlich aufgab, Camille von ihrem

Vorhaben abbringen zu wollen. Es rührte ihn, wie sehr sie sich darum bemühte, es so aussehen zu lassen, als helfe er ihr.

An diesem Morgen wollte er sie um einen Gefallen bitten. »Du könntest etwas für mich tun«, eröffnete er das Gespräch.

Camille mochte es, gebraucht zu werden. Das gab ihr ein Gefühl von Lebendigkeit. »Und was wäre das, Nico?«, fragte sie sofort.

»Wie du weißt, habe ich meinen Vater letztes Jahr nur zweimal besucht, deshalb weißt du vermutlich mehr über seine Pläne als ich. Hat er in letzter Zeit mit einem Mann namens Bernard Mauriac telefoniert?« Nicolas hatte Mauriacs Namen im Kalender seines Vaters gefunden. Im Grunde waren es nur die Initialen BM gewesen, doch da Mauriac eine Institution war und Nicolas sich an niemanden mit diesen Initialen erinnerte, den sein Vater gekannt haben könnte, nahm er an, dass es sich um Mauriac handeln müsste. Camilles Staubwedel, mit dem sie noch vor wenigen Augenblicken zugange gewesen war, wurde achtlos gegen die Wand gelehnt, das Gespräch konnte dauern.

»Ich versuche mich hier, so gut es geht, nützlich zu machen. Allerdings werde ich nicht dafür bezahlt, heimlich zu lauschen.«

Als Nicolas Camilles tadelnde Miene sah, beschwichtigte er sofort. »Nichts dergleichen würde ich je annehmen, Camille. Aber die räumliche Nähe, wenn man jeden Tag miteinander zu tun hat, führt unter Umständen dazu, dass man etwas mitbekommt, ohne es zu wollen.«

»Netter Versuch, mich mit deinem treuherzigen Blick weichzukochen. Ich weiß wirklich nicht, worauf du hinauswillst, Nico.«

»Bernard Mauriac, dessen Namen ich vorhin erwähnte, ist

der Mann hinter dem Kosmetikkonzern Auberon, der Einzige, den mein Vater meines Wissens in der Welt des ungezügelten Konsums guthieß«, weihte Nicolas Camille ein. »Ich habe seine Initialen in Papas Kalender entdeckt. Kann es sein, dass mein Vater Pläne hatte, von denen ich nichts wusste?« Camille trank einen Schluck Kaffee. »Egal, wie belanglos es dir vielleicht erscheinen mag, bitte sag mir, was du weißt. Glaub mir, ich säße nicht hier, wenn ich ohne dich klarkäme.«

»Natürlich schnappe ich hin und wieder etwas auf«, gab Camille achselzuckend zu. »Wenn im Labor telefoniert wird und ich den Flur wische, müsste ich mir schon die Ohren zuhalten, um nichts zu hören. Und wenn dein Vater emotional wurde … hallte seine Stimme mitunter durchs Haus.«

»Wodurch du, ob du wolltest oder nicht, alles mithören konntest«, vermutete Nicolas.

»Ja, zwangsläufig.« Camille schlug einen wehmütigen Ton an. »Dein Vater wirkte in letzter Zeit müde, körperlich erschöpft. Er war nicht krank, falls du das meinst«, winkte sie ab. »Aber an manchen Tagen erkannte ich ihn kaum wieder, so abwesend erschien er mir. Wenn ich ihn darauf ansprach, spielte er es herunter. Und wenn du anriefst, ließ er sich erst recht nichts anmerken.« Camille fixierte das Bild an der Wand, das Antoine neben Marguerite zeigte. Beide waren in ihren Dreißigern und wirkten voller Kraft und Zuversicht. »So seltsam es klingt, ich hatte den Eindruck, dein Vater steckte in einer Krise und diese Krise veränderte seine Einstellung.«

»Seine Einstellung wozu?«, fragte Nicolas, erpicht darauf, zu erfahren, worauf Camille hinauswollte.

»Vor allem die zum Erfolg. Dein Vater führte irgendwas im Schilde, das mit seiner Arbeit zu tun hatte, und das tat er nicht für sich … sondern für dich, Nico.«

Nicolas, der gerade einen Schluck Kaffee hatte trinken wollen, hielt mitten in der Bewegung inne. »Es ging um mich? Inwiefern?«, seine Finger umschlossen den Becher so fest, dass die Adern auf dem Handrücken hervortraten.

»Vor einiger Zeit sagte dein Vater: ›Niemand ändert seine Lebenseinstellung ohne triftigen Grund, aber manchmal stellt man etwas auf den Prüfstand.‹ Ich habe ein paar Tage gebraucht, um zu verstehen, dass der Satz auf dich gemünzt war. Dein Vater spielte plötzlich mit dem Gedanken, sein letztes Parfüm mit entsprechender Werbung in jede Parfümerie des Landes zu bringen. Er wollte es nicht um seinetwillen, sondern für dich!«

»Das ist doch verrückt. So etwas sähe meinem Vater überhaupt nicht ähnlich.« Mit einem lauten Knall stellte Nicolas den Becher auf den Boden.

»Wenn man jemanden so lange kennt wie ich deinen Vater, bemerkt man die kleinsten Veränderungen, Nico. Dein Vater musste nicht darüber sprechen, ich wusste auch so, dass er nicht ausschloss, du könntest es dir früher oder später anders überlegen und zu den Parfüms zurückfinden.«

»Willst du damit sagen, er wollte den Erfolg für sein Parfüm nur, um mir den Weg als Parfümeur zu ebnen, falls ich wieder in diesem Beruf arbeiten möchte?«

»Warum sonst, Nico? Dein Vater hatte alles, was er brauchte. Ihm fehlte nichts.«

Die Erkenntnis traf Nicolas wie ein Blitz. Langsam fuhr er sich über seinen Dreitagebart. Die Bitte seines Vaters, ihm bei einer Duftkerze und seinem letzten Parfüm zu helfen, hatte allein darauf abgezielt, zu prüfen, ob er je wieder für Parfüms entflammen könnte. Wenn er aufmerksamer gewesen wäre, hätte er das bemerkt. »Ich dachte, nach meinen letzten erfolgreichen Ausstellungen hätte Papa ein für alle Mal damit abgeschlossen, mich in der Rolle des Parfümeurs zu sehen.«

»Das hatte er auch, oder besser gesagt, das wollte er … Doch er konnte den Gedanken an den Parfümeur Nicolas Lefort nie zu den Akten legen. ›Der Name Lefort war immer nur einem kleinen, erlesenen Kreis von Kunden bekannt, darauf bin ich stolz. Doch Nico ist Erfolg wichtig. Er braucht ihn!‹ Das waren seine Worte.« Camille seufzte. »Ich habe Toto dafür bewundert, dass er in seiner letzten Lebensphase noch so hochfliegende Pläne hatte. Kurz bevor dieser verfluchte Hexenschuss mich ans Bett fesselte, telefonierte er mit jemandem. Es ging darum, sein aktuelles Parfüm aus der Ecke der Nischendüfte herauszuholen. Nach diesem Telefonat war dein Vater wie ausgewechselt, aufgeregt und nervös.« Camille trank den letzten Schluck Kaffee und stellte ihren Becher neben den von Nicolas.

»Die Person am anderen Ende war nicht zufällig Bernard Mauriac?«, wiederholte Nicolas.

»Kann sein! Ich habe lediglich mitbekommen, was dein Vater sagte, nicht, mit wem er sprach.« Nicolas schob sich die Ärmel seines Shirts bis über die Ellbogen. Ihm kam immer mehr zu Bewusstsein, wie wenig er von seinem Vater wusste. Vielleicht war es ihm immer nur darum gegangen, dass *er* wählen konnte?

»Falls meine Meinung dich interessiert … Ich fände es jammerschade, wenn Totos letztes Parfüm nicht zu Ende gebracht würde.« Camille ergriff Nicolas' Hand und drückte sie, eine eindringliche Geste. Dann erhob sie sich und ließ ihn mit seinen Gedanken allein.

Um auf andere Gedanken zu kommen, verließ Nicolas das Haus. Auf dem Weg zur Scheune erinnerte er sich daran, dass er beim Mischen der Farben gewöhnlich einen klaren Kopf bekam, also wäre es das Vernünftigste, an seinem aktuellen Bild weiterzuarbeiten; doch anstatt sich mit dem Bild zu befassen, skizzierte er im Geist die Konturen von Julias Gesicht. Er fing mit dem Haselnussbraun ihrer Haare an, die ihr Gesicht umfassten wie der Rahmen ein Bild. Danach konzentrierte er sich auf ihre Augen, grau mit hellen Einsprengseln, und auf ihre ausgeprägten Lippen. In Gedanken folgte er ihrer hohen Stirn und von da abwärts, bis zur sanften Linie ihres Schlüsselbeins … Julia wirkte so zart und zerbrechlich. Dabei waren ihre Bewegungen von einer Dynamik, die ihn überraschte. Eine faszinierende Frau mit vielen Facetten.

Nicolas stieß die Tür zur Scheune auf. Die Höhe des Raums vermittelte ein Gefühl von Weite und Unendlichkeit. Hier konnte er abschalten und zur Ruhe kommen.

Kaum hatte er nach der Palette gegriffen, stand ihm plötzlich wieder die Umarmung des gestrigen Tages vor Augen. So detailliert, als stünde Julia gerade neben ihm. Er spürte die Wärme ihres Körpers, fühlte dessen Nachgiebigkeit, als er sie an sich gezogen hatte, ihre Arme sich um seinen Rücken schlossen und ihr Kopf sich an seine Schulter schmiegte. Sie war ihm so nah gewesen.

Nicolas rückte die Leiter näher an die Wand. Als er sich gestern von Julia gelöst hatte, hatte er inständig darauf gehofft, sie möge seine Verwirrung nicht bemerken … seine ambivalenten Gefühle. Seit der Trennung von Véronique war er darauf eingestellt, alleine zu bleiben, jedenfalls vorläufig. Davon abgesehen stammten Julia und er aus zwei Welten; von der räumlichen Distanz ganz zu schweigen. Und doch hatte ihre körperliche Nähe sie auf wundersame Weise vereint.

Nicolas' Smartphone klingelte. Louanne war am anderen Ende. »Heute Nachmittag steigt ein Fest in deinem Garten. Keine Sorge, du musst dich um nichts kümmern, du musst nur dabei sein.«

»Machst du Scherze?« Sicher hatte er sich verhört. »Von welchem Fest sprichst du?« Hastig ging er im Kopf die wichtigsten Daten durch, an die er sich erinnerte: Geburts- und Namenstage, Jubiläen, alles Mögliche fiel ihm ein, schließlich auch wieder die Tradition, einem verstorbenen Familienmitglied sinnbildlich etwas mitzugeben: Wärme, Lachen und Zuversicht der Hinterbliebenen.

»*Die Tradition*, Nico, schon vergessen?«, erinnerte ihn Louanne.

»Du meine Güte«, entkam es ihm. »Das hab ich verschwitzt.«

Die Menschen in Roquefort-les-Pins ließen der Trauer um einen geliebten Menschen das Lachen folgen. Mit den Jahren waren diese Zusammenkünfte zu etwas geworden, das allen, die an den Festen teilnahmen, Kraft, Hoffnung und Zerstreuung bot. Solange Nicolas sich erinnern konnte, nannte man diese Feste *Die Tradition*. Camille war vermutlich längst in Louannes Pläne eingeweiht und hatte nur nichts erwähnt, um ihn nicht unter Druck zu setzen. Nicolas spürte, wie leichter Ärger in ihm hochstieg. Wie hatte er nur vergessen können, dass man ein letztes Fest für Toto von ihm erwartete!

»Tut mir leid, Louanne, ich hätte selbst etwas auf die Beine stellen sollen. Wie konnte ich nur so planlos sein.« Nicolas überlegte fieberhaft, was er jetzt noch zum Gelingen des Festes beitragen konnte. Ob für genügend Bierfässer gesorgt war? Falls nicht, würde er sich darum kümmern. Weiß- und Rotwein lagerten in ausreichender Menge im Keller. Mangel an Mineralwasser und Säften bestand ebenfalls nicht.

»In deinem Fall drängt die Zeit, Nico, irgendwann musst du zurück nach Paris«, sagte Louanne.

Julia folgte der Landstraße, die nach Roquefort-les-Pins führte, und genoss, wie schon tags zuvor, die Stimmung, die das Hinterland der Côte d'Azur auf sie ausübte. In den Ästen der Bäume entlang der Straße fing sich das Sonnenlicht, und durch das geöffnete Fenster drang der Fahrtwind, der ihr sanft über Gesicht und Oberkörper strich. Vermutlich war dies ihre letzte Fahrt nach Roquefort-les-Pins.

Julia sah sich im Geiste ein weiteres Mal in der Parfümerie sitzen, deren Zauber sie erlegen war, und später gemeinsam mit Nicolas Lefort im Garten zu Abend essen. Wie gut hatte es ihr getan, mit ihm zusammen zu sein, und wie schön wäre es, gemeinsam mit ihm den Tag ausklingen zu lassen, nachdem sie herausgefunden hätte, dass die Karte an ihre Mutter lediglich ein Missverständnis war. Vor Julia tauchte ein Baum auf, eine Korkeiche, die sie schon gestern bemerkt hatte. Hier musste sie abbiegen und der Straße folgen, bis der Asphalt in Schotter überging und irgendwann wie aus einem Bilderbuch das idyllische Haus von Monsieur Lefort zwischen Pinien hervorsah. Plötzlich tauchte vor Julia eine Armada an Fahrzeugen auf. Sämtliche Besucherparkplätze der Parfümerie waren belegt, und nicht nur das: Bis zur Grenze von Antoines Garten und darüber hinaus standen Autos, Motorräder, Mofas und Fahrräder. Julia zögerte, fuhr langsam weiter und parkte am Rand eines Blumenfelds, circa hundert Meter vom Haus entfernt. Die Augen gegen die Nachmittagssonne zusammengekniffen, stieg sie aus dem Wagen und blinzelte zum Gartentor hinüber. In den Bäumen und Sträuchern baumelten fröhlich Lampions im nachlassenden

Wind. Wenn es gegen Abend dunkel wurde, würde der Garten im Zauber der funkelnden Lampions leuchten. Julia überlegte, was sie nun tun sollte. Wie es aussah, stieg hier heute ein Fest. Vielleicht war die Party schon lange geplant, sonst hätte Nicolas sie angesichts des Todes seines Vaters sicher abgesagt. Wie auch immer, sie musste die Hoffnung, heute mit ihm über die Karte zu sprechen, fahrenlassen.

Von der ausgelassenen Stimmung der Gäste angezogen, wagte Julia sich einige Schritte weiter in Richtung Eingang. Überall wimmelte es von Menschen. Suchend ließ sie den Blick schweifen, in der Hoffnung, irgendwo Nicolas auszumachen. Sie wollte ihn zumindest begrüßen und einen Termin für den nächsten Tag ausmachen. Viel Zeit blieb ihr nicht, ihn mit der Karte zu konfrontieren. Das musste erledigt sein, bevor Frank herkam. Statt Nicolas entdeckte Julia zwischen einem halben Dutzend Männern Monsieur Fournier. Mit vor der Brust verschränkten Armen sprach er auf die ihn im Halbkreis umringenden Männer ein und genoss deren Aufmerksamkeit. Nach einem weiteren suchenden Blick durch die Menge gab Julia es auf, Nicolas finden zu wollen. Es war einfach zu viel los. Am vernünftigsten wäre es, nach Mougins zurückzufahren und ihn morgen anzurufen.

Sie sah sich bereits im Hotelzimmer an den Zeichnungen für die Franz-Rücker-Allee sitzen, als ihr Blick den von Mathieu Fournier kreuzte. Er erkannte sie, hob grüßend die Hand und löste sich mit einigen erklärenden Worten aus der Menschentraube. Vom Gartentor aus rief er ihr zu: »Bonjour, Mademoiselle Bent!« Seine Stimme erhob sich, als er auf sie zutrat. Zur Begrüßung legte er ihr freundschaftlich den Arm auf die Schulter.

»Bonjour, Monsieur Fournier!«, grüßte Julia.

»Ist ein ziemlicher Menschenauflauf, nicht wahr?« Fournier deutete auf die Menschen rundum.

»Kann mal wohl laut sagen«, bestätigte Julia. Sie hörte Gläserklirren; irgendwo brachte jemand einen Toast aus.

»Es handelt sich hier um eine Feier für Toto, was der ausgelassenen Stimmung, Gott sei Dank, keinen Abbruch tut. Wir sind zusammengekommen, um uns noch einmal an ihn zu erinnern. Und wo Sie schon mal da sind, schließen Sie sich uns doch an.«

Julia schenkte Monsieur Fournier einen dankbaren Blick. Er war von Anfang an freundlich zu ihr gewesen, und nun lud er sie sogar zu dieser Gedenkfeier ein. »Ich kannte Monsieur Lefort doch gar nicht. Jedenfalls nicht wirklich«, hob sie zweifelnd an.

»Y a pas de problème!« Monsieur Fournier schien ernsthaft daran gelegen, sie einzubinden. »Sie haben mir selbst gesagt, Sie hätten ihm geschrieben, und Sie kennen Nicolas ... und nicht zuletzt kennen Sie mich. Kommen Sie, stürzen wir uns ins Getümmel.« Er ließ keine Widerrede zu, hakte Julia unter und ging mit ihr zum Eingang. »In Roquefort-les-Pins gibt es immer jemanden, der die Leute zusammentrommelt, um eines Verstorbenen zu gedenken«, erzählte er ihr. »Die nächsten Angehörigen vergessen das oft, weil sie vom Schmerz gelähmt sind und sich in ihrer Trauer vergraben ...«, er holte tief Luft, sodass sein mächtiger Bauch sich hob und senkte, »... an Tagen wie heute erkennt man, wie kostbar das Leben ist, nicht wahr?« Plötzlich lachte er auf. »Vielleicht hören einige nach diesem Fest auf, wegen Nichtigkeiten miteinander zu streiten, andere, einander etwas zu missgönnen.« Fournier sah Julias überraschten Blick. Sie waren fast am Gartentor angelangt. »Sie hören richtig, Mademoiselle Bent«, fuhr er mit ernster Miene fort. »Wir sind gewöhnliche Menschen mit Stärken und Schwächen, und ich bin niemand, der so tut, als ob. Möge es allen lange gutgehen und möge niemand Toto jemals vergessen. Aber der ein oder andere könnte noch was dazulernen.« Er blieb kurz stehen, hob das Glas in seiner Linken und prostete Julia zu. »Kommen Sie, ich besorge Ihnen etwas zu trinken. Und dann stelle ich Sie meiner Frau und einigen anderen vor.«

Fournier trat mit ihr durch das Tor und schob sie sanft durch die Menge. »Sehen Sie die Terrasse? Dort habe ich meine Frau zuletzt gesehen. Sicher hat sie sich längst ein bequemes Plätzchen gesucht und hält Hof. Anouk liebt es, mitten im Geschehen zu sein ... dann denkt sie über die Reisen nach, die sie gerne machen würde. Leider hindert ihr Rheuma sie daran, all die Länder zu erkunden und die Erfahrungen zu machen, die ihr am Herzen liegen. Also kümmert sie sich um das, was sie am zweitliebsten tut. Sich mit Menschen austauschen. Jemand wie Sie kommt wie gerufen, Sie versprechen interessante Neuigkeiten. Seien Sie darauf gefasst, dass Anouk sich mit allerhand Fragen auf Sie stürzen wird, und nehmen Sie es ihr um Himmels willen nicht übel, wenn sie Sie in Beschlag nimmt.«

»Kein Problem. Dem fühle ich mich gewachsen«, gab Julia zurück. Sie ließen eine Prozession von Gesichtern, Körpern und Augenpaaren hinter sich und drängten sich an einer Gruppe von Männern vorbei, die ihre Bierflaschen gegeneinanderstießen und über etwas, das einer von ihnen sagte, in Gelächter ausbrachen. Mitunter nickte Julia jemand zu. Viele Gäste waren jedoch in ihre Gespräche verstrickt, sodass sie Julia gar nicht wahrnahmen. Ein Paar verschrammte, derbe Schuhe trat Julia auf die Füße.

»Hört mal her, die junge Dame neben mir ist Julia Bent, aus Frankfurt.« Fournier war stehen geblieben. »Ihre Mutter benutzte ausschließlich Totos Parfüm, niemals etwas anderes. Stimmt doch, Mademoiselle Bent, nicht wahr?« Einige der Frauen blickten Julia mit unverhohlener Neugier an und verwickelten sie und Fournier in ein Gespräch. Nachdem Julia begriffen hatte, dass Fournier weniger auf die Wahrheit erpicht war, wenn er über die duftspezifische Vorliebe ihrer Mutter sprach, als darauf, das Ansehen seines verstorbenen Freundes aufrechtzuerhalten, pflichtete sie ihm jedes Mal bei. Um einen leichten Ton bemüht, antwortete sie auf die Fragen der Leute, stimmte Komplimenten über Antoine Lefort zu und freute sich darüber, dass er so beliebt gewesen war.

»Eine Stammkundin aus Frankfurt, so so ... wenn das nicht für Totos Talent als Parfümeur spricht«, die Stimme der Frau, deren rotes Haar sie aus der Menge der Umstehenden heraushob, klang wertschätzend.

Fournier nickte ihr zu und trieb Julia weiter ... bis sie erneut irgendwo haltmachten. Wieder sah Julia sich neugierig fragenden Blicken und lächelnder Zustimmung ausgesetzt, diesmal auch unverhohlener Skepsis. Manch einer fragte sich vermutlich, weshalb sie hier war und sich unter die Einheimischen mischte.

Sie hatten den Garten beinahe in seiner gesamten Länge durchschritten, als Julia einen Grill entdeckte, von dem Qualm aufstieg. Louanne stand davor, wendete Koteletts, Steaks und Würstchen und füllte Teller mit Salat, um sie an Schlange stehende Gäste zu verteilen. Sie sah Julia neben Fournier, schwenkte die Grillzange und deutete auf ein Banner, das zwischen zwei Bäume gespannt war. Darauf war Antoine abgebildet,

104

einmal in jungen Jahren, ein weiteres Mal in seinem letzten Lebensabschnitt. Sein einnehmendes Lächeln und die Falten um seine Augen und auf seiner Stirn wirkten wie Zeichen eines reichen Lebens und ließen ihn zufrieden erscheinen. Julia nickte Louanne zu. Der Wind hatte sich gelegt, kein Lufthauch wehte, hinzu kamen die Hitze zweier Grillstationen und die Wärme der dichtgedrängt stehenden Menschen. Jemand bat um Entschuldigung und drängte sich an Julia vorbei. Fournier ging unbeirrt weiter, schob, drängte und entschuldigte sich seinerseits, bis sie unter ein Sonnensegel traten, das sich über die gesamte Breite der Terrasse an der Rückseite des Hauses spannte.

Inmitten weniger Schattenplätze – die Stühle samt und sonders mit Jacken, Taschen und Mitbringseln vollgestopft – thronte eine Frau in einem Rattansessel. Der Stoff ihres dunkelgrünen Kleids legte sich in unregelmäßigen Falten um ihren Körper und das grün-gelb gepunktete Tuch, das sie keck um den Hals gebunden trug, ließ sie trotz ihres Alters jugendlich erscheinen. »Anouk, darf ich dir Julia Bent vorstellen. Ich habe ihr gestern den Weg zu Toto gezeigt, du erinnerst dich?«

Ihre Augen nahmen die junge Frau neben ihrem Mann ins Visier. »Natürlich entsinne ich mich, Mathieu, viel Spannendes geschieht hier schließlich nicht. Willkommen, Mademoiselle Bent. Ich bin Anouk Fournier. Und ich sage Ihnen gleich, ich lasse mir keine Geschichte und kein Gerücht entgehen.« Ohne zu zögern, ergriff sie Julias Hand. Dann langte sie nach einer Flasche Weißwein, die auf dem Tisch in einem Eiskühler stand. Sie schenkte ein Glas ein und reichte es Julia. »Ein Getränk hätten Sie schon mal. Fehlt noch etwas zu essen. Mein Mann holt Ihnen, was Sie möchten. Fleisch und Salat? Oder Pastete mit Baguette?« Madame Fournier fühlte sich an ihrem Platz, der ihr eine gewisse Intimität bot, ohne sie vom Trubel rundum abzuschneiden, sichtlich wohl.

»Am Grill sah alles lecker aus«, gab Julia ihr Einverständnis zu allem, was man ihr bringen würde.

Madame Fournier deutete an, Julia möge sich zu ihr hinabbeugen, damit sie leiser fortfahren konnte. »Wenn mein Mann Ihnen etwas zu essen holt, ist das für ihn weniger eine Gelegenheit, gute Manieren zu zeigen, als die Hoffnung darauf, mich mal für einen Moment los zu sein.« Sie fing den Ernst ihrer Worte mit ihrer samtweichen Stimme auf. »Mitunter gehe ich ihm auf die Nerven. Zu viel Gerede, Sie wissen schon …« Sie ließ ein Kichern und eine wegwerfende Handbewegung folgen; eine Geste, die Julia zeigte, dass sie sich selbst nicht so ernst nahm. »Aber ich liebe es nun mal, mit Menschen zu reden.« Madame Fourniers Stimme glitt ins Schwärmerische ab. Mit keinem Wort erwähnte sie ihren Gesundheitszustand. Julia erinnerte sich an eine Kommilitonin, die an Rheuma gelitten hatte. Sie wusste, dass diese Krankheit nicht nur Schmerz und Sorge bedeutete; an manchen Tagen brachte sie auch das Gefühl mit sich, ausgeschlossen zu sein. »Ich versuche, es mir jeden Tag schön zu machen … dazu gehören meine Liebesromane und ab und zu ein Gläschen Portwein. Vermutlich sieht man mir trotzdem an, dass mir hier auf dem Land ein wenig Abwechslung fehlt?!«

Keine Frage, Madame Fournier war leutselig und würde das Gespräch vermutlich nicht so schnell wieder aufgeben, doch ihre feine Ironie gefiel Julia, außerdem verspürte sie Mitgefühl. Die unterschwellige Traurigkeit der Worte entging ihr nicht.

»Ich verstehe Sie durchaus, Madame Fournier, deshalb werde ich mein Bestes geben und Sie mit ein paar Neuigkeiten über die Abwesenheit Ihres Mannes hinwegtrösten«, sagte sie verschwörerisch.

»Bis Sie einen Teller mit Fleisch und Salat in Händen halten, kann es dauern. Fürs Erste nehmen Sie das hier.« Julia bekam einen Teller mit Kuchen gereicht, und kaum hatte sie die Gabel in den Teig gesteckt, bombardierte Madame Fournier sie mit Fragen. Wie es ihr im Hinterland gefalle, in welcher Verbindung sie zu Toto stehe, ob sie Nicolas schon kennengelernt habe. Nein, sie sei noch nie hier gewesen, und ja, sie habe Antoine Lefort kennengelernt, allerdings nur per Mail. »Ist es nicht eine Schande, dass ein Mann wie Nicolas allein durchs Leben geht?« Madame Fourniers übersprudelnde Art schien Medizin für sie zu sein. Offenbar hatte sie das Talent, aus Gesprächen Kraft zu schöpfen, denn jedes Mal, wenn sie zu einem Satz ansetzte oder einer Antwort lauschte, ließ ihr Lächeln sie erstrahlen. Dann wirkte auch ihr Haar, das sie zu einem festen Knoten zusammengefasst hatte, weniger streng.

»Was ihn anbelangt, haben Sie sicher recht, Madame Fournier«, pflichtete Julia ihr bei. »So attraktiv wie er ist, bleibt er sicher nicht lange ohne weibliche Begleitung.« Julia spürte, wie sie bei den Worten errötete. Um ihre Verunsicherung zu überspielen, blickte sie rasch zu Boden, doch Madame Fournier schien Augen wie ein Luchs zu haben.

»Nicolas gefällt Ihnen …« Sie strich Julia liebevoll über den Arm. »Sie müssen nichts dazu sagen, meine Liebe. Manchmal verstehen wir Frauen einander blind, nicht wahr? Wenn ich jung wäre, hätte ich es jedenfalls auf ihn abgesehen.« Ihr Blick wirkte mit einem Mal verklärt, so, als ließe sie vergangene romantische Stunden wiederaufleben. »Genug davon – die Zeiten, in denen Männer hinter mir her waren, sind lange vorbei. Und in Verlegenheit will ich Sie auch nicht bringen.« Madame Fournier fasste sich wieder, nippte an ihrem Wein und wandte sich einem neuen Thema zu.

»Was für ein Unglück, dass Sie Nicolas' Vater nie erlebt haben. In seinem Labor kam er mir immer wie ein Zauberkünstler vor. Diese Gerüche ... Ich hätte süchtig danach werden können.« Sie ließ keinen Zweifel daran, dass Antoine Lefort ihr gefallen hatte. »Unter uns gesagt, haben sich weit weniger Frauen, als manch einer denken möchte, seinem Charme entziehen können. Was nicht heißen soll, dass der gute Toto ein Schwerenöter war. Er *hätte* Chancen gehabt, hat sie aber nicht genutzt, so jedenfalls sehe ich es.« Zwischen reden und zuhören aß Julia ihren Kuchen und blickte sich weiter nach Nicolas um – noch immer vergeblich. »Das Rezept dieses Kuchens stammt übrigens von meiner Mutter«, klärte Anouk Fournier Julia auf, als die nach den Zutaten fragte. »Und falls Sie sich fragen, woher der süß-saure Geschmack stammt, der ist einer Mischung aus Johannisbeeren mit Cassis geschuldet. Bis zu ihrer Pensionierung arbeitete meine Mutter in der Boulangerie an der Hauptstraße. Niemand konnte ihr das Wasser reichen, wenn es um Kuchen ging.«

»Ich habe lange nichts so Gutes gegessen, Madame Fournier«, pflichtete Julia ihr bei.

Madame Fournier erhob sich bewundernswert flink aus ihrem Sessel, und kaum stand sie auf den Beinen, umarmte sie Julia herzlich. »Meine Liebe, entschuldigen Sie mein Geplapper. Manchmal lechze ich geradezu danach, mit jemandem zu sprechen, den ich nicht seit zwanzig Jahren in- und auswendig kenne, und wenn dann jemand wie Sie auf der Bildfläche erscheint ...«

»Schon in Ordnung«, beschwichtigte Julia. »Sie sind wissbegierig, eventuell auch ein kleines bisschen neugierig, aber vor allem sind Sie warmherzig und geradeheraus. Das gefällt mir.«

»Geradeheraus sind Sie ebenfalls, und nicht auf den Kopf gefallen dazu«, meinte Madame Fournier wohlwollend und küsste Julia auf beide Wangen. Dann ließ sie sich mit einem leisen Ächzen in den Sessel zurücksinken. Ein Mann, dessen Augen hinter einer Sonnenbrille versteckt waren, schlenderte auf sie zu. »Das ist Philippe Ropion, Bürgermeister im Ruhestand«, wisperte Madame Fournier Julia zu. Julia fühlte, dass Ropion sie taxierte, und als er einen Vorstoß in ihre Richtung wagte, fiel Madame Fournier ihm mit einem süffisanten Unterton in der Stimme ins Wort: »Du bist zu spät dran, Philippe, Mademoiselle Bent hat ihre Geschichte inzwischen so oft wiederholt, dass sie es leid ist, weitere Einzelheiten preiszugeben. Ich schlage vor, du holst sie dir morgen bei mir ab, wenn du auf ein Gläschen Portwein vorbeikommst.«

Ropion hielt Madame Fournier, dann Julia sein Glas entgegen, um mit ihnen anzustoßen. »Gern, Anouk. Also dann morgen bei dir, bei Portwein und Petit Fours.«

In diesem Augenblick kehrte Monsieur Fournier vom Buffet zurück. »Ich habe Ihnen von allem aufgetan. Lassen Sie es sich schmecken!« Er drückte Julia einen Teller voller Köstlichkeiten in die Hand und wich dabei einer Frau aus, die sich an ihm und Ropion vorbeischob und sich in ihre Mitte pflanzte.

Ohne sich vorzustellen, fing die Frau zu sprechen an: »Toto ließ doch nur mit sich reden, wenn's um seine Arbeit ging, um sein nächstes großartiges Parfüm.« Sie schnaubte und sah zu Ropion hinüber. »Allen anderen Themen gegenüber war er desinteressiert, verschlossen wie eine Auster … wenn ihr mich fragt, war er verschroben.« Keinerlei Bedauern schwang in der Stimme der Frau mit. Ropion sah die Frau pikiert an. Julia glaubte zu spüren, dass zwischen den beiden eine grundsätzliche Abneigung bestand, die sich nun beim Thema Antoine Lefort entlud.

»Leider verstehst du nichts von Genies, Inès«, entgegnete Ropion angriffslustig. Er lockerte das Lederband seiner Uhr und spielte an seinem Handgelenk herum. Inès hörte ihm kaum zu, doch das hinderte ihn nicht daran, weiterzusprechen. »Antoine hätte nach Paris gehen können, doch er ist bei uns geblieben. Vielleicht aus Engstirnigkeit oder Verschrobenheit, wie du es nennst, vielleicht auch aus Klugheit, wer weiß das schon. Ich werde mich jedenfalls dafür einsetzen, dass hier im Ort eine Straße nach ihm benannt wird. Das ist das Mindeste, was ich noch für ihn tun kann.« Die schlechte Stimmung zwischen Ropion und Inès war mit Händen greifbar. Die Meinungen und Kommentare der Umstehenden überschlugen sich. Die meisten waren auf Ropions Seite. Julia musste daran denken, was Monsieur Fournier über die Menschen in der Region gesagt hatte. Viele waren offen und freundlich, doch man stritt sich auch und war neidisch. Menschen waren überall gleich, sie freundeten sich an, liebten und litten, wuchsen über sich hinaus und sanken hinab in die Tiefen menschlicher Schwächen. So war das Leben nun mal.

Nachdem Ropion sie verlassen hatte, um am Grill erneut seinen Teller zu füllen, wurde Julia von einer Frau angesprochen, die sich als Antoines Haushälterin vorstellte. Auch mit ihr kam sie rasch ins Gespräch und erfuhr einiges über das Leben in der Provence. Irgendwann blickte sie auf ihre Armbanduhr. Vor über drei Stunden hatte sie hinter Monsieur

Fournier den Garten betreten und sich unter die Leute ge-
mischt. Hatte gegessen und getrunken und sich zwischen
dem Plaudern immer wieder auf die Zehenspitzen gestellt,
um nach Nicolas Ausschau zu halten. Wo steckte er nur? Julia
spürte, wie der Wein ihr langsam zu Kopf stieg. Obwohl sie
jedes Mal nur an ihrem Glas genippt hatte, war ihr inzwischen angenehm leicht zumute. Sie genoss die beschwingte
Stimmung um sich herum.

Es war kurz nach zehn, als unter großem Applaus die Lampions in den Bäumen angingen. Anouk Fournier hievte sich
aus dem Sessel und ergriff den Arm ihres Mannes. Sie wirkte
müde.

»Vielleicht laufen wir uns noch mal über den Weg, bevor
Sie wieder nach Hause fahren«, sagte sie zum Abschied.

Julia umschloss fest Madame Fourniers Hand. »Es war mir
eine Freude, Sie kennenzulernen, Madame.« Julia sah den
Fourniers nach, wie sie Arm in Arm davongingen. Die beiden waren bewundernswert. Seine Rücksichtnahme ihr gegenüber sowie ihre Entschlossenheit, aus ihrem Schicksal
das Beste herauszuholen, waren nicht selbstverständlich.

Auch Julia fand es an der Zeit, aufzubrechen. Sie beschloss,
sich ein Taxi zu rufen. Nach all dem Wein wollte sie sich nicht
mehr selbst hinters Steuer setzen. Als sie in ihrem Lederbeu-
tel nach dem Telefon suchte, merkte sie, wie die Geräusch-
kulisse nachließ. Fast alle waren verstummt. Julia blickte auf.
Die Köpfe der Gäste waren auf einen Punkt am westlichen
Ende des Blumenfelds gerichtet. Dort tauchten schemenhaft
die Körper zweier Männer in der Dunkelheit auf. Sie wurden vom Licht einer Taschenlampe erhellt, bevor sie wieder
ins Dunkel abtauchten. Julia trat näher an den Zaun, um besser sehen zu können, was sich dort hinten abspielte. Einer

der Männer, so schien es, war Nicolas. Er machte sich offensichtlich an etwas am Boden zu schaffen und schien dabei auf den Mann neben sich einzureden. Wie alle anderen wartete auch Julia gespannt darauf, was passieren würde. Alle blickten nach oben, wo nichts als die Schwärze der Nacht zu sehen war. Doch ehe Julia sich versah, wurde eine Rakete gezündet und färbte den Himmel in tiefes, magnetisierendes Rot. Ein Raunen ging durch die Menge. Eine Rakete nach der anderen folgte. Spektakuläre Lichtbilder in Gelb, Grün, Weiß und Rot wurden in die Nacht geschossen, und mit jedem weiteren lauten Krachen einer abgefeuerten Rakete standen alle noch gebannter da als zuvor. Es war eine unglaubliche Farbenpracht, die sowohl die Anwesenden wie auch alle, die in den nahe gelegenen Häusern lebten, begeisterte. Ein kräftiges Violett tauchte am Firmament auf.

»Ahhh«, ertönte es, dann »Ohh.« Applaus brandete auf. Pfiffe wurden laut, Männer trommelten auf die Tische, Kinder sprangen juchzend und schreiend umher. Das Violett wurde von Gold- und Silberfäden abgelöst, die wie sanfter Regen zur Erde rieselten. Danach wurde der Himmel erneut in leuchtendes Rot getaucht. »Das Rot wird durch Strontiumsalze, Calcium und Lithium erzeugt.« Julia hörte, wie ein Mann einem Mädchen die Zusammensetzung des Feuerwerks erklärte. Sie kämpfte sich zu einer Stelle in der Nähe eines zweiten Ausgangs durch. Dort lehnte niemand am Zaun, sie hatte den Platz für sich allein. Es interessierte sie nicht, wodurch die Farben am Nachthimmel erzeugt wurden, sie wollte nur dastehen, staunen und alles um sich herum vergessen.

Das Stimmengewirr ebbte ab, als Nicolas durch die Menge schritt. Er musste immer wieder stehen bleiben, um anerkennende Worte über das Feuerwerk entgegenzunehmen. »Freut mich, dass dir unser Höhepunkt gefallen hat, Lucas. Das war Absicht! Von langer Hand geplant war das Feuerwerk nicht, eher ein spontaner Entschluss, Jeanne. Louanne hat das Fest organisiert, ihr gebührt unser Dank, aber irgendwas wollte ich auch beisteuern.« Am liebsten hätte Nicolas sich an allen vorbeigedrängt, denn einige Meter entfernt hatte er im Licht einer Laterne die Konturen eines weiblichen Rückens ausgemacht, der ihn auf den ersten Blick an Julia erinnerte. Die Frau ähnelte ihr auf verblüffende Weise, Haltung und Kopfform stimmten überein. Und nun wollte er sich davon überzeugen, dass er sich nicht irrte. Er riss sich von Louanne los, die wegen des Feuerwerks auf ihn einredete, und trat von hinten auf die Frau zu. Es war Julia. Er fasste sie an der Schulter, und als sie sich umdrehte, drückte er ihr einen Kuss auf die Wange. »Julie! Dachte ich's mir doch.«

Nicolas trug eine helle Leinenhose und ein farblich darauf abgestimmtes Jackett, aus dessen Reverstasche ein blau-rotes Einstecktuch hervorblitzte. Das Einstecktuch verlieh der Kombination trotz aller Lässigkeit Eleganz. Hier war die Antwort auf ihre Frage, wie er ohne Jeans und fleckiges T-Shirt aussah: umwerfend!

»Herzliche Gratulation zum Feuerwerk!« Julias Gesicht erstrahlte vor Freude. »Es war atemberaubend.« Der Eindruck, den dieses Erlebnis bei ihr hinterlassen hatte, stand ihr deutlich ins Gesicht geschrieben, und als Nicolas es sah, stieg eine fast kindliche Freude in ihm auf.

»Danke, dass du deine Begeisterung mit mir teilst. Aber sag, weshalb weiß ich nicht, dass du hier bist?« Er zog sie in eine Umarmung und hielt sie fest. »Ach was … vergiss die Frage.« Er ließ sie los und machte eine Handbewegung, als wolle er nicht darüber reden. »Hauptsache du bist da … und bleibst noch«, wagte er hinzuzufügen.

Während er mit Pierre die Raketen gezündet hatte, hatte er immer an Julia denken müssen, an ihr Gespräch, vor allem aber an die gestrige Umarmung. Und nun stand sie leibhaftig vor ihm. Das kam ihm wie ein gutes Omen vor.

»Das Du nehme ich übrigens gerne an«, sagte Julia schmunzelnd.

»Oh, entschuldige!« Nicolas schlug sich mit spielerischer Geste gegen die Stirn. »Das kommt von dem Gefühl, dich bereits gut zu kennen. Sei mir nicht böse.« Er machte eine elegante Verbeugung.

Pierre trat hinzu und bedachte Julia mit einem interessierten Blick. »Was hältst du davon, mich diesem hübschen Wesen vorzustellen«, bat er.

Nicolas deutete mit der Hand auf Pierre. »Julie, das ist Pierre Ledoux.« Pierre war mittelgroß, ein athletischer Typ; er hatte ein gut geschnittenes Gesicht, doch seine Haare lichteten sich an den Ecken, sodass er älter wirkte als Nicolas. »Pierre, das ist Julie Bent aus Frankfurt. Wir sind wegen eines Parfüms meines Vaters seit einer Weile in Kontakt, und gestern stand sie ganz unerwartet hier im Garten.«

»Überraschungen dieser Art lässt man sich gern gefallen.« Pierre reichte Julia die Hand. Sie schlug ein und nickte ihm freundlich zu. »Nico und ich kennen uns schon ein Weilchen länger, wir sind zusammen zur Schule gegangen«, erklärte er.

»Ein paar Stunden haben wir auch gemeinsam geschwänzt. Im Bistro Billard zu spielen, erschien uns damals weit spannender, als Algebra zu büffeln!«, ergänzte Nicolas. Beim Gedanken an gemeinsame Erlebnisse in früher Jugend huschte ein unbeschwertes Lächeln über sein Gesicht. »Gott sei Dank hat Pierre die Zeit mit mir heil überstanden. Heute vertreibt er Mähmaschinen und ist sein eigener Chef … er lebt allerdings im Exil in Lyon.« Als das Wort *Exil* fiel, verpasste Pierre Nicolas einen Seitenhieb, doch der sprach unbeeindruckt weiter: »Pierre ist verheiratet und wird demnächst zum zweiten Mal Vater. Grundsolide und seriös.«

»Na, na, na, keine Beleidigungen bitte«, grinste Pierre.

Julia blickte vom einen zum anderen. Die beiden waren enge Freunde, das bestätigte jede ihrer Gesten und auch der Ton, in dem sie miteinander sprachen. »Klingt für mich nach einem Leben, in dem keine Langeweile aufkommt … und nach einer schönen Freundschaft«, sagte sie.

»Übrigens, sollen wir einander nicht duzen, Julie?«, schlug Pierre vor.

»Gern!« Julia stimmte zu und wurde von Pierre, wie es Sitte war, sofort auf die Wangen geküsst.

Dann sprach er weiter: »Ich wollte heute unbedingt dabei sein, um Nicos Vater die letzte Ehre zu erweisen.«

»… und um mir beim Feuerwerk zu helfen. Auf Pierre ist Verlass«, ergänzte Nicolas. Er legte seinem Freund kameradschaftlich den Arm um die Schulter und blickte sich um. »Sieht so aus, als würde sich das Fest langsam auflösen.« Immer mehr Menschen verabschiedeten sich voneinander, winkten Nicolas zu, redeten mit Louanne und verließen das Grundstück durch das Gartentor.

»Was haltet ihr von einem Glas Champagner … zum Ausklang dieses besonderen Tages?«, schlug Pierre vor. »Es müssten noch ein paar Flaschen da sein, kaum jemand hat sich getraut, eine zu köpfen.«

Obwohl es schon spät war, schien er noch nicht müde zu

sein. Er zog ein Päckchen Zigaretten und Streichhölzer aus der Hose, warf einen sehnsüchtigen Blick darauf, steckte beides jedoch sofort wieder weg. »Ich gewöhne es mir gerade ab.« Er zupfte an einem Grashalm und steckte ihn sich zwischen die Lippen. »Vorbild für den Nachwuchs und Gesundheitsvorsorge.«

»Wenn du es schaffst, ein paar Wochen darauf zu verzichten, hast du das Ärgste hinter dir und bist froh, den Schritt getan zu haben«, ermunterte Nicolas ihn.

»Sagt der Mann, der keine Abhängigkeiten kennt … wenn man seinen Beruf nicht dazuzählt.« Diesmal war es Nicolas, der Pierre einen freundschaftlichen Stoß verpasste.

Zu dritt gingen sie zur Terrasse. »Ich hole frische Gläser und Wasser.« Pierre verschwand in Richtung Küche. Julia sah sich um. Eine Menge schmutziger Teller und halbleerer Gläser standen auf den Tischen, unweit des Grills lag ein zerfetzter Lampion auf dem Boden, und nicht weit davon entdeckte Julia einen Pullover im Gras. Vor der Scheune trieb Louanne einige Gäste zusammen, vermutlich für ein letztes Glas Wein oder zur Verabschiedung. Julia, die neben Nicolas stand, reichte denen, die sich auf den Heimweg machten, die Hand und hörte, wie Nicolas sich für die vielen guten Wünsche, die ausgesprochen wurden, bedankte. Als Pierre mit einem Tablett mit Gläsern, Wasser und etwas zu essen zurückkam, befanden sich nur noch wenige Gäste im Garten. Sie hatten sich alle unter einer Zypresse versammelt.

»Kommt her!«, rief Nicolas ihnen zu. »Wir schließen mit Champagner ab.«

Bald saßen sie in überschaubarer Runde zusammen, tranken Champagner und aßen Cracker, Käse und Trauben. Als die letzten Gäste schließlich gegangen waren, unter ihnen

Louanne, blickte Nicolas zu Julia, dann zu Pierre hinüber. »Pierre, du bleibst über Nacht. Julie, du auch, oder?«, fragte er, und es war klar, welche Antwort er hören wollte.

Julia und Pierre wechselten einen einvernehmlichen Blick und Julia nickte. »Wenn es dir nichts ausmacht, nehme ich das Angebot gern an. Fahrtauglich bin ich sowieso nicht mehr.«

Zufrieden stützte Nicolas sich mit den Händen auf den Oberschenkeln ab. »Fein, dann können wir morgen alle miteinander brunchen.«

Rasch räumten sie das Nötigste im Haus auf, dann zeigte Nicolas ihnen, wo sie schlafen konnten.

Julia bekam ein Zimmer im ersten Stock zugewiesen. Es war ein gemütlich eingerichteter Raum mit einem Holzbett, vor dem ein flauschiger Teppich lag, einer Kommode, auf der bunte Flakons standen, und einem verschnörkelten Spiegel. An den Fenstern hingen blaue Vorhänge. »Es ist nicht groß, aber ich hoffe, du fühlst dich hier wohl«, sagte Nicolas. Pierre nahm die Couch in der Bibliothek in Beschlag.

Es war bereits kurz nach halb vier, als Julia das Licht ausmachte. Während sie sich das Kissen zurechtschob und sich von einer Seite auf die andere drehte, um die beste Einschlafposition zu finden, horchte sie in die Stille der Nacht. Die Dunkelheit schien alles zu verschlucken, selbst ihren Kummer. Eine Weile lag sie da und starrte an die Decke, bis sie begriff, dass sie sich wohlfühlte. Ihr Körper war schwer, sie war müde, aber alles schien in Ordnung zu sein. Wie lange war es her, seit sie sich das letzte Mal so lebendig gefühlt hatte? Als sie ins Zimmer getreten war, hatte sie ein Sträußchen Lavendel auf dem Kopfkissen vorgefunden. Sie hatte es auf den Nachttisch gelegt; nun sog sie den Duft tief ein. *Schließ die Augen. Alles ist gut! Jedenfalls im Moment.*

10. KAPITEL

Als Julia erwachte, wusste sie nicht, wo sie war. Draußen strich der Wind durch die Bäume, ein leises gleichmäßiges Rauschen, doch es fehlte das Plätschern des Wassers vom Hotelpool. Hastig richtete sie sich auf, sah den Spiegel an der Wand und die Kommode mit den Flakons und begriff, dass sie sich im Haus des Parfümeurs befand – bei Nicolas.

Beruhigt ließ sie sich noch einmal in die tröstliche Wärme des Bettes sinken, rieb sich den Schlaf aus den Augen und gähnte genüsslich. Ihr Kopf rutschte zurück in die Kuhle, die sich in der Nacht in der Mitte des Kissens gebildet hatte. Julia schnupperte. War das etwa gebratener Speck? Und Zwiebeln? Der Essensduft drang durch die Türritze ins Zimmer und ließ Julia das Wasser im Mund zusammenlaufen. Von dem Duft angetrieben, stand sie auf und trat hinaus auf den Flur. Von unten drangen leise Geräusche bis nach oben, jemand war in der Küche zugange. Julia versuchte, sich zu orientieren. Am Ende des Gangs, erinnerte sie sich, befand sich das Bad. Nicolas hatte es ihr in der Nacht gezeigt, nachdem sie ihr Zimmer inspiziert hatte. Ein Raum mit türkisfarbenen Kacheln, auch dort eine Menge Fläschchen und Tiegel in den Regalen, wie fast überall in diesem Haus.

Als sie unter der Dusche stand, schwoll in ihrer Brust plötzlich ein Druck an, als würde ihr jemand die Faust in den Körper rammen. Sie spürte, wie ihre Knie nachgaben, als sie den Wagen ihrer Mutter ein weiteres Mal gegen die Leitplanke rasen sah. Wieder und wieder liefen die Bilder hintereinander ab, bis ihr der Atem stockte und sie glaubte, das Gleichgewicht zu verlieren. Sie stützte sich mit beiden Händen an den Kacheln ab. *Atmen, einfach weiteratmen ... bis es vorbei ist.* Langsam verflüchtigten sich die Bilder des Unfalls, und die Ecken und spitzen Kanten, die ihre Mutter in den Monaten vor dem Unfall entwickelt hatte, traten hervor. Das Verständnis, das sie immer für ihre Tochter gehabt hatte, die freundschaftlichen Gefühle, alles wurde davon aufgezehrt. Julia begriff, wie verletzt und enttäuscht sie über diese Veränderung gewesen war und wie verwirrt über die Möglichkeit, sich all die Jahre in dem ihr am nächsten stehenden Menschen geirrt zu haben.

Sie rief sich Nicolas' Worte ins Gedächtnis. »Dräng die Angst nicht weg, Julie, sonst wird sie übermächtig. Halte sie aus. Dann hört sie irgendwann auf.« Sie hörte seine Stimme laut und deutlich. Und je länger sie sich von der Angst durchschütteln ließ, umso mehr wich die Ohnmacht, ihr hilflos ausgeliefert zu sein. Sie kam sehr wohl mit der Angst klar – sie konnte sie aushalten, und das beruhigte sie schließlich.

Als sie aus der Dusche auf die kalten Fliesen trat und den beschlagenen Spiegel mit dem Handtuch trocken rieb, ging es ihr bedeutend besser. Sie stand wieder sicher auf den Füßen und die Übelkeit, die sie verspürt hatte, war verflogen. Sie öffnete das Fenster, das auf die Rückseite des Gartens hinausging, holte tief Luft und erfreute sich am Zwitschern der Vögel.

Zurück in ihrem Zimmer, zog sie sich die Sachen vom Vortag an und ging hinunter ins Erdgeschoss. Den Kopf zur Küchentür hineingesteckt, erblickte sie den riesigen Herd mit zwei Pfannen, in denen Speck und Zwiebeln brieten. Daneben stand eine Frau. Sie war schlank, trug einen Pagenkopf und ein kariertes Kleid mit einem breiten Gürtel, über das sie eine Schürze gebunden hatte. Sie schnitt Lauch in feine Ringe und summte dabei. Julia trat näher. »Ähm … Guten Morgen, ich bin Julia!«, sagte sie mit belegter, noch rauer Stimme.

Die Frau drehte sich nach ihr um, erfasste sie mit einem einzigen Blick und lächelte. »Sie wirken noch ganz verschlafen.« Sie wischte sich die Hände an einem Küchentuch ab, dessen Ende sie in ihre Gürtelschlaufe gesteckt hatte, und ging auf Julia zu. »Ich hoffe, das Fest gestern hat Ihnen gefallen.« Sie hielt Julia ihre saubere Hand hin, und kaum hatte Julia eingeschlagen, schüttelte die Frau sie kräftig durch. »Ich bin Camille Lefebvre. Wir hatten uns gestern bereits kurz kennengelernt. Monsieur Leforts Mädchen für alles, allerdings ein Mädchen, das in die Jahre gekommen ist. Sagen Sie Camille zu mir.« Sie deutete auf die Falten rund um ihre Augen und die weißen Strähnen in ihrem Haar, doch Julia sah auch den Hauch Lippenstift und die Wimperntusche, die nicht zu einem *alten Mädchen* passen wollten.

»Standen Sie gestern nicht mit dem Bürgermeister zusammen? Wie hieß er gleich noch mal?«

»Philippe Ropion! Er glaubt noch immer, Stimmen sammeln zu müssen, deswegen spricht er mit jedem.«

Camille schüttelte den Kopf, dann stemmte sie die Hände in die Hüften und sah zur Arbeitsfläche hinüber, wo eine aufgerissene Mehltüte, eine Milchflasche, ein Teller mit einem halben Stück Butter und eine mit einem Tuch abgedeckte Schüssel standen. Julia vermutete, dass sich darin ein Mürbeteig befand.

»Wird das eine Quiche? Es riecht herrlich«, sagte sie.

»Quiche Alsacienne, um genau zu sein. Mit Zwiebeln. Im Elsass, wo ich ursprünglich herkomme, macht man sie so.« Camille warf einen prüfenden Blick auf den Teig, dann deckte sie die Schüssel wieder ab und stellte sie in den Kühlschrank.

»Wenn es so gut riecht wie in dieser Küche, bekomme ich immer Appetit.«

Julia schaute verlegen. »Entschuldigen Sie, das klingt, als wollte ich mich zum Essen einladen.«

»Das hoffe ich doch!« Camille schmunzelte. »Gestern war eine lange Nacht, das zehrt. Danach sollte man viel Wasser trinken ... und etwas Ordentliches essen.« Sie drehte den Wasserhahn auf, ließ ein großes Glas volllaufen und reichte es Julia. Die drückte sich das Glas gegen die Wange, fühlte, wie angenehm kühl ihre Haut von der Berührung wurde, dann leerte sie es in einem Zug und stellte es in die Spüle.

Camille griff nach einem Stück Parmesan und begann, den Käse zu reiben. Julia fegte die Käsekrümel weg, die neben die Schüssel flogen, um sie im Waschbecken zu entsorgen.

»Kannten Sie Monsieur Lefort gut?«, fragte sie beiläufig.

Camille fuhr sich über die Augen. »Das sind die Zwiebeln«, sie wandte sich ab, beugte sich nach vorne, als müsse sie sich sammeln, dann drehte sie sich wieder zu Julia um. »Ich kannte ihn sogar sehr gut«, sie klang gefasst, allerdings mit einer Spur Wehmut im Blick. »Wenn man sich so lange um einen Haushalt kümmert, wird man mit der Zeit zu so etwas wie Familie.« Der Stolz war deutlich aus ihren Worten zu hören.

Beharrlich machte sie sich weiter am Käse zu schaffen, hielt die Schüssel fest in der Biege ihres Ellbogens, und während sie rieb, zitterte ihr Arm leicht vor Anspannung.

»Ganz schön anstrengend! Lassen Sie mich weitermachen«, Julia griff nach der Schüssel, und während der Laib nun in ihrer Hand kleiner wurde, dachte sie an die Karte, die sie im Postfach in Frankfurt gefunden hatte. »Wie war Monsieur Lefort denn so?« Sie hielt im Reiben inne und sah zu Camille hinüber, die sich am Kühlschrank zu schaffen machte.

»Das lässt sich nicht in zwei Sätzen beantworten.« Camille schob sich mit der Rückseite ihres Handgelenks eine Haarsträhne hinters Ohr. »Toto war ein warmherziger Mensch. Vor allem jedoch war er Künstler. Er arbeitete ununterbrochen, völlig abgeschieden von dem, was draußen in der Welt vor sich ging. Er zielte immer auf das beste Ergebnis ab, auf sehr hartnäckige Art und Weise, ohne Marktstudien und diese Dinge. Er verließ sich nur auf sich selbst. Ich habe ihn sehr bewundert.« Julia hörte den schwärmerischen Unterton in Camilles Stimme, und sofort fielen ihr Madame Fourniers Worte über die Frauen ein, die dem Charme Antoine Leforts erlegen waren. Ob Camille eine von ihnen war?

»Und seine Frau?«, wagte Julia sich weiter vor.

»Die mochte ich auch«, gestand Camille. Sie schob ein paar Lauchringe zusammen und warf sie in den Müll. »Leider ist sie viel zu früh gestorben. Toto und sie führten eine gute Ehe. Das ist nicht selbstverständlich. Vor allem heute nicht, wo alle so schnell aufgeben. Marguerite war sehr rücksichtsvoll, was Totos Arbeit anbelangte. Sie hat schnell begriffen, dass Parfüm das Wichtigste in seinem Leben war. Sie war auf ihre Weise klug. Sie hatte nicht studiert oder so was … sie war lebensklug. Und sie liebte Parfüms. Genau wie er. Die meisten hier in der Region tun das.« Julia sah Antoine und Marguerite als zufriedenes Paar vor sich, das eine gemeinsame Zukunft gehabt hatte. Wo in dieser Zweisamkeit war Platz für ihre Mutter gewesen?

»Sehen Sie! Draußen wird es dunkler.« Camille hatte die Vorhänge zur Seite geschoben und blickte zum Himmel hinauf. »Sieht ganz so aus, als zöge ein Gewitter auf.« Der Wind hatte aufgefrischt, schüttelte die Zweige der Bäume und wehte übers Gras.

»Wo sind Nicolas und Pierre eigentlich?«, wollte Julia wissen. Außer den Geräuschen des Windes und denen in der Küche war es still im Haus.

»Die beiden waren schon früh auf den Beinen und sind rausgegangen, um aufzuräumen.« Camille deutete in den Garten. Die Lampions waren aus den Bäumen und Sträuchern entfernt worden, nirgendwo standen mehr leere Gläser, Teller oder Flaschen und auch die Grills waren abtransportiert worden. »Nun sind sie weggefahren um die leeren Flaschen zu entsorgen. Bestimmt kommen sie bald zurück.«

»Ich muss wie ein Murmeltier geschlafen haben«, sagte Julia. »Dabei hätte ich helfen sollen.«

Camille schenkte ihr einen verständnisvollen Blick. »Sie hatten einen Lavendelstrauß auf dem Nachttisch liegen«, sagte sie. Julia nickte, ohne zu wissen, was damit gemeint war. »Lavendel vertieft den Schlaf und hilft gegen Nervosität, Unruhe und Angstzustände. Außerdem gibt es Lavendelträume. Sie reinigen die Seele.«

»Lavendelträume?« In Julias Ohren klangen Camilles Worte mystisch. Sie wollte mehr darüber hören. »Ich weiß, dass man Lavendelsäckchen in Schränke legt, um Motten fernzuhalten. Damit erschöpft sich mein Wissen aber auch schon.«

Camille nahm einige Lavendelzweige aus einem Krug, der auf dem Tisch stand, und hielt sie Julia hin. »Das Violett der Blüten ist einzigartig, finden Sie nicht auch?« Sie betrachteten die getrockneten, noch immer farbintensiven Blüten. »Lavendel schenkt Gelassenheit und beruhigt. Das ist wissenschaftlich belegt. Wenn man einige Blüten ins Schlafzimmer legt, gleitet man in den Schlaf, und alle trüben Gedanken, Schmerz und Kummer werden ausgelöscht. Zurück bleibt die gereinigte Seele. Und es liegt an jedem selbst, womit der neue Tag gefüllt wird. Ich plädiere jeden Morgen für etwas Heiteres, Beglückendes, das mich daran erinnert, wie kostbar das Leben ist.« Camille sah Julia voller Zuversicht an. »Vielleicht hatten Sie diese Nacht ja einen Lavendeltraum?«

Camille wusste nichts über Julias Leben, und wie sollte ein Traum gegen Ängste helfen? Trotzdem … Julia gefiel die Geschichte. Und obwohl sie wie ein Märchen klang, wollte etwas in ihr daran glauben, dass auch sie eines Tages durch einen Lavendeltraum frei wäre.

»Das ist eine schöne Geschichte mit den Lavendelträumen. Ich werde daran denken. Doch nun lassen Sie mich Ihnen helfen.« Julia rieb sich über die Hände. »Was kann ich tun?«

Camille steckte den Lavendel bis auf einige Zweige, die sie mit einer Küchenschnur zusammenband, zurück in den Krug. »Nehmen Sie das mit nach Hause und vertrauen Sie darauf, eines Tages einen Lavendeltraum zu haben.« Julia nahm die Lavendelblüten dankend an und reichte Camille die Schüssel mit dem geriebenen Käse.

»Im Kühlschrank finden Sie Crème fraîche und Eier für den Guss, und drüben auf dem Bord stehen die Gewürze, Muskatnuss et cetera. Falls Sie ein Händchen fürs Kochen haben, nur zu.«

Julia legte den Lavendel zur Seite und stellte die Zutaten vor sich hin. »Ich freue mich auf Ihre Quiche, bestimmt schmeckt sie vorzüglich.«

»Keine Vorschusslorbeeren«, Camille zwinkerte ihr zu. »Geben Sie Ihr Urteil nach den ersten Bissen ab, nicht früher.«

Sie arbeiteten eine Weile einträchtig nebeneinander, als Camille fragte: »Was halten Sie von einer Birnen-Charlotte als Nachspeise?«

Julia strahlte. »Meine Mutter hat sie mit Äpfeln gemacht, eins meiner Lieblingsdesserts.«

»Dann hoffe ich, wir bekommen sie genauso gut hin wie Ihre Maman.« Julia begann Birnen zu schälen und brachte es nicht übers Herz, den Tod ihrer Mutter zu erwähnen, deshalb erzählte sie von ihrer Arbeit mit Maren und vom Lieblingsparfüm ihrer Mutter. Das geheime Postfach und Antoines Liebesbotschaft verschwieg sie.

Camille bröselte Löffelbiskuits klein, rührte Quark mit saurer Sahne, Zitrone, Vanille und Puderzucker an, während Julia die gekochten Birnenstücke abseihte und den Weinsud auffing, in dem sie gekocht worden waren. Als die Birnen-Charlotte fertig und die Küche sauber war, und es nichts weiter zu tun gab, ging Julia in die Parfümerie.

Im Licht der Deckenlampen flirrte der Staub in der Luft. Julia schoss Fotos mit dem Handy. Danach ließ sie sich in den Plüschsessel sinken und genoss die friedliche Ruhe. Es tat ihr im Herzen weh, diesen zauberhaften Ort, der wie im Dornröschenschlaf lag, nicht mehr zugänglich zu wissen, um sich hier Parfümträume zu erfüllen. Nach einigen Minuten erhob sie sich und machte weitere Fotos – diesmal vor allem von den Glasregalen, in denen die Flakons standen.

Als Nächstes wollte sie in Antoine Leforts Labor, doch als sie an dessen Schwelle stand, fühlte sie sich wie ein Eindringling. Durfte sie diesen Raum betreten, ohne Nicolas um Erlaubnis zu fragen? Mit einem Gefühl leichten Unbehagens schlüpfte sie in den Raum, in dem vermutlich das Lieblingsparfüm ihrer Mutter entstanden war, und als die Tür hinter ihr ins Schloss fiel, zuckte sie zusammen. Einen Augenblick verharrte sie und überlegte, wo sie vielleicht einen Hinweis auf ihre Mutter finden könnte. In einer der vielen Schub-

125

laden? Julias Neugierde ließ sie weitergehen. Zwar würde sie keine der Laden öffnen, doch ein Blick auf die Arbeitsfläche des Tisches war sicher erlaubt. Auf einem Zettel hatte jemand ›Lueur d'espoir‹, Hoffnungsschimmer, notiert. Julia nahm an, dass es Nicolas gewesen war. Daneben klebte ein Post-it an der Wand. Die Schrift unterschied sich von der auf dem Zettel; Julia erkannte sie auf Anhieb. Kein Zweifel, es war dieselbe Schrift wie auf der Karte. Leider half ihr diese Erkenntnis nicht weiter. Ob ihre Mutter die rechtmäßige Empfängerin der Karte war … diese Frage war noch immer unbeantwortet.

Julia spürte, wie ihr Herz klopfte. In diesem Raum wimmelte es von vielen braunen Glasflaschen, die, jede für sich, eine Geschichte zu erzählen schienen. Auf Monsieur Leforts Schreibtisch standen gleich mehrere davon, angefüllt mit Variationen seines letzten Parfüms, dem unvollendeten Duft.

Julia ging den Raum ab und kehrte schließlich zum Arbeitstisch zurück. Sie beugte sich zu den Flaschen hinunter und suchte sich eine aus. Vermutlich konnte sie den Duft, der sich im Flakon befand, auch erschnuppern, ohne den Stöpsel aus der Öffnung zu ziehen. Sie hielt ihre Nase an die Stelle, wo Flakon und Verschluss aufeinandertrafen. Was sie roch, war derart markant, dass sie zurückwich. Sie atmete mehrmals ein und aus, dann wagte sie einen neuen Versuch. Diesmal konzentrierte sie sich darauf, eine der Ingredienzien herauszuriechen, doch alles, was sie sagen konnte, war, dass das, was sie roch, kraftvoll auf sie wirkte, als stecke es voller Energie. Julia schloss die Augen, um sich besser konzentrieren zu können, und je länger sie die Augen geschlossen hielt, umso deutlicher hatte sie das Gefühl, der Duft bemächtige sich ihres Körpers. Es dauerte einige Minuten, bis sie die Bilder ordnen konnte, die in ihrem Kopf erschienen. Sie sah eine Sommerwiese voller frischerblühter Blumen vor sich, schräg einfallende Sonnenstrahlen, wie man sie an einem Nachmittag mitten im Sommer genießen konnte, sie sah Gischtkronen auf Wellen, das grüne Meer, das sich an den Spitzen weiß färbte … bis es sich an den Felsen brach.

Als sie das Gefühl hatte, lange genug gerochen zu haben, öffnete sie die Augen, trat einen Schritt zurück und ließ ihren Blick weiter über den Schreibtisch wandern. Zwischen gefüllten und leeren Flakons, Papieren und Nachschlagewerken, einer elektronischen Feinwaage und einer Tasse mit Kaffeebohnen entdeckte sie eine Box mit Notizzetteln. Sie nahm einige Blätter heraus und drückte sie wie einen Schatz an ihre Brust. Aus einem Becher entnahm sie einen gespitzten weichen Bleistift. Im Stehen begann sie zu zeichnen. Mit wenigen, geübten Strichen skizzierte sie eine Flasche, die sich nach oben verjüngte. Der Verschluss, leicht oval, war alles andere als spektakulär; über diesen ersten Flakon malte Julia einen zweiten, sozusagen eine Skizze über der Skizze. Diesmal drückte sie den Bleistift fester aufs Papier, sodass ein Gerüst über dem ursprünglichen Flakon entstand, das man an der dunkleren Farbe erkannte. Dieses Gerüst unterteilte sie in einen oberen und einen unteren Teil und verband beide mit zarten Strichen, die sie mit den Fingern verwischte. Es sah aus, als flösse Metall ineinander. An den Rand schrieb sie: *Silberfarben, oben hell und glatt, unten schraffiert, mit Patina.* Des Weiteren notierte sie: *Zwei Parfümeure, zwei Empfindungen, Vater und Sohn, gestern und heute.*

Sie warf einen prüfenden Blick auf die Zeichnung, und während sie sich darauf konzentrierte, nicht die kleinste Ungenauigkeit zu übersehen, erinnerte sie sich an ihre Jugend. Damals hatte sie sich zu jedem Anlass Kunstbücher gewünscht, weil sie nicht genug von dicken Bänden voll kunstvoller Arbeiten bekommen konnte. Aus diesen Werken hatte sie sich alles abgeschaut: die Linienführung, die Arbeit mit Licht und Schatten, den Detailreichtum, der keine Grenzen kannte. Ihr Vater hatte sie in ihrem Hobby unterstützt, ihre Mutter ebenfalls, doch insgeheim hatten die beiden vermutlich darüber spekuliert, woher ihre Vorliebe für Zeichnungen stammte, und vor allem die Hartnäckigkeit, mit der sie ihre ersten Versuche gegenüber Eltern und Freunden verteidigte.

Julia griff nach einem Radiergummi und besserte einige Linien aus. »Besser ... aber noch nicht gut genug!«, befand sie kritisch. Sie nahm ein neues Blatt Papier zur Hand, diesmal ein größeres, setzte sich an den Schreibtisch und begann noch einmal von vorne. Beim zweiten Versuch malte sie den Flakon größer. Diesmal erhielt der ovale Stöpsel ein feines Blumenmuster, Ranken und Blüten, die dem Verschluss eine feminine, romantische Note gaben; schließlich zeichnete Julia den Flakon über dem Flakon. Nachdem das Grundgerüst stand, befeuchtete sie ihre Finger und rieb über den unteren Teil des Flakons, sodass das Grau des Bleistifts dort an Tiefe gewann. Die obere Hälfte verwischte sie nur leicht, damit sie flüchtig erschien. Dann betrachtete sie lange ihr Werk. Sie war noch nicht zufrieden, doch man konnte bereits erahnen, welch außergewöhnlicher Flakon dies wäre, wenn die Zeichnung perfektioniert würde. Sie legte die Skizze auf den Schreibtisch und schrieb an den oberen Rand: »*Nur ein erster Versuch*«, und darunter: »*Für Nicolas – in memoriam: Antoine!*«

11. KAPITEL

Pierre genoss das gemächliche Tempo, in dem Nicolas den Peugeot die Landstraße entlangsteuerte. In Lyon drängte ihn, sobald er morgens aufstand, ein Termin nach dem anderen. Auf dem Weg zur Firma, quer durch die Stadt, donnerten Busse und Taxis an ihm vorbei, und am Wochenende drohte der Freizeitstress. In Roquefort-les-Pins hingegen schien die Zeit langsamer zu vergehen.

»Louanne hat sich gestern mächtig ins Zeug gelegt.« Pierre löste den Blick von der Landschaft.

»Das kannst du laut sagen. Catering, Grillfleisch, Getränke, Deko … unglaublich, was sie auf die Beine gestellt hat.« Nicolas nahm sich vor, ihr einen Strauß gelber Rosen zu schenken – Blumen der Freundschaft.

»Gibt's bei ihr privat eigentlich was Neues?«, erkundigte sich Pierre.

»Im Augenblick nicht. Nach dem Desaster mit Gaston, der von einem Tag auf den anderen wieder zu seiner Ex-Frau zurückgegangen ist, wollte sie eine Pause einlegen. Hoffen wir, dass sie beim nächsten Mal mehr Glück hat. Es wäre ihr zu wünschen.« Louanne war ein Glückskind, sie schätzte das Leben und kostete es voll aus, nur in der Liebe hatte sie in letzter Zeit Pech.

»Weißt du was, ich rufe Louanne an und frage sie, ob sie zum Essen vorbeikommen möchte. Camille hinterm Herd – das darf ihr nicht vorenthalten werden.« Nicolas tippte Louannes Nummer ein. Erst nach mehrmaligem Klingeln hob sie ab.

»Was verschafft mir die Ehre, so bald wieder deine Stimme zu hören?« Sie klang verkatert und müde.

»Was hältst du von einem späten Mittagessen bei mir, Louanne? Setz dich ins Auto und leiste uns Gesellschaft.« Auch Nicolas hätte müde von der langen Nacht sein müssen, doch er fühlte sich topfit; ebenso Pierre, der bester Dinge war.

»Seit Nico von Camille bekocht wird, ahnt er, wieso deren Mann dem Essen verfallen ist. Und nun möchte er uns ebenfalls in den Genuss von Camilles Kochkünsten bringen ... uns aufpäppeln ... so was in der Art«, mischte Pierre sich in das Gespräch ein. »Wenn ich du wäre, würde ich kommen.«

Louanne gähnte laut. »Überredet! Gebt mir eine halbe Stunde, um mich fein zu machen.«

Gegen drei nahmen sie zu fünft am Tisch in der Küche Platz. Als Quiche und Salat und Birnen-Charlotte aufgegessen waren und Camille die Käseplatte servierte, lehnte Pierre sich zufrieden in seinem Stuhl zurück. »Das war vorzüglich.« Er strich sich über den Bauch, der normalerweise flach, nun jedoch leicht gewölbt war. Das hielt ihn jedoch nicht davon ab, sich nun ein Stück Petit Léger und einen Löffel Feigensenf zu nehmen.

Camille, die sich in dieser Runde sichtlich wohl fühlte, griff Pierres entspannten Ton auf. »Ein Mann, der kurz davor steht, zum zweiten Mal Vater zu werden, sollte sich über jede freie Minute mit Freunden und jedes gute Essen, das nicht in Breiform serviert wird, freuen.«

Nicolas lachte amüsiert auf und hob sein Glas, um mit Camille, Pierre, Julia und Louanne anzustoßen. »Eins zu null für Camille. Wo sie recht hat, hat sie recht«, stimmte er ihr zu.

Louannes Blick wanderte zu Nicolas. »Wie kam dir eigentlich die Idee mit dem Feuerwerk, Nico?«

»Pierre hat die entsprechenden Kontakte. Und da Papa, wie du weißt, Feuerwerk liebte ...«

Pierre vertilgte das letzte Stück Käse, tupfte sich den Mund ab und schob den Teller zur Seite. »Nicolas hat für dieses unvergessliche Erlebnis zwei seiner Bilder geopfert. Es war ein würdiger Abschluss eines gelungenen Festes, auf dessen Organisatoren ich noch einmal anstoßen möchte. Auf Louanne und Nicolas.«

»Louanne, du hast einen Großteil zum Gelingen des Festes beigetragen. Das werde ich dir nie vergessen.« Nicolas stieß ein weiteres Mal gegen Louannes Glas und sah sie gerührt an.

Camille stand auf und blickte fragend in die Runde. »Möchte jemand Tee oder Kaffee? Alkohol biete ich nicht an. Drei von euch müssen später noch fahren.« Sie schob Nicolas, der aufgesprungen war, um ihr zu helfen, sanft aus dem Weg. »Lass gut sein, Nico. Ich mache das schon.«

Wenig später stellte sie Zuckerdose und Milchkännchen auf den Tisch, daneben einen Teller mit Walnusskeksen. Pierre nahm sich einen Keks und biss hinein. Da klingelte sein Handy. »Entschuldigt mich. Werdende Väter müssen Tag und Nacht erreichbar sein.« Er zog sich ins Nebenzimmer zurück, um zu telefonieren, kam jedoch kurz darauf mit blassem Gesicht zurück. »Das war Mathis«, sagte er kummervoll.

Julia sah Louanne fragend an.

»Mathis ist Pierres sechsjähriger Sohn«, erklärte Louanne ihr über den Tisch hinweg.

Ein kurzes, drückendes Schweigen lag im Raum, bevor Pierre fortfuhr. »Ob ihr's glaubt oder nicht, die ganze Zeit weiche ich keine Minute von Danielles Seite, doch kaum bin ich einen Tag nicht da, gehen die Wehen los.«

»O du meine Güte«, Louanne blickte betroffen zu Pierre.

»Wie lange ist es noch bis zum errechneten Geburtstermin?«, wollte Julia wissen.

»Sechsundzwanzig Tage. Theoretisch.« Er leckte sich nervös über die Unterlippe. Ihm war anzusehen, wie nah es ihm ging, ausgerechnet jetzt nicht bei seiner Frau sein zu können.

Louanne schob ihren Stuhl zurück, ging um den Tisch herum und schlang die Arme um Pierre. »Wenn du gleich losfährst, kannst du in vier Stunden zu Hause sein. Außerdem lässt das Kind sich bestimmt noch Zeit«, redete sie ihm gut zu.

Camille war zum Kühlschrank geeilt und nahm die Butterdose heraus. »Ich mache Ihnen Brote für die Fahrt und packe auch ein paar Kekse ein, vielleicht möchte Mathis davon kosten.« Pierre warf ihr einen dankbaren Blick zu und ging in die Bibliothek, um seine Sachen zu holen. Nicolas war in den Keller verschwunden und kam mit zwei Wasserflaschen zurück.

Gemeinsam begleiteten sie Pierre zu seinem Wagen. »Ruf an, sobald es Neuigkeiten gibt. Und bleib ruhig, als Nervenbündel hilfst du Danielle nicht«, sagte Nicolas.

»Ich melde mich«, versprach Pierre. Er umarmte Nicolas, dann alle anderen, verstaute sein Gepäck und den Reiseproviant und stieg in den Wagen. Beim Losfahren winkte er ihnen zu. Am Ende der Straße verschluckte der aufsteigende Staub des Schotters die Umrisse seines Wagens.

Nicolas drehte sich zu den drei Frauen um. »Und jetzt mache ich uns einen Marguerite-Spezial-Drink!«

Wenig später saßen sie auf der Terrasse vor ihren Drinks aus Mineralwasser, Holunderblütensirup, Grapefruitsaft und einem Schuss Ahornsirup. »Als Kind war ich süchtig nach Mamans Wundergetränk. Damals gab es das nur zu besonderen Anlässen.« Nicolas sog an seinem Strohhalm.

»Schmeckt wie damals, erfrischend und süß«, sagte Louanne

und nickte Nicolas in Erinnerung an gemeinsame Erlebnisse zu. Auch sie machte sich bald auf den Nachhauseweg.

Als Louanne fort war, trug Nicolas das Geschirr in die Küche. Julia räumte Teller, Gläser und Besteck in den Geschirrspüler und überlegte, ob sie Nicolas die Karte seines Vaters zeigen sollte. Doch Camille machte ihr einen Strich durch die Rechnung. Darauf bedacht, nach dem Fest für Ordnung zu sorgen, kündigte sie an, länger zu bleiben. »Ich ziehe jetzt die Bettwäsche ab und mache die Badezimmer sauber.« Den ganzen Tag war sie mit einem Ausdruck ruhigen Stolzes in der Küche zugange gewesen. »Ob ihr's glaubt oder nicht, ich lebe auf, weil Antoine das Fest gefallen hätte«, hatte sie mehrfach behauptet. Jeder hatte ihr geglaubt.

Doch nun griff Nicolas ein. »Du hast mehr als genug getan, Camille. Geh nach Hause. Bruno wartet bestimmt schon auf dich.«

»Ach was!« Sie winkte energisch ab, wobei ihr Mund sich leicht nach unten verzog. »Bruno kommt zurecht. Für ihn ist es nichts Neues, dass ich hier erst klar Schiff mache, bevor ich heimkomme. Und unter uns gesagt ...«, ihre Stimme wurde weicher, »würde ich die Stimmung von gestern gern verlängern, indem ich noch ein bisschen bleibe.« Sie lächelte versonnen. »Hier zu sein gibt mir das Gefühl, Antoine würde noch leben. Ich stelle mir vor, er sitzt im Labor und brütet über einer Duftformel.«

Nicolas sah die Gänsehaut auf Camilles Armen. Die Arbeit für seinen Vater hatte ihr Leben bereichert. Zu manchen Zeiten war sie eher Sekretärin als Haushaltshilfe gewesen. Antoine hatte sie an seiner Arbeit teilhaben und sie Probe riechen lassen und ihr dadurch gezeigt, wie wichtig sie für ihn war. Das hatte Camille genossen.

»Also gut!« Nicolas legte Camille tröstend die Hand auf den Arm. »Wenn das so ist … bleib, solange du magst!« Er drückte ihr einen Kuss auf die Wange und übersah geflissentlich, dass sie sich verschämt an die Stelle griff, wo seine Lippen ihre Haut berührt hatten. Julia, die die Szene aus den Augenwinkeln beobachtet hatte, verwarf ihren Plan, Nicolas die Karte zu zeigen. Da sie seine Reaktion auf die intimen Worte seines Vaters nicht vorhersehen konnte, musste sie abwarten, bis sich ein Moment ergab, in dem sie allein wären. Sie stellte den Geschirrspüler an und wischte über die Herdplatte. Unterdessen verließ Camille, einen Eimer voller Putzmittel im Arm, fröhlich summend die Küche. Kaum war sie aus dem Zimmer, nahm Nicolas Julia beiseite. »Was hältst du von einem Abstecher in die Scheune?« Er nahm ihr das Küchentuch ab und hängte es an einen Haken an der Wand. »Ich würde dir gern meine aktuelle Arbeit zeigen.« Die Idee, Julia in sein *Arbeitszimmer* mitzunehmen, war einerseits dem Bedürfnis geschuldet, sie an seinem Leben teilhaben zu lassen, andererseits, ihr zu erklären, weshalb die Malerei seine Arbeit als Parfümeur abgelöst hatte.

Auf dem Weg zur Scheune erkundigte Julia sich, wie Nicolas' Vaters auf den Entschluss seines Sohnes, Maler zu werden, reagiert hatte.

»Anfangs war er alles andere als begeistert. Er konnte stur sein und tagelang schweigen.« Nicolas schüttelte bei dem Gedanken, wie sehr seine Entscheidung Antoine verletzt und ihn selbst unter Druck gesetzt hatte, den Kopf.

»Vermutlich war er enttäuscht.«

»So war es wohl!« Nicolas stimmte Julia zu. »Hinzu kam, dass mein Vater anfangs glaubte, dass es mir am Ehrgeiz mangelte, der viele meiner Maler-Kollegen auszeichnet. In der Malerei geht es nicht nur um Können, Julie. Es geht auch um Gunst und Selbstverliebtheit und um perfektes Marketing. Das habe ich schnell begriffen.« Sie gingen an den Blumenrabatten vorbei und erfreuten sich an der Sonne, die mit einem Mal durch die Wolken brach. »Ich hingegen ging ganz zwanglos an die Sache heran, mietete mir eine Wohnung im Marais, bei der ich, wenn ich zu nahe ans Fenster trat, die Kälte spürte.«

»Vermutlich waren die Dichtungen porös«, Julia schmunzelte, weil Nicolas seine Erzählung mit Gesten und Mimik unterstrich.

»Ich glaube, sie fehlten überhaupt. Damals erschreckten mich weder die Unsicherheit meiner Pinselführung noch der mangelnde Lichteinfall in der Wohnung. Im Grunde war sie ein düsteres Loch, nicht der ideale Ort zum Malen, aber das war mir egal. Hauptsache, ich konnte mich ausprobieren und war frei.«

»Klingt nach dem Klischee des armen Malers, dem seine Kunst, obwohl mühselig, genügt.« Julia hatte mit Stolpersteinen und Herausforderungen gerechnet, nicht jedoch mit einer rührseligen Geschichte. »Wie bist du finanziell klargekommen? Hattest du nicht weniger Geld zur Verfügung, als die Jahre zuvor?«

Nicolas nickte. »Viel weniger! Als Parfümeur war ich ja gut bezahlt gewesen. Ich habe mich eingeschränkt, wo ich konnte, um nicht gleich alle Ersparnisse aufzubrauchen.«

Nicolas öffnete die Tür zur Scheune, und der Geruch von Terpentin und Ölfarbe schlug ihnen entgegen. Mit leisem Summen gingen die Deckenstrahler an. Das Licht flammte hell auf und gab einen überdimensionierten Raum voller Malutensilien frei. In einer Ecke stand eine riesige Leiter, daneben ein Strahler. Durch das Licht der Deckenlampen, das sich mit dem Tageslicht mischte, erstrahlte der Raum in magischem Glanz. Julia durchmaß die Scheune in ihrer Vorstellung – weit über hundert Quadratmeter, die durch die Deckenhöhe noch weitläufiger wirkten. Langsam ging sie auf die Leiter zu, die vor dem einzigen sich in Arbeit befindenden Gemälde aufgebaut war. Es waren die Umrisse eines Frauenporträts, eines riesengroßen, angedeuteten Profils. Julia betrachtete das Bild schweigend. Sie war darin geübt, sich auf mehrere Dinge gleichzeitig zu konzentrieren: auf Bildkomposition, Textur, Farbe und Motiv. Und je länger sie das halb fertige Werk betrachtete, umso deutlicher trat hervor, dass es weniger die Größe der Leinwand oder die Genauigkeit war, mit der Nicolas arbeitete, die sie staunen ließ – es war die unmittelbare Nähe, die Julia zu der Frau auf dem Bild verspürte. Fast so, als wolle Nicolas jeden Betrachter mit ihr verbinden. Das Bild wies durch mehrmals aufgetragene Farbschichten eine interessante Oberflächenstruktur auf, die die Augen der Frau klarer hervortreten ließ. Der Hintergrund bestand aus Farbnuancen aus zarten Grau- und Blautönen, die an den Rändern kompakter wurden und in rostbraune Farbnuancen übergingen – sie verliehen dem Bild Tiefe, Spannung und seltsamerweise auch eine gewisse Intimität.

Julias Blick wanderte in immer engeren Kreisen über das Gesicht der Frau, um dann abzuschweifen und den Hintergrund und vor allem die Maltechnik zu fokussieren. Sie versuchte, aus dem Bild etwas über Nicolas abzuleiten, doch es gelang ihr nicht. Schließlich brach sie ihr Schweigen. »Das Bild ist von beeindruckender Schönheit und Melancholie. Es durchströmt mich geradezu, wenn ich in die Augen der Frau blicke, so, als sähe ich sie nicht zum ersten Mal.«

Nicolas sagte lange nichts, stand einfach nur da und sah auf das Bild. »Als ich mit der Malerei begann, hatte ich irgendwann das Gefühl, wir alle gehören zusammen, ob wir uns näher kennen oder nicht. Diese verbindende Präsenz, so nenne ich es für mich, habe ich erst zu fassen bekommen, als ich mit Licht experimentierte.«

Julia sah Nicolas in ihrer Vorstellung die Leiter emporklettern, sah, wie er den Pinsel über der Palette kreisen ließ, um die passende Farbe auszuwählen, und wie er in den Schaffensprozess eintauchte und darin aufging. Das Malen verband sie, das begriff sie erst jetzt. »Licht ist die Voraussetzung für Sehen und Erkennen«, warf sie ein.

Auch sie beschäftigte sich mit dem Thema. Ihre Zeichnungen waren Detailarbeiten. Die Übergänge, das Hineintupfen von Tiefe, das sie oft mit den Fingern erzielte, um verändertes Licht darzustellen, waren wichtig. Ihr Tun lebte vom Erkennen von Licht und Schatten.

Nicolas nickte. »Ja, Licht ist energetisch und dynamisch, expansiv und flüchtig. Eine Metapher fürs Leben, so wie auch Farben ... jedenfalls für mich.« Julia wandte ihren Blick nicht von dem Bild ab, während sie ihm zuhörte. »Vielen Malern geht es um soziopolitische Ansätze oder sonstige klar umrissene, manchmal auch nur wichtig klingende Hintergründe.« Er klang nun schroff. »Worauf ich von Anfang an abzielte, war ein Erkennen im Fremden. Während der Betrachter eins meiner Bilder ansieht, begreift er vielleicht, dass das, was uns im Äußeren unterscheidet, weniger wichtig ist als das, was uns im Inneren verbindet. Derselbe Ursprung, trotz unterschiedlichem Äußeren, unterschiedlicher Herkunft und unterschiedlicher Gedanken.« Nicolas lachte auf, weil alles Greifbare, worauf er während des Arbeitsprozesses achtete, fürchterlich banal war. »Von diesem philosophischen Hintergrund abgesehen, steht und fällt alles mit der Qualität der verwendeten Materialien. Leinwände aus Hanf, nicht zu straff gespannt, damit die Malschichten nicht brechen, Dachshaarpinsel, um die Konturen weicher zu machen, Erdpigmente, wo möglich, und nicht zu vergessen Leinöl, weil es nicht eintrübt, außerdem Lavendelöl und weitere Öle, die ich beimische.« Die Freude, die er gestern Nacht empfunden hatte, als er unter den Gästen Julia entdeckte, war noch immer nicht gewichen. Hier mit ihr zu stehen und über seine Arbeit sprechen zu können, war wie ein Geschenk für ihn.

»Was du über das Erkennen im Fremden sagst, klingt nach einer spannenden, im Grunde naheliegenden Sichtweise … nach Verschmelzung. Ich vermute allerdings, dass manche Menschen dabei das Gefühl haben, ihre Persönlichkeit zu verlieren. Wo höre *ich* auf und wo fängt der andere an …«

»Wichtiger Punkt!«, stimmte Nicolas ihr zu. Es fiel ihm leicht, Julia gegenüber ehrlich zu sein. »Die meisten Menschen brauchen eine klar umrissene Persönlichkeit, deshalb empfinden sie den Gedanken von Einheit mitunter als erschreckend. Dessen bin ich mir bewusst. Manche Kritiker werfen mir sogar überzogene Gutgläubigkeit vor«, gestand er.

»Kritiker sind nicht unfehlbar«, warf Julia ein. »Geht es dir in deiner Arbeit auch darum, wie wir mit Zeit umgehen und mit Materialität? Auch wenn kaum jemand, der meine Zeichnungen sieht, etwas davon mitbekommt, sind diese Fragen für mich von Bedeutung.«

Nicolas sah Julia beeindruckt an. »Du hast ein unglaubliches Gespür«, schwärmte er, »und hast intuitiv erfasst, was während eines kreativen Prozesses inspirierend und wichtig ist. Du musst mir unbedingt mehr von deiner Arbeit erzählen.«

Julia dachte plötzlich an Nicolas als Parfümeur. Sie wusste nur wenig über diese Arbeit, doch seit sie Antoine Leforts Labor und die Parfümerie betreten hatte, interessierte sie sich zunehmend dafür. »Was ist, wenn du mit Düften arbeitest ... entschuldige ... gearbeitet hast? Was passiert dann?«, wollte sie wissen.

Nicolas ließ sich Zeit mit der Antwort. Er wünschte, dieser Moment der Gemeinsamkeit, dieses vertraute Gefühl, würde nie vergehen. »Früher, als ich Düfte kreierte, fühlte ich mich manchmal überfordert. Es war nicht der Leistungsdruck, auch nicht, dass ich selbst vermutlich mehr von mir erwartete als mein Vater. Es waren die Vielfalt des Riechens und die Intensität, mit der ich selbst flüchtigste Gerüche wahrnahm, die mich verwirrte. Ich hatte das Gefühl, nie mehr in einen Zustand einzutreten, der frei von Gerüchen und damit frei von Assoziationen war. Ich weiß, das klingt seltsam. Aber so war es.«

»Und wie geht es dir jetzt damit?« Etwas in Julia weigerte sich, den Gedanken zuzulassen, das Parfüm, dessen Flakon sie skizziert hatte, könnte für immer verloren sein; und auch der Gedanke, ein Fremder könnte sich Antoine Leforts unvollendetes Parfüm vornehmen, machte sie traurig. War Nicolas fähig, einen Duft aufzugeben, der immerhin bereits als Fragment existierte?

»Heute glaube ich, dass ich damals zu jung war, um mit meiner *Nase*«, er deutete mit den Fingern Anführungszeichen an, »... richtig umzugehen. Ich konnte mich nicht abgrenzen. Letztendlich ist alles Bewertung. Du kannst dich über ein Gewitter aufregen, weil du lieber in der Sonne liegen möchtest, oder dem Ganzen eine positive Seite abgewinnen und dich vor den Kamin setzen und ein Buch lesen.«

Julia nickte. »Du hast völlig recht. Auch ich mache es mir manchmal schwerer als nötig, wenn ich mich über etwas ärgere, das nicht meiner Vorstellung oder meinen Plänen entspricht.« Ohne Umschweife fragte sie dann: »Hast du dich schon entschieden, was mit dem unvollendeten Parfüm deines Vaters geschieht?«

Nicolas' Nicken ließ ihr einen Stein vom Herzen fallen. »Das letzte Parfüm meines Vaters hat seinen Platz in der Welt verdient, deshalb werde ich es für ihn abrunden.«

»Du glaubst nicht, wie sehr mich das freut, Nicolas.« Julia drückte ihm spontan einen Kuss auf die Wange. Es war nur eine hauchfeine Berührung. »Ich bin nicht vom Fach, aber für mich bist du der Einzige, der sich dieses Parfüms annehmen kann.«

Julias Worte und ihr zarter Kuss erweckten in Nicolas eine unbändige Kraft und Energie. Er wusste nicht, was ihn zu Julia hinzog, er wusste nur, dass es sich gut anfühlte, in ihrer Nähe zu sein. Viel zu gut, um es aufzugeben. Der Gedanke mündete in der ruhigen Klarheit, er könnte sich in sie verlieben – bis ihm bewusst wurde, dass er es längst getan hatte.

Der Duft der Vergangenheit

LIEBE ZEIGT DIR, WER DU WIRKLICH BIST!

12. KAPITEL

Maren bog um die Ecke und sah die Gründerzeitvilla wie ein Juwel zwischen den Nachbarhäusern auftauchen. Ein Schild im Vorgarten zeigte ein glücklich lächelndes Paar. Dies ist ein Haus, in dem es viele fröhliche Momente, Glück und Wohlstand gibt, schienen die beiden sagen zu wollen.

Von fern grollte Donner; dunkle Wolken zogen sich zusammen. Binnen Sekunden fielen die ersten Regentropfen. Maren verfiel in Laufschritt. Kurz bevor der Regen in einen kräftigen Guss überging, schaffte sie es unter den Eingang der Gründerzeitvilla. Eilig klopfte sie die Feuchtigkeit vom Stoff ihrer Jacke. Nach einem Blick in ihren Taschenspiegel atmete sie beruhigt auf. Ihre Wimperntusche hatte überlebt, nur ihre Wangen und ihr Haar waren vom Regen benetzt. Vorsichtig schüttelte sie ihre Frisur aus und tupfte sich das Gesicht trocken. In ihrem Beruf war der optische Eindruck wichtig. Vor allem beim Ersttermin.

Maren sah zur Straßenecke, von wo sie ihren Interessenten erwartete, doch es war niemand zu sehen. Da sie noch einen Moment für sich hatte, ging sie erneut ihre Checkliste durch: Die Zeichnungen, die Julia ihr gemailt hatte, befanden sich in einer Klarsichtmappe, die Pläne des Hauses in einem Ordner, und die Direktbildkamera wartete in ihrer Handtasche auf den Einsatz. Bei den Besichtigungen machte sie Schnappschüsse, die sie ihren Kunden in spe am Ende aushändigte. Jeder freute sich über das Polaroid, das ihn vor der Immobilie zeigte, besonders die Frauen. Es war eine symbolische Geste, die gut ankam.

Erst am Abend zuvor hatte Marens Drucker Julias Zeichnungen ausgespuckt; und just heute Morgen hatte ein gewisser Alexander Schultheiß sie angerufen und inständig darum gebeten, ihm die Immobilie in der Franz-Rücker-Allee noch am selben Tag zu zeigen.

»Meine Kinder haben Museumstag, worauf sie gut und gerne verzichten können, und bei mir ist spontan ein Termin ausgefallen. Kurz gesagt, für uns wäre es der perfekte Zeitpunkt, um das Haus zu besichtigen.« Alexander Schultheiß hatte freundlich, aber bestimmt geklungen, jemand, der wusste, was er wollte ... und was nicht. Maren hatte ohne zu zögern zugesagt, und sich in Windeseile angezogen, geschminkt und ihre Wohnung verlassen.

Es war keine Zeit geblieben, noch ins Büro zu fahren und ihre Aktentasche zu holen, die sie gestern auf dem Schreibtisch hatte liegenlassen. Also hatte sie Julias Zeichnungen kurzerhand in eine Klarsichthülle gesteckt, die sie sich unter den Arm klemmte. Zeit für einen Kaffee, den sie während der Fahrt trinken konnte, blieb immerhin.

Bereits zehn Minuten über die vereinbarte Zeit und immer noch keine Spur von dem Interessenten! Allerdings bedeuteten zehn Minuten im Stadtverkehr nicht viel. Schultheiß hatte am Telefon ernsthaft interessiert geklungen. Sie musste sich gedulden.

Gestern Abend war Maren mit Julia am Telefon Raum für Raum durchgegangen, damit sie bei einer Besichtigung der Villa jede noch so abwegige Frage beantworten konnte.

Vorsichtig zog sie Julias Zeichnungen aus der Mappe, um noch einmal einen Blick darauf zu werfen. Julia hatte den Stil der Villa perfekt eingefangen und die Architektur im Inneren fortgesetzt. Lediglich einige sparsam eingesetzte Stücke – ein modernes Sideboard, eine Lampe von Ingo Maurer, ein

Sessel aus den sechziger Jahren, der Zeitlosigkeit in das Entree brachte, und einiges mehr – ergänzten die Einbauten aus Eichenholz, die wirkten, als befänden sie sich seit je in der Villa. Maren wusste, dass die kleinen Unterbrechungen – in diesem Fall ein Eileen-Grey-Tisch im Esszimmer – die Einheit betonen sollten, die Julia mit den vielen Einbauten anstrebte; sie bildeten den Spannungsbogen und deuteten auf Wertbeständigkeit hin ... und auf Understatement. Ihre Konkurrenten arbeiteten ausnahmslos mit der neuesten Technik, setzten 3D-Bilder und Farbe ein, sodass ihre Pläne stets perfekt wirkten, allerdings auch unpersönlich.

Julias Zeichnungen führten ein Phänomen fort, das Maren seit einiger Zeit beobachtete. Das digitale Leben bot nur wenige *tatsächliche* Berührungen. Deshalb schickte man sich neuerdings wieder handgeschriebene, aufwendig gestaltete Karten und Briefe. Nicht selten erntete Maren überschwängliches Lob für Julias Arbeit. Dieses Lob gab sie stets an ihre Partnerin weiter. Es spornte sie beide an, den eingeschlagenen Weg weiterzuverfolgen.

Maren dachte an das Telefonat zurück, das sie ebenfalls heute Morgen mit ihrer Mutter geführt hatte. Von Beginn ihrer Selbstständigkeit an hatte ihre Mutter sie in ihrer Arbeit bestärkt. Sie war stolz auf sie, auf das, was sie leistete, vor allem aber auf das, was ihrer Ansicht nach noch käme. Ihre Mutter frönte einer seltsamen Zukunftsgläubigkeit.

Und das, obwohl ihr Vater die Familie vor über zwanzig Jahren von einem Tag auf den anderen verlassen hatte. Hannelore lebte seitdem allein, war gesundheitlich allerdings angeschlagen. Vor einem Jahr wurde sie wegen ihres Asthmas berufsunfähig geschrieben. Maren unterstützte sie, so gut sie konnte, vor allem emotional. Falls sie den Abschluss des Franz-

Rücker-Allee-Projekts schaffte, würde sie den Mantel kaufen, den ihre Mutter im Schaufenster einer Boutique in der Goethestraße gesehen und über dessen Preis sie sich fürchterlich aufgeregt hatte. »Fünfhundert Euro. So ein Unsinn«, hatte sie gewettert, aber ihr sehnsüchtiger Blick hatte Bände gesprochen. Der Mantel war teuer, doch Maren freute sich darauf, ihre Mutter damit zu überraschen, ihren ungläubigen Blick in Freude umschlagen zu sehen, wenn sie den Mantel auspackte. Seit Julia ihre Mutter auf so tragische Weise verloren hatte, hatte Maren sich ihrer wieder angenähert. Auch wenn ihre Mutter oft frustriert war und sie mitunter Meinungsverschiedenheiten hatten, war Maren froh, sie zu haben.

Maren warf erneut einen Blick auf ihre Rolex aus Stahl. Die Uhr war ein Geschenk ihres Vaters zu ihrer Selbstständigkeit gewesen. Nach der Scheidung ihrer Eltern hatte sie nur sporadisch Kontakt zu ihm gehabt, dennoch vermisste sie ihn manchmal.

Zwanzig nach zehn. Sie würde noch ein paar Minuten verstreichen lassen, ehe sie Schultheiß anrief. Genügend Zeit lassen, lautete eine Faustregel. Auf Unpünktlichkeit wird niemand gern hingewiesen.

Nach dem Telefonat gestern Abend hatte Maren Julia noch einmal per Skype kontaktiert. Bei ihr hatte sich eine Frage ergeben, die schnell abgehandelt war, und im Anschluss hatte Julia ihr eine kurze Zusammenfassung des Abschiedsfests für den verstorbenen Parfümeur gegeben. Jedes Detail aus ihrem Mund ließ Maren gespannt auf weitere Einzelheiten warten. »Louanne ist eine Französin par excellence, extrovertiert ...«

»Mit toller Mähne, nehme ich an!«, riet Maren.

»Falsch!« Julia schüttelte den Kopf. »Louanne hat kurze

Haare, die ihr etwas Mädchenhaftes verleihen.« Sie beschrieb das Aussehen und die Lebensart der Französin. »Pierre ist mit Nicolas zur Schule gegangen, also in seinem Alter, wirkt jedoch gesetzter als er.«

»Und Camille? Der Name gefällt mir übrigens besonders«, schwärmte Maren.

»Camille ist … entschuldige, *war* Antoine Leforts Perle, sein Mädchen für alles. Wenn du mich fragst, hat sie für ihn geschwärmt.«

Maren konnte kaum glauben, wie viele Menschen Julia in der kurzen Zeit in dem kleinen französischen Dorf kennengelernt hatte. Erleichtert registrierte sie, dass Julias Stimme wieder fester und sicherer klang. Sogar als sie auf Antoine Leforts plötzlichen Tod zu sprechen kam und ihn – da war Maren sich sicher – mit dem ihrer Mutter verknüpfte, hatte ihre Stimme gehalten. Julias unerschütterlicher Optimismus, für den Maren sie immer bewundert hatte, gehörte zwar weiterhin der Vergangenheit an, doch es schien, als würde sie lernen, ihren inneren Aufruhr in Schach zu halten. Ob diese Entwicklung langfristig war, darüber wagte Maren nicht zu spekulieren, doch dass sie überhaupt stattfand, kam ihr wie ein kleines Wunder vor. Nachdem Julia über Antoine Leforts Umfeld erzählt hatte, platzte Maren mit der Frage nach der Karte heraus. Sie hoffte inständig, Julias Anwesenheit in Roquefort-les-Pins möge Klarheit darüber bringen, was hinter den Worten des Parfümeurs steckte. »Hast du schon etwas in Erfahrung gebracht?« Sie konnte ihre Neugierde kaum zügeln.

»Noch nicht«, gab Julia kleinlaut zu. »Während des Fests habe ich Nicolas kaum gesehen. Es wäre auch der falsche Zeitpunkt gewesen, ihm die Karte zu zeigen, und am nächsten Tag waren Pierre und Louanne und später Camille ständig

um ihn herum.« Maren bemühte sich, sämtliche Zusammen-
hänge zu erfassen, wurde jedoch langsam unruhig. Wenn Julia ein Ziel anvisierte, ließ sie sich gewöhnlich nicht davon
abbringen, es schnellstmöglich zu erreichen. Doch diesmal
lagen Zweifel in ihrer Stimme. Sie sprach von den Umständen, die sie davon abhielten, Nicolas die Karte zu zeigen. Und
es schien fast, als wäre sie erleichtert, das klärende Gespräch
immer wieder hinausschieben zu können.

»Vergiss nicht, dass du wegen der Vergangenheit deiner
Mutter nach Südfrankreich gefahren bist«, sagte Maren eindringlich. »Außerdem macht Frank sich bald auf den Weg
zu dir.«

»Ich bin mir nicht sicher, aber ich glaube, morgen fährt Nicolas nach Bar-sur-Loup. Camille erwähnte so etwas. Dort
befindet sich der Sitz eines Unternehmens, das Aromen her-
stellt und auf die Produktion von natürlichen Rohstoffen spe-
zialisiert ist.« Julia zögerte kurz, und eine ungewohnte Stille
entstand. Dann nahm sie den Gesprächsfaden wieder auf:
»Ich habe übrigens einen Flakon für Antoine Leforts letztes
Parfüm entworfen.«

Maren schnappte laut nach Luft. »Und das erwähnst du
mal eben nebenbei, als wäre es nichts?«

»Es sind doch nur ein paar Striche«, versuchte Julia, sie zu
beschwichtigen. »Kein Grund, in einen Freudenschrei auszubrechen.«

»O doch, Julia. Ich kenne deine Zeichnungen. Sie sind immer etwas Besonderes. Was sagt Nicolas denn dazu?«

»Er hat die Zeichnung vermutlich noch gar nicht gesehen.
Ich habe sie im Labor auf den Tisch gelegt.«

Julia hatte Maren in einer Mail geschrieben, wie sie sich
Nicolas anvertraut hatte. »*Diese Offenheit hat sich Frank die*

*vergangenen Wochen von mir erhofft, ohne dass ich sie ihm habe
geben können. Ich weiß, Frank will helfen, nur impliziert jeder seiner Versuche, mich zum Sprechen zu bringen, bereits das Ziel. Es
ist, als müsste ich so schnell wie möglich mein Innerstes nach außen stülpen, um diese verdammte Trauer loszuwerden, und wie Du
weißt, bildet mein Schweigen inzwischen eine Barriere zwischen
uns. Nicolas hat nichts von mir erwartet. Plötzlich war der Druck
weg, die Worte kamen wie von selbst ...«*

Maren hatte verstanden, dass Nicolas durch sein unbelas-
tetes Zuhören und seinen klugen Rat, der nicht darauf abzielte, dass man ihn annahm, für Julia in kürzester Zeit zu
einem Vertrauten geworden war. Das Leben in Roquefort-les-
Pins umfing ihre Freundin wie zwei Arme, die ihr Halt boten.
Trotzdem – oder gerade deswegen – brachte Julia es nicht
übers Herz, das, was so wichtig für sie war, in Angriff zu nehmen. »Ich rufe Nicolas an, Maren. Je nachdem, ob er Zeit hat,
zeige ich ihm die Karte heute oder morgen«, versprach sie.

»Wovor hast du eigentlich Angst, Julia? Scheust du dich,
das Andenken seines Vaters zu beschädigen?«

Nach Julias Schilderungen war Nicolas jemand, mit dem
man über vieles reden konnte. Die Eltern-Kind-Beziehung war
jedoch manchmal ein heikles Thema, das wusste auch Maren.

»Ich bin froh, dass du diesen Punkt ansprichst«, kam Julia
Maren zuvor. »Manchmal, wenn ich darüber nachdenke, erscheint es mir schlicht unmöglich, Nicolas mit der Karte zu
konfrontieren. Er hat seinen Vater gerade erst verloren und
trauert um ihn. Und nun komme ich mit einer Liebesbotschaft
daher und bringe das Bild, das er von ihm hat, ins Wanken.«

Seit sie beruflich ein Team waren, hatte Julia es sich abge-
wöhnt, um den heißen Brei herumzureden. Diesmal fiel es ihr
jedoch schwer, ihr Herz auszuschütten. »Nicolas liebt seinen

Vater nicht nur, er schätzt ihn auch. Auf eine Weise, die mir Respekt abverlangt, so, als wäre seine Liebe davon abgekoppelt, dass Antoine sein Vater war.« Maren begriff, dass Julia der Gedanke, dieses Band zu zerstören, nicht behagte. Ihr wäre es nicht anders ergangen. »In Frankfurt stellte ich es mir so einfach vor, Antoine Lefort die Karte zu zeigen, und das wäre es auch gewesen.« Julia stieß die Luft, die sie eingesogen hatte, wieder aus. »Ich hätte mit dem Urheber gesprochen, der den Text der Karte verfasst hatte. Niemand außer ihm wäre behelligt worden. Doch nun, wo sein Sohn mir Rede und Antwort stehen muss ...« Julias Stimme vibrierte, als sie weitersprach. »Nicolas weiß vermutlich nichts von den Gefühlen seines Vaters für eine andere Frau. Wie wird er reagieren, wenn er erfährt, dass sein Vater nicht nur seine Mutter liebte?« Es schien, als hätte diese Zusammenfassung der Situation Julia einmal mehr vor Augen geführt, was die Wahrheit anrichten konnte.

»Du kennst meine Familiensituation, Julia.« Maren sammelte Mut, um weiterzusprechen, das Thema Familie sparte sie auch Julia gegenüber gewöhnlich aus: »... die enttäuschten Hoffnungen meiner Mutter und die Halbwahrheiten meines Vaters.« Nun klang es, als ob sie sich fassen musste. »Viel zu oft hat sich entweder das eine oder das andere als verhängnisvoll erwiesen, nicht zuletzt auch für mich.«

»Du versuchst, es besser zu machen, Maren, bemühst dich darum, offen durchs Leben zu gehen«, erinnerte Julia sie.

»Tja, und wir wissen beide, dass das nicht immer einfach ist«, gab Maren zu. »Ich erzähle dir das, damit du weißt, dass ich verstehe, wie dir zumute ist. Du willst nicht diejenige sein, die einen Traum zum Platzen bringt. Den Traum, den ein Sohn vom Leben seines Vaters hat.«

Julia hatte keine andere Wahl, als zu tun, wovor sie sich am meisten fürchtete. »Mir ist klar, dass ich nicht davor weglaufen kann, Antworten auf meine Fragen zu finden … schon um selbst eine Zukunft zu haben.«

»Vielleicht solltest du das Ganze in einem größeren Zusammenhang sehen und daran denken, was sich auf lange Sicht dadurch klären lässt. Für dich und für Nicolas.« Maren versuchte, Julia zu trösten, doch in diesem Fall war Trost schwer möglich. »Wenn du ihm die Karte zeigst, wird er verstehen, welche Fragen du hast, denn es werden auch seine sein.«

Vierundzwanzig Minuten nach zehn. An der Kreuzung bogen zwei Mädchen um die Ecke, neben sich einen Mann, auf den sie heftig gestikulierend einredeten. Der Mann trug einen Trenchcoat, unter dem Jeans und Sneakers hervorlugten – edler Freizeitlook, wie Maren feststellte. Auch die Mädchen trugen Mäntel, allerdings nicht in unauffälligem Businessgrau, sondern in Orange und Gelb. Maren winkte dem Trio zu. Alexander Schultheiß und seine Töchter gaben ein schönes Bild ab. Fehlte nur die Dame des Hauses. Vermutlich eine gestylte, erfolgreiche Frau, die heute keine Zeit für eine Hausbesichtigung hatte, mutmaßte Maren.

Noch im Gehen entschuldigte Alexander Schultheiß sich bei Maren. »Tut mir furchtbar leid, dass wir zu spät sind. Der Verkehr war mörderisch … und dann das Gewitter.« Er war außer Puste, weil er gerannt war, und blieb nun vor Maren stehen. »Darf ich Ihnen meine Töchter vorstellen … Valerie und Sandra.« Dann begrüßte er Maren mit Handschlag und nannte noch einmal seinen Namen.

»Maren Gleinser«, stellte Maren sich den Mädchen vor und ließ ihren Blick Richtung Himmel wandern. Die Wolken wurden immer dichter und dunkler. »Was das Wetter anbelangt, sind wir keine Glückskinder, aber wenigstens hat es aufgehört zu schütten«, sagte sie zu Alexander Schultheiß. Schlechtes Wetter war ein Stimmungsdämpfer, vor allem, wenn es um Investitionen ging, die einen Außenbereich miteinbezogen. Valerie und Sandra schien das Wetter nicht zu stören, sie blickten neugierig in das weitläufige Areal, das die Villa umgab.

»Wir könnten den Park besichtigen«, schlug Sandra vor.

»Gute Idee. Da es jeden Moment wieder anfangen könnte zu regnen, sollten wir die Gunst der Stunde nutzen«, sagte Maren. Sandra war die ältere der beiden Schwestern. Schultheiß hatte am Telefon kurz erwähnt, dass sie vor zwei Jahren ins Gymnasium gekommen war, Valerie war ein Jahr später dran gewesen.

»Also gut!«, stimmte Schultheiß zu und gab den Mädchen damit den Startschuss vorzulaufen.

»Ihre Töchter scheinen froh zu sein, dem Museumstag zu entkommen.« Maren sah, wie die beiden unbekümmert durch den Park liefen.

»Eine Hausbesichtigung bietet immerhin gewisse Freiheiten. Außerdem möchte nicht nur *ich* ein Zuhause finden, sie wollen es auch«, sagte er.

»Wo wohnen Sie denn zurzeit?«, fragte Maren.

»Im Zentrum, mitten im Gewühl, zur Miete. Aber das ist hoffentlich bald Vergangenheit. Die Mädchen brauchen ein bisschen Grün um sich herum und ich auch.« Alexander Schultheiß und Maren folgten den Mädchen mit etwas Abstand die Grundstücksgrenze entlang.

»Sind Sie aus Frankfurt?«, erkundigte sich Maren.

»Ursprünglich schon, allerdings habe ich die letzten Jahre in Brüssel gelebt. Meine Arbeit besteht darin, passende Standorte für Konzerne zu suchen … mich um alles zu kümmern, bis zu dem Tag, an dem das Gebäude bezogen wird.«

»Klingt interessant«, fand Maren.

»Ist es auch. Doch irgendwann war es Zeit, nach Hause zurückzukehren. Ich bin in Frankfurt aufgewachsen und wollte wieder hier leben. Außerdem möchte ich mich um meine Eltern kümmern.« Schultheiß erwähnte mit keinem Wort eine Frau. Ob er Single war? Bei einem so gutaussehenden Mann konnte Maren sich das nur schwer vorstellen. Exemplare wie er waren gewöhnlich sofort vom Markt.

»Kriegen wir ein Trampolin und eine Tischtennisplatte, Papa?« Die beiden Mädchen waren zurückgekommen und sprangen vor ihrem Vater auf und ab.

Schultheiß zuckte mit den Schultern. »Da hat man noch nicht mal die Summe fürs große Ganze ausgegeben, schon wird über Kleinigkeiten verhandelt«, schmunzelte er. »Mal abwarten, wie uns das Haus gefällt.«

Dass die Mädchen bereits Pläne schmiedeten, freute Maren. Es machte den Einstieg in die Verhandlungen leichter, und obwohl Schultheiß nichts zum Park sagte, glaubte Maren ihm anzusehen, dass die Außenfläche seinen Geschmack traf. Kopfsteinpflasterwege und alte Bäume verliehen ihm das Aussehen eines alten Anwesens. Einige außergewöhnliche Pflanzen und blühende Beete waren ein Blickfang, dahinter tat sich die große Terrassenlandschaft auf. Maren gefiel der Park. Er bestach durch Ruhe und Schlichtheit und ließ genügend Raum für eigene Ideen. Maren nahm den Hausschlüssel aus der Tasche.

»Wir sollten hineingehen, meinen Sie nicht auch?« Sie holte Plastiküberzüge für die Schuhe aus der Tasche, die Schultheiß und die Mädchen klaglos überstreiften. »Sie sind die Ersten, die das Haus zu sehen bekommen«, klärte Maren sie auf. Plötzlich seufzte sie. Schultheiß und die Mädchen sahen sie fragend an. »Ich bin ein bisschen aufgeregt. Nicht nur, weil dieses Haus etwas Besonderes ist, sondern auch, weil der Verkauf hart umkämpft ist.« Sandra kicherte und Valerie stieß sie an, damit sie aufhörte. »Das Objekt wird von drei Maklern angeboten. Allerdings bin ich die Erste, die einen Interessenten …«, sie blickte auf die Mädchen und korrigierte sich schmunzelnd, »… entschuldigt bitte, die mehrere Interessenten herumführt.«

Eine der Faustregeln lautete: Abstand wahren! Keine privaten Informationen austauschen, jedenfalls nicht von Seiten des Maklers. Und nun breitete sie hier ihre Befürchtungen aus. Was war nur in sie gefahren?

»Sie sehen gar nicht aufgeregt aus, eher lustig … mit den Tüten an den Füßen.« Schultheiß deutete auf die Plastiküberzüge an Marens Füßen, die wie Einkaufstüten aussahen. »Wir haben uns bereits einige Häuser angesehen«, gab er zu und legte damit den Fokus wieder auf sich.

»Und jedes Mal war es sterbenslangweilig«, warf Sandra ein. Sie tat, als müsse sie gähnen, um das Klima während der letzten Besichtigungen zu verdeutlichen. »Der Mann, der uns letztens herumgeführt hat, hat so getan, als müssten wir froh sein, wenn wir in das Haus einziehen dürften.«

»Dabei muss doch Papa eine Menge Geld dafür ausgeben«, steuerte Valerie bei.

»Und der Makler kassiert eine saftige Provision … Oh, Entschuldigung«, Sandra hob die Hand vor den Mund.

»Kein Problem! Ich hoffe, diese Besichtigung wird angenehmer verlaufen«, sagte Maren verständnisvoll. »Dass das Haus eine Menge kostet, ist mir bewusst. Davon abgesehen,

154

würde ich mich riesig freuen, wenn Kinder hier einzögen. Platz ist genug da und ein Haus ohne Leben ist doch nur eine Hülle.«

»Hörst du, Papa? Du kannst froh sein, dass du uns hast und nicht allein hier einziehen musst«, meinte Sandra vorlaut.

»Dann zeigen Sie mal, was Sie hier Schönes haben«, forderte Schultheiß Maren auf.

Maren ließ Schultheiß und seine Töchter eintreten. »Das hier ist ein Ort zum Glücklichsein … erst recht, wenn die Räume sich mit Leben füllen«, fügte sie an. Schultheiß betrat das Entree, einen Raum von beinahe hundert Quadratmetern Größe, dessen Boden mit schwarz-weißem Marmor im Schachbrettmuster belegt war und in dem sich der beeindruckende Lüster spiegeln könnte, von dem die Eingangshalle in Marens Wunschtraum beherrscht wurde. Valerie und Sandra standen bereits vorm Aufzug.

»Cool, können wir damit rauffahren?«, fragten sie.

»Ich würde gern die Treppe nehmen«, sagte Schultheiß.

»Kein Problem, Ihre Töchter fahren mit dem Aufzug und wir erklimmen die Stufen!«

In der folgenden Stunde zeigte sie Alexander Schultheiß sämtliche Räume und erklärte den Grundriss der Villa. Sie ging auf die behutsame Sanierung ein, die eine Rückführung in die alten, gründerzeitlichen Strukturen vorgesehen hatte. »Sämtliche Umbaumaßnahmen aus den siebziger Jahren mussten zurückgebaut werden«, erklärte sie. »Dabei lag besonderes Augenmerk auf den ehemaligen Stuckdecken, die unter Beachtung statischer, bauphysikalischer und denkmalpflegerischer Aspekte wiederhergestellt wurden.« Maren hob die außergewöhnliche Qualität der Eichendielen hervor und die restaurierten Beschläge an Türen und Fenstern. Dann wies sie auf die Raumhöhe hin. »Durch die außergewöhnliche

Deckenhöhe erhalten die Räume eine enorm großzügige Kubatur.«

Schultheiß sah sich um und nickte. »Die Deckenhöhe vermittelt tatsächlich ein freies Wohngefühl«, warf er ein.

»Wegen der Überhöhe gibt es selbstverständlich die klassischen Wandelemente, sehen Sie die hohen Sockelleisten und das Deckenfries?« Schultheiß folgte Marens Blick und ihren Händen, die jedes Mal auf das deuteten, worüber sie sprach. »Das alles verleiht den Räumen Struktur und Wohnlichkeit … nicht zu vergessen, Eleganz.«

Während sie Zimmer für Zimmer abgingen, erkundigte sich Schultheiß nach der Heizung, ob Rigips bei der Sanierung verwendet worden war und ob es mit dem Denkmalschutz Schwierigkeiten gegeben habe. Dann fuhren sie mit dem Aufzug ins Erdgeschoss und setzten sich in eine der Fensternischen, von denen aus man einen freien Blick in den Park hatte. Dort sahen sie sich Julias Zeichnungen an.

»Die Vorschläge Ihrer Partnerin gefallen mir.« Schultheiß tippte mit dem Finger auf die Zimmer, die als Kinder- und Gästezimmer vorgesehen waren. »Nur die Gestaltung der Zimmer der Mädchen müsste geändert werden. Ich habe ihnen versprochen, dass sie selbst entscheiden dürfen, wie ihre vier Wände aussehen … das heißt, falls ich mich zum Kauf entscheide.«

»Selbstverständlich, Herr Schultheiß. Wenn Sie möchten, spreche ich mit den Mädchen und frage, wie sie sich ihr Reich vorstellen. Die Infos würde ich dann an meine Partnerin weitergeben und Ihnen die geänderten Vorschläge zukommen lassen.«

»Einverstanden!« Schultheiß stand auf und sah hinaus in den Park. »Der Außenbereich ist wirklich beeindruckend. Er strahlt selige Ruhe aus. Fragt sich nur, wie sich in dieses Ambiente ein Trampolin und eine Tischtennisplatte einfügen lassen.«

Maren überlegte kurz und deutete dann auf eine Stelle, wo mehrere Bäume eine Art Rondell bildeten. »Vielleicht würde sich die Buchengruppe anbieten. Dort ist es zwar ein wenig schattig, aber die Sport- und Spielecke wäre nicht auf den ersten Blick sichtbar. Und warm wird es den Mädchen beim Spielen ohnehin.«

»Wie gefällt euch das Haus?«, fragte Schultheiß die beiden Mädchen, die unten aufgeregt wieder zu ihnen stießen.

»Megaklasse«, sagten die beiden unisono. »Aber nur, wenn wir das Trampolin und die Tischtennisplatte kriegen«, erinnerte ihn Sandra.

»Wie immer treten wir zu gegebener Zeit in Verhandlung«, konterte Schultheiß in gespieltem Ernst und zwinkerte ihnen zu. Zu Maren gewandt meinte er: »Danke, dass Sie den Termin möglich gemacht haben, Frau Gleinser. Das Haus ist etwas Besonderes. Nicht nur, was seine Größe anbelangt. Ich lasse von mir hören.«

Draußen zog Sandra sich die Plastiküberzieher von den Füßen und stülpte sich einen davon wie eine Mütze über den Kopf. Valerie tat es ihr nach und stimmte ihrer Schwester voller Überzeugung zu, dass sie nun gegen den Regen gerüstet seien. Schultheiß strich den beiden liebevoll über den Kopf; das Plastik knisterte unter seinen Fingern.

»Die Regenhauben stehen euch!« Er drehte sich um und ließ die Szenerie ein letztes Mal auf sich wirken – den pompösen Eingang, die Garagenauffahrt mit dem Tor und den gepflegten Vorgarten. »Wirklich ein Ausnahmeobjekt«, er nickte Maren zu und ging davon.

Maren blieb noch einen Moment unter dem Portal stehen. Der erste Besichtigungstermin war entspannter verlaufen, als sie befürchtet hatte. Glücklicherweise hatte es nicht wieder geregnet, hier und da lugte sogar ein Stück blauer Himmel hervor, als Maren sich auf den Weg zu ihrem Auto machte. Die kleinen blauen Löcher in der Wolkendecke waren nach dem Regenguss wie ein meteorologisches Geschenk. Hinter der Kreuzung füllten Straßenarbeiter glühenden Teer in Schlaglöcher. Maren wich ihnen aus und sah im Vorübergehen den Blick eines Mannes, der sich lächelnd und in Gedanken auf seine Schaufel stützte. Maren spürte, wie sich ebenfalls ein Lächeln in ihr Gesicht grub. Sie war zufrieden mit dem Vormittag. Es hätte gar nicht besser laufen können. Erst viel später im Büro fiel ihr ein, dass sie keine Fotos gemacht hatte.

13. KAPITEL

Kurz nach drei klingelte Nicolas' Smartphone. Verschlafen ließ er seine Finger über den Nachttisch wandern und atmete auf, als er Pierres Namen auf dem Display las. »Pierre! Endlich!« Nicolas fuhr sich mit der Hand über die Augen, um endgültig wach zu werden. »Seit Stunden warte ich auf eine Nachricht von dir.«

»Sie ist da, Nico! Zoé.« Mit zitternder Stimme brachen die Worte aus Pierre heraus. »Danielle hatte einen Kaiserschnitt. Zuerst war es ein Schock für sie ...«

»Ein Kaiserschnitt.« Nicolas nickte, obwohl Pierre das nicht sehen konnte. »Wie gut, dass du da warst, um Danielle beizustehen und eure Tochter in Empfang zu nehmen. Wir haben alle die Daumen gedrückt, dass du es noch rechtzeitig bis zur Geburt nach Lyon schaffst.« Pierres Anruf ließ Nicolas jede Müdigkeit vergessen.

»Ich war der Erste, der Zoé im Arm halten durfte. Sie ist so klein und dünn, dass dir angst und bange wird, Nico«, Pierre rang um Fassung, »aber sie ist gesund.«

Bereits die Geburt seines Sohnes hatte Pierre an seine emotionalen Grenzen gebracht, doch nun, da seine Frau ihm eine Tochter geschenkt hatte, war er überwältigt. Ein Junge und ein Mädchen, das war immer sein Traum gewesen.

»Zoé ... das klingt wunderschön«, Nicolas ließ den Namen in sich nachklingen. »Ich gratuliere herzlich, Pierre. Sag, wie geht es Danielle? Hat sie alles gut überstanden?«

»Es geht ihr gut, jedenfalls den Umständen entsprechend. Es ist ein Wunder, Nico, wie Frauen das alles durchstehen.« Pierre erzählte Einzelheiten über die Geburt, vor allem von dem Gefühl, zum ersten Mal seine Tochter im Arm zu halten. Wenn es nach ihm ginge, würden bald weitere Kinder folgen, doch Danielle hatte angemerkt, mit zweien zufrieden zu sein. Sie liebte ihren Beruf als Store-Managerin eines bekannten Labels und wollte bald wieder arbeiten.

»Wo war Mathis eigentlich die ganze Zeit?«, erkundigte sich Nicolas.

»Im Schwesternzimmer.« Pierre lachte. »Jetzt ist nicht nur er völlig überdreht, sondern auch die Schwestern.« Krankenhausgeräusche im Hintergrund – stetiges Gemurmel und das Piepsen eines Gerätes – mischten sich in Pierres Worte.

»Du sprichst so seltsam, Pierre«, sagte Nicolas. Irgendetwas an der Stimme seines Freundes irritierte ihn.

»Ich esse, Nico ... Camilles Brote.«

»Ach so.« Nicolas hörte Pierre schlucken.

»Eine Geburt zehrt nicht nur an den Müttern, auch an den Vätern.«

»Das glaube ich dir, Pierre.« Nicolas stieg aus dem Bett und öffnete die Flügeltür. Er würde vermutlich nicht mehr einschlafen können, also wäre es das Beste, nach dem Telefonat in die Ruhe des Labors abzutauchen, um zu arbeiten. Nicolas trat auf die Terrasse und horchte. Für Vogelgezwitscher war es noch zu früh, doch die Grillen zirpten. Plötzlich verspürte er Lust auf ein Glas kalte Milch. Während er Pierre weiter zuhörte, machte er sich auf den Weg in die Küche. »Richte Danielle aus, ich gratuliere herzlich und bin stolz auf sie.« Als er weitersprach, klang er amüsiert. »Natürlich freue ich mich auch für dein Umfeld. Endlich können alle aufatmen«, neckte er seinen Freund. In den letzten Monaten hatte Pierre alle mit der Geburt verrückt gemacht, sodass seine Freunde nur noch abgewunken hatten, wenn er eine weitere Umfrage zum Thema Geburtsvorbereitung zum Besten gab.

»Was interessiert mich mein Umfeld …?«, witzelte Pierre. Befreit von der Anspannung der letzten Stunden, ging er auf Nicolas' lockeren Ton ein. »Als wir im Krankenhaus ankamen, sagte Danielle übrigens, sie habe kurzfristig überlegt, besser dich als Vater ihrer Kinder auszuwählen. Offenbar hast du ein besonderes Talent, Menschen abzulenken. Eine wichtige Gabe, wenn man ein guter Vater sein will.«

Nicolas langte nach einem Glas und einer Schale und klapperte mit dem Geschirr. »Tja, ich war wohl nicht übel«, scherzte er.

Nachdem Julia zurück ins Hotel gefahren war, hatte er Danielle, wie versprochen, angerufen und versucht, sie von den Wehen abzulenken. Pierre hatte sie vor über zehn Jahren kennengelernt und anfangs darüber gelächelt, wie vorsichtig sein bester Freund und seine zukünftige Frau miteinander umgingen. Danielle konnte, wenn ihr etwas nicht passte, unbeherrscht reagieren, was Nicolas anfangs irritierte. Später, nachdem sie durch Gespräche gelernt hatten, ihre Unterschiedlichkeit zu akzeptieren, war auch Pierre erleichtert gewesen.

Nicolas klemmte sich das Telefon zwischen Kopf und Schulter und goss eine Schale bis an den Rand voll mit Milch. »Hier gibt es übrigens auch einen weiblichen Neuzugang. Eine junge Katze. Sie trinkt meine Milch, bleibt ansonsten jedoch unsichtbar. Was mache ich bloß falsch?«

Mathis, der im Hintergrund ein Kinderlied gesummt hatte, schrie aufgeregt ins Telefon. »Wie alt ist die Katze, Onkel Nico? Hat sie die Augen offen? Oder sind die noch zu wie bei Hundewelpen?«

»Ich kann bezeugen, dass sie mich angeschaut hat«, beruhigte Nicolas den Jungen. »Allerdings habe ich keine Ahnung, wie alt sie ist. Ich bin kein Katzenkenner.«

»Bringst du die Katze mit, wenn du uns besuchst? Bitte, bitte!«, quengelte Mathis.

»Ich denke, es ist besser, du kommst her … wenn du Lust hast«, schlug Nicolas ihm vor. »Die Katze ist schüchtern, deshalb steigt sie vermutlich nicht gern in Autos.«

»Au ja, Onkel Nico. Darf ich gleich heute kommen?«

Pierre mischte sich in die Diskussion ein. »Wir fahren jetzt erst mal nach Hause, Mathis, hörst du. Wir müssen uns beide ausruhen. Keine Widerrede!«

Nicolas wurde Zeuge eines Gerangels zwischen Vater und Sohn, das Pierre unter Protest für sich entschied.

»Ich komme die nächsten Tage vorbei«, versprach Nicolas dem enttäuschten Jungen.

»Bestimmt verliebst du dich in Zoé, Onkel Nico. Wie alle.«
Nicolas hörte, wie Mathis seinen Vater voller Inbrunst um Saft
anflehte. Als der ihm das Getränk holen ging, sprach Mathis
aufgeregt weiter. »Die Frau, die Zoé aus Maman rausgeholt
hat, sagt, sie riecht nach Vanille, Sahne und nach was Süßem.«
Er klang bedrückt. »Und Papa findet sie einzigartig, dabei
ist sie hässlich, ganz verschrumpelt. Wie eine getrocknete
Pflaume.«

»Mathis, du bist nicht nur besonders, du bist megamä-
ßig ... und du warst auch ein bisschen verschrumpelt, als du
aus dem Bauch deiner Mutter herauskamst. Das ist normal.«
Nicolas sprach eindringlich auf Mathis ein, um ihm die Eifersucht auf das Baby zu nehmen.

»Aber ich rieche nicht nach Vanille.« Mathis' Stimme glitt
ins Trotzige ab. »Und ich hab immer schmutzige Finger. Maman sagt, Schmutz stinkt.«

»Wenn du das nächste Mal herkommst, suchen wir die Katze, und es ist kein Problem, wenn wir dabei schmutzig werden. Ein bisschen Schmutz ist sogar gesund. Wenn du hier
bist, erkläre ich dir, warum.«

»Wirklich, Onkel Nico? Stimmt das auch?«

»Natürlich, glaubst du, ich lüge? Schmutz hilft das Immunsystem zu stärken«, bekräftigte Nicolas.

»Das muss ich Maman erzählen. I-mmun-sy-stem.« Mathis übte das Wort eifrig. Pierre kehrte mit dem Saft zurück
und Mathis war wieder zufrieden – zumindest fürs Erste.

Nach dem Telefonat ging Nicolas in den Garten. Es war
stockdunkel, doch das störte ihn nicht. Den Weg zur Dusche
im Freien fand er blind. Wenn es warm genug war, duschte
er am liebsten draußen. Der Wasserstrahl war kalt, öffnete
seine Sinne und machte ihn hellwach. Ein Gefühl schierer

162

Freude durchströmte ihn. Alles um ihn herum schien sich mit ihm zu verbinden. Als er genug hatte, rieb er sich mit der Hand die Nässe vom Körper und eilte ins Haus.

Fertig für den Tag, holte er die Milchschale aus der Küche und trug sie an die gewohnte Stelle im Garten. »Hey, Katze«, er pfiff leise nach ihr. »Unser erstes Kennenlernen ist zugegeben schwach verlaufen.« Sich bisweilen bückend, ging Nicolas die Büsche ab, doch von dem Tier fehlte jede Spur. »Tut mir leid, dass deine Zunge mich neulich aus dem Takt gebracht hat. Es hat nun mal fürchterlich gekitzelt.« Zurück auf der Terrasse, deutete er auf die Milch. »Ist dir eigentlich klar, dass das ein Willkommensgruß ist? Falls du es dir anders überlegst … du findest mich im Haus. Die nächsten Stunden vermutlich im Labor.« Er ließ seinen Blick noch einmal über die dunklen Schatten der Bäume und Sträucher huschen, doch als er weder ein Rascheln noch ein Miauen hörte, wandte er sich ab und betrat das Haus durch die Küchentür.

Wenig später, es dämmerte bereits, entdeckte Nicolas Julias Zeichnung auf dem Schreibtisch. Überrascht griff er nach dem Papier. Der Flakon sah anders aus als die heute üblichen Spray-Zerstäuber, die zwar bequem zu handhaben waren, jedoch meist sofort im Abfall landeten, wenn das Parfüm aufgebraucht war. Julias Entwurf orientierte sich an der Tradition eines bauchigen Gefäßes mit enger Öffnung, damit nichts vom kostbaren Duft verloren ging, gleichzeitig bestach er durch diverse Neuerungen. Vor allem das zweigeteilte Gefäß, das durch die Hell-Dunkel-Schattierung einen Effekt hervorrief, als flösse Metall ineinander, war spektakulär. Nicolas entging kein noch so kleines Detail der Zeichnung. Lange blickte er auf das florale Muster des Stöpsels. Kein

Zweifel, der Entwurf war zeitlos und originell und könnte sogar zu einem Sammlerobjekt werden. Das romantische Blumenmuster des Stöpsels verlieh dem Entwurf eine besondere Note. Gefäßgröße, Kompaktheit und Femininität waren perfekt aufeinander abgestimmt. Vielleicht konnte man ihn mit einem Pumpball anbieten. In letzter Zeit kam man darauf zurück, Parfüms mit einem seitlich am Flakonhals angebrachten Pumpball zu versehen. Der Pumpball bildete ein besonderes Schmuckelement des Flakons, trieb allerdings auch den Preis in die Höhe. Nicolas löste sich von den Details und blieb an Julias Worten hängen. »*Nur ein erster Versuch*«, und darunter: »*Für Nicolas – in memoriam: Antoine!*« Rührung ergriff ihn. Es gelang ihm nicht, die Tränen zurückzuhalten. Julias Worte klangen ehrlich und verständnisvoll und erinnerten ihn daran, dass das enge Band zwischen seinem Vater und ihm nur noch in seiner Erinnerung existierte. Und doch war es mehr als das. Was ihn so sentimental stimmte, war, dass er zu spüren glaubte, wie sehr sie mit ihm fühlte.

Erneut widmete Nicolas sich der Zeichnung. Julias kraftvolle Striche entfachten seine Begeisterung für Düfte, wie schon lange nichts mehr. Es war stets ein besonderer Moment für ihn gewesen, den Flakon für ein Parfüm zu bestimmen. In der Vergangenheit hatte es deshalb oft Diskussionen innerhalb seines Teams gegeben, und mehr als einmal war Nicolas ratlos zurückgeblieben, weil er geglaubt hatte, keinen Flakon für einen neuen Duft finden zu können. Jedenfalls keinen, der perfekt zu dem Duft passte. Julias Zeichnung nahm ihm diese Sorge schon jetzt ab. Offenbar hatte sie ein besonderes Gespür dafür, was zusammenpasste.

Nicolas wollte ihr sofort eine Rückmeldung geben. Er würde ihr auf die Mailbox sprechen. Wenn sie später aufstand und die Nachricht abhörte, würde sie sich bestimmt über seine Zustimmung zu ihrem außergewöhnlichen Entwurf freuen. Er griff nach seinem Smartphone und tippte Julias Nummer ein. Es klingelte einige Male, dann fing er zu sprechen an: »Ich weiß, es klingt kitschig, aber seit ich deine Zeichnung in Händen halte, schwelge ich wieder in der Wahrnehmung der Welt der Düfte.« Plötzlich bemerkte er, dass er nicht mit Julias Mailbox, sondern mit ihr selbst sprach. Sie war am Apparat.

»Ich hoffe, dass nicht ich für deine Schlaflosigkeit verantwortlich bin.« Julias schlaftrunkene Stimme drang auf so intensive Weise an sein Ohr, als stünde sie vor ihm. »Weißt du eigentlich, wie spät es ist? Besser gesagt, wie früh?«

»Julie? Ach herrje.« Nicolas klang zerknirscht. »Tut mir furchtbar leid, dass ich dich geweckt habe«, entschuldigte er sich überschwänglich. »Ich hab nicht damit gerechnet, dich so früh ans Telefon zu bekommen, und wollte dir lediglich auf der Mailbox zu deinem Flakon gratulieren.«

»Oh …!« Am anderen Ende war es still.

»Es ist ein zauberhafter Entwurf, der mich auf ganzer Linie überzeugt!«

»Danke«, sagte Julia. »Mit so viel Zuspruch habe ich nicht gerechnet, vor allem nicht so früh am Morgen.«

Er hörte ihr Lachen, das ihn auch diesmal wieder in ein freudiges Gefühl versetzte.

»Gibt es schon Neuigkeiten von Pierre?«, erkundigte Julia sich.

»Das auch. Pierre ist Vater einer Tochter geworden. Sie heißt Zoé.«

»Dann hat er dich zu nachtschlafender Zeit geweckt …«

»Pierre würde behaupten, er habe mit seinem Anruf dafür

gesorgt, dass ich deinen Flakon so früh wie möglich zu Gesicht bekomme. Nach seinem Anruf konnte ich nicht mehr einschlafen und bin ins Labor gegangen und da lag deine Zeichnung und wartete auf mich. Wie kam dir eigentlich die Idee dazu?«

»Spontane Eingebung«, verriet Julia. Sie wusste meist selbst nicht, woher sie ihre Ideen nahm. In Nicolas' Fall war sie sich sicher, dass er sie verstand. Er wusste, was es bedeutete, kreativ zu sein.

»Sag mal, könntest du dir vorstellen, bei diesem Projekt mit mir zusammenzuarbeiten? Du wärst für den Flakon von ›Lueur d'espoir‹ verantwortlich und ich für den Duft.«

Julia war derart überwältigt von dem unerwarteten Angebot, dass sie einen Moment nicht wusste, was sie dazu sagen sollte. »Meinst du das ernst?«, fragte sie schließlich.

»Absolut! Und falls du es noch nicht bemerkt hast, du steckst bereits mitten in den Verhandlungen«, sagte Nicolas amüsiert.

»Also damit hab ich nicht gerechnet ... mit einem gemeinsamen Projekt.«

»Solltest du aber, wenn du solch fantastische Flakons entwirfst. Außerdem hast du mir dazu geraten, mich des Parfüms meines Vaters anzunehmen ... jedenfalls hab ich es so verstanden«, erinnerte Nicolas sie. »Das ist dennoch kein Grund, ab jetzt nur noch sachlich mit mir zu sprechen.« Er klang noch immer amüsiert.

»Das hab ich auch nicht vor«, antwortete Julia. »Es ist nur ... «, sie stockte, »... die Zeichnung ist bloß ein erster Entwurf und muss auf jeden Fall überarbeitet werden. Ich hab einfach drauflosgezeichnet.«

»Kein Problem. Überarbeite den Entwurf, wenn du glaubst,

dass es nötig ist. Danach reden wir über die Höhe deines Honorars.«

Julia lachte abrupt auf. »Welches Honorar, Nicolas? Die Zeichnung hat mich eine Viertelstunde Arbeit gekostet, mehr nicht. Ich verlange nichts dafür.« Die nächsten Worte sprach Julia mit Nachdruck aus. »Wichtig wäre mir allerdings, einen Einblick in die Parfümherstellung zu gewinnen. Flakon und Parfüm müssen schließlich eine Einheit bilden.«

»Ich erzähle dir alles über Parfüms, was du wissen möchtest. Wenn du magst … schon heute … nach dem Frühstück«, schlug Nicolas ihr vor.

»Dann sind wir also ein Team?!«

»Klar«, versicherte Nicolas, »allerdings unter der Voraussetzung, dass du deine Arbeit in Rechnung stellst. Eine Zeichnung von Picasso gibt es auch nicht umsonst, egal, wie kurz er daran gearbeitet hat.«

Julia entfuhr ein leiser Schrei. »Du meinst es also ernst?! Wahnsinn! Maren wird glauben, ich mache Scherze, wenn sie hört, dass dein Parfüm vielleicht in meinem Flakon in die Läden kommt.« Sie war völlig aus dem Häuschen.

»Manchmal werden Träume wahr«, freute Nicolas sich mit ihr. »Und wenn dir heute vor lauter Infos der Kopf raucht, fahren wir an die Küste. Das Hinterland der Provence ist ein besonderes Fleckchen Erde, aber das Meer musst du trotzdem sehen.«

Nach dem Telefonat mit Julia ging Nicolas die alphabetisch geordnete Sammlung seines Vaters durch. Zweihundert braune Flaschen, in denen sich die Duftbausteine befanden, nach denen Antoine zeit seines Arbeitslebens blind gegriffen hatte – *der Schatz.*

Mit zwanzig, kurz bevor Nicolas nach Versailles aufbrach, um im Institut Supérieur International du Parfum seine Ausbildung zu beginnen, schenkte sein Vater ihm ein vergriffenes, in kostbares Leder gebundenes Werk über Parfüms im Wandel der Jahrhunderte. Der Stolz, dass sein Sohn die Tradition der Parfümeurskunst weiterführte, stand ihm ins Gesicht geschrieben, als er Nicolas das Buch überreichte.

»Egal, was sie dir in Versailles beizubringen versuchen, Nico, vergiss nie, dass ein guter Parfümeur seine Sammlung vor allem im Herzen und im Kopf abspeichert. Und dass weniger oft mehr ist.«

Nicolas, der gerade dabei war, seinen Koffer zu verschließen, hielt inne und sah seinen Vater mit einem Anflug von Verwunderung an. »Vier der zwanzig verfügbaren Zederndüfte genügen, und unter den Moos-Absolues ist nur ein einziges wertvoll«, rezitierte er. Er ahmte die Stimme und auch die Gesten seines Vaters perfekt nach. »Glaubst du, ich könnte vergessen, was du mir beigebracht hast ... dass es Alpha-Keton trotz seiner Feinheit an Charakter fehlt? Es vergeht kaum ein Tag, an dem du mir nicht einen deiner Kniffe weitergibst. ›Nimm lieber ein preiswerteres Methylionon mit breitem Geruchsspektrum. Ihm Eleganz zu verleihen, ist deine Sache.‹« Nicolas legte das kostbare Buch auf einen Stapel Pullover, schloss den Koffer und stellte ihn neben die Tür.

»Erinnerst du dich noch an deine Einschulung?« Antoine lächelte wehmütig.

Nicolas zuckte mit den Achseln. »Wie könnte ich das jemals vergessen? Damals glaubtest du, meine außergewöhnliche Nase entdeckt zu haben, und hast begonnen, mich zu fördern.« Es klang wie der Beginn einer Ära und irgendwie war es das auch gewesen.

168

»Für mich hat sich damals einiges geändert. Die unbeschwerten Nachmittage im Garten wurden seltener, weil du begonnen hast, mich zu unterrichten. Wenn ich abends im Bett lag, hab ich mir einen Vater erträumt, dessen Lieblingsthema Fußball oder Basketball ist, nicht Parfüms. Jemand, mit dem ich hätte spielen können, wie meine Schulfreunde es mit ihren Vätern taten. Einmal hab ich dich darum gebeten, im Tor zu stehen, doch du hast gesagt, Fußballspielen könnten viele, Parfüms kreieren nur wenige. Also hast du weiterhin mir und jedem, der zum Spielen zu mir kam, Vorträge über Parfüms gehalten. Pierre behauptet noch heute, er hätte *den Unterricht* lediglich wegen Mamans Zitronentarte durchgestanden.«

Antoine seufzte, seine Augen wurden klein und sein Mund zog sich zusammen. Doch nicht nur sein Gesicht, auch sein Körper sackte regelrecht in sich zusammen. *Vielleicht wird Nicolas später ein berühmter Parfümeur, doch jetzt ist er ein Kind und nicht dein Schüler*, hallte Marguerites Stimme in ihm nach. Anstatt auf sie zu hören, hatte er darauf beharrt, dass er sehr wohl wisse, was er tue. Talent dürfe nicht brachliegen, hatte er argumentiert. *Wenn das mal nicht das Argument eines Stümpers ist, was den Umgang mit einem Kind anbelangt.* Es war einer der wenigen Momente der Unstimmigkeit zwischen Marguerite und ihm gewesen, und nun bestätigte Nicolas die Sichtweise seiner Mutter und rückblickend musste auch Antoine ihr recht geben.

»Louanne behauptet, ich sei nicht ganz bei Trost, weil ich nach Versailles abhaue und dir nachfolge. Gehirnwäsche sagt sie dazu.«

Antoine hörte Nicolas' Stimme wie von fern. »Tatsächlich? Und wie stehst du dazu?« Inzwischen klang er traurig.

»Dein Unterricht hat Spuren hinterlassen, Papa. Tatsache

ist, dass ich bereit bin, herauszufinden, ob ich Talent habe. Und da ich unbelastet in die Ausbildung gehen möchte, wäre es toll, wenn du ab sofort eine Unterrichtspause einlegen könntest. Von zwei Seiten mit Infos versorgt zu werden, überfordert vermutlich mein Gehirn.« Er lachte, um seinem Vater die Angst zu nehmen, er wäre je böse auf ihn gewesen, doch Antoine hatte sich sein Versäumnis als Vater längst eingestanden.

»Es tut mir leid, Nicolas.« Er ergriff Nicolas' Hand und drückte sie fest. »Ich bin mit Scheuklappen durchs Leben gegangen und hab es nicht mal bemerkt.« Er seufzte schwer. »Sicher hättest du manchmal gern über etwas anderes als über Parfüms mit mir gesprochen.«

Nicolas nickte und schöpfte Hoffnung, Antoine sehe endlich ein, dass er eigentlich erst in zweiter Linie sein Lehrer war und in erster sein Vater. »Als ich fünfzehn war, wusste ich nicht, welches von zwei Mädchen, die mir gefielen, ich ins Kino einladen sollte. Egal, wie sehr ich mir den Kopf zerbrach, es gelang mir nicht, eine Entscheidung zu treffen, weil jede auf ihre Weise faszinierend war. Pierre meinte, zwei Mädchen würden mich überfordern. Ich wusste nicht, ob er das lediglich aus Eifersucht behauptete. Für mich war ohnehin am schlimmsten, eine von beiden enttäuschen zu müssen … Ich wusste einfach nicht, ob ich die Richtige einladen würde.«

»Du hättest zu mir kommen können.« Antoine hatte den Satz kaum ausgesprochen, als er begriff, dass sein Sohn ihn nicht gnadenlos aburteilen, sondern lediglich ehrlich zu ihm sein wollte.

»Das wollte ich, doch als ich das Thema zur Sprache brachte, fingst du von der Damaszener Rose an … der Blume der Liebe … und ihrer Verwendung bei der Herstellung von Parfüms.«

170

Plötzlich erinnerte Antoine sich wieder. Entsetzt schloss er die Augen.

»Kannst du deinem Vater verzeihen?«, bat er seinen Sohn. »Ich werde es in Zukunft besser machen. Das ist ein ernst gemeintes Versprechen.«

Nicolas schenkte Antoine ein warmes Lächeln. »Ist längst geschehen, Papa. Du hast das Beste für mich gewollt, das allein zählt.« Er umarmte seinen Vater lange, und als er ihn wieder losließ, murmelte er: »Übrigens gehe ich davon aus, dass ich in Versailles derjenige mit der besten Vorbildung bin. Ich habe diesbezüglich sogar eine Wette mit Pierre laufen.«

Tags darauf verließ er Roquefort-les-Pins. Eine neue Phase in seinem Leben begann. Antoine sprach nur noch selten von sich aus über Düfte. Und so war es Nicolas, der – bei seinen Telefonaten nach Hause – von dem Gasstrom erzählte, den er auf Pflanzen richtete, um die duftenden Bestandteile einzufangen, und davon, wie er die auf einem absorbierenden Filter zurückgehaltenen Substanzen mithilfe der Gaschromatographie und einem Massenspektrometer analysierte, um eine Zusammensetzung auf Grundlage der Duftbausteine der untersuchten Pflanze zu ermöglichen. Sein Vater hörte ihm aufmerksam zu, als wäre nun er der Schüler. Nur einmal griff er ein.

»Irgendwann muss jeder, der mit Düften arbeitet, zur Kenntnis nehmen, dass die analytische Forschung weniger als ein Dutzend Moleküle zur Verfügung stellt. Man kann etwas aus der Natur einfangen, doch man sollte nie die Fantasie der Parfümeure unterschätzen.« Bald darauf hatte Nicolas sein Augenmerk wieder auf das gelenkt, was in ihm schlummerte: sein Hunger nach Düften und die Formeln, um diese Düfte wahr werden zu lassen.

Während er nun die Sammlung seines Vaters durchging, erinnerte er sich wieder daran, wie er als Junior-Parfümeur in Köln über seiner Mappe mit den Formeln saß, um ebendiesen Hunger zu stillen. Bei den ersten Parfüms, an denen er im Team mitgearbeitet hatte, war er vor Nervosität beinahe umgekommen. Louanne hatte es nicht glauben wollen, als er ihr von seinen schweißnassen Händen, dem Kribbeln im Magen und dem Druck im Kopf erzählte. Irgendwann hatten diese Beschwerden nachgelassen. Doch Zeitdruck hatte es weiterhin gegeben. Dabei wollte er sich nicht in ein Mühlrad einspannen lassen. *Gib dein Bestes, arbeite konzentriert ... und lass los.* Im Team musste er in kürzester Zeit zu einem präsentablen Ergebnis kommen.

Es kam immer häufiger vor, dass er auch außerhalb des Labors, beim Tennis, beim Einkauf im Supermarkt, sogar, wenn er sich mit einer Frau traf, *auf Empfang* eingestellt war, jederzeit bereit, eine Leitlinie für ein neues Parfüm zu finden. Seine Versuche dauerten häufig bis tief in die Nacht und überstiegen mehrere Hundert Ansätze, bis er glaubte, endlich das zum Ausdruck bringen zu können, was er *eine neue olfaktorische Geschichte* nannte. Es war jedes Mal ein Wagnis, voller Freude, Nervosität und Selbstzweifel, in der Hoffnung, einen Duft ins Leben zu rufen, der überdauern würde. In diesen Nächten verstand er seinen Vater *wirklich*, spürte, dass Düfte die Kraft hatten, zu verzaubern. Sie waren magisch.

Jahrelang arbeitete er wie besessen, bis er glaubte, routiniert genug zu sein; und ausgerechnet als er das Gefühl hatte, seine *Nase* sei das einzig Bestimmende in seinem Leben, kamen ihm Zweifel, ob der Beruf des Parfümeurs ihm genügend Spielraum für ein Leben außerhalb davon böte – für Freunde, die Liebe zu einer Frau, Familie. Ein feiner Haarriss in dem Bild, das er sich von seiner Zukunft gemacht hatte, entstand. Dieser Riss wurde mit der Zeit sichtbar, bis er ernsthaft glaubte, die Parfümeurskunst sei nicht sein Weg – zumindest nicht für immer.

Nicolas ließ die Gedanken an früher fahren und öffnete die unterste Lade des Schreibtischs. Hier lag sie – seine Mappe mit den Formeln. Seit er den Düften abgeschworen hatte, bewahrte er sie dort auf. Wehmütig las er seine letzten Einträge. *Ambra, Schmetterlingslilie, Tiaréblüte, Bourbonvanille, Virginiazeder.* Daneben hatte er notiert: *holzig, blumig, weiße Blüten, ambriert.* Es war seine letzte Idee für ein Parfüm gewesen, oder besser gesagt, der Beginn davon.

Seitdem war viel passiert, inzwischen sah er manches aus einer anderen Perspektive.

»Bereust du deine Entscheidung, nicht mehr als Parfümeur zu arbeiten?« Es war Julias Stimme, die er in seinem Inneren hörte. Und genau diese Frage hatte er sich am Grab seines Vaters bereits selbst gestellt. »Ja, vielleicht … manchmal«, murmelte er vor sich hin.

Nicolas blickte auf den Fliederbusch vor dem Fenster. Es war noch nicht lange her, dass die winzigen, doppelt gefüllten Blüten sich in der Morgensonne geöffnet hatten. Voll erblüht, verströmten sie einen hinreißenden Duft. Diesen Duft verknüpfte Nicolas neuerdings mit Julias ansteckendem Lachen. Ihr Lachen und ihre Augen waren unwiderstehlich. Wenn ihr Blick auf ihm ruhte, warm und offen, spürte er ehrliches Interesse; und obwohl er sie nur wenige Stunden kannte, wusste er, dass Julia nichts von dem oberflächlichen Getue hielt, das den meisten Menschen zu eigen war. Sie blickte tiefer.

Nicolas überkam der Wunsch, nur für sie ein Parfüm zu

entwickeln. Eins, das nach hellviolettem Flieder roch – rein und klar, mit einer Mittelnote, die voller Überraschungen steckte … wie ihre betörende Stimme, die er so gern hörte. Etwas in ihm wünschte sich, das Parfüm hätte die Macht, Julia endgültig von ihrer Traurigkeit zu befreien. Sie glücklich zu sehen und frei.

Auf dem zweiten Tisch im Labor standen die zu Windrädchen aufgesteckten Teststreifen und im Nebenraum befand sich der Kühlschrank, in dem einige der Riechstoffzubereitungen – Zitrusfrüchte und Absolues – bei einer konstanten Temperatur lagerten, um die Alterung zu verlangsamen. Es war alles da, er brauchte nur zuzugreifen und in wenigen Monaten wäre dieser Duft Wirklichkeit.

Plötzlich stand für ihn außer Frage, dass er seiner Passion als Maler nachgehen, gleichzeitig aber auch als Parfümeur arbeiten konnte. Oblag es nicht ihm, wie viel Zeit er wofür hätte und wie sein Leben außerhalb der Arbeit aussähe?

Der Gedanke, beides verbinden zu können, versetzte Nicolas in Erregung. Wie in Trance nahm er auf dem Arbeitsstuhl seines Vaters Platz. Als Erstes würde er ›Lueur d'espoir‹ fertigstellen. *Zuhören, verzeihen, küssen, Zeit verschenken* … um diesen Blickwinkel wollte er den Duft *erweitern*. Nicolas kritzelte eine Formel in sein Notizbuch und setzte ein großes Ausrufezeichen hinter das Wort *Hingabe*, das er als Überschrift wählte. Julia hatte begriffen, dass ›Lueur d'espoir‹ daran erinnern sollte, das Leben mit anderen zu teilen. Ein Parfüm, so hoffnungsvoll, wie jeder neue Tag sein konnte.

14. KAPITEL

Um Schlag sechs verließ Julia ihr Zimmer, um zur Terrasse zu gehen, wo bei schönem Wetter das Frühstück serviert wurde. Sie hatte sich über Nicolas' Anruf gefreut, obwohl er sie aus dem Schlaf geholt hatte. Jedes Mal, wenn sie mit ihm sprach, schwang etwas Besonderes zwischen ihnen mit, etwas Inniges. Dieses Gefühl der Verbundenheit verlieh Julia Energie, bereitete ihr aber auch Kopfzerbrechen. Hätte sie Frank nicht längst davon erzählen müssen, wie nah ihr Nicolas inzwischen war? Gelegenheit dazu hätte es gegeben, sie telefonierten täglich miteinander, doch bisher hatte sie sich kein Herz fassen können. Frank wusste, dass Nicolas Antoine Leforts Sohn war, mehr jedoch nicht. Wenn er erführe, dass sie ihm ihre geheimsten Empfindungen anvertraut hatte, wäre er gekränkt. Julia hörte bereits seine Stimme, die in Krisensituationen seltsam unbelebt wirkte. »Warum vertraust du jemandem, den du kaum kennst, und mir nicht?« Als Nächstes käme: »Empfindest du etwas für diesen Mann?« Und dann: »Kannst du dir nicht vorstellen, wie sehr deine Offenheit diesem Mann gegenüber mich verletzt?« Julia überlegte, was sie auf diese Fragen erwidern sollte.

Sie hatte sich inzwischen eingestanden, dass sie sich nach jedem Gespräch mit Nicolas ein wenig leichter fühlte. Diese Leichtigkeit war es, die ihr die Kraft gab, ihr Leben langsam wieder in den Griff zu bekommen. Es reichte eben nicht, sich zu entschließen, nach vorne zu blicken. Bevor es eine Zukunft gab, musste man sich der Vergangenheit und seinen Gefühlen stellen. Sie hatte ihr Schuldgefühl bisher als Schutzschild vor dem Leben benutzt. Inzwischen sah sie sich eines Besseren belehrt und hatte Geduld mit sich. Durch die Gespräche mit Nicolas hatte sie begriffen, dass sie sich nicht über Nacht von ihren Ängsten und Selbstzweifeln befreien musste. Fürs Erste reichte es, Angst als Teil ihres Lebens anzuerkennen, dann konnte sie einem wenigstens nicht mehr den Atem rauben. Es stimmte, sie hatte noch einen langen Weg vor sich, doch ihn eingeschlagen zu haben, das war es, worauf es ankam. Sobald Frank hier wäre, würde sie über all das mit ihm sprechen. Ein ruhiges Gespräch zwischen zwei Erwachsenen, das musste doch möglich sein.

Julia trat auf die Frühstücksterrasse und spürte die Erleichterung, Nicolas heute die Karte zeigen zu können. Weder sie noch er konnten etwas für diese Liebesbotschaft. Warum sollte es deswegen Unstimmigkeiten oder Probleme zwischen ihnen geben? Inzwischen hoffte Julia, Nicolas werde die Tatsache, dass sein Vater etwas für eine andere Frau empfunden hatte, nach einem Moment der Irritation verkraften – so, wie sie inzwischen akzeptierte, nicht zu wissen, was ihre Mutter empfunden oder getan hatte. Es war Vergangenheit, es war vorbei.

So früh am Morgen waren erst wenige Gäste munter, und so wunderte sie sich nicht, die Terrasse menschenleer vorzufinden. Lediglich einige Kellner eilten umher, um die Tische einzudecken. Ein junger Mann wandte sich an Julia.

»Bonjour, Mademoiselle. Frühstück servieren wir ab sieben. Sie können jedoch gern schon Platz nehmen.«

Julia wählte einen Tisch an der Mauer. Von dort hatte sie den besten Blick auf die Landschaft. Nach dem Telefonat mit Nicolas hatte sie Maren auf deren Mail geantwortet, in der sie von einem ernsthaften Interessenten an der Villa in der Franz-Rücker-Allee geschrieben hatte. Und nun fieberte Maren einer Zusage entgegen.

»Wenn Alexander Schultheiß die Villa kauft, bin ich vermutlich vor Freude ein paar Tage nicht ansprechbar. Eine Luxusimmobilie beim ersten Besichtigungstermin zu veräußern, wann gab es das zuletzt? Drück mir bitte die Daumen, Julia. Und übrigens … wenn es so weit kommt, müsstest Du die Kinder- und Gästezimmer neu zeichnen. Weitere Infos folgen.«

Nachdem Julia ihre Antwortmail weggeschickt hatte, hatte sie ihren Vater angerufen. Es war ein kurzes Telefonat gewesen, weil ihr Vater wegmusste, und nun saß sie an einem kleinen Tisch und ließ ihre Gedanken erneut um Antoines letztes Parfüm kreisen. Die Vorstellung, dass sein Duft in ihrem Flakon in die Geschäfte käme, war noch immer befremdlich für Julia. Sie hatte den Flakon nur zum Spaß gezeichnet … und um Nicolas eine Freude zu bereiten. Dass sie von einem Tag auf den anderen in einem gemeinsamen Projekt steckte, war geradezu surreal. Ihre Überlegungen beflügelten Julia. Sie ließ den Blick schweifen und war so in ihre Gedanken versunken, dass sie Emma, die aus der Hotelküche kam, erst wahrnahm, als diese sie begrüßte.

»Mademoiselle Bent. Ich hoffe, Sie haben gut geschlafen.«

Bereits bei ihrer Ankunft im Hotel war Julia aufgefallen, mit welcher Nonchalance Emma ihre Uniform trug. An ihr wirkte sie wie ein Couturekleid, dazu das einladende Lächeln in ihrem Gesicht … Emma war wie eine Brise warmer Sommerwind.

»Bonjour, Emma. Danke der Nachfrage, ich habe wunderbar geschlafen. Sie hoffentlich auch.«

»Aber ja, ich schlafe immer gut.« Emma ging in die Knie, sodass sie sich nun auf Augenhöhe mit Julia befand. »Möchten Sie, dass ich mich um ein Frühstück für Sie kümmere?«

Emma dachte offensichtlich stets darüber nach, wie sie einem

Gast den Aufenthalt im Hotel noch angenehmer machen konnte. »Das ist sehr freundlich von Ihnen, aber machen Sie sich meinetwegen bitte keine Umstände«, wiegelte Julia ab. »Ich hätte spazieren gehen sollen und erst später hier auftauchen.«

»Ich bitte Sie, das sind doch keine Umstände. Dafür bin ich da.« Emma richtete sich wieder auf. Sie zwinkerte Julia schelmisch zu und sagte in verschwörerischem Ton: »Geben Sie mir einen Moment, Mademoiselle Bent. Ich werde sehen, was sich machen lässt.« Sie huschte davon und kam bald darauf mit frischem Kaffee, Obst und warmen Croissants zurück. »Ich hoffe, das reicht für den ersten Hunger. Wir liegen heute gut in der Zeit«, sie deutete auf den Kollegen, der das Buffet aufbaute, »bald können Sie essen, was immer Sie mögen.«

Julia bedankte sich, trank einen Schluck Kaffee und biss in ein Croissant. Obwohl es noch so früh war, war sie hungrig.

Nach dem Frühstück packte sie ihre Badesachen, schwang sich in ihren Wagen und verließ das Hotelareal durch den Torbogen. Nur wenige hundert Meter entfernt weitete sich die Landschaft. Hügel reihte sich an Hügel, dazwischen sanfte Täler in der Sonne. Julia stieg aus dem Wagen und machte Fotos mit dem Handy, um ihre Reise für Maren und ihren Vater zu dokumentieren. Während sie ein Foto nach dem anderen schoss, spürte sie, wie die Temperatur stetig anstieg, doch es war noch nicht heiß, sondern nur angenehm warm. Der perfekte Tag für einen Ausflug ans Meer.

Aufgeregt, weil ein in jeder Hinsicht spannender Tag vor ihr lag, setzte sie sich wieder hinters Steuer und fuhr zum unteren Ortskern von Mougins. Durch die geöffnete Scheibe drang intensiver Blütenduft in den Wagen. Gleich käme sie an dem Baum vorbei, der die Straße überwucherte. Jedes Mal, wenn

178

sie herumfuhr, entdeckte sie etwas Neues. Diesmal war es ein frischerblühtes Feld, das wie eine Postkarte vor ihr lag.

Die Eingangstür stand einladend offen. Julia spähte in den Flur und zuckte zusammen, als eine Katze maunzend hinter einer Kommode hervorsprang. »Hallo Kleine, du hast mich vielleicht erschreckt.« Die Katze strich um ihre Beine und sah sie mit kleinen dunklen Augen an. Julia schickte sich an, sie zu streicheln, doch kaum hatte sie ihre Hand ausgestreckt, rannte die Katze miauend davon. »Hallo ... Nicolas ... Camille?«, rief Julia in den Flur hinein.

Eine Tür am Ende des Gangs schwang auf, und Nicolas lugte heraus. »Julie?! Bist du hierhergeflogen?« Freudig kam er auf sie zu und küsste sie auf beide Wangen, dabei glitten seine Hände an ihren Armen hinab bis zu ihren Händen. Sofort durchströmte es Julia warm. Ihre Finger umschlossen Nicolas', eine Geste, die ihr inzwischen ganz natürlich vorkam.

»Möchtest du Kaffee? Oder ein Glas Zitronenlimonade?« Nicolas ließ ihre Hand los und deutete auffordernd zur Küche.

Julia schüttelte den Kopf. »Kaffee hatte ich schon. Von mir aus können wir gleich ins Labor gehen.«

Wenn sie Nicolas' fiebrige Lebendigkeit richtig deutete, hatte sie ihn mitten in der Arbeit erwischt. Offenbar hatte er die Welt der Parfüms doch noch nicht endgültig hinter sich gelassen. Ein begnadeter Maler zu sein, bedeutete doch nicht zwangsläufig, allem anderen abzuschwören, zumindest nicht, wenn man mehr als eine Begabung hatte. »Ich kann es kaum erwarten, mehr über Parfüm zu erfahren, schließlich will ich die Gestaltung des Flakons so gut wie möglich hinbekommen«, sagte Julia, als sie die Tür hinter sich schloss.

»So viel Enthusiasmus lobe ich mir«, erwiderte Nicolas, erfreut über Julias Wissbegierde.

»Nimm bitte Platz!« Er hatte zwei Stühle nebeneinandergeschoben und wies auf den mit der Armlehne, der ausgesprochen bequem aussah. Julia gefiel Nicolas' zuvorkommendes Wesen. Aus diesem Grund hoffte sie, dass er, wenn sie ihm später die Karte zeigte, verstünde, dass dieses Thema oberste Priorität für sie hatte. Wenn sie im Labor fertig wären und von ihrem Ausflug ans Meer zurückkämen, würde sie endlich mit ihm darüber sprechen können.

»Also dann ...« Nicolas fing Julias interessierten Blick auf, der auf den Tisch gerichtet war, wo sich aufgeschlagene Bücher, Flaschen und Teststreifen türmten. Ohne Einleitung sprang er ins Thema: »Es gibt drei Duftnoten: Kopf-, Herz- und Basisnote. Diese einzelnen Bestandteile eines Parfüms verflüchtigen sich unterschiedlich schnell. In der Fachsprache nennt man das den *Verlauf*.«

»Davon hab ich schon gehört«, merkte Julia an. »Anrufe vorm Morgengrauen haben den Vorteil, dass man hinterher reichlich Zeit für Recherchen hat.« Sie hatte sich gleich nach Nicolas' Anruf ihr Notebook geschnappt und sich im Netz umgesehen. Von Nicolas Lefort in die Welt der Parfüms eingeführt zu werden, wurde einem nicht jeden Tag geboten, und weil sie gerne vorbereitet war, hatte sie sich schlaugemacht. Inzwischen wusste sie, dass Nicolas nach seiner Zeit bei 4711 in einem weiteren Parfüm-Unternehmen gearbeitet und dort eine regelrechte Wende herbeigeführt hatte. Weg von den leichten Eaux de Cologne hin zu markanten Parfüms, die man sich merkte und für die man bereit war, mehr Geld auszugeben. Noch immer wurde auf der Website des Unternehmens mit seinem Namen geworben.

»Wenn das so ist, weißt du vielleicht auch, dass Parfüms mit Ausnahme von Eaux de Cologne meistens alle drei Noten enthalten.« Als Julia nickte, fuhr Nicolas fort: »Wenn du ein Parfüm auf die Haut aufträgst, nimmst du als Erstes die Kopfnote wahr.« Er griff nach einem Flakon ohne Beschriftung und besprühte einen Teststreifen, den er Julia hinhielt. »Hier, riech mal … ohne drüber nachzudenken … nimm einfach den Geruch auf. Mir geht's darum, deinen Geruchssinn zu schärfen. Konzentriere dich darauf, was Riechen mit dir macht … nicht nur mit deiner Nase, auch mit deinen Organen, deinen Empfindungen, deiner Seele.« Nicolas ließ Julia Zeit, sich auf den Duft einzulassen. Er wusste, wie beglückend es war, nicht darüber nachdenken zu müssen, *was* man roch, sondern sich lediglich daran zu erfreuen, *dass* man roch. Diese Herangehensweise hatte ihm früher ein Gefühl von Leichtigkeit vermittelt.

Julia schien es ähnlich zu ergehen. Bald hatte sie einen weichen Zug um den Mund, schien völlig entspannt zu sein. Erst nach einer Weile wandte Nicolas sich wieder seinen Unterlagen zu und deutete auf eine Abbildung in einem Buch, in dem Blüten und Pflanzen sowohl fotografisch als auch zeichnerisch festgehalten waren. Vor allem die Zeichnungen sprachen Julia sofort an.

»Die Kopfnote ist sozusagen die Eintrittskarte ins Riechen. Sie besteht aus leichten, intensiven, schnell flüchtigen Duftstoffen. Ätherische Öle für Kopfnoten sind zum Beispiel Bergamotte, Rosenholz oder Zedernblätter.« Nicolas nahm Julia den Teststreifen aus der Hand und legte ihn auf den Tisch. »Die Herznote, auch Mittelnote genannt, bildet den eigentlichen Charakter eines Parfüms: Iris, Moschus, Mimose, Vetiver und Zitronengras fallen in diese Kategorie.« Er wies auf einige Zeichnungen im Buch, die prachtvolle Blüten darstellten. »Die Basisnote ist als Letztes wahrnehmbar. Sie enthält lang haftende, schwere Duftstoffe, die bis zu einer Woche wahrnehmbar sein können, etwa die berühmte Damaszener Rose, hier siehst du sie«, er deutet auf eine Rose im Buch, »oder Sandelholz, Ylang Ylang, Nelke und auch Vanille. So, und nun riech noch mal.« Nicolas gab Julia den Teststreifen zurück. »Wenn du dir Zeit lässt und länger riechst, verändert sich die Wahrnehmung des Dufts. Der erste Eindruck wird vom zweiten und dritten überlagert ...«

Diesmal roch Julia *tiefer* und vor allem länger als zuvor. Sie schloss die Augen und genoss die feinen, aufeinanderfolgenden Nuancen des Parfüms. Sie hatte zwar einiges über Parfüm gelesen, doch nun tauchte sie mit allen Sinnen in das Universum des Riechens ein. »Seltsam«, sprudelte es aus ihr heraus. »Mit einem Mal riecht es *wärmer*.«

Nicolas nickte, erwiderte jedoch nichts. Stattdessen fragte er: »Wie fühlst du dich, Julie?«

»Mir wird warm ums Herz, weil ich mich aufgehoben ... sogar geborgen fühle. So, als sei ich nicht mehr alleine.« Julia roch erneut an dem Teststreifen, wiegte den Kopf hin und her und überlegte weiter. Schließlich fand sie noch eine Antwort. »Außerdem fühle ich mich beschwingt ... ja, und irgendwie erleichtert.« Sie schüttelte überrascht den Kopf. »Das klingt alles ziemlich seltsam, oder?«

»Nein, ganz und gar nicht«, erwiderte Nicolas. »Die Frage nach dem Befinden ist die entscheidende Frage für den Parfümeur.« Seine Augen strahlten. »Jeder Duft löst zahlreiche Gefühle aus. Vom Wohlgeruch abgesehen, sind die Empfindungen das wahre Geschenk an den Träger oder die Trägerin eines Parfüms.« Nicolas schob sich die Ärmel seines Hemdes hoch. »Ein guter Parfümeur sollte das, was die Nase der Kunden später aufnimmt, schon aufgrund der Rezeptur riechen können ... und sogar noch mehr. In ihm müssen sich sehr früh die Begriffe abbilden, mit denen das Parfüm später beworben wird: Extravaganz, Eigensinn, Lieblichkeit, Geborgenheit ... oder eben Erleichterung und Beschwingtheit.«

Nicolas zu lauschen und dabei das Parfüm auf sich wirken zu lassen, das er für sie ausgesucht hatte, war ein besonderes Erlebnis für Julia. Sie begriff, dass sie früher oberflächlich gerochen hatte, ohne sich auf einen Duft einzulassen. Sie hatte Probe gerochen, den Duft für gut befunden und ihn gekauft, ohne darauf zu achten, was das Parfüm mit ihr machte. Nun begriff sie, dass es noch viel mehr zu entdecken gab – hinter der ersten Duftnote lag eine ganze Welt.

»Grundsätzlich regen Gerüche eine intensive Nervenaktivität im limbischen System unseres Gehirns an und können so körpereigene Prozesse in Gang setzen. Sie beeinflussen den Hormonhaushalt, das Immunsystem und den Blutdruck ... viel mehr, als wir glauben wollen. Man sagt sogar, mancher einflussreiche Mann habe für die Dame seines Herzens ein Parfüm entwickeln lassen, das ihm ihre Liebe auf ewig sichern sollte.« Nicolas sah Julias Augen aufleuchten. Sie genoss es, einen Einblick in seine Welt zu erhalten, Neues zu entdecken. Auch für ihn war es eine Sternstunde, mit ihr über seine zweite Leidenschaft zu reden.

»Du redest die ganze Zeit über potenzielle Käufer. Mich würde allerdings viel mehr die Rolle des Parfümeurs interessieren. Was macht ein Parfümeur als Erstes, wenn er an einem neuen Parfüm zu arbeiten beginnt?«, fragte Julia.

»Einen Duftbrief erstellen. Dabei geht es darum, Fragen zu beantworten, die sich in Verbindung zum erhofften Duft stellen. Die wichtigste Frage ist immer die gleiche: Welche Gefühle sollen durch das Parfüm ausgelöst werden? Der nächste Schritt ist die Beschaffung hochwertiger, möglichst unverfälschter Rohstoffe. Dafür braucht man mitunter eine Engelsgeduld. Die richtige Reifung der ätherischen Öle ist wichtig. Ich erkundige mich nach Transport und Lagerung der Rohstoffe. Aber der Beginn eines Parfüms ist für mich auch ein romantischer Prozess. Nimm zum Beispiel die Tuberose. Sie ist opulent und verlangt nach viel Aufmerksamkeit, viel Raum. Man muss ihrer Extravaganz gerecht werden, indem man sie mit den dazu passenden Ingredienzien kombiniert.« Julia wollte etwas einwenden, verkniff sich ihre Bemerkung aber, weil Nicolas im Begriff war, weiterzusprechen. »Mein Vater und zwei, drei andere Parfümeure, die mich beeindruckt haben, haben mir beigebracht, dass der Mensch eine Art innere Verwandtschaft zu natürlichen Düften hat und zu dem, was sie aussagen, weil sie aus derselben lebendigen Natur stammen. Vielleicht klingt das für manch einen übertrieben, aber ich glaube, auf diesen Hintergrund sollte jeder Parfümeur achten.«

»Dann sind natürliche Düfte komplexer ... oder wertvoller als künstliche?« Julia hatte in Zeitschriften über natürliche Parfüms gelesen und wollte nun wissen, was es damit auf sich hatte.

»Die Frage ist nicht so einfach zu beantworten, Julie. Ich bin nicht dogmatisch, dafür ist die Parfümeurskunst zu eng mit der Chemie verbunden. Falls nötig, greife ich auf synthetische Düfte zurück. Doch ich gehe sparsam damit um. In den meisten Fällen handelt es sich ohnehin um mit der natürlichen Struktur übereinstimmende Moleküle. Phenylethylalkohol, ein Hauptbestandteil der Rose, erinnert an Hyazinthe, Maiglöckchen und Pfingstrose … die letztgenannten Düfte sind aus technischen und wirtschaftlichen Gründen ohnehin nicht als natürliche Extrakte verfügbar.«

»Nehmen wir an, du hast ein Parfüm zusammengestellt, bist dir aber nicht sicher, ob es *fertig* ist. Was machst du dann?«, bohrte Julia nach.

»Ich lasse jemanden riechen, der nichts von Parfüms versteht.«

Julia sah Nicolas überrascht an. »Machst du Witze?«

Nicolas lachte amüsiert auf. »Du müsstest dein Gesicht sehen, Julie. Denkst du, ich will dir einen Bären aufbinden?«

»Seit wann gibt es in Roquefort-les-Pins Bären?«

»Tja, man weiß nie.« Nicolas lachte noch immer, und Julia stimmte mit ein. Als er weitersprach, klang er beschwingt. »Ganz im Ernst, die Meinung von Personen, die außerhalb des Schaffensprozesses stehen, ist sehr wichtig.«

»Wie kann man jemanden zu einem Parfüm befragen, der keine Ahnung davon hat? Ist das nicht kontraproduktiv?«

»Im Gegenteil, Julie. Einen subjektiven Eindruck zu gewinnen, ist unverzichtbar. Wenn du ein Parfüm kaufst, verlässt du dich auf dein subjektives Empfinden, worauf sonst? Diesen Umstand machen Parfümeure sich zunutze, indem sie Menschen das Parfüm bewerten lassen, die nichts mit der Herstellung zu tun haben. Von Beginn an ist die Idee eines Parfüms an eine starke Emotion geknüpft. Nicht nur für den Parfümeur …. auch für diejenigen, die das Parfüm später *tragen*.« Nicolas begann mit Zeige- und Mittelfinger über die Platte des Schreibtischs zu spazieren. »Stell es dir als ein langsames Herantasten an einen Duft vor, Schritt für Schritt«, erläuterte er. »Bis ein Duft abgerundet ist, erweist sich manches gute Ergebnis leider als trügerisch. Bedenke, Parfümeure gehen mit hundert bis zweihundert Bestandteilen um, und um die richtige Dosierung herauszuarbeiten, stellen wir einige hundert Proben her. Die Kreation eines Parfüms ist ausgesprochen konzeptionell.« Julia hörte Nicolas darüber erzählen, dass man in Bezug auf Parfüms nicht nur Freude und Interesse, sondern immer auch Skepsis an den Tag legen sollte. »Skeptisch zu sein, ist wichtig, um den hohen Standard zu erfüllen, den der Parfümeur und später seine Kunden vom fertigen Produkt erwarten. Deshalb ist das Gefühl der Orientierungslosigkeit, so negativ es erst mal klingt, weniger bedrohlich als inspirierend. Wenn ich mir des Ergebnisses nicht sicher bin, steht fest, dass ich noch nicht am Ende des Weges angelangt bin.«

Nicolas hielt Julia erneut den Teststreifen unter die Nase. »Riech noch mal. Nur genießen, sonst nichts.«

Obwohl es nicht nötig war – der Duft hatte bereits die Luft des Labors gesättigt –, nahm Julia den Teststreifen zur Hand. »Ich habe dich noch gar nicht gefragt, wie das Parfüm heißt, das ich rieche?« Julia konnte ihre Neugierde nicht länger zügeln.

»Was deine Nase gerade aufnimmt, ist ›Lueur d'espoir‹ – eine Variante davon.« Nicolas schmunzelte, als er die Überraschung in Julias Gesicht sah.

»Oh! Damit hab ich nicht gerechnet.« Sie sah verwirrt auf.

»Wie würdest du das Parfüm nennen, wenn du einen Namen dafür finden müsstest?«, fragte Nicolas, als Julia den Teststreifen sinken ließ.

»Na ja«, sie überlegte, schließlich nickte sie: »›Lueur d'espoir‹, Hoffnungsschimmer, gefällt mir gut. Vielleicht, weil ich selbst gerade ein bisschen Hoffnung nötig habe. Der Gedanke, sich durch ein Parfüm etwas davon schenken zu können, spricht bestimmt nicht nur mich, sondern auch viele andere

Menschen an. Zumindest solche, die noch nicht verlernt haben, zu träumen.« Nicolas nickte und schob seinen Stuhl vom Schreibtisch weg, dabei sah er auf die Uhr an der Wand.

»Ach herrje. Höchste Zeit, eine Pause einzulegen. Sicher deckt Camille bereits im Garten fürs Mittagessen auf.«

Er ließ Julia den Vortritt, und während er einen halben Schritt hinter ihr den Flur entlangging, dachte er darüber nach, ihr endlich seine Gefühle zu gestehen. Hoffnung war ein wunderbarer Zustand. Alles in der Schwebe, wie die Bälle eines Jongleurs. Wenn Julia seine Gefühle erwiderte, würde sich seine Hoffnung erfüllen – und er würde alle Bälle auffangen.

Als sie in die Sonne traten, flirrte die Luft vor Hitze. Camille stand mitten im Garten und sah sich nach einem Platz um, wo sie essen konnten, ohne vor Hitze zu vergehen. Sie winkte Nicolas und Julia zu. Nicolas' Wange streifte Camilles für einen Begrüßungskuss. Kaum hatte er sich von ihr gelöst, tupfte Camille sich mit einem Taschentuch das Gesicht ab.

»Nichts gegen dich, Nicolas, aber heute ist es selbst zum Küssen zu heiß«, stieß sie hervor.

»So viel dazu, wie ich auf Frauen wirke«, bemerkte Nicolas mit gespielter Verzweiflung, was alle zum Lachen brachte.

Julia hatte sich am Morgen ein dünnes Seidenkleid übergezogen. »Da kommt wohl nur ein Plätzchen unter den Bäumen infrage. Wir könnten dort drüben essen, was meint ihr?« Sie deutete auf einen Baum, dessen Äste ausladend in den Garten ragten. Nicolas nickte zustimmend.

»Unter der Korkeiche lässt sich's aushalten.« Unweit des Eichenbaums wuchsen Ginster, Hibiskus, weißer Oleander und gelb-rote Wandelröschen neben dichten Büschen. Das Ensemble strahlte etwas Ungebändigtes aus.

Geordnete Unordnung nannte Nicolas den Zustand des Gartens, seit seine Mutter sich nicht mehr darum kümmerte. Wenn er hierherkam, widmete er sich immer auch dem Garten, mähte den Rasen, beschnitt Sträucher und zupfte Unkraut. Leider war er nie lange genug da, um alles zu erledigen, was nötig war, und so prägte eine Art verwilderter Zauber das Areal ums Haus. Sobald er Zeit dazu fände, würde er sich nach jemandem umsehen, der Gartenarbeit liebte und bereit war, hier auszuhelfen, vielleicht nach einem Pensionisten. Nicolas mochte nicht mal daran denken, das Haus zu verkaufen. Dieser Ort war seine Heimat und würde es immer bleiben. Doch nun, nach dem Tod seines Vaters, brauchte er Hilfe, um Haus und Garten in Schuss zu halten, wenn er in Paris wäre.

Camille schlenderte mit Nicolas und Julia zurück zur Terrasse. Dort dirigierte sie Nicolas ans eine Ende des Tisches, während sie sich ans andere stellte. Als Nicolas begriff, was sie vorhatte, schüttelte er den Kopf. »Das ist zu schwer für dich, Camille. Lass uns Mathieu anrufen, damit er uns hilft«, schlug er vor.

»Papperlapapp. Das kriegen wir schon geregelt.«

Ehe Nicolas sich versah, hatte Camille den schweren Tisch angehoben, und gemeinsam trugen sie ihn quer über die Wiese. Julia nahm die Stühle und Sitzkissen. In kürzester Zeit hatten sie alles unter den Eichenbaum geschafft. Ihr Platz im Schatten war komplett.

»Setzt euch, ich hole das Essen«, kündigte Camille an.

Wenige Minuten später kam sie mit einem Tablett und Tellern, die sie auf ihren Unterarmen balancierte, zurück. Nicolas eilte ihr entgegen, nahm ihr das Tablett ab und stellte es auf den Tisch. Julia begann, Teller, Gläser, Besteck und Servietten zu verteilen und warf dabei einen Blick in den Bräter, dessen Deckel Camille gerade anhob.

»Gebratener Thunfisch? Eins meiner Lieblingsgerichte«, freute sie sich.

Camille nickte. »Thunfisch mit Schafskäse und Oliven, dazu gibt es Blattsalat und Tomaten – das passt heute perfekt. Für Kartoffeln ist es zu warm.«

Nicolas goss Cidre in Gläser und füllte mit Eiswürfeln auf. »Bon appétit«, wünschte er, faltete seine Serviette auseinander und legte sie sich auf den Schoß. Camille tat es ihm gleich.

»Ihr glaubt nicht, wie angenehm es für mich ist, hier mit euch zu sitzen. Bruno ist zurzeit eine echte Nervensäge und meckert an allem rum. Hunger macht launisch.«

»Dann hoffen wir, dass seine Diät nicht mehr lange dauert«, antwortete Nicolas.

Camille klärte Julia mit wenigen Worten über den Zustand ihres Mannes auf. »Inzwischen plädiere ich für ein paar Kilos mehr, wenn das bedeuten würde, zu Hause Ruhe zu haben.«

»Vielleicht hat Ihr Mann es genau darauf abgesehen und beschwert sich, um die Diät abzukürzen«, sagte sie schmunzelnd. Camille sah Julia an und nickte.

»Wenn Sie mich so fragen … Dieser Gedanke ist mir ebenfalls gekommen. Bruno hat seine guten Seiten, er kann leider aber auch ziemlich hinterlistig sein.« Sie stach in eine Olive und ließ sie in ihrem Mund verschwinden.

Während des Essens plauderten sie über Pierre und Zoé und über die Katze, die Nicolas' Milch trank. »Ich habe keine Katze gesehen. Jedenfalls nicht in letzter Zeit«, wunderte sich Camille.

»Ich schon«, meinte Julia. »Als ich heute Morgen ins Haus kam, sprang sie hinter der Kommode im Flur hervor und strich mir um die Beine. Sie ergriff allerdings die Flucht, als ich sie streicheln wollte.«

»Sieh an, sie traut sich ins Haus. Mal sehen, wann sie mir wieder die Hände ableckt«, sagte Nicolas.

Bei ihrem nächsten Gang in die Küche kehrte Camille mit einer Crème brûlée zurück, die sie mit Brombeeren verfeinert hatte und zu der sie geschlagene Sahne reichte. »Sahne passt eigentlich nicht zur Crème brûlée, aber ich habe eine Schwäche für diese Kombination.« Dazu stellte sie Himbeersauce auf den Tisch, und als Julia die Crème mit Sauce und Sahne probierte, war sie begeistert.

»Das ist ein Traum. Ab sofort habe ich bei Desserts den gleichen Geschmack wie Sie, Camille.«

»Bist du bereit für die nächste Runde Nachhilfe?«, fragte Nicolas, als sie das Essen beendet und Tisch und Stühle auf die Terrasse zurückgestellt hatten. Julia nickte, und so zogen sie sich erneut ins Labor zurück.

»Und was machen wir jetzt?«, fragte Julia aufgeregt.

»Wir holen den vertrauten Duft eines dir nahestehenden Menschen zurück ... oder den Duft des Waldes, einer Blume, eines Baums oder einer Frucht oder etwas anderes«, kündigte Nicolas an. »Wichtig ist, dass du diesen Duft nie vergessen hast. Vielleicht steht dir eine Situation noch immer vor Augen. Ein Moment, der dich noch heute bewegt.«

Julia winkte ab. »Lass mir einen Moment Zeit. Ich weiß gar nicht, wo ich anfangen soll.« Was Nicolas von ihr verlangte, klang einfach. Doch es war nicht leicht, sich auf einen Duft oder ein Erlebnis festzulegen und die dazugehörigen Empfindungen abzurufen.

»Keine Sorge, Julie. Dein emotionales Gedächtnis lässt dich nicht im Stich. Taste dich langsam an deine Erinnerungen heran«, sagte er mit ruhiger Stimme, »und betrachte es als spielerisches Experiment.«

Um es sich leichter zu machen, schloss Julia die Augen. Sie saß lange einfach nur da .... und da, endlich, gelang es ihr, in der Zeit zurückzureisen. Der Feigenbaum im Garten des Hotels in Mougins kam ihr als Erstes in den Sinn. Sein knorriger, gedrehter Stamm mit der reichen Verzweigung hatte sich ihr eingeprägt. Sie sah die Form seiner Blätter vor sich, hörte sie im Wind rascheln. Diesen Eindruck nahm sie als Ausgangspunkt für die Reise in ihre Erinnerung. Wie aus dem Nichts tauchten Bilder an einen Urlaub in Apulien auf. Damals war sie verliebt gewesen und hatte mit ihrem Freund Pascal auf dem Markt frische Feigen gekauft. Zwischen Orangen, Zitronen und Pfirsichen lagen die Früchte mit der dunkelvioletten Schale. Weder das Aussehen noch den Geruch der süßen Früchte hatte sie vergessen. Tage danach hatte sie in einem Garten die Schönheit eines Feigenblatts bewundert. Pascal und sie waren ziellos umherspaziert und vor einem Feigenbaum stehen geblieben. Die Szene stand ihr plötzlich wieder lebendig vor Augen. Sie hatte eins der Blätter zu sich herangezogen und es betrachtet, es hatte sie an einen Stern erinnert. Wunderschön.

»Der Duft eines Feigenblattes«, sagte Julia unvermittelt. Sie öffnete die Augen. Nicolas' Blick ruhte auf ihr. Dieser Blick war es, der Julia jedes Mal ein wohliges Gefühl vermittelte.

»Der Duft eines Feigenblattes«, wiederholte er. Er blickte auf seine Fußspitzen, dann erneut in Julias Augen. »Vermutlich wundert es dich, Julie, aber zwei Bestandteile reichen aus, um diesen Geruch heraufzubeschwören.«

»Wirklich?«

Nicolas nickte. »Ja, Stemon und Gamma-Octalacton. Beides intensive Riechstoffe.«

Julia war enttäuscht – und überrascht, dass sie nach etwas sehr Spezifischem gefragt und eine relativ simple Antwort erhalten hatte.

Nicolas machte eine beschwichtigende Handbewegung. »Keine Sorge, ein Parfüm lässt sich nicht auf die Zusammenstellung dieser beiden Riechstoffe, die übrigens einen Akkord bilden, reduzieren.«

»Mit Akkord ist wohl nicht das gleichzeitige Erklingen unterschiedlicher Töne gemeint?« Julia grinste amüsiert.

»Akkord ist in unserem Fall das Ergebnis der Zusammenstellung von mindestens zwei Riechstoffen«, präzisierte Nicolas. »Um bei deinem Beispiel des Feigenblattes zu bleiben: Bei jedem Duft, auch bei deiner Wahl, kommt es darauf an, Aufbau und Komposition miteinander zu verbinden. Es ist wie beim Verlieben. Mann und Frau nähern sich an, und was im besten Fall dabei herauskommt, ist ein Gefühl der Einheit.«

Nicolas wählte seine Worte mit Bedacht, und als er aufs Verliebtsein zu sprechen kam, suchte er in Julias Augen nach einem Hinweis, der ihn bestärken könnte. »Der Aufbau lässt sich mit dem Gleichgewicht der im Basisakkord befindlichen Mengen und Intensitäten zusammenfassen. Die Komposition drückt sich im Spiel der Entsprechungen, der Kontraste, der Varianten und der Überlagerungen aus.« Nicolas schlug eine Seite in dem Buch mit den Formeln auf, das vor ihnen lag. »Stemon, das nach zerdrückten Minzblättern riecht, verändert sich in Verbindung mit dem fruchtigen Pflaumenduft des Gamma-Octalactons zum Duft eines Feigenblattes, wobei durch die Zugabe von zum Beispiel Iso E – das ist der Markenname eines chemischen Aromastoffes, der selbst fast nicht existent ist, Parfüms jedoch Fülle und subtile Intensität verleiht – eine holzig würzige Struktur erzeugt wird. Gibt man noch Hedione hinzu, ein Bestandteil des Jasminöls, das pur leicht nach Jasmin und Magnolienblüte riecht, kommt eine blumige, leichte Frische hinzu. Es entscheidet das Verhältnis.«

Julia hing an Nicolas' Lippen. Jedes seiner Worte klang fremd und faszinierend zugleich, und je länger sie ihm zuhörte, umso klarer wurde ihr, dass die Verknüpfung von Riechstoffen wie die Suche nach einem Rhythmus war.

»Wenn der Rhythmus stimmt, ist der Duft vollendet«, schloss Nicolas seine Lehrstunde, als hätte er Julias Gedanken erraten. Er legte seinen Kopf nach hinten und streckte seine Beine aus.

»Was du erklärst, klingt einfach, ist es aber nicht, oder?«

Nicolas hob den Kopf. »Nein, es ist harte Arbeit, Julie.«

Nach ihrer morgendlichen Recherche wusste Julia, dass die Erschaffung eines Parfüms etwas war, das nur wenige Menschen zustande brachten, jedenfalls in einer Qualität, die überdauerte. Es bedurfte mehr als einer guten Ausbildung, Können, Ausdauer und Inspiration. Man musste über etwas verfügen, das man nicht in Worte fassen konnte, ebenjene vielzitierte *Nase*. Deshalb wurden die meisten Absolventen der Parfümschulen Gutachter, Qualitätskontrolleure, Marketingassistenten und dergleichen.

»Woher weißt du, wann es genug ist? Sonst ließe sich die Arbeit an einem Parfüm ewig lange fortsetzen«, wollte Julia wissen.

»Das habe ich mich jahrelang selbst gefragt, Julie. Manchmal hatte ich das Gefühl, die Fragen nehmen kein Ende.« Nicolas fuhr sich mit den Händen durchs Haar und ließ den Blick schweifen, hinaus in den Garten, wo die Sonne hoch am Himmel stand. »Erst wenn auch die letzte Frage beantwortet ist … und wenn diejenigen, die testriechen, ihr subjektives Okay geben … erst dann ist die Arbeit an einem Parfüm, zumindest vorläufig, beendet.«

Julia spürte den Stoff ihres Kleids an der Stuhllehne kleben. Mit jeder Stunde wurde es heißer. Der Gedanke an einen Ausflug ans Meer wurde immer verführerischer. Trotzdem wollte sie noch Antworten auf einige Fragen bekommen.

»Wieso ist die Arbeit nur vorläufig beendet? Kommt danach denn noch etwas?«

Nicolas räumte einige Flaschen zurück ins Regal und drehte sich zu ihr um. »Lass mich kurz ausholen, denn mit deiner Frage sprichst du einen heiklen Punkt an.« Er kam zurück an den Tisch, setzte sich wieder und legte die Hände zusammen. »Heutzutage werden viele Parfüms schon nach kurzer Zeit aus den Regalen genommen, bevor sie von den Kunden überhaupt wahrgenommen wurden. Der Kunde, so wird gesagt, verlangt in immer kürzeren Abständen nach etwas Neuem. Ein Nischenparfümeur kreiert aber nicht für diese Nachfrage. Der Markt ist nicht seine Bezugsgröße. Um auf Dauer schöpferisch sein zu können, muss er Zeit haben und in den Möglichkeiten frei sein. So frei wie möglich«, setzte Nicolas einschränkend hinzu. »Trotz aller Erfahrung und allen Könnens kann es passieren, dass man sich einen Versuch, der nicht der ursprünglichen Vorstellung des Dufts, den man im Kopf hatte, entsprach, noch einmal vornimmt. Entweder war die Kombination unvorhergesehen, vielleicht beinhaltete sie zu viel oder zu wenig von einem bestimmten Zusatz, doch nachdem dieser Versuch mehrere Monate im Labor aufbewahrt wurde, stellt er sich mit einem Mal als etwas Außergewöhnliches dar. Du musst wissen, Julie, nicht nur der Parfümeur arbeitet an einem Duft, auch die Zeit tut das ihre. Wenn der Duft die Nase des Parfümeurs umschmeichelt, ist die Arbeit noch nicht beendet, dann muss er in einem Gefäß mazerieren, manchmal bis zu sechs Monate, um die physikalisch-chemischen Reaktionen zu unterstützen. Heute gerät dieser Reifungsprozess leider zunehmend in Vergessenheit. Die Mazeration wird in die Warenregale der Parfümerien und Drogerien verlagert. Der Kunde kauft nicht den besten Duft, den er kaufen könnte, aber er kauft schnell. Die Zeit ist nicht mehr der Freund des Parfüms wie früher; heutzutage verhindert fehlende Zeit mitunter das Ergebnis, das der Parfümeur ursprünglich im Sinn hatte.«

Nicolas zuckte mit den Schultern, um zu signalisieren, dass er gegen diese Entwicklung nur wenig tun konnte. »Der letzte Schritt, nach dem du mich gefragt hast, hat also nur noch zum Teil mit mir zu tun. Er verlangt nichts anderes als Geduld.«

»Es geht also lediglich um Reifezeit«, wunderte sich Julia.

Nicolas nickte. »Das Ergebnis, das man nach diesem Prozess vorfindet, erinnert mitunter an etwas Geheimnisvolles, denn plötzlich ist das Parfüm perfekt. Es überzeugt rundum … nicht nur den Parfümeur, sondern auch die Kunden, die seine Besonderheit dadurch zum Ausdruck bringen, dass sie es immer wieder nachkaufen.«

Julia griff nach dem Notizheft, das Nicolas ihr hinhielt. Dabei berührten seine Finger ihr Handgelenk. Sie murmelte einen knappen Dank, weil er das Wichtigste in diesem Heft für sie zusammengefasst hatte, dann drehte sie sich weg, als wolle sie sich im Labor umsehen. Nicolas sollte nicht merken, wie heftig ihr Körper auf die kurze Berührung mit ihm reagierte. Ein Prickeln, wie in Erwartung auf etwas Neues, etwas Besonderes. Franks Gesicht stieg vor ihr auf. Wenn er sie so sähe?

Vom Meer wehte eine kräftige Brise, so stark, dass Julias Sonnenhut davonzufliegen drohte. Sie drückte ihn fester auf den Kopf und schrie lachend gegen das Summen und Rauschen des Windes an. »Ich liebe Wind ... zumindest, wenn es so heiß ist wie heute. Allerdings ist es gar nicht so leicht, nicht weggepustet zu werden.«

Nicolas nahm seine Kappe vom Kopf, um sie im Rucksack zu verstauen. Mit kräftigen Schritten ging er neben Julia her, deren Füße im beigegrauen, körnigen Sand versanken. »Schau mal! Nur Wasser und Schiffe und strahlend blauer Himmel.« Julia folgte Nicolas' Blick. Die Farbe des Meeres war intensiv – grün wie Pfefferminztee –, und die Luft roch nach Seetang und Jod. Nach Sommer.

Sie waren über Antibes und Cannes bis nach Villefranche-sur-Mer gefahren. Und nun suchten sie einen Platz am Wasser, um zu schwimmen und zu faulenzen.

»Wo möchtest du hin?«, erkundigte sich Nicolas. Die Bucht war beliebt, überall hatten Besucher ihre Handtücher hingelegt und Liegestühle aufgestellt.

»Dort hinten sind wir nicht von Menschen umzingelt.«

Rechts von einer größeren Gruppe gab es noch Platz für sie. Dort angekommen, breitete Nicolas ein Badetuch im Sand aus und schlüpfte aus seinen Mokassins. Möwen glitten im Aufwind dahin, kreisten über ihnen und kreischten. Im Dunst der Sonne löste sich die Linie des Horizonts fast auf.

Julia nahm ihren Sonnenhut ab und zog sich das Kleid über den Kopf. Seit sie am Meer war, nahm sie ganz neue Nuancen wahr, die schwüle Luft eines heißen Tages, die sich auf ihren Körper legte, das Stechen der Sonne in den Augen, und die Kühle, wenn der Wind auffrischte.

Nicolas ließ Sand durch seine Finger rieseln, um das angenehme Reiben auf der Haut zu spüren. Julia tat es ihm nach. »Als Kind habe ich am liebsten mit Sand und Wasser gespielt und natürlich mit Papier und Stiften … Und du?«

»Ich bin jeden Tag draußen herumgestromert, auf der Suche nach Abenteuern.«

Julia sah Nicolas auffordernd an. »Gehen wir schwimmen!?«

»Klar.« Er warf Hemd und Hose achtlos zu Boden und folgte Julia. Sein Körper war leicht gebräunt und sah durchtrainiert aus.

»Komm!« Julia lief als Erste zum Wasser und steckte den Fuß ins Meer. »Uiii, frisch!«, schrie sie auf.

»Keine Ausreden!« Nicolas glitt in einer fließenden Bewegung ins Wasser und tauchte unter.

Julia atmete die salzige Luft ein und warf sich ebenfalls ins Wasser. »Ist das herrlich«, brüllte sie gegen den Wind an.

Nicolas schwamm bereits aufs offene Meer hinaus. Mit geschmeidigen Bewegungen wirbelte er Wasser auf, und jedes Mal wenn seine Hand ins Wasser eintauchte, glitt er ein Stück weiter von ihr weg und näher auf die dunkelgrüne Linie am Horizont zu. Julia wirbelte den Sand mit den Füßen auf, wie sie es als Kind getan hatte, als sie mit den Eltern in Italien im Urlaub gewesen war. Sie legte sich die Hand an die Stirn, um besser gegen die Sonne sehen zu können. Nicolas glitt schwerelos durchs Wasser, sein Körper wurde vom Meer getragen.

Offenbar peilte er eine Boje an. Julia begann mit raschen Bewegungen hinter ihm herzukraulen. Ihre Arme schnitten durchs Wasser, und wenn sie den Kopf schräg aus dem Meer hob, links, rechts, spürte sie die Sonne auf ihrem Gesicht. Während sie sich den Bewegungen ihres Körpers ergab und zu ihrem Rhythmus fand, verlor sie Nicolas aus den Augen. Ihre Schultern rotierten und ihre Füße paddelten, eine Bewegung, noch eine, so ging es weiter, bis sie nicht mehr merkte, dass sie schwamm. Vom Strand aus hatte sie eine weiße Yacht entdeckt, die draußen vor Anker lag und in der Strömung dümpelte. Nicht weit davon entfernt glitt eine Segelyacht mit geblähten Spinnakern dahin. Julia hielt direkt auf die Motoryacht zu und hörte nichts als das Gluckern des Wassers.

Als sie später durch die niedriger werdenden Wellen zurück an den Strand stapfte, lag Nicolas bereits an seinem Platz und ließ sich von der Sonne trocknen. Bei ihrem Handtuch angekommen, stützte sie sich auf die Oberschenkel und versuchte, zu Atem zu kommen. Als ihr Atem wieder gleichmäßig ging, beugte sie sich über Nicolas und schüttelte ihre Haare über ihm aus. Tropfen kalten Salzwassers landeten auf seiner Brust und seinen Beinen. Er war offenbar eingenickt und sprang schreiend auf.

»Hey!« Er packte sie bei den Schultern und hielt sie von sich entfernt, um sich vor der kalten Nässe zu schützen.

Julia sah seine geschmeidigen Muskeln und lachte ihn an. »Du bist doch nicht wasserscheu!« Sie wand sich aus seinen Armen und wrang sich die Nässe aus den Haaren. Dann ließ sie sich neben ihn in den Sand fallen und hielt ebenfalls ihr Gesicht der Sonne entgegen. Nach dem kalten Wasser tat es gut, die Wärme auf der Haut zu spüren.

Das Nachmittagslicht überzog die Bucht mit einem goldenen Schimmer. Ein Licht zum Träumen. »Ich habe lange keinen Tag wie diesen erlebt … so voller Leben. Danke für diesen Ausflug.« Julia spürte, wie Nicolas nach ihrer Hand griff. Erneut durchlief sie ein Prickeln. Seine Finger waren nicht mehr kühl vom Meer, sondern von der Sonne erwärmt. Julia genoss den sanften Druck seiner Finger auf ihrer Haut.

Irgendwann drehte Nicolas sich zur Seite und stützte den Kopf in beide Hände, um Julia zu betrachten. Lange sah er sie schweigend an und fühlte sich in Hochstimmung versetzt.

Julia genoss den Augenblick kompletter Leere in ihrem Kopf. Wann erlebte man einen solchen Moment, der keiner Worte bedurfte?

Nach einer Weile drehte Nicolas sich von ihr weg, griff jedoch noch einmal nach ihrer Hand und schob seine dazwischen. Der Druck seiner Finger hatte etwas Unerschütterliches, Verlässliches, das Julia Kraft gab. Sie blinzelte gegen die Sonne und spürte das Blut in ihren Schläfen pochen.

In der Sonne des Südens

PARFÜMS SIND IN DUFT GEKLEIDETE
EMOTIONEN, DIE UNS IN EIN ANDERES
LEBEN ENTFÜHREN KÖNNEN.

15. KAPITEL

Julia bürstete sich den Sand aus den Haaren. Ihre Haut hatte vom Nachmittag am Meer einen leichten Bronzeton angenommen. Sie sah gesund und strahlend aus. Eine glückliche junge Frau.

Als sie am frühen Abend ihre Badesachen zusammengepackt hatten, um sich auf den Heimweg zu machen, hatte Nicolas vorgeschlagen, auf dem Rückweg in Nizza anzuhalten. »Der Sonnenuntergang dort gehört zu den schönsten. Den musst du sehen, Julie.«

Sie spazierten in Nizza die Promenade des Anglais auf und ab, bis die Sonne wie in Zeitlupe hinter der Stadt versank. Glutrotes Licht, das sich über den Himmel ergoss, bis schließlich nur noch ein orangefarbener Streifen am Firmament zu sehen war. Ein kleines Lichtband in Orange, das einem das Herz höher schlagen ließ.

Bereits bei der Hinfahrt, als sie von Cannes aus in gemäßigtem Tempo der Küstenstraße folgten, hatte Julia sich leicht und beschwingt gefühlt, als befände sie sich auf einer Urlaubsreise. Sie hatte am Wagenfenster Saint-Laurent-du-Var, Nizza, schließlich Saint-Jean-Cap-Ferrat an sich vorbeiziehen sehen, hatte die verwinkelten Häuser, bunten Fischerboote und eleganten Yachten betrachtet und sich über das Gefühl der Leichtigkeit gefreut.

»Ich habe noch einen kleinen Abstecher eingeplant ... eine Überraschung«, hatte Nicolas ihr mit einem Seitenblick gestanden.

»Ach wirklich? Jetzt machst du mich neugierig. Wohin fahren wir denn?«

Nicolas hatte den Finger an die Lippen gelegt und sehr geheimnisvoll getan. »Lass dich überraschen.«

Irgendwann hatte er den Wagen geparkt und mit ihr den Weg zu einer Zitadelle aus dem 16. Jahrhundert eingeschlagen – Saint-Elme. Obwohl Wind aufgekommen war, war es beinahe tropisch heiß, und so machten sie sich gemächlichen Schrittes an den Aufstieg. Immer wieder blieben sie stehen und blickten zurück auf die Hügel und Häuser und das Meer. Als die Festung direkt vor ihnen auftauchte, staunte Julia über die Macht, die das beeindruckende Bauwerk mit seinen Türmen und Toren ausstrahlte.

»Sieh mal, die Zugbrücke.« Alles um sie herum kündete von einer anderen Zeit. »Hier wirkt alles wie aus einem Hollywoodfilm! Fehlt nur noch, dass Orlando Bloom auf einem Pferd um die Ecke geritten kommt.«

Sie betrachteten die Zugbrücke und die dicken Steinwände. Es war nicht nur die Architektur, die Julia faszinierte, sondern es waren vor allem die Geschichten, die ihr beim Anblick der Festung in den Kopf schossen. Was mochte sich hinter diesen Wänden abgespielt haben, welche Intrigen, Liebesgeschichten, Krankheiten und Versöhnungen?

»Nicht nur die Festung ist sehenswert, auch die Gärten sind beeindruckend. Wegen des einzigartigen Ambiente heiraten hier übrigens viele Paare.«

Erneut sprang Julias Kopfkino an. Sie sah sich in einem eleganten Hochzeitskleid die Zugbrücke durchschreiten. Maren richtete ihre Schleppe und streute Blumen. Julia riss sich aus dieser romantischen Vorstellung und konzentrierte sich wieder auf die Umgebung. Es war spannend, neben Nicolas die Festung zu erkunden. Er beantwortete nicht nur ihre Fragen, sondern freute sich mit ihr über jede neue Entdeckung.

Später spazierten sie an imposanten Kakteen und Blumen, die in voller Blüte standen, vorbei. »Wenn du Lust hast, statten wir der angeschlossenen Galerie mit moderner Kunst noch einen Besuch ab.«

»Gibt's dort eine Klimaanlage?«

»Soweit ich mich erinnere, ja!« Nicolas sah, dass Julia sich mit der Hand Luft zufächelte.

»Dann nichts wie hin.«

Er ging vorneweg und Julia folgte ihm mit einigen Schritten Abstand, es gab so viel zu sehen, dass sie immer wieder zurückfiel.

Den Höhepunkt ihres Abstechers hob Nicolas sich bis zum Schluss auf: den Ausblick aufs Meer von der Festung aus. Von oben sah man nicht nur eine unendliche Wasserfläche, sondern auch ein Stück Land, das wie ein ausgestreckter Finger ins Meer hineinwuchs.

Julia folgte mit ihren Blicken den Ausläufern der Landzunge, bis zu dem Punkt, wo in regelmäßigen Abständen Wellen an die zerklüfteten Klippen rollten und in die Höhe schossen, bis die Felsen unter den Wellen verschwanden. Wenn das Wasser sich zurückzog, waren die schroffen Steine für einen kurzen Moment von der Gischt bedeckt, dahinter schimmerte das Meer türkisgrün und azurblau bis zu ihnen herauf. Julia konnte sich an dem Anblick nicht sattsehen. Die Landzunge verlieh der Landschaft etwas Verwunschenes. Nach einer Weile schloss sie die Augen, sperrte alles aus. Das Rauschen des Meeres überdeckte alle anderen Geräusche, die Stimmen der Menschen um sie herum, den Verkehrslärm, der gedämpft bis zu ihnen drang, das Kreischen der Möwen. Es gab nur noch das Meer und Nicolas und sie. Lange stand sie da, spürte den Wind auf der Haut und dachte darüber nach, dass das Meer

205

niemals schlief, immer in Bewegung war. Als sie die Augen wieder öffnete, war es, als sähe sie alles zum ersten Mal. Die Küste, die steil zum Meer hinabfiel, die grauen Klippen, die Boote weiter hinten, wo das Meer ruhiger wurde. Es war überwältigend. »Wenn man das Meer betrachtet, glaubt man, das Leben würde niemals enden. Ein ewiger Kreislauf«, sinnierte Julia.

Nicolas nickte, sagte jedoch nichts. Worte waren überflüssig. Irgendwann drückte Julia ihm einen zarten Kuss auf die Wange.

»Danke. Daran werde ich mich immer erinnern.« Seine Haut war ihr bereits vertraut, ebenso seine Arme um ihren Körper. Wie es wohl wäre, ihn zu küssen, zärtlich und leidenschaftlich? Julia lief rot an. Es war nicht leicht, die aufkeimenden Gefühle zu ignorieren. Sie hoffte nur, Nicolas sähe sie ihr nicht an. Doch er war noch immer in den Anblick der Landschaft versunken, sah auf die Umrisse der Bucht, das satte Grün der Hügel und das strahlende Blau des Wassers. Als er sich ihr wieder zuwandte, glaubte sie, so etwas wie Dankbarkeit aus seinem Gesicht herauslesen zu können.

»Ich kann mir nichts Intensiveres vorstellen, als so etwas Schönes mit jemandem zu teilen.«

Nachdem sie Saint-Elme besichtigt hatten, fuhren sie ins Zentrum von Villefranche-sur-Mer und mischten sich unter die Menschen, die in den Cafés an der Promenade angeregt miteinander plauderten und entzückt aufs Meer blickten oder die Passanten beobachteten.

»Müßiggang, wohin man auch blickt. Dem sollten wir uns anschließen«, schwärmte Nicolas und breitete die Arme aus, als wolle er das Leben umarmen.

»Vorschlag angenommen«, stimmte Julia ihm zu.

»Wenn wir weiterfahren würden, kämen wir nach Mona-
co«, erzählte Nicolas, als sie an der Uferstraße entlanggingen,
noch unentschieden, in welche der vielen Gassen sie einbie-
gen sollten. »Allerdings bräuchten wir ein bisschen Zeit, um
uns in Monte-Carlo umzusehen. Die eleganten Geschäfte und
das besondere Ambiente sind legendär, das hakt man nicht
mal eben so ab.« Sie blieben, wo sie waren, und nahmen die
gepflasterten Gässchen in Angriff, schlenderten bergauf und
bergab, vorbei an blühenden Pflanzen, die in Töpfen wuchsen,
und Kletterrosen, die sich an Mauern hochschlängelten. In der
Auslage einer Geschenkboutique sah Julia eine Zeichnung,
die das Flair der Gegend auf wunderbare Weise einfing. Sie
stieß die Tür zum Laden auf und ging zielstrebig zur Vitrine,
wo weitere Zeichnungen ausgestellt waren. Am Ende entschied sie sich für die Zeichnung in der Auslage, die sie für
ihren Vater kaufen wollte. Am Tresen zückte Nicolas seine
Geldbörse.

»Darf ich das übernehmen, Julie? Ich würde mich riesig
freuen, wenn du deinem Vater die Zeichnung mit einem
herzlichen Gruß von mir übergibst.«

Julia winkte ab, doch dann sah sie Nicolas' bittenden Blick,
ehrlich und freundlich, und gab nach. Mit dem in Papier eingeschlagenen Bild schlenderten sie wenige Minuten darauf
zur nächsten Straßenecke, wo sie sich abermals nicht entschließen konnten, in welche Richtung sie weitergehen sollten. Sie machten ein Spiel daraus, sich überraschen zu lassen.
Einmal durfte Julia entscheiden, wo es langging, einmal Nicolas.

Am Markt schlug ihnen ein intensiver Fischgeruch entgegen. Vorbei an Langusten, Taschenkrebsen, Hummern und
Garnelen auf Eis steuerten sie einen Laden an, in dem Bast-

hüte angeboten wurden. Julia setzte sich ein Exemplar mit rotem Leinenband auf. »Den bringe ich Maren mit«, entschied sie spontan, zahlte den Hut und setzte sich neben Nicolas unter die Markise einer Brasserie, um Wasser und Eis zu bestellen.

Als der Kellner ihre leeren Eisbecher abräumte, fragte Nicolas: »Was meinst du? Sollen wir uns auf den Weg zur Plage des Marinières machen?«

Am Strand stieg Julia erneut der Geruch nach Salz, Fisch und Jod in die Nase.

Sogar als sie jetzt am Abend im Bad ihr Haar bürstete und der Tag wie im Zeitraffer noch einmal an ihr vorbeizog, konnte sie diesen Geruch abrufen, ebenso wie das Gefühl angespannter Lebendigkeit, das Nicolas' Gegenwart in ihr ausgelöst hatte, als sie neben ihn in den Sand geglitten war. Zum ersten Mal seit Monaten wieder den eigenen Körper wahrzunehmen, war, wie nach langer Zeit der Dunkelheit ins Licht zu treten. Eine Offenbarung.

Diese gemeinsamen Erlebnisse gaben Julia das Gefühl, bereits viel länger in der Provence zu sein, als sie es tatsächlich war.

Sie legte die Bürste auf die Ablage neben dem Waschtisch und warf einen letzten, prüfenden Blick in den Spiegel. »Schluss mit dieser Tagträumerei«, sagte sie zu ihrem Spiegelbild, verließ das Bad und zog die Tür hinter sich zu.

Der Ausflug ans Meer hatte Julia in eine gelöste Stimmung versetzt, und so fragte sie sich auf dem Weg zur Treppe, ob sie sich in eine abstruse Geschichte hineingesteigert hatte, um sich vom Tod ihrer Mutter abzulenken. Ihre Finger strichen über das weiche Papier der Karte in der Tasche ihres Kleids.

Frank hütete sich inzwischen davor, sie auf das Thema anzusprechen, doch Julia wusste, dass er sich weiterhin weigerte, anzunehmen, ein Satz auf einer Karte, die vermutlich aus Versehen im Postfach ihrer Mutter gelandet war, könne Einfluss auf ihr weiteres Leben nehmen. Seit sie aus Villefranche zurück war, erschienen ihr die vagen Andeutungen und flüchtigen Gedanken der vergangenen Wochen wie ein Spuk, auf den sie möglicherweise hereingefallen war. Natürlich, ein Zweifel blieb, dessen war Julia sich bewusst, aber wie wahrscheinlich war es, dass ihre Mutter die Familie über viele Jahre belogen hatte? Und wenn es so gewesen wäre, würde sie es zulassen, dass die Vergangenheit ihr Leben überschattete?

Der Gedanke, Nicolas durch die Wahrheit über seinen Vater durcheinanderzubringen, ließ Julia wie festgenagelt am Treppenabsatz stehen bleiben. *Geh und bring es hinter dich, und denk nur bis zu dem Moment, in dem du Nicolas die Karte zeigst. Alles andere liegt nicht in deiner Macht.* Julia löste ihre Hände vom Handlauf und eilte, immer zwei Stufen auf einmal nehmend, die Treppe hinunter und hinaus in den Garten. An der Schwelle zur Terrasse blieb sie stehen. Die hereinbrechende Nacht hüllte den Garten in eine eigentümliche Stimmung, mittendrin stand Nicolas und beugte sich über den Tisch, um Windlichter und Kerzen anzuordnen. Wie friedlich seine Bewegungen wirkten, als sei er in die Arbeit versunken – eins mit ihr.

Als Julia vorhin zum x-ten Mal die Worte auf der Karte gelesen hatte, hatte sich Antoines gedämpftes Murmeln, das sie immer gehört hatte, ganz unerwartet in zärtliches Liebesgeflüster verwandelt. Zum ersten Mal hatte sie die Sehnsucht gespürt, die er beim Verfassen der Botschaft empfunden haben musste, und plötzlich war ihr schwer ums Herz gewor den, weil sie es nicht mehr vermied, darüber nachzudenken, was es für ihn bedeutet haben mochte, jemanden zu lieben, obwohl diese Liebe unmöglich war. Es war leichter gewesen, sich der Enttäuschung hinzugeben, die sie empfand, weil sie nichts über die angenommenen Gefühle ihrer Mutter gewusst hatte. Ausgeschlossen zu sein schmerzte, doch wenn die beiden ein tiefes Gefühl miteinander verbunden hatte, würde sie das anerkennen müssen. Vielleicht würde sie ihre Mutter sogar verstehen, wenn sie Näheres erfuhr?

Nicolas blies das Streichholz aus, mit dem er die letzte Kerze angezündet hatte, und trat auf sie zu. »Hier, das ist von meiner Mutter. Abends wird es manchmal kühl.« Er legte ihr ein leichtes Seidentuch um die Schultern und schob ihr den Stuhl zurecht.

Julia strich verstohlen über das Plaid. Der Stoff war weich und glänzend. Kein Zweifel, Marguerite Lefort hatte Freude an schönen Dingen gehabt, genau wie ihre Mutter. Julia holte die Karte hervor. »Ich möchte dir etwas zeigen, Nicolas.«

»Das trifft sich gut, das möchte ich nämlich auch. Schau dir das mal an.« Anstatt nach der Karte zu greifen, die Julia vor ihn hingelegt hatte, reichte Nicolas ihr ein Papier über den Tisch hinweg. Es war der Ausdruck einer Mail. »Ich habe heute Morgen an den Kosmetikkonzern Auberon geschrieben und das hier als Antwort erhalten.« Nicolas' Augen blitzten im Schein der Kerzen.

›*Hommage eines Sohnes an seinen Vater*‹, las sie im Betreff. Überrascht sah sie auf.

»Ich habe Bernard Mauriac ... er hat das Sagen bei Auberon ... mitgeteilt, dass ich an einem Duft arbeite, am letzten Parfüm meines Vaters, und dass ich dieses Parfüm, wenn es fertig ist, von den Nischendüften abheben möchte ...«, Nicolas strahlte übers ganze Gesicht, »... deine Zeichnung habe ich der Mail als Anhang beigelegt.« Sein Zeigefinger rutschte auf dem Blatt weiter nach unten. Hier, im vorletzten Absatz ... schau mal, ab da geht Mauriac auf deine Arbeit ein: »... ›ungeachtet der Tatsache, dass ich noch zu wenig über das Parfüm weiß, möchte ich den Flakon als gelungen bezeichnen. Darauf ließe sich, im Falle einer Zusammenarbeit, aufbauen ...‹«

Nicolas sah, wie Julias Blick sich weitete. »Man schlägt mir eine Kooperation vor, Julie, unter dem Motto: Hommage eines Sohnes an seinen Vater. Den Flakon zu kreieren ist also nicht länger nur ein Angebot von mir, sondern auch eins von Mauriac. Zumindest, wenn ich mich mit dem Parfüm unter die Fittiche von Auberon begebe.« Nicolas legte eine kurze Pause ein, um dem nächsten Satz Gewicht zu verleihen. »Ab jetzt kommt es nur noch auf uns an, darauf, was wir aus Papas Parfüm machen, inhaltlich und optisch. Und dein Flakon ist mein Ass im Ärmel.«

Seine Begeisterung war ansteckend. Julia spürte, wie Stolz in ihr aufstieg. Stolz auf eine Arbeit, die aus einem flüchtigen Moment heraus entstanden war. Der Kontakt zum Kosmetikkonzern Auberon, das wurde ihr gerade klar, bot eine einmalige Chance. Sie hatte bereits eine Idee, wo sie ansetzen musste, um den Entwurf des Flakons zu verbessern. Sie musste ihr Augenmerk noch stärker auf den Verschluss legen, auf das feine Muster.

»Am liebsten würde ich meinen Entwurf gleich jetzt überarbeiten, bis er perfekt ist«, sprudelte es aus ihr heraus. Es tat gut, die Freude über die Nachricht mit Nicolas zu teilen. Doch von einer Sekunde auf die andere meldete sich Julias Gewissen. *Willst du wieder eine Gelegenheit verstreichen lassen, die Sache mit der Karte aufzuklären?* Die Worte klangen in ihr nach und schafften es, die Nachricht zu verdrängen. Nein, sie durfte nicht zulassen, dass diese Mail, so positiv sie auch war, sie davon abhielt, sich endlich Klarheit über die Vergangenheit ihrer Mutter zu verschaffen. Über Mauriacs Antwort konnte sie sich immer noch freuen – später.

»Bevor wir weitere Einzelheiten besprechen und auf diesen Erfolg anstoßen, muss ich über etwas anderes mit dir reden. Darüber.« Julia rückte die Karte in Nicolas' Blickfeld und nickte ihm auffordernd zu.

»Das machen wir, Julie. Lass mich vorher bitte noch etwas loswerden. Bevor ich mich nicht mehr traue, es mir von der Seele zu reden.« Julia sah, wie Nicolas, der in diesem Moment beinahe schüchtern wirkte, seinen Arm anwinkelte, sodass die Karte – ohne dass er es bemerkte – darunter verschwand. Sie wollte protestieren, doch etwas in seinem Blick hielt sie davon ab. War das Vorsicht in seinen Augen? Oder Zweifel? »Der Tag heute war wundervoll, wie jeder Augenblick, den ich bisher mit dir verbringen durfte.« Nicolas beugte sich vor und sog den Duft von Julias Haar ein. Gewöhnlich roch es zart, nach frisch gewaschenem Haar, dem ein Hauch Süße anhaftete. Heute jedoch roch man das Meer heraus, den salzig frischen Duft nach Wind, Sonne und Wasser. »Seit du mir im Garten gegenübergestanden hast, habe ich Gefühle für dich entwickelt. Anfangs fühlte es sich wie Freundschaft an. Doch inzwischen weiß ich, dass es mehr als das ist. Viel mehr!« Bei diesen Worten wurde Julia von Wärme durchflutet. Das Prickeln, das sie verspürt hatte, als sie neben Nicolas am Strand gelegen hatte, ergriff sie erneut. Kleine Stromschläge, die durch ihren Körper gingen, die berühmten Schmetterlinge im Bauch.

Seit sie von ihrem Ausflug zurück waren, spürten beide

die Veränderung. Sie konnten sich nicht länger einreden, sie seien nur Freunde. »Ich bin nicht geübt in so was ... das hier soll eine altmodische Liebeserklärung werden.« Ein roter Schimmer überzog Nicolas' Gesicht, als er neben sie trat und sie mit einem schiefen Lächeln ansah. Seine Ehrlichkeit sorgte dafür, dass die Anspannung, die sie beide verspürten, einer unbekümmerten Lockerheit wich. Als Nicolas weitersprach, klang seine Stimme weich und einnehmend. »Je suis amoureux de toi et je ne peux rien y faire.« Der Satz kam ihm in seiner Muttersprache über die Lippen, und als er es bemerkte, schüttelte er den Kopf, verwundert über sich selbst. Leise wiederholte er die Worte auf Deutsch. »Ich habe mich in dich verliebt, Julie ... und *man* kann nichts dagegen tun.« Ein Lächeln breitete sich auf Julias Gesicht aus. Nicolas' Deutsch war nahezu perfekt, ein nicht korrekt gewähltes Wort fiel auf und zeigte ihr, wie sehr seine Gefühle in Aufruhr waren. »*Du* kannst nichts dagegen tun. Das meinst du doch, oder?« Seine Augen verengten sich, als er sich ihr vollständig zuwandte und sein Gesicht sich auf Julias zubewegte. »Danke, dass du mir bei diesem kleinen grammatikalischen Fauxpas aushilfst«, raunte er. Er kam noch ein Stück näher, und Julia hatte das Gefühl, ihr Herz setze einen Schlag aus, als die Stoppeln seines Bartes ihre Haut mit einem sanften Kitzeln streiften und Nicolas sie, als sei es das Selbstverständlichste auf der Welt, küsste. Er roch nach etwas Würzigem, Frischem und seine Lippen waren zart. Die Karte war für den Augenblick vergessen. Julia nahm die Hitze wahr, die von Nicolas ausging, während seine Lippen ihren Mund berührten und seine Arme sich um ihren Körper schlossen. Zärtlich tasteten Nicolas' Lippen sich von ihrem Mund ihre Halsbeuge hinab, seine Hand glitt in einem sicheren, festen Griff ihren Rücken hinunter.

Alles in Julia gab nach, ihre Beine begannen zu zittern und ihr Herz schlug ihr bis zum Hals. Eins mit jemandem zu sein, danach hatte sie sich immer gesehnt. Zwei ursprünglich getrennte Teile, die sich nahtlos ineinanderfügten, so, als erkenne jeder im anderen sein Gegenstück. Wieso erlebte sie das ausgerechnet jetzt, wo alles in ihrem Leben in der Schwebe war?

Nicolas schob seine Hand unter Julias Kleid und berührte ihre nackte Haut.

Nichts mehr war von Belang, es zählte nur noch diese brennende Hitze, die seine Hände auf Julias Körper hinterließen, während ihre Arme seinen Hals umfassten und ihre Finger in sein Haar glitten. So fühlte es sich also an, gleichzeitig verloren und aufgehoben zu sein, es war ein Gefühl der Schwerelosigkeit, als sei alles andere niemals wirklich wichtig gewesen. Julia ließ diese Empfindung zu und kostete sie aus … bis sich plötzlich etwas Dunkles vor ihre glückselige Leichtigkeit schob – Franks enttäuschtes Gesicht, seine Betroffenheit und sein Unglauben angesichts dieses leidenschaftlichen Kusses.

Julia versuchte das Bild von Frank zu verdrängen, doch je verzweifelter sie sich bemühte, umso deutlicher stieg es vor ihr auf.

Nicolas' Finger beschrieben eine Linie unterhalb ihres Schlüsselbeins, und während seine Fingerkuppen an ihr hinabglitten, war es, als stünde Frank neben ihr. Jäh löste Julia sich von Nicolas. Die abrupte Unterbrechung dieses Moments holte sie schlagartig zurück in die Wirklichkeit und schmerzte beinahe körperlich.

Sie sah, wie Nicolas' glücklicher Ausdruck einem unsicheren Blick wich. »Was ist los?« Kein Zweifel, er war verwirrt von der Heftigkeit ihrer plötzlichen Ablehnung.

Julia schüttelte den Kopf. Ihr Gesicht war aschfahl. »Es …
es ist wundervoll, dich zu küssen, Nicolas … aber es … geht
nicht.« Alles in Julia war in Aufruhr.

»Dieser Kuss ist kein Spiel für mich, Julie. Wir finden die
richtigen Worte füreinander, tun einander gut. Ist es falsch,
uns das einzugestehen?«

»Nichts daran ist falsch, nur in meinem Fall ist es nicht
richtig … jedenfalls nicht zu diesem Zeitpunkt.« Es war Julia
kaum möglich, in Worte zu fassen, was sie empfand.

»Wenn es wegen des Unfalls deiner Mutter ist … oder weil
du in Deutschland lebst und ich in Frankreich … mir ist bewusst, dass das nicht einfach ist, aber wir haben Zeit, wir müssen nichts überstürzen.« Nicolas versuchte, zuversichtlich zu
klingen, vermutlich zuversichtlicher, als er sich gerade fühlte.

»Es geht nicht um den Unfall oder um die räumliche Ent-
fernung, es geht darum, dass ich mit jemandem zusammen
bin. Bisher hab ich mir eingeredet, ein Gespräch mit dir darüber sei nicht nötig, weil wir nur Freunde sind.« Nicolas starrte Julia mit offenem Mund an. Ihre Worte trafen ihn wie ein
Schlag. Er musterte sie eingehend, während er ihre Worte sinn-
gemäß wiederholte.

»Du bist vergeben?«

Julia nickte. »Sicher bist du nun enttäuscht, weil ich dir das
erst jetzt sage … nachdem wir uns geküsst haben.«

Nicolas rieb sich den Nacken und lächelte dann gezwungen. Verletztheit und Traurigkeit lagen in seinem Blick; das
versetzte Julia einen Stich. »Ganz ehrlich … ja!«

Julias Blick wanderte von ihren Händen zu ihm hoch. »Ich
glaube, ich habe Frank deshalb nicht erwähnt, weil ich jeden
Tag ein bisschen mehr das Gefühl hatte, er existiere nur noch

am Rande.« Sie zögerte einen Augenblick, bevor sie weitersprach. Doch plötzlich brach alles aus ihr heraus. »Es beschämt mich, das sagen zu müssen, Nicolas, aber manchmal kam es mir vor, als trennten nach dem Unfall meiner Mutter meinen Freund und mich Welten … und ich konnte nichts dagegen tun. Nach der Beisetzung verschanzte ich mich hinter meinem Schutzwall aus Angst, Trauer und Verbitterung. Hinter diesem Wall fühlte ich mich sicher.« Julia entfuhr ein raues, unsicheres Lachen. »Dort konnte man mir nicht wehtun, aber man konnte mich auch nicht mehr erreichen. Frank hat versucht, diese Mauer zu durchbrechen, doch es gelang ihm nicht. Jeder blieb für sich – jeder war allein. Ich war eine Meisterin der Selbstbeherrschung, im negativen Sinn, eine Frau, die ihre Trauer mit Hingabe auslebte und damit sich selbst und andere traf.« Ihre Worte hinterließen ein schales Gefühl in Julia, doch sie wusste, dass es wichtig war, sie auszusprechen. Durch Nicolas hatte sie den nötigen Abstand gewonnen, um genau hinzusehen. Monatelang war sie nicht fähig gewesen, Gefühle zuzulassen. Ihre Beichte beschrieb auf schonungslose Weise ihre Unfähigkeit, mit der damaligen Situation umzugehen. Sie wollte das weder leugnen noch länger zulassen.

Sie schwieg einen Moment, vergrub ihr Gesicht in den Händen, dann erzählte sie weiter. Nicolas sollte die ganze ungeschönte Geschichte hören, damit er wusste, wer sie war. »Vielleicht kennst du das Gefühl, emotional alleine zu sein, doch in meinem Fall ging es tiefer. Ich war auch körperlich nicht mehr anwesend, habe mich nicht mehr an die vertrauten Berührungen von Frank gewöhnen können. Alles an ihm, selbst seine flüchtigen Küsse am Morgen, bevor er zur Arbeit ging, waren mir fremd geworden. Daran hat sich bis zu meiner Abreise hierher nichts geändert.« Julia holte tief Luft. Als sie sich gesammelt hatte, sah sie auf, direkt in Nicolas' Augen.

»Aber mit dir … fühle ich mich wie aufgeweckt nach einem langen Schlaf. Ich lebe wieder.« Julia zögerte. »Mir ist klar, dass ich mit Frank darüber sprechen muss, wie nah du mir inzwischen gekommen bist, doch ich wollte ihn nicht am Telefon mit meinen Empfindungen überrumpeln, sondern warten, bis er mir gegenübersitzt und wir in Ruhe miteinander reden können.«

Nicolas stand auf und vergrub seine Hände in den Hosentaschen. »Gib mir einen Moment, um das alles vollständig zu erfassen.« Er verschwand in der Tiefe des Gartens, bis das Dunkel seinen Schatten verschluckte und seine ohnehin kaum hörbaren Schritte von einer seltsamen Stille abgelöst wurden.

Julia blieb mit widersprüchlichen Gedanken zurück, den aufgewühlten Stimmen in ihrem Inneren, die ihr rieten, ihm zu folgen, dann wieder, es sein zu lassen. Das Licht der Kerzen erhellte einen kleinen Raum um sie herum, die Konturen des Gartens verschwammen im Grau. Nach der Beisetzung ihrer Mutter hatte sie nur noch auf Einzelheiten geachtet – auf Fehler, die sie an Frank wahrzunehmen glaubte, die Anforderungen, die er an sie stellte, und den Druck, den er auf sie ausübte und der sie noch mehr in die Isolation trieb. Sie hatte Franks Empfindungen hinter ihre eigenen gestellt; dass er sie verlor und wie ein Verrückter dagegen ankämpfte, hatte sie nicht gesehen. Sie verspürte plötzlich das Bedürfnis, ihm zu sagen, wie leid ihr das alles tat, und ihm für seine Rücksicht zu danken. Es war auch sein Leben, seine Zukunft.

Irgendwann tauchten inmitten der Dunkelheit – zwischen Bäumen und Sträuchern – Nicolas' Umrisse auf. Julia sprang vom Stuhl. Das Bedürfnis, ihm zu erklären, dass seine Traurigkeit sich wie ihre anfühlte, trieb sie ihm entgegen. Als sie vor ihm stand, nahm Nicolas ihr Gesicht in die Hände.

»Ich danke dir für deine Offenheit«, sagte er. Aus seinem Blick las Julia Scheu, aber auch Ernsthaftigkeit heraus. Als er ihren Kopf losließ, zuckten Nicolas' Lider. Für den Bruchteil einer Sekunde schien er die Kontrolle über seine Gefühle zu verlieren. »Dieses Einander-Verlieren, das du zwischen Frank und dir beschreibst, gibt sich vielleicht wieder, wenn es dir langfristig besser geht. Du weißt doch, es gibt keine Beziehung ohne Tiefen. Wirf nicht gleich alles weg.« Er fasste sich wieder, seine Stimme war nun fester. »Frank hat eine zweite Chance verdient und du auch, Julie. Wenn ich dir das nicht sagen würde, wäre ich nicht dein Freund. Er liebt dich. Und vielleicht liebst du ihn auch … und hast es nur vergessen, weil du so traurig warst.«

Schweigend gingen sie nebeneinander her, jeder Zentimeter zwischen ihnen eine ganze Welt. Julia ließ sich in den Stuhl sinken, auf dem sie gesessen hatte. »Für mich ist vor allem eins wichtig, Julie«, Nicolas lehnte sich gegen die Tischkante, als wisse er nicht, wie lange er noch bleiben würde, »dass du glücklich bist. Und falls es etwas Ernstes zwischen Frank und dir ist, darfst du ihn nicht aufgeben.«

Julia dachte an den Anfang ihrer Beziehung zu Frank zurück. An die Leichtigkeit, die sie als Frischverliebte wie in einen Kokon eingehüllt und gegen den Rest der Welt geschützt hatte, gegen jede Unbill, jede Wolke am Himmel. Die Herausforderung war, diese Verliebtheit mit der Zeit in etwas Tieferes umzuwandeln, etwas, das den Zauber des Anfangs ablöste – Liebe. Es war ernüchternd gewesen, festzustellen, dass sich ihre Verbindung nach dem Tod ihrer Mutter – anfangs unmerklich – aufzulösen begann. Ihr Zusammenhalt war nur noch oberflächlich. Zwar hatten Frank und sie sich, jeder auf seine Weise, bemüht, doch sie hatten es nicht geschafft, miteinander durch diese Zeit zu gehen. Julia wusste, dass sie beide Fehler gemacht hatten, doch es war mehr als das. Es hatte ihnen an Liebe gefehlt. Liebe, die man nicht planen, für die man sich nicht bereit machen konnte, die einfach passierte.

»Es war etwas Ernstes zwischen uns … jedenfalls dachte ich das …«, Julia ließ sich Zeit, bevor sie weitersprach, »… bis ich dir begegnet bin. Meine Gefühle für dich gehen tiefer, Nicolas. Tiefer, als ich es jemals zuvor erlebt habe.«

Nicolas erlebte noch einmal die Wellen der Empfindungen, die ihn überschwemmt hatten, als er Julia am Tag ihrer Ankunft im Garten gegenübergestanden hatte. Es war etwas an ihr gewesen, etwas Unbescholtenes, Verletzliches, das ihn berührt hatte. Er war sich dessen nicht bewusst gewesen, nicht an jenem Tag, hatte lediglich registriert, dass die Frau ihm gefiel. Nicht nur ihr Aussehen, auch ihre Art – ihr Wesen. Er hatte sich in ihrer Gesellschaft wohl gefühlt. Und mit jedem Tag war dieses Gefühl stärker geworden.

»Bis vor einigen Wochen war ich ebenfalls in einer Beziehung.« Kurz schien er unschlüssig, dann griff Nicolas nach seinem Stuhl, drehte ihn um und platzierte ihn Julia gegenüber. Nachdenklich legte er den Kopf auf die Lehne, als er sich setzte. »Véronique empfand noch etwas für ihren Exfreund und traf sich weiterhin mit ihm, natürlich ohne mir etwas davon zu sagen.« Er erzählte flüssig, ohne Pausen, doch in seinem Gesicht zeichnete sich ab, was er damals gefühlt hatte. »Vermutlich wollte sie Zeit gewinnen, bis sie in der Lage wäre, sich für einen von uns zu entscheiden.« Er machte eine abwehrende Handbewegung. »Ich war ziemlich wütend auf sie, als ich herausfand, dass sie nicht mit offenen Karten spielte, und hab mich nach langem Ringen schließlich von ihr getrennt. Eine Beziehung ohne die Gewissheit, einander vertrauen zu können, kam mir schal und wertlos vor.« Die Falte auf seiner Stirn verriet, wie sehr ihn das Verhalten seiner Freundin gekränkt hatte; angesichts der Lüge hatte er ein Stück weit sogar die Achtung vor ihr verloren. »Ich erzähle dir das, damit du verstehst, dass es trotz allem befreiend für mich ist, von dir die Wahrheit zu erfahren, auch wenn sie mir nicht gefällt.«

Nicolas war darauf bedacht, jede kleine Änderung in Julias Verhalten oder ihrem Blick wahrzunehmen. Als er weitersprach, klang seine Stimme zärtlich. »Du bist jemand, der seine Gefühle und Handlungen hinterfragt. Das ist mutig, Julie. Frank kann sich glücklich schätzen, dich zu haben.« Nicolas' Augen glitten über ihr Gesicht, als versuchte er, für den letzten, entscheidenden Satz Kraft zu sammeln. »Ich will nur sagen, dass es für mich in Ordnung ist, falls du diesen Kuss vergessen möchtest.« Er zögerte und legte seine Hand schließlich an Julias Wange. Eine Geste, so zärtlich und respektvoll, dass Julia die Augen schloss, um den Moment der Rührung festzuhalten.

Viel zu schnell zog Nicolas seine Hand zurück, und ein Gefühl der Leere breitete sich in Julia aus. Sie griff nach Nicolas' Kinn und zwang ihn, sie anzusehen. Ihre Stimme bebte, als sie zu sprechen begann. »Mag sein, dass es für dich in Ordnung ist, diesen Kuss zu vergessen, für mich ist es das nicht. Ich habe hier nicht nach Ablenkung gesucht, um meine Vergangenheit mit ein paar netten Erlebnissen hinter mir zu lassen, sondern um etwas Wichtiges zu erledigen. Dass ich mich in dich verliebe, war nicht vorgesehen.«

»Verlieben ist so ziemlich das Letzte, was ich nach dem Tod meines Vaters vorhatte, Julie.« Nicolas atmete tief durch. Etwas gab ihm die Kraft, weiterzusprechen. »Aber jetzt kann ich mir nicht mehr vorstellen, dich nicht mehr in meinem Leben zu haben. Das heißt jedoch nicht, dass ich dich an mich binden möchte, wenn dein Herz bei jemand anderem ist. Ich kann immer noch dein Freund sein.«

»Nicolas, ich bitte dich nur um eins. Gib mir die Möglichkeit, mit Frank zu sprechen, bevor ich etwas Neues beginne. Er kommt hierher, um ein paar Tage Urlaub mit mir zu verbringen, und vermutlich auch, um sicherzugehen, dass ich mit dir über die Karte spreche.«

Julia nahm die Karte und reichte sie ihm. »Bitte lies das, dann verstehst du, warum ich dringend deine Hilfe brauche.«

Neugierig nahm Nicolas die Karte entgegen. »Das ist die Schrift meines Vaters«, sagte er überrascht, als er die Anrede las.

»Ich weiß. Ich hab sie auf einem Post-it im Labor wiedererkannt«, bestätigte sie.

»›Mon cœur!‹«, verdutzt hielt Nicolas inne.

Julia nickte ihm auffordernd zu. »Lies weiter«, sagte sie.

»›Je t'aimerai jusqu' à la fin de ma vie! A.‹ Ich werde dich lieben, solange ich lebe.« Nicolas schüttelte den Kopf. »Klingt romantisch … allerdings gar nicht nach meinem Vater. Solche Worte fand er nur sehr selten, und wenn, dann für meine Mutter.«

Julia sah Unglauben und Erschütterung in Nicolas' Gesicht und begriff, dass die wohlgeordnete Beschaulichkeit seines Lebens gerade zerbrach. Schlagartig schwand ihre Hoffnung auf Hilfe bei der Aufklärung. Nicolas wusste nichts von den Gefühlen seines Vaters für eine andere Frau.

»Du kannst nichts mit diesen Worten anfangen, nicht wahr?«, fragte sie, obwohl sie die Antwort bereits kannte. Die Stille, die sich zwischen ihnen ausbreitete, bekam plötzlich etwas Bedrückendes.

»Nicht im Geringsten.« Nicolas schob die Karte von sich weg, als sei sie etwas Unheilverkündendes. »Kennst du das Gefühl, dir eines Menschen sicher zu sein?«

Julia zögerte. »Na ja, wie man sich sicher sein kann, wenn man Menschen viele Jahre auf die ihnen eigene Art handeln sieht. Irgendwann glaubt man, das seien sie.«

»Bis zu diesem Moment hätte ich behauptet, meinen Vater gut zu kennen. Unverfälscht und authentisch, manchmal stur, aber immer er selbst ... deshalb bringt mich diese Nachricht auch so aus dem Gleichgewicht. Woher hast du die Karte?«

Julia entfuhr ein trockenes Lachen. »Aus einer Parfümschachtel in einem Postfach. Dorthin ließ meine Mutter sich ihren Lieblingsduft schicken. Ich habe den Schlüssel zufällig gefunden. Niemand wusste davon.«

Wind kam auf und ließ ein Spinnennetz vibrieren, das sich zwischen zwei Ästen eines Strauchs spannte. Es wirkte so fragil wie die Stimmung, in der Nicolas und Julia sich befanden.

»Eine Frau, die meinem Vater nahestand, das klingt absurd. Familie bedeutete ihm alles.« Nicolas schlüpfte aus seinen Mokassins, rutschte nervös mit den Füßen über die Steinplatten und blickte in die Dunkelheit. »Meine Mutter amüsierte sich immer darüber, wenn ich meinen Vater mit einem Fluss verglich, auf dem sie das Boot war. ›Mehr als Papa, dich und die Parfümerie brauche ich nun mal nicht zum Glücklichsein!‹, sagte sie. Ihr Leben war erfüllt. Mein Vater liebte sie.« Julia wusste, wie viel Kraft es kostete, etwas so Unangenehmes zu verarbeiten, deshalb ließ sie Nicolas Zeit. »Fakt ist allerdings, es gibt diese Karte. Egal, ob ich das Wichtigste über meine Eltern zu wissen glaube oder nicht.« Nicolas zog an dem Pullover, den er sich über die Schultern gelegt hatte. Ihn fröstelte, obwohl es nicht kalt war. »Weißt du, was verrückt ist?« Er stützte seine Hände auf die Oberschenkel und fixierte einen Punkt am Boden. Den Ruf des Käuzchens, der zu ihnen drang, schien er nicht zu hören. »Ohne dein Eintreffen hier hätte ich nie von dieser Karte erfahren.« Er hob den Blick und sah Julia mit zusammengekniffenen Augen an. »Versteh mich nicht falsch!«, ergänzte er. »Du wolltest mit meinem Vater sprechen, nicht mit mir, und hätte er noch gelebt …« Nicolas brach ab und strich sich gedankenverloren durchs Haar. »Was glaubst du, wo hat mein Vater deine Mutter kennengelernt?«

»Vermutlich in Grasse. Meine Mutter arbeitete bei der Lufthansa und flog Nizza regelmäßig an. Sie hat ihren Beruf an den Nagel gehängt, als ich fünf war. Damals starb meine Großmutter, die auf mich aufgepasst hat.«

»Dann hätten sie und mein Vater Jahrzehnte mit einer Lüge gelebt?« Nicolas stand die Fassungslosigkeit ins Gesicht geschrieben.

»Glaub mir, ich habe mich anfangs wie ein bockiges Kind dagegen gesträubt, mir vorzustellen, meine Mutter könnte mir und meinem Vater all die Jahre eine Affäre vorenthalten haben. In meiner Vorstellung war die Gemeinschaft zwischen meinen Eltern unantastbar.« Julia suchte in Nicolas' Gesicht nach Verständnis. »Deshalb hoffe ich inständig, die Karte ist irrtümlich bei meiner Mutter gelandet. So was kommt vor. Für dich ändert sich dadurch nichts. Das ist mir klar.«

Nicolas griff sich mit der Hand an den Nacken, als müsse er dort eine Verspannung lösen. »Vielleicht hat Maman von

dieser Liaison gewusst? Sie war ein sehr nachgiebiger Typ.«
Er schien nichts mehr auszuschließen und überlegte in alle
Richtungen.

»Mein Vater weiß jedenfalls nichts von einem anderen
Mann. Er denkt, ich bin hier, um Urlaub zu machen.« Julia
legte ihre Hand tröstend über Nicolas'. Wie es schien, gelang
es ihm, den Zorn zu unterdrücken, der in ihm aufloderte, doch
zu seiner gelassenen Gemütsverfassung fand er nicht zurück.

»Ich weiß, so alt kann man gar nicht werden, dass einem
die Eltern egal sind, aber sieh das Leben deines Vaters nicht
als Täuschung an, jedenfalls nicht alles«, sagte sie. »Seit ich
die Karte gefunden habe, hadere ich mit der Tatsache, dass
es sie gibt, doch jetzt habe ich seltsamerweise das Gefühl, etwas tun zu können. Zum Beispiel entscheiden, wie ich die
Dinge sehe. Das hast du in mir geweckt, Nicolas. Meine Mutter hat nicht nach ein bisschen Abwechslung gesucht … Sie
hatte meinen Vater, eine Familie.«

»Mein Vater auch nicht …, vermute ich jedenfalls«, sagte
Nicolas.

»Davon abgesehen«, schob Julia hinterher. »Kein Mensch
bleibt von Anfang bis Ende derselbe. Manchmal ändert man
die Richtung.« Sie deutete auf sich. »Frank zum Beispiel behauptet steif und fest, ich sei vor dem Unfall meiner Mutter
ein anderer Mensch gewesen, und es stimmt, aber bin ich deshalb nicht mehr ich selbst?« Nicolas, der in Gedanken versunken war, horchte auf. »Was ich damit sagen will … dein
Vater und meine Mutter könnten einander wichtig geworden sein, ohne es vorgehabt zu haben.« Nicolas nickte. Er
musste – emotional gesehen – in ruhigeres Fahrwasser kommen und seine Enttäuschung zügeln, um seinen klaren Blick
nicht zu verlieren.

Als Julia weitersprach, drückte ihre Stimme die ganze Spannweite ihrer Gefühle aus. »Passiert mir nicht gerade dasselbe? Voller Wut, Enttäuschung und Selbstmitleid bin ich hergekommen. Doch als ich dir begegnet bin, hat sich etwas verändert. Lenk dich ab und lass dich nicht hängen, hat Frank mir geraten; mit jeder Woche, die verging, wurde dieser Satz drängender. Doch das, was du mir gegeben hast, war keine Ablenkung, das war ein Blick auf etwas Neues, auf eine Möglichkeit.« Die Erinnerung an alles, was sie mit Nicolas erlebt hatte, ließ Julia aufatmen und kam ihr inzwischen wirklicher vor als die Zeit in Frankfurt. »Wenn ich dir zuhöre und dich ansehe, scheint es das Leichteste der Welt zu sein, der Trauer den Stachel zu ziehen, indem ich sie annehme.« Julia sah das Flackern der Kerzen, der Ruß stieg als dünner, dunkler Faden auf. »Es ist tröstlich, mir vorzustellen, du könntest ein beständiger Teil meines Lebens sein … jemand, der sich nicht von mir abwendet, wenn ich eine schwierige Phase durchlebe oder wir unterschiedlicher Meinung sind. Du hast mich weder verurteilt noch wolltest du mir die Art guter Ratschläge geben, die man auf jeden Fall annehmen muss. Du hast mir zugehört … und hast damit mein Vertrauen in dich und das Leben geweckt.« Julia sah auf ihre Handgelenke hinab, auf die Adern dicht unter der Haut, die blau hervorschimmerten.

Sie hatte nach dem Tod ihrer Mutter Angst vor einem Abgleiten in emotionale Turbulenzen und Unsicherheiten gehabt und vor dem Gefühl innerer Einsamkeit, wenn niemand einen verstand. In Nicolas' Gesellschaft empfand sie Harmonie. Sie hatte nicht gewusst, wie gut das Gefühl der Selbstverständlichkeit tat, dass es Vertrauen weckte und Hoffnung gab. Die Sehnsucht nach körperlicher Nähe, nach seinen Küssen und seinem Körper war nur hinzugekommen und nicht das Wichtigste. »Dir während eines Kusses nahe zu sein, war stärker als meine Loyalität Frank gegenüber, stärker als mein Gewissen. Bin ich deshalb ein schlechter Mensch?«

Julias Worte waren wie eine Umarmung in einem Moment, als Nicolas sie dringend brauchte. »Nein. Du bist nur ehrlich. Und das rechne ihr dir hoch an.« Die Erleichterung darüber, dass Julia wieder festeren Boden unter den Füßen hatte und sie sich ausgesprochen hatten, ließ Nicolas lächeln.

Er stand auf, blies die Kerzen aus und schien nun voller Tatendrang: »Komm. Gehen wir den Dingen auf den Grund. Fotos, Notizen, was auch immer«, zählte er auf, »lass uns nach einem Hinweis suchen.« Nicolas hatte sich bereits von ihr weggedreht, doch Julia hielt ihn zurück.

»Dein Vater hielt Wichtiges gern fest, nicht wahr?« Sie erinnerte sich an die Post-its in Antoines Arbeitszimmer.

»Das tat er. Ja.« Nicolas nickte. »Deshalb glaube ich auch, dass wir etwas finden werden ... denn was wäre wichtiger als die Liebe.«

Wenig später nahmen sie sich das Labor vor. Sorgfältig sah Julia Ordner und Dokumente durch. Jedes Mal, wenn sie etwas Neues entdeckte, spannte ihr Körper sich an, und entspannte sich erst wieder, wenn sie sich sicher war, nichts Bedeutsames übersehen zu haben. Was sie tat, war ihr wichtig, das stand Nicolas deutlich vor Augen, und als er seinerseits einen Ordner mit Papieren zur Hand nahm, durchzuckte ihn kurz die Erkenntnis, dass er keine Ahnung hatte, ob das, was sie gerade taten, etwas für ihr Leben bedeuten könnte.

16. KAPITEL

Maren drückte den Ohrstöpsel ihres Handys fester ins Ohr, während sie die letzten Stufen zu ihrer Wohnung nahm. »Die Karte ist mir, ehrlich gesagt, egal«, sagte Frank gerade. »Falls Barbara eine Affäre hatte, was ich nicht glaube, schadet das niemandem mehr. Julia muss es ihrem Vater ja nicht sagen. Mir geht es darum, dass sie endlich mit dem Thema abschließt.« Vor ihrer Wohnung angekommen, klemmte Maren sich den Ordner, den sie dabeihatte, zwischen Arm und Oberkörper, schloss die Tür auf und trat in den Flur. Was für eine Wohltat, aus den engen Pumps herauszukommen und diesen verdammten Ordner loszuwerden. Sie ließ ihn auf die Anrichte im Flur gleiten, schlüpfte aus den Schuhen und hängte ihren Blazer an die Garderobe. Barfuß ging sie in Richtung Küche.

»Glaubst du, Julia liegt nicht selbst am meisten daran, die Sache hinter sich zu bringen? Komm schon, lass locker, Frank.«

Frank seufzte laut auf. Es klang fast wie ein Jaulen. Maren war seine bevorzugte Gesprächspartnerin, wenn es um Julia ging, und noch immer waren Julias Befinden und alles, was ihr Gleichgewicht durcheinanderbrachte, seine größte Sorge. Er hatte Angst davor, Julia könne sich in etwas verrennen. Insgeheim musste er Maren allerdings beipflichten, dass seine Sorgen nicht zwangsläufig zur Lösung des Problems beitrugen und die Situation vielleicht sogar verschlimmerten.

»Hast ja recht, Maren«, gab er klein bei. »Ist schon ›ne Weile her, seit ich das letzte Mal frei durchgeatmet habe.« Er spürte die Enge in seiner Brust nicht zum ersten Mal, ein unangenehmes, beklemmendes Gefühl, das er früher nicht gekannt hatte.

»Höre ich da etwa Einsicht?«, fragte Maren.

»Ja ... vielleicht«, gab Frank stockend zu. Er hieß Julias Freundschaften gut, vor allem die zu Maren. Doch wenn es um Bedeutsames ging, wollte er gern als Erster informiert werden. Maren wusste das und schwieg deshalb über die Gespräche mit Julia. Offenbar wollte Frank nicht wahrhaben, dass Frauen manches zuerst der besten Freundin anvertrauten, bevor sie es mit dem Partner besprachen.

Maren goss sich ein Glas Mineralwasser ein und leerte es in einem Zug. Heute war wieder derart viel zu tun gewesen, dass sie vergessen hatte, zu trinken ... von essen ganz zu schweigen.

»Entschuldige, Maren«, sagte Frank mit einem Mal. »Ich rede mal wieder nur von mir und meinen Gefühlen. Wie läuft's bei dir?«

»Bestens, danke.« Maren rieb sich den Nacken.

»Und was gibt's männertechnisch Neues?«

»Da herrscht Flaute. Du weißt doch, die guten Exemplare sind vergeben. Ich warte auf die nächste Scheidungswelle.« Maren versuchte das Thema Beziehungen locker zu nehmen, doch Frank wusste, dass hinter dieser Fassade eine Menge Zweifel und Nachdenklichkeit steckten. Maren sprach nicht gern über ihr Single-Dasein, vor allem, weil sie die mitleidigen Blicke und Kommentare langsam satthatte. War eine Frau Mitte dreißig, die alleine war, ein Fall für endlose Mitleidsbekundungen? Wohl nicht. Julia akzeptierte ihre Art zu leben, auch ihre Skepsis Männern gegenüber und versuchte nicht, sie zu ändern. Frank tat sich da schwerer.

»Ich wüsste da jemanden, der gerne mit dir ausgehen wür-

228

de. Gib dir einen Ruck, Maren. Was schadet es schon, mal wieder zu daten?« Seit Monaten blieb Maren kaum Zeit für Privates. Von ein paar Treffen in diversen Lokalen und einigen Kinobesuchen abgesehen, arbeitete sie rund um die Uhr. »Konstantin arbeitet als Anästhesist in einer Privatklinik und ist frisch auf dem Markt. Schau ihn dir wenigstens mal an. Nur für Notfälle«, versuchte Frank sie zu überzeugen.

»Zum wievielten Mal preist du mir einen deiner Freunde an, die angeblich perfekt zu einem Workaholic wie mir passen? Und falls du es vergessen haben solltest: Für Notfälle haben Frauen Freundinnen, gute Filme und Schokolade. Das ist unsere enttäuschungsfreie Zone.« Maren fand es einerseits nett von Frank, sich um sie zu sorgen, andererseits fühlte sie sich von ihm unter Druck gesetzt – oder war sie es, die diesen Druck ausübte? Manchmal wusste sie es selbst nicht mehr so genau. Störte es sie wirklich nicht, schon über drei Jahre allein zu sein? War sie so stark, wie sie vorgab? Inzwischen wusste Frank aus eigener Erfahrung, dass man auch in einer Beziehung enttäuscht werden konnte. Maren wusste das, seit sie ein kleines Mädchen war. In letzter Zeit sprach Frank oft mit ihr über die Vertrautheit, die zwischen Julia und ihm verloren gegangen war. Die Wortlosigkeit, die seit dem Tod von Julias Mutter zwischen ihnen herrschte, hatte er bisher als Herausforderung angesehen, an der er nicht scheitern wollte, doch inzwischen fiel es ihm immer schwerer, den Kopf hochzuhalten.

»Ich bin kein besonders geduldiger Mensch, in der Liebe Gott sei Dank jedoch hartnäckig«, hatte er an dem Tag gesagt, als Julia nach Südfrankreich gefahren war, doch der selbstbewusste Unterton, den Maren früher aus seiner Stimme herausgehört hatte, war verschwunden. Sie wusste selbst, wie schwierig es manchmal war, Geduld aufzubringen, und sie verstand, dass Frank litt, doch sie konnte ihm nicht helfen, weil er Hilfe – jedenfalls in diesem Fall – nicht annahm.

Maren öffnete den Kühlschrank. Ein Glas Weißwein und Spaghetti alla carbonara, darauf hätte sie jetzt Lust. Im Tiefkühlfach wartete noch eine Pizza Calzone. Wenn sie sich hinterher eine Tafel Vollmilch-Nuss-Schokolade gönnte, wäre die Welt wieder in Ordnung.

Frank wechselte das Thema. »Sag mal, gibt's schon Neuigkeiten zu der Super-Immobilie, die du im Portfolio hast? Julia sagt, wenn du das auf die Reihe kriegst, gibt's 'ne Party.«

Bei dem Gedanken hob sich Marens Stimmung. »Im Falle eines Abschlusses wird gefeiert. Zurzeit hab ich einen Interessenten und ein gutes Gefühl. Ein sehr gutes sogar.«

»Klingt, als bekäme ich bald einen Whisky Sour auf deinem Balkon serviert.«

Maren riss die Pizzaschachtel auf, legte die Pizza aufs Blech und schob sie in den Ofen. Beim Thema Franz-Rücker-Allee verfiel sie entweder in ein vorfreudiges Lächeln oder in Grübeleien. »Tja, hoffen wir, dass ich den Abschluss hinkriege«, sprach sie sich selbst Mut zu.

»Apropos hinkriegen … was ich dir schon lange sagen wollte …«, Frank zögerte, »du bist eine tolle Freundin, Maren, nicht nur für Julia, sondern auch für mich. Danke, dass du mir so oft zuhörst. Manchmal ist es kaum auszuhalten … der Gedanke, Julia emotional verloren zu haben. Verschwunden in diesem verdammten Loch aus Schmerz und Schuld. Ich hasse dieses Auf-der-Stelle-Treten.«

»Es ist für euch beide nicht einfach.« Maren spürte Franks Traurigkeit und empfand wie immer Mitgefühl mit ihm. Auch sie vermisste Julia, ihr Lachen und Herumblödeln, ihre Leichtigkeit. Doch sie wusste, dass Drängen nichts bewirkte, Julia würde sich nur noch mehr zurückziehen. Maren holte tief Luft. »Vertrau Julia. Sie kommt wieder auf die Beine. Und dann läuft es wieder besser«, versprach sie Frank, fest von der Wahrheit ihrer Worte überzeugt. Für andere hatte sie immer Hoffnung, für sich selbst war sie bei weitem nicht so optimistisch.

»Weißt du, in den letzten Wochen habe ich begriffen, dass ich vermutlich nicht nachvollziehen kann, wie es Julia geht. Ich habe niemanden verloren, der mir nahesteht, schon gar nicht auf derart tragische Weise. Du und ich, wir können nur darüber spekulieren, was es bedeuten mag, sich schuldig zu fühlen, doch wir können uns nicht *wirklich* in Julia einfühlen. Du willst nach vorne schauen, Frank – weiterleben. Mit Julia. Julia dagegen sucht noch immer nach einem Weg, das Erlebte zu verarbeiten.«

Maren und Frank plauderten noch eine Weile, dann beendeten sie das Gespräch.

Maren legte ihr Telefon zur Seite. Julia hatte recht. Frank hatte sich verändert. Er war skeptischer geworden, stellte vieles infrage. Grübeln löste allerdings selten ein Problem, das hatte Maren in den letzten Jahren gelernt. Meist musste man abwarten und die Dinge ihren Lauf nehmen lassen.

Sie schob diese Überlegungen beiseite, überprüfte die Temperatur im Ofen und widmete sich der Frage, was sie zur Pizza trinken sollte, als ihr Handy erneut vibrierte. Der Anruf erreichte sie außerhalb der Bürozeiten. Sollte sie rangehen und in Kauf nehmen, die Pizza vielleicht kalt essen zu müssen? Marens Pflichtbewusstsein siegte.

»Ich hoffe, Sie verzeihen die späte Störung.« Die Stimme klang wie Musik in ihren Ohren.

»Herr Schultheiß?!« Die Hand an der Flasche Weißwein, die sie gerade aus dem Kühlschrank nehmen wollte, hielt Maren inne. »Gibt es Probleme? Oder haben Sie noch Fragen? Was auch immer, ich stehe zur Verfügung.« Maren stellte die Flasche auf die Ablage neben dem Kühlschrank und schob ihr Glas zur Seite. Seit sie Alexander Schultheiß die Villa gezeigt hatte, kreisten ihre Gedanken unaufhörlich um ihn. Immer wieder sah sie vor sich, wie die Mädchen seine Hand umklammert hielten und schließlich losließen, um den Garten zu erkunden, sah seinen wachen Blick. Er war aufmerksam und interessiert, baute keine Barriere zwischen sich und anderen auf; das gefiel ihr.

»Ach was, es gibt keine Fragen zum Haus, jedenfalls keine, die ich jetzt loswerden müsste, schließlich haben Sie Feierabend. Ich wollte Ihnen nur Bescheid geben.«

Maren spürte, wie ihr Blutdruck hochschnellte. War das der Moment, auf den sie hinfieberte, seit sie die Villa in der Franz-Rücker-Allee in ihr Portfolio aufgenommen hatte? Der alles entscheidende Moment? Maren fühlte, wie ein dünner Schweißfilm ihre Haut überzog.

»Meine Töchter wollen in dieses zauberhafte Haus einziehen. Und ich will es, ehrlich gesagt, auch. Also nehmen Sie diesen Anruf bitte als Zusage zum Kauf.«

Maren hatte unlängst irgendwo gelesen, wie lange man die Luft anhalten konnte, es allerdings wieder vergessen. Jetzt hätte sie den Rekord im Luftanhalten bestimmt gebrochen. Unmöglich, Alexander Schultheiß' Worte in ihrer ganzen Tragweite aufzunehmen und dabei ruhig weiterzuatmen.

»Wissen Sie, noch nie hat jemand so schnell die Zusage zu einer Immobilie in dieser Preisklasse gegeben«, sagte Maren, als sie wieder Luft bekam. Sie konnte ihre Aufregung kaum verbergen.

»Tja, dann kennen Sie jetzt einen Vater, der sich der ansteckenden Begeisterung seiner Töchter nicht entziehen kann. Die beiden haben mich bekniet, das Haus zu kaufen. Sie nennen es bereits ihr Schloss. Soll ich da etwa zögern?« Abgesehen davon, dass nicht jeder sofort den Makler anrief, um ihm die frohe Botschaft zu übermitteln, begeisterten Schultheiß' Umgang mit seinen Töchtern und sein Einfühlungsvermögen Maren. »Die Villa ist ein Ausnahmeobjekt, Frau Gleinser. Und Sie haben sie auf die beste Weise präsentiert, die man sich als Käufer nur wünschen kann.«

»Oh, vielen Dank.« Freude machte sich in Maren breit. Sie hätte am liebsten laut gejubelt.

»Sie sind mir keine Antwort schuldig geblieben, und Sie waren flexibel, was meinen Terminwunsch anbelangte. Nochmals herzlichen Dank dafür.«

»Ich danke Ihnen für Ihr Vertrauen und gratuliere zu Ihrer Entscheidung. Ihre Töchter und Sie werden glücklich sein in der Villa.« Marens Blick blieb an der Küchenuhr hängen – noch vier Minuten, bis die Pizza fertig wäre. Plötzlich war es ihr egal, ob sie sie heiß oder kalt essen würde.

»Allerdings habe ich noch eine Bitte, Frau Gleinser. Wäre es möglich, die Mädchen in den nächsten Tagen zu interviewen, damit Ihre Partnerin genügend Zeit hat, die Kinderzimmer neu zu gestalten?«

»Selbstverständlich. Wollen Sie mir die Nummern Ihrer Töchter geben, dann kann ich die beiden einzeln anrufen und separate Termine vereinbaren. Um die Unterzeichnung des Vorvertrags kümmere ich mich natürlich ebenfalls.« Das hier war der Jackpot. Der Verkauf der Villa und gleichzeitig die Zusage zur Gestaltung des Innenbereichs. Julia würde sich freuen.

»Getrennte Anrufe sind eine gute Idee, so fühlen die Mädchen sich wertgeschätzt. Außerdem gibt es keinen Streit, wessen Zimmer schöner wird oder wer die besseren Ideen hat. So friedlich wie bei der Besichtigung geht es bei uns nicht immer zu, glauben Sie mir.« Schultheiß zögerte kurz und fügte noch etwas hinzu. »Nach der Scheidung war es nicht leicht für die Mädchen. Und ich bin mir nicht sicher, ob ich alles richtig mache.« Alexander Schultheiß war also Single, wer hätte das gedacht. Maren spürte, wie sie innerlich aufatmete. »Sie tun alles, was in Ihrer Macht steht, damit es Ihren Töchtern gut geht. Davon konnte ich mich selbst überzeugen«, redete sie Schultheiß gut zu. Sie kannte Probleme zwischen Ex-Partnern nur zu gut. Selbst Jahre nach der Scheidung bestimmte das Hickhack, das sie damals zwischen ihren Eltern miterlebt hatte, ihr eigenes Leben. Umso mehr bewunderte sie, wie Alexander Schultheiß sich um seine Töchter kümmerte. Er nahm sie ernst, begegnete ihnen aber durchaus mit einem Augenzwinkern. Genau die richtige Mischung zwischen Freund und Vater, fand sie.

Sofort nach Beendigung des Telefonats schickte Maren Julia die gute Nachricht per WhatsApp. An gemütlich essen und danach ein bisschen weiterarbeiten, wie sie es eigentlich vorhatte, war nun nicht mehr zu denken. Ihre Mutter musste unbedingt von dem Erfolg erfahren. Mit zittrigen Fingern wählte Maren die Telefonnummer. Wie immer hob ihre Mutter erst nach mehrmaligem Klingeln ab. »Mama!«, rief sie.

»Oh, du bist es, Maren. Ich war gerade dabei, mir ein Schaumbad einzulassen. Ein schönes entspannendes Bad.« Maren konnte die Neuigkeit keine Sekunde länger zurückhalten. »Ich habe gerade eine Traumimmobilie verkauft und dachte, du freust dich, wenn ich es dir gleich sage.«

Hannelore Gleinser räusperte sich. »Das ist ja wundervoll.« Ihre Stimme klang zögerlich, als sei sie sich nicht sicher, ob sie richtig verstanden hatte. »Du hast also wieder mal ein Haus verkauft?«, fragte sie.

»Kein Haus, Mama. Eine Gründerzeitvilla, eine echte Rarität in Frankfurt.« Hannelore Gleinser atmete hörbar aus, und als von Marens Seite nichts mehr kam, sprach sie weiter.

»Ich sage ja immer, du wirst es noch weit bringen.« Seit sie geschieden war, bedachte sie ihre Tochter mit ihrer ganzen Aufmerksamkeit. Bei Misserfolg sorgte sie sich um sie. Erfolg ängstigte sie ebenfalls, denn nach jedem Hoch kam nun mal ein Tief, das war der Lauf des Lebens und davor fürchtete Hannelore sich am allermeisten. *Der Lauf des Lebens* hatte ihre Ehe zum Scheitern gebracht und ihre Gesundheit ruiniert. Und da sie für sich selbst nichts Positives mehr annehmen konnte, fixierte sie sich ganz auf Maren. Wenigstens für ihre Tochter bestand noch Hoffnung. Auf Erfolg im Beruf und auf einen Mann, der es gut mit ihr meinte.

»Zur Feier des Tages schenke ich dir den Mantel, Mama.«

Einen Moment war es still am anderen Ende. Maren vermutete, dass ihre Mutter mit ihren Gefühlen kämpfte. Vielleicht stand sie kurz davor, in Tränen auszubrechen? In letzter Zeit war sie in Situationen, in denen andere nicht daran dachten, zu weinen, mehrmals tief gerührt gewesen und tatsächlich in Tränen ausgebrochen.

»Sprichst du von diesem überteuerten Stück Stoff in der Boutique in der Goethestraße ... wo kein vernünftiger Mensch einkauft?«

Maren schluckte ihre Enttäuschung hinunter. Sie hatte mit

freudiger Zustimmung gerechnet, nicht mit Ablehnung. Allerdings tat ihre Mutter häufig so, als habe sie derlei Aufmerksamkeit oder Gefälligkeiten nicht verdient, selbst wenn es sich nur um ein kleines Geschenk oder einen Anruf handelte. Doch was den Mantel betraf, freute sie sich insgeheim, dessen war Maren sich sicher. Allerdings hätte sie den Moment der Großzügigkeit gerne mit ihrer Mutter geteilt, anstatt herumrätseln zu müssen, was diese empfand.

»Ich rede von dem Mantel, in den du dich auf den ersten Blick verliebt hast. Er liegt in der Auslage einer Boutique in der Goethestraße ... ganz richtig. Und keine Sorge, ich kann ihn mir leisten.«

Hannelore schnappte nach Luft. »Maren, es ist lieb von dir, mir den Kauf einreden zu wollen, aber das ist keine gute Idee. Der Preis ist eine Unverschämtheit. Niemand, der rechnen kann, kauft einen Wollmantel für fünfhundert Euro, wenn er für ein Drittel einen haben kann, der genauso gut ist.«

»Nicht du kaufst den Mantel, Mama, sondern ich ... er ist ein Geschenk!« Maren zwang sich, tief durchzuatmen. Nach Alexander Schultheiß' Zusage hatte sie geglaubt, nichts könne sie aus der Ruhe bringen. Doch nun begann sie daran zu zweifeln. »Mama, lass uns heute ausnahmsweise nicht rechnen, sondern uns nur freuen. Bei dem Mantel handelt es sich um ein besonderes Geschenk. Sieh ihn als ein Symbol für einen wichtigen Schritt in meiner Karriere. Du tust mir also einen Gefallen, wenn du ihn annimmst.«

Es dauerte Minuten, bis Maren es schaffte, ihre Mutter zu überzeugen. Als sie auflegte, gestand sie sich ein, manchmal Abstand von ihrer Mutter zu brauchen ... obwohl sie sie liebte. Ihre Mutter war wie ein Pferd, das sich weigerte, hinaus auf die Koppel geführt zu werden, wo es frische Luft und grünes

Gras gab, weil es nur den Stall kannte. Wegen dieses störrischen Verhaltens fand sie seit Jahren keinen Partner. Wer wollte sich so etwas antun?

Maren trug ein Tablett mit Pizza, Wein und Schokolade ins Wohnzimmer. Heute war ein Tag für Cameron Diaz und Kate Winslet: ›Liebe braucht keine Ferien‹. Wie die beiden Hauptfiguren in dem Film wollte auch Maren daran glauben, dass irgendwo, ganz in der Nähe oder auch weit weg, die große Liebe auf einen wartete.

Maren hatte den Film schon ein Dutzend Mal gesehen, allein viermal mit Julia, und jedes Mal lachte sie Tränen, wenn Cameron Diaz' Leben sich wie ein Trailer vor ihrem geistigen Auge abspulte. Maren holte die DVD aus dem Schrank. Jude Laws Gesicht auf dem Cover verschwamm und setzte sich neu als das von Alexander Schultheiß zusammen. Wie er wohl seine Nächte verbrachte? Vermutlich nicht nur am Schreibtisch oder mit den Kindern auf dem Trampolin.

Maren wollte die DVD gerade in das Abspielgerät schieben, als ihr Smartphone erneut klingelte. Erwartungsvoll sprang sie von der Couch auf. Hatte Schultheiß doch noch eine Frage? Jedes Wort aus seinem Mund erschien Maren wie der wundervollste Zeitvertreib an diesem Abend. Von ihr aus konnte er so oft anrufen, wie er wollte.

Die Stimme am anderen Ende klang tiefer als die ihres Klienten, und es dauerte nur den Bruchteil einer Sekunde, bis bei Maren der Groschen fiel, wer am anderen Ende war. Helmut Kurz von Kurz-Immobilien. Leider verhieß ein Anruf von ihm selten etwas Gutes.

»Oh, was für ein Glück, Sie zu erreichen, werte Kollegin.« Wie immer drückte Kurz sich etwas geschwollen aus.

»Herr Kurz? Was verschafft mir das seltene Vergnügen Ihres Anrufs? Ich breche gerade in die Ferien auf, aber einen Moment habe ich natürlich Zeit für Sie.« Maren machte sich gerne einen Spaß daraus, auf Kurz' seltsames Gerede auf ihre Weise einzugehen. So auch diesmal.

»Urlaub? Jetzt?« Kurz räusperte sich. »Wohin geht es denn?«, erkundigte er sich.

»Nach England, mit Cameron Diaz.«

Kurz stutzte, dann lachte er irritiert auf, weil er begriff, dass Maren nicht wirklich fortfuhr. »Ach so ... hätte mich auch gewundert, wenn Sie Frankfurt verlassen, während sich eine Immobilie in der Franz-Rücker-Allee auf dem Markt befindet. Da bleibt man gern dran.«

Maren war nicht unbedingt erpicht darauf, länger als nötig mit ihrem Mitbewerber zu sprechen, doch wie sie Helmut Kurz kannte, würde er nicht lange um den heißen Brei herumreden.

»Apropos Franz-Rücker-Allee. Damit wären wir beim Thema. Wir müssen miteinander reden«, sagte Kurz ohne Umschweife.

Maren spürte, wie sich ihr Magen zusammenzog. Das letzte Mal, als sie mit ihm zu tun gehabt hatte, hatte er ihr auf ziemlich unseriöse Weise einen Kunden abspenstig gemacht, als hinge sein Leben vom Verkauf dieser Immobilie ab. Noch heute dachte sie manchmal darüber nach, ob es ein Fehler gewesen war, sich damals derart einschüchtern zu lassen.

»Ein gewisser Alexander Schultheiß zeigt Interesse am Objekt Franz-Rücker-Allee«, verkündete er vieldeutig.

Maren bemühte sich, über Helmut Kurz' scharfen Ton hinwegzusehen. Ein Anruf von ihm verlangte ihr seit je ein gewisses Maß an Krisenfestigkeit ab, doch Maren hatte sich mit den Jahren Nerven wie Stahlseile angeeignet. Keinesfalls wür-

238

de sie sich von ihrem Mitbewerber in irgendetwas hineinziehen lassen. Es lohnte sich nicht, sich über seine Unfreundlichkeit aufzuregen.

»Herr Schultheiß hat die Immobilie mit mir besichtigt«, sagte sie knapp. Ein Gefühl des Triumphs stieg in ihr auf. Endlich hatte sich ihr Einsatz einmal ausgezahlt; sie hatte den dicken Fisch nicht nur an der Angel, sondern bereits im Boot. Bei der Vorstellung, wie Helmut Kurz das Gesicht einfrieren würde, wenn er davon erführe, schüttelte Maren sich insgeheim vor Lachen.

»Das dachte ich mir, und da liegt der Hund begraben«, sagte Kurz nur.

»Die Immobilie ist vom Markt. Herr Schultheiß hat mir die Zusage zum Kauf gegeben.«

»Wurde denn schon ein Vorvertrag unterzeichnet?« Kurz' Stimme hatte nun etwas Säuselndes, was in Maren sämtliche Alarmglocken schrillen ließ.

»Noch nicht«, räumte sie ein. Worauf wollte er hinaus? »Ein mündlicher Vertrag ist ebenfalls gültig, das muss ich Ihnen ja wohl nicht sagen.« Maren zog an den Fingern ihrer linken Hand, bis es knackte.

»Nein, das müssen Sie nicht, Frau Gleinser.«

Sie hatte noch immer keinen blassen Schimmer, worauf Kurz hinauswollte. Trotzdem hatte sie plötzlich ein Gefühl, als lege sich eine imaginäre Schlinge um ihren Hals, die sich immer fester zusammenzog. »Kommen wir zum Wesentlichen, Herr Kurz. Was wollen Sie von mir?«, versuchte sie das Gespräch abzukürzen.

»Aber gern. Herr Schultheiß hat wegen der Villa in der Franz-Rücker-Allee als Erstes uns kontaktiert. Wenn es um Top-Immobilien und eine perfekte Abwicklung des Verkaufs geht, fällt unweigerlich unser Name. Größe schafft Vertrauen. Leider war ich zum Zeitpunkt des Anrufs noch nicht im Haus, folglich hat meine Assistentin den Anruf entgegengenommen. Herr Schultheiß hoffte, die Immobilie umgehend besichtigen zu können. Sie kennen die Unsitte, uns unter Druck zu setzen, als hätten wir nichts anderes zu tun, als beim ersten Anruf zu springen.«

Maren unterdrückte den Impuls, ihrem Mitbewerber auf die Nase zu binden, dass vermutlich ihre Spontaneität ihr den Auftrag gesichert hatte. Kurz war ein alter Fuchs, er arbeitete bereits sein halbes Leben im Immobiliengeschäft, offenbar war ihm dabei der Appetit auf einen Abschluss abhandengekommen. Sie jedoch war bereit, einiges dafür zu tun, um eine Immobilie zu verkaufen. Deshalb hatte sie auch das Arrangement mit Julia getroffen, um ihren Kunden nicht nur ein nacktes Haus anbieten zu können, sondern zumindest die Idee eines Heims. »Ich möchte dieses Gespräch nicht zu lange hinauszögern. Sie haben sicher noch zu tun, und ich auch. Wir haben den Mitschnitt des Telefonats, als Beweismittel.«

»Beweismittel?« Maren spürte, wie ihre Empörung, die anfangs noch halbherzig gewesen war, in blanke Wut umschlug. Der Kerl sprach, als sei sie ein kleines Kind, das man vor Gericht aufklären musste. »Und an unsere Absprache, dass derjenige, der als Erstes kontaktiert wird, das Verkaufsrecht haben sollte, erinnern Sie sich sicher. Sie haben damals ja ziemlich laut dafür gestimmt.« Maren hatte sich auf der Fahrt nach Hause auf ein gemütliches Essen gefreut, doch jetzt wurde ihr übel.

Bei einem Makler-Stammtisch, es musste länger als drei Jahre her sein, hatte sie sich dafür eingesetzt, demjenigen ein

Recht auf den Verkauf zuzusprechen, der zuerst kontaktiert wurde. Kleine Makler wie sie waren den großen, alteingesessenen gegenüber zumeist im Nachteil. Sie wurden zwar oft von Interessenten vorab nach Details befragt und um weitere Fotos gebeten, doch wenn es um Besichtigungstermine und um Abschlüsse ging, drängten die großen Makler die kleinen in den Hintergrund. Sie hatte den Vorschlag als Gesprächsbasis gesehen, sich allerdings nicht gewundert, dass niemand dieses Gespräch je wieder suchte. Die bekannten Maklerbüros verkauften weiterhin die meisten teuren Immobilien, egal, an wen ein Interessent sich zuerst wandte, die kleinen nahmen weiterhin das, was übrig blieb, und legten sich ins Zeug. Doch jetzt war es ihr gelungen, eine Top-Immobilie zu verkaufen, das konnte Helmut Kurz offenbar nicht auf sich sitzen lassen, vor allem, weil es inzwischen häufiger vorkam, dass Interessenten ihre Firma als erste Anlaufstelle auswählten. Es sprach sich herum, dass sie gute Arbeit leistete und dabei fair blieb. Das machte Maren Mut, ihren Weg weiterzuverfolgen.

»Um meinen guten Willen zu zeigen, gestehe ich Ihnen zehn Prozent der Provision zu, Frau Gleinser. Und falls Ihre Partnerin die Innengestaltung übernehmen würde, habe ich selbstverständlich nichts dagegen. Herr Schultheiß entscheidet selbst, wie er seine Räume einrichten möchte, er ist mündig«, es klang bissig und von oben herab, und genauso war es auch gemeint.

Maren spürte, wie es in ihr brodelte. Diese Unverschämtheit durfte sie nicht auf sich sitzen lassen. Auf gar keinen Fall. Das Stammtisch-Gespräch fiel in die Rubrik Diskussion ohne Ergebnis und war längst Geschichte. Davon abgesehen hatte Kurz keine rechtliche Handhabe, die Immobilie über seine Firma zu verkaufen. Das Schlimme war jedoch, dass er wusste, dass sie stets korrekt und zuverlässig war.

»Herr Kurz, Sie haben damals gegen die Abmachung gestimmt, weil Sie meinten, das verzerre den Markt. So etwas wie Chancengleichheit sei illusorisch … Ihre Worte. Abgesehen davon, handelte es sich um eine interne Vereinbarung, an die sich nie jemand gehalten hat. Das Gespräch ist im Sand verlaufen … als sei es nie geführt worden.« Nein, sie würde Kurz keine Angriffsfläche bieten. Sie würde fair bleiben, trotz allem.

»Das kann jeder sehen, wie er will, Frau Gleinser. Ich werde den Abschluss über Kurz-Immobilien abwickeln. Wir sind nicht so groß geworden, weil wir wohltätig sind und uns aus dem Rennen schlagen lassen, sondern weil wir unsere Chancen nutzen. Und zwar jede.« Er sagte es in einem derart lässigen Ton, dass Maren noch wütender wurde. »Wenn Ihnen das nicht passt, steht es Ihnen selbstverständlich frei, sich rechtlichen Beistand zu suchen. Schöne Ferien noch, Frau Gleinser. Holen Sie sich keinen Sonnenbrand in England.«

Maren hörte ein Tuten in der Leitung. Kurz hatte aufgelegt. Erstarrt blickte sie auf ihr Handy. Wie konnte jemand nur so unverschämt sein. So etwas hatte sie noch nie erlebt. »Wissen Sie was, Sie Mistkerl«, Maren sah Helmut Kurz leibhaftig vor sich, »Sie sind ein Mann, der weder Anstand noch Herz hat … und erst recht keinen Mumm, sonst könnten Sie akzeptieren, dass auch mal jemand wie ich bei einer Luxusimmobilie zum Zug kommt. Und wissen Sie, warum das der Fall ist? Weil ich mich mehr ins Zeug lege als Sie.« Obwohl niemand sie hören konnte, brüllte Maren weiter ins Telefon. Es tat gut, sich Luft zu machen und diesen unangenehmen inneren Druck loszuwerden. »Verdammt!« Maren verspürte den starken Impuls, ihr Handy in die Ecke zu pfeffern, doch wieder siegte die Vernunft. Sie war darauf angewiesen, erreichbar zu sein, sie konnte ihr Handy nicht zertrümmern, nur weil es ihr einen Moment der emotionalen Befriedigung verschaffte.

Erschöpft von diesem unsäglichen Telefonat schlich Maren in die Küche. Sie fühlte sich ausgebrannt. Ihr Hunger war verflogen, sie spürte nur noch Entsetzen und Ratlosigkeit. Wie in Zeitlupe legte sie das Handy zur Seite, drehte den Wasserhahn auf und hielt ihren Mund darunter. Als sie genug getrunken hatte, sah sie die Weinflasche auf der Arbeitsfläche. Sie nahm einen großen Schluck aus der Flasche. Von einer Vereinbarung eingeholt zu werden, die niemand einhielt und gegen die sie nichts unternehmen konnte, weil sie die Diskussion ehemals vom Zaun gebrochen hatte, konnte man nur als Desaster bezeichnen. Wenn sie jetzt wortbrüchig würde, stünde sie vor allen als Idiotin da, und ihr guter Ruf wäre dahin. Wie ein Streit unter Konkurrenten auf Alexander Schultheiß wirken würde, wollte Maren sich erst gar nicht vorstellen. Nein, sie musste einen Rückzieher machen, alles andere sähe ihr nicht nur nicht ähnlich, sie würde sich auch nicht wohl in ihrer Haut fühlen und den Ruf der gesamten Branche schädigen.

Einer ihrer Kollegen – der seit langem erfolgreich war – hatte einmal zu ihr gesagt, auch er sei einstmals ein kleiner Fisch gewesen, mit einem Haufen Schulden und dem Druck, jeden Monat die Miete fürs Büro, die Leasingrate fürs Auto und das Gehalt seiner Sekretärin zahlen zu müssen – aber mit großen Träumen. »Man muss robust sein, um auf dem freien Markt zu bestehen.«

Maren hatte ihm, ohne zu zögern, klargemacht: »Das bin ich, eine robuste Frau mit langem Atem. Gut möglich, dass es dauert, aber ich werde es schaffen, auf dem Markt meine Position zu finden, und zwar auf anständige Weise.«

Maren seufzte und straffte die Schultern. Sie würde diesen Rückschlag wegstecken und Helmut Kurz aus ihren Gedanken verbannen. So viel Energie hatte der Kerl gar nicht verdient.

Sie trottete, die Weinflasche an sich gedrückt, ins Wohnzimmer. Alkohol löste keine Probleme, doch an einem Tag wie diesem wollte sie lieber einen schweren Kopf riskieren, als Gefahr zu laufen, alles hinzuschmeißen. Im Wohnzimmer ließ sich Maren auf die Couch fallen. Julia anzurufen, um ihr zu erzählen, dass hier ein Orkan ausgebrochen war, kam nicht infrage. Vermutlich fasste sie gerade Mut, sich dem Geheimnis der Karte zu stellen, oder steckte mitten in Recherchen. Maren wollte nicht diejenige sein, die ihr diesmal einen Grund bot, die Sache erneut aufzuschieben. Blieben nur Cameron und Kate. Maren schloss die Augen und ließ die Handlung des Films im Schnelldurchlauf vor sich ablaufen.

Zu Beginn des Films erfährt Cameron, die in einer schicken Villa in Los Angeles lebt und erfolgreich Kinotrailer produziert, dass sie von ihrem Freund betrogen wird. Kate, die in einem zauberhaften Cottage in England wohnt und bei einer Zeitung arbeitet, kommt dahinter, dass ihr Kollege, den sie regelmäßig trifft, kurz davor steht, eine andere zu heiraten. Nachdem Cameron ihren Freund vor die Tür gesetzt hat, entschließt sie sich zu einem Tapetenwechsel. Im Netz stößt sie auf eine Häuser-Tauschbörse, wo Kate ihr Cottage anbietet. Die beiden chatten und beschließen, im Haus der anderen Ablenkung von ihrem Liebeskummer zu suchen.

In England angekommen, macht Cameron sich sogleich mit Kates Wagen auf den Weg ins nächste Dorf, um Alkohol, Kohlenhydrate und Süßigkeiten zu besorgen. Dann macht sie es sich im Schlabberlook gemütlich und rückt ihrem Liebesfrust mit Alkohol, lauter Musik und Knabberzeug zu Leibe. In diesem Outfit begegnet ihr Jude Law, Kates Bruder, der gelegentlich bei seiner Schwester übernachtet, wenn er im Pub in der Nähe gewesen ist und nicht mehr fahren will.

Während der folgenden Tage verliebt Jude sich in Cameron, verschweigt ihr jedoch, dass er Witwer ist und zwei Töchter hat. Cameron und Jude küssen und lieben sich und versuchen, sich ihre Angst vor einer Trennung nicht anmerken zu lassen.

Schließlich hat jeder sein Leben weit weg vom anderen.

Zur selben Zeit trifft Kate in L. A. auf einen Filmmusiker, der von seiner Freundin ziemlich schlecht behandelt wird – Jack Black. Als Jack endlich checkt, welches Spiel seine Freundin mit ihm treibt, sieht er Kate, mit der er sich immer besser versteht, mit anderen Augen und erkennt, was für eine wundervolle Frau sie ist.

Am Ende des Films kommen alle zu einem gemeinsamen Silvesterfest in Judes Haus zusammen: Cameron, Jude, Kate und Jack.

Und wenn sie dann alle gemeinsam durchs Wohnzimmer tanzten, war Maren jedes Mal verzaubert und schluchzte.

Auch heute liefen ihr Tränen die Wangen hinunter, allerdings schon bevor sie den Film überhaupt gesehen hatte. Rasch wischte sie die Tränen mit dem Ärmel ihres T-Shirts weg. Sie würde es wie Cameron Diaz im ersten Drittel des Films machen, sich an ihr Weinglas klammern und alle negativen Gedanken an sich abprallen lassen. Ihre gesamte Identität baute auf Fairness und Verlässlichkeit, darunter fiel auch,

Wort zu halten. So tief war ihre Moral noch nicht gesunken, dass sie sich mit Helmut Kurz in den Ring begab, um mit ihm um eine Immobilie zu kämpfen.

Maren drückte energisch auf Play und feuerte Cameron gleich darauf an, ihren untreuen Freund aus dem Haus zu werfen. Es machte einen Heidenspaß, dessen Gesicht durch das von Helmut Kurz zu ersetzen. In der Szene, als Cameron Jude Law begegnete, sah Maren Alexander Schultheiß vor sich. Sie trauerte nicht nur dem Abschluss einer Traumimmobilie hinterher, sondern auch der Tatsache, diesen Mann vermutlich nicht mehr wiederzusehen. Julia würde sich um die gewünschten Änderungen kümmern, falls es wirklich dazu kam. Es gab für sie keinen Anlass, Alexander Schultheiß noch einmal zu begegnen. Maren drehte den Ton höher, griff nach ihrem Glas und trank noch einen Schluck. Wenigstens der Wein schmeckte.

17. KAPITEL

»Hast du auch nichts übersehen?«

Julias Haare fielen ihr ins Gesicht, als sie den Kopf schüttelte. »Hier ist keine Notiz, keine Rechnung oder Sonstiges, das ich mir nicht angesehen hätte.« Ihre Hand fuhr durch die Mengen an Papier vor ihr auf dem Boden. In den letzten Stunden hatte sie, gemeinsam mit Nicolas, jeden Schrank geöffnet und sämtliche Schubladen herausgezogen. Sogar unter dem Sessel im Schlafzimmer, auf dem Antoine nachts manchmal gesessen hatte, hatte Nicolas nachgesehen, hatte den vergilbten Stoff des Sitzkissens angehoben, ohne dass darunter etwas anderes zum Vorschein gekommen wäre als Staubflusen.

Julia erhob sich, ihre Knie schmerzten. Sie hatte lange auf dem Boden gehockt und Papiere durchgesehen und war nun froh, wieder auf die Beine zu kommen.

»Ich weiß beim besten Willen nicht, wo wir noch nachschauen könnten«, sagte Nicolas und stand ebenfalls auf. Er wirkte müde und erschöpft. Kein Wunder – sie hatten jeden Winkel des Hauses abgesucht und noch immer keine Gewissheit, an wen Antoines Karte gerichtet war.

Julia griff nach einem Ordner, stellte ihn zurück in den Schrank und hielt inne, bevor sie den nächsten zur Hand nahm. »Glaubst du, dein Vater hat meine Mutter geliebt, ohne sie zu begehren?«

Nicolas stapelte Papiere, um wenigstens notdürftig für Ordnung zu sorgen, und wandte sich Julia zu. »Redest du von platonischer Liebe?«

Julia nickte. »Wäre doch möglich, dass dein Vater auf diese Weise für meine Mutter empfand. Ohne, dass etwas Körperliches mitschwang.«

Nicolas' Blick sprach Bände. »Mein Vater hatte ein gewisses Alter erreicht, das heißt aber nicht, dass er eine Frau nur noch bewundert hätte.«

Dass sein Vater in Liebe entbrannt war, ohne jemandem ein Sterbenswort davon zu erzählen oder auch nur die kleinste Spur zu hinterlassen, erschien Nicolas genauso unvorstellbar wie Julias Idee, es könne sich um eine platonische Liebe gehandelt haben. »Morgen rufe ich Louannes Mutter an. Vielleicht weiß Jade etwas über eine heimliche Liebe meines Vaters? Sie war eine enge Freundin meiner Mutter und hat sich nach deren Tod meines Vaters angenommen. Die beiden haben regelmäßig telefoniert, und manchmal haben sie sich auch getroffen.«

»Es gibt noch eine andere Theorie«, sagte Julia und strich dabei ihr völlig zerknittertes Kleid glatt.

»Tatsächlich? Ich bin an allem interessiert, das verspricht, Licht ins Dunkel dieser unsäglichen Situation zu bringen.«

»Bis jetzt haben wir einen Punkt völlig außer Acht gelassen.«

»Ach ja? Und welchen?« Nicolas horchte auf.

»Den, dass dein Vater sich erst vor kurzem verliebt haben könnte. Womöglich ist er nicht mehr dazu gekommen, mit dir darüber zu sprechen.« Nicolas schüttelte den Kopf, verwundert darüber, nicht selbst auf diesen Gedanken gekommen zu sein.

»Du hast mir erzählt, dass dein Vater hin und wieder nach Grasse oder Cannes fuhr, zum Hafen ging und sich in die Cafés setzte, um sich inspirieren zu lassen. Er hätte dort jederzeit jemanden kennenlernen können. Und eines Tages, als er zwei Päckchen gleichzeitig verschickte, legte er die Karte mit der Liebeserklärung versehentlich ins falsche Paket – in das meiner Mutter«, schlussfolgerte Julia.

Nicolas' Augen glänzten vor Aufregung. »Das klingt gar nicht mal abwegig«, gab er zu. »Mein Vater ist zwar mit dem Alleinsein zurechtgekommen, doch niemanden zu haben, der ihm wichtig war, bedrückte ihn.«

Julia fuhr fort: »Überleg doch mal. Unter Umständen wollte dein Vater bloß die Antwort auf seine Karte abwarten … er wollte sichergehen, dass es sich um nichts Einseitiges handelt«, spann sie ihre Gedanken fort. »Und nur, weil er bis dato keine Antwort bekommen hatte, hat er dir noch nichts von seiner neuen Liebe erzählt.« Julia atmete tief durch. Ihre Idee wuchs zu einer plausiblen Geschichte. Alle Überlegungen, die sie wochenlang gequält hatten, kamen ihr nun geradezu irrsinnig vor. Wie hatte sie ihre Mutter nur verdächtigen können, ein Doppelleben zu führen! Nun sah Julia sie wieder so, wie sie es immer getan hatte – als aufrichtigen Menschen.

Julia griff nach der Karte, die auf Antoines Schreibtisch lag. Es war diese geheimnisvolle Liebesbotschaft, die sie zu Nicolas geführt hatte. Zu dem Mann, der ihr Herz für ein neues Leben geöffnet hatte.

Sie sah zu Nicolas, der mit überkreuzten Beinen im Bürostuhl saß. Er schien tief in Gedanken versunken zu sein. »Du machst dir Vorwürfe, weil du geglaubt hast, die Arbeit hätte deinen Vater seine Einsamkeit vergessen lassen, stimmt's?«

»Ja, wie dumm kann man sein«, sagte er traurig. »Egal, wie viele Termine ich in Paris oder wo auch immer hatte, nichts gibt einem das Recht, seinen Vater zu vernachlässigen.«

»Dein Vater wollte dir nicht zur Last fallen. Er wollte, dass du dein Leben führst. Vermutlich würden wir es ähnlich sehen, wenn wir alt wären und Kinder hätten.« Julia ließ den Kopf in ihre Armbeuge sinken und unterdrückte ein Gähnen, dabei warf sie einen Blick auf ihre Armbanduhr. Kurz nach halb eins. Der Tag war lang gewesen. Sie war hundemüde.

»Lass uns schlafen gehen«, sagte Nicolas und gähnte ebenfalls. »Du bleibst doch, oder? Dein Zimmer kennst du ja schon.«

Seine Worte klangen selbstverständlich und einladend, sodass Julia versucht war, das Angebot anzunehmen. »Ich würde gern bleiben«, sagte sie mit sehnsüchtiger Stimme – was gäbe sie jetzt für ein bequemes Bett, das nur ein Stockwerk höher auf sie wartete, und wie schön wäre es, morgen nach dem Wachwerden mit Nicolas zu frühstücken –, »aber ich denke, ich sollte fahren. Ich will Frank eine Nachricht schreiben, damit er sich keine Sorgen macht. Er hat dreimal versucht, mich anzurufen.«

Frank würde erleichtert sein, wenn er erfuhr, dass es ihr besser ging. Umso behutsamer musste sie ihm nahebringen, dass dies einem anderen Mann zu verdanken war. Die Aussicht auf dieses Gespräch bedrückte Julia schon jetzt, hinderte sie aber nicht an ihrer Entschlossenheit, ihm offen und ehrlich Rede und Antwort zu stehen.

Nicolas kam zu Julia und strich ihr eine Haarsträhne aus dem Gesicht: »Wenn du ins Hotel möchtest, um eine Weile für dich zu sein, verstehe ich das.«

Julia lächelte schüchtern. »Wenn ich hierbliebe, hätte ich sicher gern mehr von deinen wunderbaren Küssen.« Ihre Stimme wurde zärtlich und weich.

»So vernünftig bist du also«, sagte er, »meine kluge, einfühlsame Julie.« Er ergriff ihre Hand und führte sie in die Küche, wo er ihr eine Flasche Mineralwasser für die Fahrt mitgab und sie ein letztes Mal umarmte, bevor er sie zu ihrem Wagen brachte.

Es rührte Julia, wie sehr Nicolas sich darum bemühte, den nötigen Abstand einzuhalten.

Sie beugte sich vor, um Nicolas' Wangenküsse zu erwidern. »Versprich mir eins«, er sah sie an. »Fahr vorsichtig. Und vergiss nicht … je t'aime.« Ohne ein weiteres Wort schlug er die Wagentür zu.

Julias Herz schlug viel zu schnell, als sie im Rückspiegel sah, wie Nicolas ihr hinterherwinkte. Hatte er ihr gerade gesagt, dass er sie liebte? Im Anfahren ließ sie das Seitenfenster hinunter:»Je t'aime aussi … ich liebe dich auch!«, rief sie gegen den Motorenlärm an. Julia sah kaum, wohin sie fuhr, so aufgewühlt war sie. Als sie die Straße erreichte, die nach Mougins führte, hatte sie sich noch immer nicht beruhigt. In zwanzig Minuten wäre sie im Hotel, doch vermutlich würde sie nicht einschlafen können. Ihre Müdigkeit war wie weggeblasen.

Im Hotel brannten nur noch vereinzelt Lichter. In Gedanken versunken steuerte Julia den Pool an, um noch einige Längen zu schwimmen. Das türkis funkelnde Unterwasserlicht erleichterte ihr im Dunkeln die Orientierung. Sie setzte sich an den Rand neben dem Einstieg und ließ die Beine im Wasser baumeln, nahm ihr Handy und schrieb eine SMS an Frank.

Maren hatte eine WhatsApp-Nachricht geschickt. *Franz-Rücker-Allee verkauft!! Feiere mit Wein, Cameron und Kate. Und in Gedanken mit dir. Danke für deine Zeichnungen, sie haben wieder mächtig Eindruck gemacht. Wir sind Stars! XX – Maren.* Julia unterdrückte einen Freudenschrei. Seit Monaten unternahm Maren alles, was möglich war, um ihre Kunden zufriedenzustellen. Mit dem Verkauf der Gründerzeitvilla zahlte sich ihr Einsatz endlich einmal aus. Am liebsten hätte sie gleich jetzt sämtliche Details über den gelungenen Coup erfahren. Doch um kurz nach zwei lag sogar Maren schlafend im Bett. Julia rief Marens private Handynummer auf, um ihr eine Nachricht auf der Mailbox zu hinterlassen.

»Ich kann noch gar nicht fassen, dass du die Villa verkauft hast. Weißt du, was das bedeutet? Du bist einen riesigen Schritt weitergekommen. Wir feiern im Ivory Club, wenn ich zurück bin. Übrigens, Nicolas und ich haben heute das Haus auf den Kopf gestellt, nachdem ich ihm die Karte gezeigt habe. Fehlte nur noch, dass wir die Sockelleisten abgeklopft hätten, ob sich dahinter ein Loch befindet, wo Antoine Liebesbriefe gelagert hatte ...« Julia lachte und schickte ein Seufzen hinterher. »... wir haben nichts gefunden und in alle Richtungen überlegt. Wenn man alle Fakten berücksichtigt, hat Nicolas' Vater sich vermutlich erst kurz vor seinem Tod verliebt und seine Liebesbotschaft versehentlich an Ma statt an seine Neue geschickt.« Julia holte tief Luft. Auf die Tatsache, dass es ein Postfach gab, hatte sie noch keine Antwort gefunden und vielleicht fand sie sie nie. Manches ließ sich rückblickend nicht mehr rekonstruieren. Damit musste sie leben. »Inzwischen kommt es mir verrückt vor, Ma verdächtigt zu haben, ihre Familie zu verraten. Der Schmerz hat mich blind gemacht, Maren. Ich habe allen viel zugemutet. Mir selbst, dir und Frank. Bitte verzeih mir!« Noch ein letzter Satz, dann musste sie auflegen. Ewig konnte sie Maren nicht auf die Box sprechen. »Es gibt da noch was, das ich dir sagen muss. Abgesehen davon, dass du die beste Maklerin und wunderbarste Freundin bist, die man sich nur wünschen kann! Es hat mit Nicolas zu tun und bringt mich völlig durcheinander. Ich ruf dich morgen an.«

Julia schlüpfte in ihren Badeanzug und stieg in den Pool. Das Wasser war glatt wie ein frisch aufgelegtes Tischtuch und bot keinen Widerstand, als sie auf dem Rücken dahinglitt. In der Stille der Nacht rief sie sich immer wieder Nicolas' Liebesgeständnis ins Bewusstsein, schließlich erinnerte sie sich an einige Kommentare ihrer Kunden. Ihre Zeichnungen würden wie aus der Zeit gehoben wirken, eigenwillig und sehr schön. Während sie ihre Bahnen zog, begriff Julia, dass ihre Bilder perfekt in die Landschaft der Provence passten, in diese zauberhafte Natur, von der sie gerade umgeben war. Sie brachte Empfindungen zu Papier – das war es, was die Leute faszinierte, wenn sie ihre Vorschläge begutachteten.

Julia schloss die Augen und dachte an Nicolas und an Roquefort-les-Pins, stellte sich vor, dort mit ihm zu leben, und fast war es, als wäre nie etwas Schlimmes geschehen.

In freiem Fall

DAS LEBEN IST EIN GESCHENK.
GLÜCK IST EINE ENTSCHEIDUNG.

18. KAPITEL

Nicolas wurde von lautem Klopfen geweckt und rieb sich über die Augen.

»Salut, Nico.« Mathieu Fournier stand am Fenster und winkte ihm zu. Noch immer brachte er werktags die Post vorbei und sagte Guten Morgen. Gewöhnlich nahm Camille die wenigen Briefe, die noch kamen, entgegen, doch heute hatte sie frei, weshalb die Haustür verschlossen war – ein Umstand, der Fournier offenbar dazu veranlasste, nach dem Rechten zu sehen.

Er wich einen Schritt zurück, als Nicolas die Flügeltür zum Garten öffnete. Zögernd trat er über die Schwelle und sah sich um. »Du schläfst in Totos Zimmer?«, fragte er überrascht.

Nicolas nickte. »Nenn es Sentimentalität ... was auch immer es ist, ich fühle mich wohl hier«, sagte er.

Fournier nickte. »Ist ein schönes Zimmer, schlicht, aber gemütlich«, brummte er. Nicolas wusste, dass die Menschen in den Dörfern der Provence aufeinander achteten, mit allen Vor- und Nachteilen, die das mit sich brachte.

»Gestern ist es spät geworden«, sagte er, weil er Fournier die Sorge, es ginge ihm nicht gut, abnehmen wollte. In Roquefort-les-Pins lag niemand übermäßig lange im Bett, ohne unpässlich zu sein oder am Abend zuvor zu viel getrunken zu haben.

»So, so«, grummelte Fournier. Er suchte in seiner Tasche nach der Post, drückte sie Nicolas in die Hand und wollte wieder gehen, doch Nicolas hielt ihn zurück.

»Kaffee? So, wie immer«, schlug er vor.

Fourniers Miene hellte sich auf. »Wenn es dir nichts ausmacht, so kurz nach dem Aufstehen?« Er lächelte zufrieden, denn ihm lag an dem Ritual des gemeinsamen Kaffeetrinkens.

»Wer verschläft, ist selber schuld.« Nicolas gab Fournier ein Zeichen, ihm zu folgen. Bald saßen beide in der Küche vor ihren Bechern mit Kaffee und einem Teller mit Croissants und Aniskeksen.

»Sag mal, hast du in den letzten Wochen eine Veränderung an meinem Vater festgestellt?«, fragte Nicolas, während er Zucker in seinen Kaffee gab. »Eine Abweichung im Tagesablauf, etwas dergleichen.« Verliebtsein brachte Veränderungen mit sich, unter anderem dieses Strahlen, das andere, wenn man es nicht geschickt verbarg, mitbekamen.

Fournier schüttelte nachdenklich den Kopf. »War alles wie immer, Nico. Neben der üblichen Arbeit schrieb dein Vater diese seltsamen Zettel und telefonierte mit ein paar Leuten.« Bei dem Gedanken an Antoines Tagesablauf, von dem er ein Teil gewesen war, lächelte er in sich hinein. »Drei-, viermal im Monat fuhr er irgendwohin, nach Grasse, Cannes oder Nizza oder wohin auch sonst.« Fourniers Bericht bestätigte, dass sich im Leben seines Vaters nichts verändert hatte. Camille war zu Lebzeiten seines Vaters mittags gewöhnlich nach Hause gegangen; was er nachmittags getan hatte, wusste sie nicht. »Wann hast du eigentlich die Ausstellung in Paris, Nico?« Fournier biss von seinem Keks ab und knirschte beim Kauen mit den Zähnen. »Anouk liegt mir damit in den Ohren, in die Hauptstadt fahren zu wollen, wenn es ihr Gesundheitszustand zulässt. An Antoines Stelle sozusagen.«

»In acht Wochen«, kündigte Nicolas an. »Ich würde mich freuen, wenn ihr kommen könntet.«

Sie tranken in Ruhe ihren Kaffee, dann verabschiedete sich der Briefträger, um weiter seine Runde zu drehen.

Nicolas schenkte sich Kaffee nach. Sein Handy piepste. Julia schrieb, sie werde den Vormittag nutzen, um am Entwurf des Flakons weiterzuarbeiten. Nicolas antwortete umgehend. *Ich denke an dich. Voller Sehnsucht!* Er konnte das Ergebnis ihrer Arbeit kaum abwarten und freute sich darauf, sie später zu sehen.

In der Nacht hatte er noch lange wach gelegen und den Tag Revue passieren lassen. Julias These, ihr Vater hätte sich erst in den letzten Monaten verliebt, ging ihm nicht mehr aus dem Kopf, und nun drängte es ihn, diese Vermutung bestätigt zu sehen. Er biss in ein Croissant und nahm sich vor, Louannes Mutter nach dem Frühstück einen Besuch abzustatten.

Eine Stunde später machte er sich auf den Weg nach Grasse. Der Tag der Rose, der in Grasse groß begangen wurde, stand unmittelbar bevor, und so waren die Straßen voller Menschen und die Parfümerien besonders elegant, originell und bunt dekoriert. Während des Festes drehte sich alles um eine Rose namens Belle Amour, die nur in Grasse gezüchtet wurde. Auch anderen Rosen wurde gehuldigt, etwa denen, die zur Gruppe der Damaszener Rosen gehörten. Aus ihnen gewann man Rosenöl und Rosenwasser; das ätherische Öl wurde in der Aromatherapie zur seelischen und körperlichen Entspannung genutzt. In Grasse konnte man während des Rosenfests alle Produkte in Geschenkboxen erwerben.

Die vielen Besucher, die zum Rosenfest nach Grasse kamen, bewunderten die geschmückten Straßen, die üppig umkränzten Geschäfte und Lokale. Sogar die Eingänge der Häuser schienen nur noch aus Rosen zu bestehen. Nicolas mochte das Fest vor allem wegen der Düfte, die in diesen Tagen in den Gassen hingen, und wegen der Lebensfreude, die jedem Besucher entgegenschlug.

Er kam an einem Blumenstand vorbei und kaufte einen Bund gelbe Rosen für Louanne und einen Strauß hellrosa Rosen für Jade. Mit den Blumen im Arm betrat er kurz darauf Jades Geschäft, das sich in bester Lage am Boulevard du Jeu de Ballon befand, nur wenige Schritte vom Musée International de la Parfumerie entfernt. Jade stand an der Kasse und gab einer Kundin Wechselgeld heraus.

»Sie müssen sich nicht für einen anderen Duft entscheiden, Madame, nur weil ständig Neues auf den Markt kommt. Düfte können uns das Gefühl geben, beschützt zu sein. Wenn Ihr Lieblingsduft Ihnen Sicherheit gibt, ist er der richtige für Sie.« Sie reichte der Dame die Tüte mit den Einkäufen, verabschiedete sich und kam auf Nicolas zu, um ihn zu umarmen. »Sind die Blumen für mich?«, fragte sie entzückt.

»Für dich und Louanne«, bejahte Nicolas. Jade nahm ihm beide Sträuße ab und führte ihn ins Hinterzimmer, das sich an den Laden anschloss.

»Louanne ist ins Museum rüber. Sie trifft sich dort mit einer Kundin, die Sonderwünsche hat. Vielleicht siehst du sie noch? Ich hoffe, du hast ein bisschen Zeit mitgebracht.« Jade stellte die Rosen ins Wasser und deutete auf die Kaffeemaschine, ein Utensil, das ihr jeden Tag eine entspannte Pause garantierte. »Kaffee, Nico?«, fragte sie. Die Maschine thronte inmitten der Vorräte an Seifen, Eaux de Toilette und Schminkutensilien, die dort lagerten.

»Nein danke, Jade. Eigentlich möchte ich dich nur etwas fragen. Hast du Lust auf einen kleinen Imbiss? Ich würde dich gern einladen.«

Jade blickte auf die Uhr an der Wand. »In zehn Minuten mache ich Mittag. Dann können wir in Jacques' Bistro gehen.«

In Jacques' Bistro wählten sie einen Tisch am Fenster und blickten auf die Fahnen, die entlang der Straße wehten – Rosen in verschiedenen Farben prangten darauf –, und auf die Palmen. Grasse war nicht groß und verband dörfliches und städtisches Flair auf wunderbare Weise miteinander. Nicolas hoffte, nächstes Jahr gemeinsam mit Julia zum Rosenfest gehen zu können, damit sie alles, was es zu bestaunen gab, an seiner Seite sah.

Jacques, der das Bistro seit über zwanzig Jahren führte, reichte ihnen die Karte. Nicolas beobachtete, wie Jade mit ihm plauderte. Zum ersten Mal versuchte er, sie als Außenstehender zu sehen, der nicht seit ewigen Zeiten mit ihr vertraut war. Nächstes Jahr würde sie siebzig, doch das sah man ihr nicht an. Ihr dichtes, dunkles Haar war von weißen Strähnen durchzogen und fiel bis über ihre Schultern. Was ihre Figur anging, war sie eine Spur füllig, zudem nicht groß, doch sie glich es aus, indem sie den Kopf gerade hielt und für gewöhnlich nur eine Farbe trug. Einfarbige Garderobe streckt und lässt einen größer erscheinen, sagte sie stets. Kein Zweifel, sie verstand es, das Beste aus sich zu machen. Wieso war ihm nie aufgefallen, wie attraktiv sie war? Was hatte sein Vater in ihr gesehen?

Jade hob die Augenbrauen und senkte dann den Blick. »Du bist wegen Toto hier, nicht wahr?«, sagte sie unvermittelt.

Nicolas nickte. »Ich bin gerade dabei, ein Puzzle zusammenzusetzen. Und als ich überlegte, wer mir dabei helfen könnte, die letzten Teile zusammenzufügen, bist unweigerlich du mir eingefallen.« Jacques brachte Tee und Mineralwasser und einen Salat mit Ei für Jade. Als sie wieder unter sich waren, sagte Nicolas: »Es gibt einen Hinweis darauf, dass Toto jemanden kennengelernt hatte.« Nicolas hatte den Grund seines Kommens elegant umschreiben wollen, doch Jade kam gleich zum Thema.

»Fragst du mich etwa, ob es eine Frau im Leben deines Vaters gab?« Sie schob ein Viertel Ei auf ihre Gabel und salzte nach.

»Ja«, gab Nicolas zu. »Ich würde gern wissen, ob mein Vater verliebt war.«

Jade legte ihre Gabel an den Tellerrand. »Darauf wäre sowohl ein Ja als auch ein Nein die falsche Antwort«, sagte sie.

Nicolas erinnerte sich an Jades Trauer nach dem Tod ihrer engsten Freundin, seiner Mutter. »Ich bin so froh, dass Antoine mir bleibt. Wenn auch nur zum Telefonieren«, hatte sie sich damals tapfer gegeben. Nicolas sah sie vor sich, betrübt, aber nicht bereit, sich von ihrer Traurigkeit unterkriegen zu lassen.

»Entschuldige, Jade, aber du sprichst in Rätseln. Kannst du es so formulieren, dass ich schlau daraus werde«, bat er sie. »Dein Vater und ich ...«, sie zögerte, dann sagte sie rundheraus: »Wir sind uns nähergekommen.«

Nicolas sah sie ungläubig an. »Ihr wart ein Paar?«, fragte er perplex.

»Um Himmels willen. So weit würde ich nicht gehen.« Jade sah Nicolas entsetzt an. Warum fühlte sie sich mit einem Mal wie ein pubertierender Teenager? Die Zettel unter der Teekanne, die Antoine Nicolas hinlegt hatte, fielen ihr wieder ein. Offenbar hatte er darin nichts über ihre *Freundschaft* preisgegeben, worüber sie im Grunde froh war. Ihre Gespräche und vor allem ihre Treffen in letzter Zeit hatten nur ihnen gehört. Mit Antoine reden zu können, ohne hinterher von irgendwem zensiert zu werden, war ihr wichtig gewesen. »Wir haben bloß telefoniert und uns ab und zu getroffen, weil es sich gut anfühlte, etwas vorzuhaben. In letzter Zeit sind die Treffen häufiger geworden, Nachmittagstee in Cannes, Eisessen in Nizza. Allerdings nicht öfter als ein-, zweimal die Woche.« Sie sah zu dem kleinen Platz hinüber und fühlte Nicolas' bohrenden Blick auf sich. Er sah sie ungeduldig an, anscheinend unsicher, ob er bereits alles erfahren hatte. »Also gut«, gab Jade nach. »An einem dieser Nachmittage haben wir uns geküsst.« Nicolas riss die Augen auf, was Jade – sie konnte nicht anders – ein Grinsen entlockte. »Herrje, nun fass dich wieder, Nico.« Sie legte das Besteck endgültig zur Seite und sah ihn leicht verlegen an. »Es war ein einziger flüchtiger Kuss. Dein Vater wirkte bedrückt an dem Tag, sprach aber nicht darüber, was ihm auf der Seele lag. Vermutlich war es ein Trostkuss. Es ist passiert, ohne dass wir es vorgehabt hätten. Du weißt doch, wie so was läuft.« Sie stieß einen so tiefen Seufzer aus, dass Nicolas aufhorchte. »Nach diesem Kuss waren wir beide befangen.« Jade nahm einen Schluck Wasser, was ihr einen kurzen Moment bot, um zu entscheiden, wie viel sie Nicolas anvertrauen wollte. »Es fühlte sich an, als hätten wir eine Linie übertreten und wüssten nicht, wie wir es wieder zurück schafften. Fremdes Terrain. Verstehst du!?«, fügte sie hinzu. Sie wartete ab, weil sie darauf hoffte, Nicolas würde sie verstehen. »Schau mich nicht so an.« Jade musste unfreiwillig lachen. »Alt zu sein bedeutet nicht, ins Land der Unfehlbarkeit überzuwechseln.«

»Das behaupte ich auch nicht«, entgegnete Nicolas.

Jade fuhr fort: »Ich vermisse deinen Vater. Bei einem unserer Treffen habe ich ihm versprechen müssen, nicht traurig zu sein, wenn er eines Tages vor mir sterben würde. Dein Vater hatte ein schönes Leben, und wir hatten die letzten Jahre eine wundervolle Freundschaft. Das ist es, woran ich mich erinnern möchte.« Obwohl Jade sich um Haltung bemühte, konnte sie nicht verbergen, dass sie ihre Tränen kaum noch zurückhalten konnte.

»Ich bin froh, dass du so gut mit dem Verlust meines Vaters umgehst, Jade«, sagte Nicolas teilnahmsvoll. »Und so verwirrend oder unentschlossen kann euer tête-à-tête oder der Kuss nicht gewesen sein, sonst hätte Toto dir wohl kaum einen Liebesbrief geschrieben.«

Jade wischte sich mit dem Finger die Tränen aus den Augenwinkeln, dann lachte sie laut und ungehemmt auf. »Dein Vater hat mir nie einen Brief unter der Tür durchgeschoben. Und gesetzt den Fall, er wäre auf seine späten Tage so was wie ein Casanova geworden, dann hätte man mir das längst hinter vorgehaltener Hand zugeflüstert. Diesen Skandal hätte sich doch niemand freiwillig entgehen lassen. Hast du etwa vergessen, wie schnell sich hier alles herumspricht?« Der letzte Satz klang eine Spur sarkastisch.

»Nein, natürlich nicht.« Nicolas rieb sich die Schläfen. Konnte man benommen und erleichtert zugleich sein? Jade gab ihm gerade die Antwort, nach der er suchte. Die Karte musste ihr gegolten haben, sie wusste nur nichts davon, weil sie sie nie bekommen hatte. Vielleicht sah die Liebe, die sein Vater in seinen Zeilen beschwor und in die er sich in seinem Bedürfnis nach Nähe eventuell hineingesteigert hatte, in ihren Augen anders aus, kameradschaftlicher und nüchterner. Doch ein Kuss blieb ein Kuss, er stellte eine körperliche Intimität dar – und in die hatte sie eingewilligt.

Nicolas hörte kaum noch, was Jade sagte. Er dachte an Julias Lippen auf seinem Mund, an das zittrige und gleichzeitig stärkende Gefühl, das dieser Kuss in ihm hervorgerufen hatte, und mit einem Mal verstand er seinen Vater. Jade war eine wunderbare Frau, tüchtig, weltnah und vor allem leutselig. Sie hatten selten über seine Freundschaft zu ihr gesprochen, weil sie selbstverständlich war. Kein Zweifel: Jade hatte seinem Vater gutgetan. Er hatte mit ihr über vieles sprechen können, auch über seine Arbeit.

»Wie hieß er noch gleich …?« Jade trommelte mit den Fingern auf die Tischplatte. Nicolas hatte nur halb hingehört. »Egal«, fuhr Jade fort, »der Kollege, dessen Name mir gerade entfallen ist, hat Rangunschlinger, eine Liane, für ein Parfüm verwendet. Toto schalt sich, nicht selbst auf die Idee gekommen zu sein. Diese Pflanze hätte man längst für ein Parfüm in Betracht ziehen sollen, schimpfte er.« Jade blickte an Nicolas vorbei. »Ich mochte die Grenzenlosigkeit deines Vaters … nicht nur, wenn es um Düfte ging«, sagte sie bewundernd. »Er war ein Freigeist, sehr jung im Kopf.«

»Du schwärmst richtiggehend, Jade. Wenn man sich so gut kannte, wie Antoine und du, ist es manchmal nur ein kleiner Schritt zu mehr Intimität.« Nicolas legte seine Hand auf Jades Finger. Ihre Haut war weich von der reichhaltigen Handcreme, die sie selbst anrührte und in ihrem Geschäft verkaufte. »Danke, dass du mir von euch erzählst. Ich dachte, mein Vater hätte schon lange jemanden und hätte meine Mutter betrogen. Und nun bin ich heilfroh, dass das nicht der Fall war.«

»Was für ein dummer Gedanke, Nico. Dein Vater hätte deine Mutter niemals unglücklich gemacht«, sagte Jade energisch.

»Ja, sicher hast du recht«, stimmte Nicolas ihr zu. »Wenn ich gewusst hätte, dass die Karte für dich bestimmt war, hätte ich sie mitgenommen.«

Nicolas erzählte Jade alles, was er über die Karte wusste. »Du hast dich nicht in deinem Vater getäuscht, Nico. Toto war ein ehrenwerter Mann, der seine Familie liebte«, bekräftigte

Jade ein weiteres Mal. Nicolas nickte erleichtert. Er musste seinem Vater dankbar sein. Seinetwegen war Julia nach Roquefort-les-Pins gekommen, ohne ihn hätte er sie nie kennengelernt.

Nicolas zahlte und verließ mit Jade das Bistro. Seite an Seite schlenderten sie die Straße entlang.

»Es ist schön, dich glücklich zu sehen, Nico, schließlich ist es nicht selbstverständlich, einen Menschen zu finden, der einem wirklich nahekommt.«

Nicolas griff nach Jades Hand und drückte sie. »Julia hatte Angst, die Karte könne ihrer Mutter gewidmet sein, und hat mit mir das Haus auf den Kopf gestellt, um die Hintergründe aufzuklären.«

Jade blieb stehen und sah Nicolas an. »Ich freue mich, dass ihr Antworten gefunden habt, und ich wünsche euch, dass ihr euch oft sehen könnt.«

»Julia in Frankfurt und ich in Paris, das ist nicht einfach, dessen bin ich mir bewusst. Ich gehe einen Schritt nach dem anderen.« Sie waren bei Jades Laden angelangt. Jade wendete das Schild an der Tür – von *Geschlossen* zu *Geöffnet*.

»Möchtest du noch auf Louanne warten oder soll ich ihr etwas ausrichten, wenn sie zurückkommt?«, fragte sie.

»Sag ihr, ich rufe sie heute Abend an«, versprach Nicolas. Er küsste Jade und ging zu seinem Wagen, den er zwei Straßen weiter geparkt hatte.

Nicolas wusste nicht, woher der unbestimmte Impuls kam, dem er folgte, als er das Archiv ansteuerte, kaum dass er ins Haus getreten war. Ein Blick in das Rezeptbuch von ›La Vie‹ würde ein Tüpfelchen auf das i setzen, dann hätte er selbst das kleinste Detail bedacht.

Die Bezeichnung Archiv war angesichts des Regals, in dem sich die Rezeptbücher seines Vaters befanden, ein wenig hoch gegriffen. Von Beginn seiner Karriere an hatte Antoine von den vielen Düften geschwärmt, die er entwickeln würde; in diesem Zusammenhang hatte er voller Stolz stets von *meinem Archiv* gesprochen. »*Dort werden meine Rezepturen ihr Zuhause finden.*« Marguerite hatte die Bezeichnung sogleich übernommen und später auch er.

Bei ihrer Suche in der vergangenen Nacht war keine Ecke des Hauses verschont geblieben – bis auf das Archiv. »Dort finden wir nichts außer Formeln«, war Nicolas sich sicher gewesen. Julia hatte ihm geglaubt.

Doch nun, wenige Stunden später, ließ er seine Augen erneut über die Bücher schweifen, die das Regal bis zur Decke füllten. Seit je waren die Rezeptbücher seines Vaters ein Heiligtum für ihn gewesen. Daran hatte sich bis heute nichts geändert. Vorsichtig griff Nicolas nach dem ersten Band, den sein Vater während der Arbeit an ›La Vie‹ angelegt hatte, zog ihn aus dem Regal und ging damit ins Labor. Die Schrift seines Vaters hatte sich über die Jahre kaum verändert. Er hatte die Buchstaben schwungvoll ausgeführt: die Schrift eines Mannes voller Tatendrang. Nicolas blätterte die ersten Seiten durch, nichts als Formeln, Ergänzungen und Durchgestrichenes, verworfene und hinzugefügte Inhaltstoffe; ein Bild, das sich zusammensetzte, je länger man hinsah und die Formeln überprüfte. ›La Vie‹ erschloss sich einem erst beim zweiten oder dritten Anlauf, dann jedoch auf eine Weise, die einem den Duft regelrecht einimpfte. Wenn Nicolas ihn roch, tauchte er jedes Mal in eine Geschichte voller Leidenschaft, Zauber und Magie ein, und auch jetzt, da er den Formeln seines Vaters nachspürte, hatte er den Duft in der Nase. Seit er sich seine ersten Sporen als Parfümeur verdient hatte, sprach er seinem Vater insgeheim seine Hochachtung für dieses Parfüm aus. Wäre es stärker beworben worden, hätte es ein großer Erfolg werden können. Und es gab immer wieder Zeiten, in denen es Nicolas leidtat, dass nur wenige Menschen in den Genuss kamen, ›La Vie‹ zu tragen, weil sie schlichtweg nicht wussten, dass dieses Parfüm existierte. Julias Mutter hatte diesen Duft geliebt. Vermutlich hatte sie ihn in Grasse gekauft, wo man ihn bis heute in einigen exquisiten Parfümerien erwerben konnte.

Nicolas hatte über die Hälfte der Seiten durchgeblättert, als ihm ein Foto in den Schoß fiel. Ein Mann und eine Frau waren darauf zu sehen. Seit gestern hatte er sich auf einiges eingestellt, im schlimmsten Fall auf ein Foto seines Vaters mit einer Frau neben sich, die ihn verliebt ansah, die er unter Umständen sogar küsste. Doch der Mann auf dem Foto war nicht sein Vater. Die Frau kannte Nicolas ebenfalls nicht. Sie hatte langes Haar, das ihr wie ein Schleier über die Schultern fiel, und sie lehnte sich an den Mann, der seinen Arm beschützend um sie legte und sie in einer Mischung aus Stolz, Bewunderung und Unsicherheit ansah.

19. KAPITEL

»Noch ein Wort über Helmut Kurz, und ich vergesse meine Umgangsformen und geige dem Typ die Meinung«, schnaubte Maren.

Beim Durchsehen ihrer Mails am Vormittag hatte sie eine

Nachricht von Kurz' Assistentin vorgefunden. »*Wir bitten um sämtliche Daten des Kunden Alexander Schultheiß, um den Kauf der Immobilie Franz-Rücker-Allee, inklusive Ihrer Provision von zehn Prozent, abwickeln zu können.*« Danach hatte Maren erst mal einen starken Kaffee gebraucht. Und nun biss Julia sich an dem Thema fest und ließ nicht so schnell wieder locker.

»Das darfst du dir nicht gefallen lassen, Maren. Weder für dich noch für deine Kollegen ändert sich etwas, wenn ihr ständig vor Leuten wie Helmut Kurz kuscht«, argumentierte Julia. »Mach dem Mistkerl klar, wo seine Grenzen sind.«

Maren drehte sich in ihrem Bürostuhl, sodass die Pinnwand mit den Infos zur Franz-Rücker-Allee hinter ihr verschwand. »Du hast ja grundsätzlich recht, Julia«, gab sie zu. »Allerdings ist es schwierig, sich gegen etwas zu stellen, wenn man die Lösung des Problems noch nicht kennt. Soll ich es zu einem Eklat kommen lassen?«

»Hast du dich bei einigen Kollegen erkundigt, wie sie die Sache sehen? Oder einen Wirtschaftsanwalt kontaktiert?«, wollte Julia wissen.

»Was soll das bringen?«, rechtfertigte sich Maren. »In diesem Fall geht es nicht um die rechtliche Handhabe, sondern um meinen Ruf. Deshalb bin ich ja so wütend … weil ich mir die Suppe selbst eingebrockt habe, die ich jetzt auslöffeln muss.«

»Deinem Vorschlag hat damals niemand zugestimmt. Das hast du selbst gesagt. Welche Bedeutung sollte das Ganze also noch haben?« Maren war des Themas längst überdrüssig, trotzdem hörte sie sich Julias Argumente an. Vielleicht hätte sie während des Telefonats mit Helmut Kurz entschiedener auftreten sollen, anstatt sich überrumpeln zu lassen. Julias wiedererwachter unerschütterlicher Optimismus riss Maren mit. So kannte sie ihre Freundin, sprühend, voller Energie – ganz die Alte.

»Jetzt aber genug von mir«, unterbrach Maren Julia. »Du kannst nicht von Nicolas' Kuss schwärmen und mitten im Erzählen auf die Franz-Rücker-Allee umlenken. Ich will mehr wissen.« Julias schlechtes Gewissen Frank gegenüber und die mit dem Kuss verbundenen Konsequenzen hatten sie innehalten lassen. »Sicher kommt es unerwartet für Frank, dass du dich von ihm trennen willst. Für mich übrigens auch«, setzte Maren hinzu. »Allerdings sucht niemand sich seine Gefühle aus«, versuchte sie Julia zu beruhigen. »Vertrau darauf, dass Frank mit der Zeit über einen neuen Mann in deinem Leben hinwegkommen wird.«

Julias Geständnis, sich verliebt zu haben, erinnerte Maren daran, dass ihre eigenen Gefühle im Konflikt mit ihrer Berufsehre standen. Unter keinen Umständen durfte sie sich in einen Kunden verlieben. Doch wie kämpfte man gegen solche Gefühle an? Vom ersten Händeschütteln an hatte Schultheiß sie fasziniert; seine Souveränität und sanfte Ironie und der Umgang mit seinen Töchtern hatten sie beeindruckt.

Maren verließ ihren Platz am Schreibtisch und begann, nervös auf und ab zu gehen. Seit Stunden drückte sie sich vor einem Telefonat mit Schultheiß, in dem sie ihn darüber in Kenntnis setzen würde, dass Kurz-Immobilien die Abwicklung rund um den Kauf der Villa übernehme.

Wie von fern drang Julias Stimme an Marens Ohr. »Ich bin niemand, der zweigleisig fährt, deshalb belastet mich der Kuss auch so sehr«, gestand sie.

Maren verstand sie gut. »Es gibt nun mal die Ausnahme von jeder Regel. Mach es dir nicht so schwer. Sprich mit Frank. Sei ehrlich zu ihm. Er wird dich verstehen.«

Julia holte tief Luft. »Ist es nicht verrückt, dass ich Nicolas nur wegen Ma kennengelernt habe? Ohne sie hätte ich mich nie auf den Weg nach Roquefort-les-Pins gemacht. Ich wüsste nicht mal, dass es diesen Ort gibt. Wenn ich mir klarmache, dass ausgerechnet ihr Tod der Anfang von etwas ist … etwas so Schönem, wie meinen Gefühlen für Nicolas …« Julia versagte die Stimme.

Langsam ging Maren zum Fenster und blickte hinunter auf die Straße. Ein Mercedes Kombi hielt vorm Haus. Erregt fuhr Maren mit der Hand übers Fensterglas, als könne sie das Bild dadurch klar stellen. Ein Mann und ein Mädchen stiegen aus dem Wagen und gingen auf den Eingang zu.

»Julia …«, entkam es Maren. »Er kommt zu mir … Alexander Schultheiß und eine seiner Töchter.«

Maren hörte Julia laut seufzen. »Okay!«, sagte sie energisch. »Nennen wir es perfektes Timing. Wenn Schultheiß zufrieden mit deiner Arbeit ist, woran für mich kein Zweifel besteht … bitte ihn, dafür zu plädieren, dass du den Verkauf abwickeln kannst. Kurz kann niemanden zwingen, zu ihm überzuwechseln. Vielleicht ist Schultheiß jemand, der Ehrlichkeit und gute Arbeit zu schätzen weiß und dir Rückendeckung gibt.«

»Wieso sollte er sich für meine Probleme interessieren, Julia? Es wäre unprofessionell, einen Kunden in Berufsinterna hineinzuziehen. Entschuldige, ich muss auflegen. Schultheiß steht jeden Moment vor meiner Tür.« Maren eilte zum Schreibtisch und ordnete das Chaos an Post, das sich dort angesammelt hatte. Die letzten Unterlagen verschwanden in einer Schublade, als es klopfte und sich die Tür zu ihrem Büro öffnete.

In der McDonald's-Filiale herrschte das übliche Gedränge zur Mittagszeit. »Ich hab meistens Glück, wenn ich herkomme«, behauptete Sandra, während sie in dem Gewimmel von Menschen Ausschau nach einem freien Tisch hielten. Als sie einen entdeckten, eilten sie darauf zu und ließen sich auf die Stühle fallen.

»Von mir hast du hiermit die offizielle Bestätigung, eine McDonald's-Glücksfee zu sein.« Maren hielt Sandra die Hand zum Abklatschen entgegen.

Schultheiß, der Getränke geholt hatte, kam mit einem Tablett an ihren Tisch. »Ich unterbreche die Damen nur ungern, aber darf ich fragen, was als Mittagsmenü gewünscht wird?« Maren und Sandra nannten ihm ihre Wünsche und wenig später saßen sie vor ihren Colas, Big Macs und Pommes frites.

»Ursprünglich hatte ich ein Essen in einem Restaurant geplant, als Dank für die gute Betreuung. Doch dann wollte Sandra mitkommen ...«, meinte Schultheiß.

»Valerie wäre auch gern dabei gewesen, wenn sie nicht auf diese doofe Geburtstagsparty gemusst hätte«, plapperte Sandra dazwischen. Sie reichte Maren ein Blatt Papier und schob ein zweites hinterher. »Das hier sind die Ideen für unsere Zimmer. Damit Ihre Kollegin nicht so viel Stress mit uns hat.« Es waren Computerzeichnungen, die darüber Auskunft gaben, wie die Mädchen sich ihr Reich vorstellten.

»Ihr habt euch ja mächtig ins Zeug gelegt.« Maren ließ Sandra gestenreich erklären, wie wichtig ihr duftige Vorhänge an ihrem Himmelbett und Regale waren, in die die Unmengen von Büchern passten, die sie besaß.

»Ich habe schon beinahe vierzig Bücher gelesen. Und jede Woche kommen neue dazu«, erklärte sie stolz.

Maren nickte Schultheiß schmunzelnd zu. »Meine Partnerin wird eure Wünsche selbstverständlich in den endgültigen Entwurf aufnehmen. Sie meldet sich bei euch, damit ihr gemeinsam über alles sprechen könnt.«

»Und wie geht es bei uns weiter? Notartermin, Schlüsselübergabe?«, zählte Schultheiß auf, während er nach der Tüte mit Pommes langte und hineingriff.

Maren schnappte sich ebenfalls Pommes, tunkte sie in Ketchup und steckte sie sich in den Mund. »Bei der Abwicklung des Kaufs hat sich eine Änderung ergeben«, begann sie zögerlich.

»Was heißt das?« Schultheiß wischte sich die Finger an einer Serviette ab, nun ganz auf sie konzentriert.

»Sie haben mit jemandem von Kurz-Immobilien telefoniert. Bevor Sie mich kontaktiert haben. Sicher erinnern Sie sich daran?«

Schultheiß nickte entgeistert. »Vor allem erinnere ich mich an die Unfreundlichkeit der Dame, mit der ich gesprochen habe. Gott sei Dank bin ich danach an Sie geraten.«

»Nun ...«, Maren sprach rasch weiter, um es hinter sich zu bringen, »es gibt einen Stolperstein, eine Quasi-Abmachung unter Maklern. Nichts, das Ihnen Sorgen bereiten müsste.« Sie bemühte sich, sachlich zu klingen, und machte eine beschwichtigende Geste, um Schultheiß zu beruhigen.

»Fein, dann räumen wir diesen Stolperstein aus dem Weg. Erzählen Sie mal, wie groß er ist und wo er liegt.«

Maren fasste das Wichtigste zusammen. Schultheiß nickte anerkennend, als er von ihrem Einsatz erfuhr, kleineren Maklern eine Chance zu geben. »Firmen wie meine reagieren mitunter schneller und sind flexibler. Kunden holen erste Infos bei uns ein, kurz gesagt, lassen uns einen Teil der Vorarbeit machen, greifen allerdings, wenn es um den Abschluss geht, auf die Großen in der Branche zurück, weil groß mit sicher gleichgesetzt wird.«

»Wir haben eine freie Marktwirtschaft. Und weil das so ist …«, Schultheiß setzte ein wissendes Grinsen auf, »würde ich, wäre ich an Ihrer Stelle, den Spieß umdrehen. Zeigen Sie sich großzügig und zahlen Sie Herrn Kurz eine Provision. Zehn Prozent ist eine Menge, wenn man nichts dafür getan hat«, riet er ihr. »Was mich angeht, ich schließe den Vertrag mit Ihnen ab, Frau Gleinser. Daran ist nicht zu rütteln. Lassen Sie sich von niemandem ins Bockshorn jagen. Typen wie diesen Kurz kenne ich. Immer zur Stelle, wenn's ums Einlochen geht, aber weit weg, wenn mühsame Vorarbeit gefragt ist.« Schultheiß' Smartphone vibrierte. Er zog es aus dem Jackett und sah aufs Display. »Entschuldigen Sie. Da muss ich rangehen.« Er erhob sich und ging vor die Tür, um zu telefonieren.

Sandra sah ihrem Vater nach und wischte sich Ketchup vom Kinn. »Papa hat ein Date«, sie kicherte.

»Ein Date?« Maren blieben die Worte beinahe im Hals stecken. Kinder konnten auf entwaffnende Weise ehrlich sein, Sandra war da keine Ausnahme.

»Mit Mama«, vertraute Sandra ihr an und verdrehte die Augen. »Schwierig, aber nicht unlösbar … das sagt Papa immer, wenn's brenzlig wird.« Maren nickte mechanisch.

Schultheiß auf ihrer Seite zu wissen und ihm zuzuhören, während er ihr gut zuredete, hatte sie einen Moment glücklich gemacht. Doch nun war dieses Glück schlagartig dahin. Vermutlich ruderte seine Ex-Frau gerade zurück, weil sie einsah, dass die Trennung von ihrem Mann ein Fehler war. Niemand gab so schnell auf, wenn Kinder im Spiel waren.

Die Zeiten, sich in eine Beziehung hineinzuträumen, waren für Maren definitiv vorbei. Wenn sie den Verkauf der Villa über die Bühne brachte, konnte sie zufrieden sein. Alles andere musste sie sich aus dem Kopf schlagen.

Schultheiß kam nach wenigen Minuten zurück. Maren erspähte ihn schon von weitem. Er trug einen leicht zerknitterten Leinenanzug. Offensichtlich war er ein unkonventioneller Mann, auch was seine Kleidung anbelangte.

Sandra zwinkerte Maren zu und deutete zur Theke, wo ihr Vater sich erneut in die Warteschlange einreihte. Ihre Haare standen wie zwei Wattebäusche ab, geflochtene Zöpfe, die links und rechts zu Schnecken zusammengerollt festgesteckt worden waren. »Ich darf nicht so oft Süßes essen, weil es ungesund ist.« Ihr Blick spiegelte ihre ganze Enttäuschung. »Aber hier holt Papa mir immer eine Apfeltasche. Mögen Sie die auch so gern?«, sie rieb sich freudig die Hände und legte sie unerwartet auf Marens.

»Was heißt mögen?« Maren fuhr sich mit der freien Hand kreisend über den Bauch. »Ich sterbe für Apfeltaschen. Dein Vater muss hellseherische Fähigkeiten haben.«

»Wenn wir in das neue Haus ziehen, will Papa Zimtschnecken backen. Freitags, an unserem Lieblingsabend. Da schauen wir immer Filme und essen Sachen, die uns richtig gut schmecken, egal, ob sie gesund sind oder nicht.« Die Vorfreude auf zukünftige Freitagabende sprach aus Sandras Stimme.

»Das klingt märchenhaft«, stimmte Maren ihr zu.

In Schultheiß' Gegenwart empfand sie mehr als prickelnde Verliebtheit, sie verspürte ein Gefühl des Trostes und der Geborgenheit. Als Kind hatte sie Regenbögen gemocht, wegen der vielen Farben – Schultheiß erschien ihr wie ein menschgewordener Regenbogen, eine schillernde Persönlichkeit. Hier erlebte Maren den Zusammenhalt einer Familie, wie ihre Fa-

275

milie ihn verloren hatte. Noch heute schmerzte es sie, wenn sie an die Tage zurückdachte, an denen ihr Vater sie fürs Wochenende abholte. Jedes Mal, bevor sie in seinen Wagen stieg, drehte sie sich nach ihrer Mutter um, die mit Tränen in den Augen in der Tür stand und ihr zuwinkte. Ihr Herz zog sich zusammen, weil es ihr falsch vorkam, sich auf ein Wochenende mit ihrem Vater zu freuen, wenn es bedeutete, ihre Mutter traurig zurückzulassen. Wenn sie am Sonntagabend ihre Tasche packte, um zu ihrer Mutter zurückzukehren, sah sie, wie ihr Vater die Lippen fest aufeinanderpresste. Ein dünner, mahnender Strich, auch das eine Sorge mehr. Sie konnte es nicht richtig machen, einen von beiden machte sie traurig – zum Schluss sogar sich selbst.

Schultheiß kam mit den Apfeltaschen und verteilte sie kommentarlos, dabei zwinkerte er sowohl Sandra als auch Maren zu. »Wer zuerst fertig ist«, gab er das Kommando. Maren und Sandra ließen sich nicht lange bitten und bissen herzhaft in ihr Dessert.

Erst zwei Stunden später kehrte Maren zurück ins Büro. Sofort setzte sie sich an ihren Schreibtisch und schlug Helmut Kurz in einer Mail ihrerseits eine Provision vor. »*Herr Schultheiß und ich sind übereingekommen, den Verkauf der Immobilie über Gleinser-Immobilien abzuwickeln.*« Nachdem sie auf »Senden« gedrückt hatte, pinnte sie mit einem Gefühl des Triumphs ein rotes Pappschild über das Foto der Gründerzeitvilla. Verkauft!

Maren sah zu Julias aufgeräumtem Schreibtisch hinüber. Seit Jahren hetzten Julia und sie auf der Suche nach finanzieller und emotionaler Sicherheit durchs Leben – vor allem jedoch auf der Suche nach der Liebe fürs Leben. Wie oft hatten sie darüber sinniert, was es mit dem Glück und der Liebe

auf sich hatte, ohne eine Antwort darauf zu finden, wo Glück
und Liebe auf einen warteten. Vielleicht reichte es aus, zuversichtlich zu bleiben und nicht länger zu drängeln. Vielleicht
fand die Liebe einen ja, wenn man ruhig und gelassen blieb.
Die meisten Menschen, die Maren kannte, hielten ihre Beziehungen durch schmerzhafte Kompromisse am Leben. Sie wollte etwas Ehrliches. Eine Beziehung, die auf Liebe, Respekt und
Achtung basierte. Und wenn es bedeutete, warten zu müssen,
um genau das zu erfahren, dann wollte sie das tun.

20. KAPITEL

»Das sind meine Eltern ... in jungen Jahren. Woher hast du
das Foto?«

Nicolas holte die Rezeptbücher aus der Tasche und deutete darauf. »Ich war noch mal im Archiv ... offensichtlich lag
ich falsch mit meiner Annahme, in den Rezeptbüchern sei
außer Formeln nichts zu finden.«

Julia zog die korallenrote Baumwolljacke fester um ihren
Körper und nickte angespannt. Sie kam sich vor, als stünde
sie mitten auf einem Drahtseil über einem Abgrund, ohne
gelernt zu haben, darauf zu balancieren. Nicolas erging es
ähnlich. Auf der Fahrt nach Mougins hatte er sich immer wieder zusammenreißen müssen, damit er nicht umdrehte. Wenn
man der Überbringer einer schrecklichen Nachricht war und
diese selbst noch nicht verdaut hatte, war man die denkbar
schlechteste Wahl für diese Aufgabe.

»Hier«, Nicolas reichte Julia den Stapel Bücher, »das ist alles, was mein Vater während der Entwicklung von ›La Vie‹ angelegt hat.« Julia starrte auf die Bücher, als würde bereits deren Besitz ein Geheimnis preisgeben.

Als Nicolas im Labor das erste Buch aufgeschlagen hatte, um darin zu blättern, war eine anfängliche Ahnung bald zur Gewissheit geworden. Antoine hatte Julias Mutter tatsächlich gekannt. Er war ihr über den Weg gelaufen, als Marguerite mit ihm, Nicolas, zwei Tage zu ihrer Mutter gefahren war. Gleich am Tag ihrer Abreise hatte Antoine sich auf den Weg nach Grasse gemacht, um Besorgungen zu erledigen. Dort sah er in einer Parfümerie eine junge Frau, die hingebungsvoll an einem Parfümtester roch – Barbara, eine Stewardess aus Frankfurt, die zwei freie Tage in Nizza verbrachte und sich in Grasse nach Parfüms umsah. Er fühlte sich auf unerklärliche Weise zu ihr hingezogen. Ohne zu überlegen, was er überhaupt tat, betrat er die Parfümerie, griff nach einem seiner eigenen Düfte und schenkte ihn der Frau. Dieses Parfüm müsse ihr gefallen, schließlich habe er es selbst entwickelt, sagte er. Barbara, die noch nie einen Parfümeur kennengelernt hatte, lud Antoine zum Dank zu einem Kaffee an der Promenade ein – so lernten sie sich kennen.

So fühlt sich Liebe auf den ersten Blick an!, hatte Antoine neben eine Reihe von Formeln geschrieben. *Ein Gefühl, berauschend schön und gewaltig tief – wie ein stiller See, in dem ich mich zum ersten Mal sehe, wie ich wirklich bin. Sosehr ich Marguerite und Nicolas in meinem Herzen trage und dafür sorgen will, dass es ihnen gut geht, so sehr wundere ich mich darüber, dass alles das verblasst, wenn ich daran denke, was ich für eine mir völlig fremde Frau empfinde.* Beim Lesen war Nicolas teilweise unangenehm berührt; er kam sich wie ein Eindringling vor. Sein Vater hatte seine Gefühle – selbst über Marguerites Tod hinaus – für sich behalten. Vermutlich, weil er sie als etwas Kostbares empfand. Vielleicht aber auch, weil er ahnte, dass Nicolas, wenn er je davon erführe, enttäuscht oder sogar entsetzt wäre.

In einem anderen Buch hatte Nicolas Hinweise auf Antoines erste Nacht mit Barbara, seine Schuldgefühle und die Inspiration für ›La Vie‹ gefunden. ›La Vie‹ *ist Barbaras Duft. Sie ist es, die ich vor mir sehe, wenn ich an dieses Parfüm denke, das pure Leidenschaft und Liebe in ihrer reinsten Form sein wird. Für sie verwerfe ich und mische neu. Wie soll ich meine Sehnsucht nach ihr zügeln? Und wie soll ich Marguerite jemals wieder unter die Augen treten, ohne mich als Verräter zu fühlen? Wenn ich Nico beim Spielen zusehe, atme ich durch. Er hilft mir, den Menschen wiederzufinden, der ich vor meiner Begegnung mit Barbara war. Hätte ich nicht meine Arbeit und Nico, ich würde trübsinnig werden.*

Nicolas trat hinaus auf den Balkon. Von hier aus hatte man einen freien Blick bis nach Grasse, sah weit in die Hügel hinein, tief in die Provence. Nicolas lehnte sich ans Geländer und hörte, wie Julia Seite um Seite umblätterte. Bis sie sich die wichtigsten Informationen zusammengesucht hätte, würde es eine Weile dauern. Vor allem der letzte Eintrag würde sie verletzen.

Ohne wahrzunehmen, wie die Zeit verging, schaute Nicolas in die Ferne, und als er schon glaubte, nichts würde geschehen, stieß Julia plötzlich einen leisen Schrei aus und klappte das Buch in ihrem Schoß laut zu. Abrupt wandte er sich um. Sie drückte ihre Hände so fest auf die Oberschenkel, dass die Knöchel ihrer Finger weiß hervortraten.

Er trat ins Zimmer und beugte sich zu ihr hinunter. »Julie!« Sie reagierte nicht. »Julie? Hast du alles gelesen?«, fragte er vorsichtig.

Noch nie hatte ihn das Sprechen so angestrengt wie in diesem Moment. Er wusste, dass er nichts tun konnte, und wollte trotzdem für Julia da sein.

Nach einer Weile sah sie ihn an, schlug eins der Bücher auf und deutete auf einen Absatz: »*Telefonat mit Barbara wegen ihrer Schwangerschaft. Sie will den Kontakt abbrechen*«, las sie mit brüchiger Stimme. Er ahnte nur zu gut, was in ihr vorging. Sie griff nach dem Buch, das unter dem lag, aus dem sie gerade vorgelesen hatte, zog ein Foto hervor und hielt es ihm entgegen. Nicolas spürte, wie sein Brustkorb eng wurde. Hastig öffnete er die beiden obersten Knöpfe seines Hemds, um sich Luft zu verschaffen.

»Das bin ich«, erklärte Julia. »Das erste Foto, das es von mir gibt. Meine Mutter hat es oft gemeinsam mit mir und meinem Vater angeschaut. Offenbar hat sie deinem Vater einen Abzug davon geschickt.« Nicolas hörte Julia über ihre Stupsnase, die kleinen Finger und ihr sonniges Gemüt sprechen. »Ich war das Kind, das meine Eltern sich so sehr gewünscht hatten. Die Krönung ihrer Liebe. Mein Vater sagte immer: ›Du bist das schönste Geschenk, das das Schicksal deiner Mutter und mir gemacht hat.‹ Danach hat er mich meistens geküsst, und ich habe ihn meinen allerliebsten Papi genannt. Den besten auf der ganzen Welt.« Julia entkam ein trauriges Lachen. »Und nun lese ich in den Notizen deines Vaters über meine Mutter … frisch verliebt in einen Mann, den sie zwei Tage zuvor zufällig kennengelernt hat.« Julia hielt inne und unterdrückte ein Schluchzen. »Wie ist so etwas möglich, Nicolas?«

Nicolas' Augen waren geweitet, die Pupillen dunkel. Das Bedauern über das, was er in den Büchern seines Vaters gelesen hatte, sprach aus ihnen.

»Ich weiß es nicht, Julie«, sagte er. Einen Augenblick sahen sie einander unschlüssig an. Dann sprach Julia weiter. »Glaubst du, wir sind …?«, den Rest des Satzes schluckte sie hinunter. Es war ihr unmöglich, auszusprechen, was wie ein Damoklesschwert über ihr hing. Sie wünschte sich, Nicolas hätte die Rezeptbücher niemals zur Hand genommen.

Der Stuhl, auf dem Julia saß, schrammte unangenehm laut über den Boden, als sie aufstand. Unzählige Stimmen in ihr tobten.

»Wir wissen noch nichts, Julie. Nicht wirklich!«, sagte Nicolas und versuchte, optimistisch zu klingen. Julia sah bleich und leblos aus, unglücklich, aber auch entschlossen.

»Ach wirklich?« Sie deutete mit dem Kopf in Richtung Bad. »Entschuldige. Ich muss Frank absagen und meinen Vater anrufen. Ich muss irgendwas tun. Sonst drehe ich durch.«

Nicolas sah, wie die Tür des Badezimmers sich hinter Julia schloss.

Im Bad setzte sie sich auf den Schemel, der vor dem Fenster stand. Draußen hing der Sommer schwer in den Bäumen. Ein Paradies, das man innerhalb weniger Stunden verlieren konnte. Sie musste zurück nach Hause, um mit ihrem Vater zu sprechen. Wie auch immer die Wahrheit lauten mochte, sie wollte sie aus seinem Mund hören. Julia rief Jakobs Nummer an, und während sie auf seine Stimme wartete, spürte sie, wie eine seltsame Ruhe sie erfasste.

Jakob schien überrascht, seine Tochter zu hören. »Julia? Ich bin noch in der Schule. Aber ich habe einen Moment Zeit«, sagte er. »Frank hat mich gestern angerufen. Er freut sich auf ein paar Tage Urlaub in Südfrankreich. Ist er bereits angekommen … ist er bei dir?« Draußen bremste ein Auto, doch das Geräusch wurde durch die Gedanken, die sich mit einem Mal in Julias Kopf überschlugen, in den Hintergrund gedrängt.

»Frank wird nicht kommen, Papa, weil ich nicht länger hierbleibe.« Julia rutschte auf ihrem Hocker nach vorne, die Anspannung in ihr wuchs erneut. »Wir müssen reden, Papa«, sagte sie. »Es gibt ein Foto von Ma und dir ... und auch eins von mir ...«

Am anderen Ende war es still. »Ach so?« Jakobs Stimme klang tiefer als sonst. »Ich fürchte, ich verstehe nicht, worauf du anspielst. Was ist das Besondere daran? Es gibt viele Fotos von uns.«

»Ich habe sie vom Sohn des Parfümeurs, der Ma ihr Lieblingsparfüm geschickt hat. Er hat sie bei seinem Vater gefunden. Ich bin nicht hergekommen, um auszuspannen, Papa, ich wollte Antworten finden.«

»Antworten? Du machst Urlaub in Frankreich – das hast du mir doch selbst gesagt«, sagte er zerstreut. Etwas schwer zu Identifizierendes schwang in Jakobs Stimme mit.

»Ich komme noch heute zurück nach Frankfurt«, versprach Julia, ohne weiter auf ihren angeblichen Urlaub einzugehen. Sie war ihrem Vater immer sehr zugetan gewesen, und es war unmöglich, diese Gefühle auszulöschen, trotzdem schlich sich eine Fremdheit ein, gegen die sie instinktiv anging, indem sie mit den Füßen gegen die Kacheln an der Wand stieß. »Ich bin völlig durcheinander, Papa.« Julia versagte fast die Stimme. Eine scheußliche Beklemmung schnürte ihr den Brustkorb ein, ihre Hilflosigkeit in diesem Moment war unerträglich. Tapfer versuchte sie, dagegen anzukämpfen.

»Welche Fragen, Julia? Du klingst so aufgewühlt ... Was ist los?« Jakobs Tonfall war nun energisch, und vielleicht war es seine Stimme, die Julia weitersprechen ließ. Sie hatte es

282

dabei belassen wollen, ihre Rückkehr und ein dringendes Gespräch anzukündigen. Ihr Vater war seit dem Tod ihrer Mutter keinesfalls von unerschütterlicher Konstitution. Doch der Druck, der auf ihr lastete, war so stark, dass der Satz mit Gewalt aus ihr herausbrach: »Ich will wissen, wer mein Vater ist.«

21. KAPITEL

Frank stieß die Tür zum Büro seines Kollegen auf. »Nachschub«, verkündete er und wedelte mit der Mappe in seiner Hand.

»Sagt der Mann, der mich im grauen, nieseligen Frankfurt zurücklässt, um so etwas Dekadentes wie Urlaub zu machen.« Stefan Ruckers, der mit Frank in der Abteilung Interne Revision arbeitete, schüttelte die Arme aus, während er auf Frank zuging. »Den Urlaub lasse ich dir durchgehen«, verkündete er und begrüßte Frank mit einem freundschaftlichen Schulterklopfen, »aber wandere mir bloß nie an eins der Ministerien ab oder geh als Sachverständiger vors Gericht. Das würde ich dir nie verzeihen.«

Ruckers, der stets mit eng an den Körper anliegenden Armen hinter seinem Tisch saß, erinnerte Frank immer an einen Maulwurf, der grub und grub, um ans Licht zu kommen.

»Und? Wie stehen die Dinge?«, fragte Ruckers munter, als Frank seine Berechnungen auf den Tisch legte und zur Bestätigung auf den Umschlag klopfte.

»Gar nicht mal so schlecht. Hier findest du Antworten auf

sämtliche Fragen, inklusive meiner Einschätzung der neuen Krankenversicherung.« Seit den Morgenstunden wartete Ruckers auf die finanzmathematischen und rechtlichen Rahmenbedingungen für die neuen Produkte in den Bereichen Altersvorsorge und Gesundheit. Frank hatte ihm die Berechnungen noch vor Antritt seines Urlaubs versprochen. Ruckers warf einen Blick auf die erste Seite, auf der Frank gewöhnlich eine Zusammenfassung präsentierte. Er kümmerte sich um die Entwicklung neuer Produkte, inklusive Beratung, Controlling, Risikomanagement und sogar Rechnungslegung.

»Sämtliche Belange auf einer Seite im Überblick«, murmelte Ruckers und sah Frank zufrieden an.

Er arbeitete mit Frank nicht nur hervorragend zusammen, sie verstanden sich auch außerhalb der Firma gut. Er hatte Frank während seiner Ehekrise schätzen gelernt. Damals war er leicht erregbar gewesen, doch Frank hatte sich nicht davon beeindrucken lassen. Seitdem hielten Frank und er auch privat losen Kontakt. Hin und wieder trafen die beiden Männer sich zu einem Tennismatch und saßen hinterher zusammen, um bei einem Bier Privates zu erörtern.

Was das Berufliche anbelangte, gewährleisteten Ruckers und Frank mit ihren Teams, dass die Versicherungsprodukte der Curita über ihre gesamte Laufzeit hinweg optimal berechnet waren. Für ein Versicherungsunternehmen in der Größe der Curita stand an erster Stelle, die laufenden Verpflichtungen erfüllen zu können. In gewissen Abständen wurden deshalb neue, attraktive Produkte auf den Markt gebracht, schließlich musste man konkurrenzfähig bleiben und auf Wachstum achten und gleichzeitig die Erwartungen der Kapitalanleger erfüllen. Aus diesem Grund verfolgte nicht nur Ruckers, sondern auch Frank täglich den Aktienkurs der Curita. Beide lasen die Financial Times und die Bernecker Börsenbriefe, hatten Ruinwahrscheinlichkeit, Sicherheitskapital und dergleichen stets im Blick.

Frank ließ sich in dem Besuchersessel nieder und sagte augenzwinkernd: »Sieht so aus, als wären unsere Jobs noch ein Weilchen sicher.« Dass sie ihre Jobs behalten würden, war ein Running Gag zwischen ihnen, um die Stimmung aufzulockern. Obwohl sie wussten, dass die Zeiten nicht besser wurden – Rationalisierungen und Fusionen waren auch in ihrer Branche ein ewiges Thema –, ließen die beiden Männer sich vom Gedränge der Tage nicht unterkriegen.

»Ich habe Astrid ein hübsches Geschenk zum Geburtstag versprochen. Passt also gut, dass wir weiterhin unsere Karten im Spiel haben.« Ruckers ging zur Kaffeemaschine und machte für Frank und sich Cappuccino.

»Du kannst mich übrigens während meines Urlaubs erreichen, falls Fragen zu meinem Dossier auftauchen. Aber nur, weil du es bist.« Frank nippte an dem Kaffee, den Ruckers vor ihn hingestellt hatte, und gab einen Würfel Zucker hinein.

»Wird hoffentlich nicht nötig sein«, winkte Ruckers ab. »In einer Woche bist du zurück, um hier weiterhin dein Unwesen zu treiben. Geht es Julia inzwischen besser?«

»Sieht aus, als ginge es bergauf. Mal sehen, wie es im Urlaub mit uns läuft. Danach weiß ich mehr.«

Ruckers' Telefon läutete. Er warf einen Blick auf den Apparat, sprach jedoch, wenn auch schneller als zuvor, weiter mit Frank.

»Kannst du mir einen Gefallen tun und ein Parfüm für Astrid mitbringen? Irgendwas aus einer dieser kleinen Parfümerien, die es rund um Grasse gibt. Etwas, das man hier nicht bekommt.« Ruckers streckte seine Hand in Richtung Telefon aus, um den Anruf anzunehmen. »Etwas Blumiges, Frisches. Ich glaube, das mag sie.«

»Klar. Julia kann was aussuchen. Wenn sie ein Parfüm gut findet, gefällt es Astrid bestimmt auch.« Frank deutete auf das Telefon. »Du solltest jetzt besser rangehen.«

Just in dem Moment hörte das Klingeln auf. Ruckers zuckte mit den Schultern. »In letzter Zeit ist echt die Hölle los. Ich komme noch nicht mal dazu, zehn Minuten früher zu gehen, um ein Geschenk für Astrid zu besorgen.«

Nach dem Ende seiner leidvollen On-off-Beziehung mit seiner Ex-Frau, war Ruckers nach langem Single-Dasein nun mit Astrid zusammen, die er erst wenige Wochen zuvor beim Tennis kennengelernt hatte. Er war wieder verliebt und genoss sein Glück.

Frank trank seinen Kaffee aus, verabschiedete sich von Ruckers und machte sich auf den Weg in sein Büro, das sich zwei Stockwerke tiefer befand.

Sein Koffer stand fertig gepackt in der Wohnung. Er musste nur noch seinen Anzug gegen Jeans und Sweater eintauschen, dann konnte es losgehen. Wenn es keinen Stau gab, wäre er bereits gegen Mittag des nächsten Tages in Mougins, mit etwas Glück sogar früher. Er freute sich auf Julia. Im Geist sah er sie auf sich zukommen und sich in seine ausgebreiteten Arme schmiegen. Er vermisste sie und konnte es kaum erwarten, wieder mehr mit ihr zu teilen als ein Telefonat am Morgen oder am Abend. Gerade als Frank sein Büro betreten wollte, kündigte ein Piepton eine Nachricht an.

Fahre heute unerwartet nach Hause. Rufe dich später an. Tut mir leid wegen des verpatzten Urlaubs. X Julia.

Das konnte doch wohl nicht wahr sein. Ärger stieg in Frank auf. Es hatte ihn etliche Gespräche gekostet, so kurzfristig Urlaub zu bekommen. Und nun blies Julia alles ab. Offensichtlich lag ihr nichts an gemeinsamen Tagen im Süden. Niemals hätte er ihr im letzten Moment abgesagt. Dass sie es tat, kränkte ihn.

22. KAPITEL

Julia bog in die Töngesgasse ein und ließ Geschäfte mit Pflanzensamen, Mode und Spirituosen hinter sich. Seit sie gestern in Mougins ins Auto gestiegen war, trieb sie die Ungewissheit über ihre Eltern an. Die privaten Notizen Antoines schilderten seine Sicht der Dinge – seine Gefühle und Gedanken –, das bedeutete aber nicht, dass sie zu hundert Prozent der Wahrheit entsprachen. Wie es aussah, hatte er sich vor langer Zeit in ihre Mutter verliebt und die sich offenbar auch in ihn, aber bedeutete das zwangsläufig, dass Jakob nicht ihr Vater war? Vorschnell zu urteilen brachte niemandem etwas, ihr am allerwenigsten. Leider war Abwarten noch nie Julias Stärke gewesen. Dass Jakob nicht ihr Vater sein könnte – diesen Gedanken mochte sie nicht zu Ende denken.

Julia bremste und hielt vor einer roten Ampel. Jakob ließ durchaus mit sich reden; bei Themen, die ihm wichtig waren, blieb er beharrlich. Sie müsste das Gespräch von Beginn an in die richtigen Bahnen lenken, damit er begriff, wie ernst es ihr war.

Hinter Julia hupte jemand. Die Ampel war auf Grün gesprungen. In den Straßen Frankfurts schwirrte es heute wie in einem Bienenstock. Überall Menschen und Autos in Bewegung, nirgendwo Stillstand. Der Unterschied zu den Dörfern der Provence, die auf reizvolle Weise verschlafen wirkten, hätte nicht größer sein können. Die Hände fest am Lenkrad, bog Julia drei Kreuzungen weiter rechts ab und fuhr in die Straße, in der ihre Wohnung war. Hoffentlich fand sie einen Parkplatz. Sie hatte Glück. Gerade wurde eine Parklücke frei, in die sie rasch hineinfuhr. Beim Aussteigen schlug ihr die geballte Sommerhitze entgegen, stickig warme Stadtluft, vermischt mit Benzin und Staub. In ihrer Wohnung roch es ebenfalls abgestanden, doch Julia registrierte weder das noch den nachmittäglichen Himmel in Blitzblau. Sie stellte ihr Gepäck ab, ging ins Bad, wusch sich Gesicht und Hände und zog frische Kleidung an. Dies alles geschah wie in Trance. Nur noch rasch Nicolas anrufen, dass sie gut angekommen war. Bereits wenige Minuten nachdem sie ihre Wohnung betreten hatte, fiel die Eingangstür schon wieder hinter ihr zu.

Frank hatte ihr in der Nacht zuvor, als sie ihn von einem Autobahnhotel aus angerufen hatte, erzählt, dass ihr Vater immer öfter im Liebfrauenkloster *aushalf*. Nach dem Tod ihrer Mutter hatte er sich einer Gruppe von ehrenamtlichen Helfern angeschlossen, die sich um Obdachlose kümmerten. »Neuerdings teilt er fast täglich Essen an Bedürftige aus. Er redet mit den Leuten und versucht, für sie da zu sein. Das hilft ihm, seine Probleme für kurze Zeit zu vergessen.«

»Davon, dass er sich noch häufiger engagieren möchte, hat er mir nichts erzählt«, hatte Julia verwundert festgestellt.

»Mir auch nicht. Ich hab's zufällig erfahren, als ich ihn zum Essen einladen wollte. Er müsse absagen, sagte er. Du kannst dir vorstellen, dass ich nachgefragt habe, was so wichtig ist, dass er mich versetzt. So kam alles ans Tageslicht.«

Natürlich hatte Frank nach dem Grund für ihren überstürzten Aufbruch gefragt. Seine Stimme, die anfangs einen abweisenden Unterton gehabt hatte, war weicher geworden, je länger sie über ihre Suche im Haus des Parfümeurs und Nicolas' Hilfe dabei erzählte. »Ihm ist nichts zu viel gewesen, um die Hintergründe der Karte aufzuklären. Bis spätnachts haben wir alles durchsucht, was uns zwischen die Finger kam. Und nun scheint es, dass Jakob vielleicht gar nicht mein leiblicher Vater ist, sondern Antoine Lefort.«

»Das ... kommt ziemlich unerwartet«, mehr hatte Frank nicht herausgebracht.

Julias Gedanken waren wie ein nie versiegender Strom. Sie musste aufhören, pausenlos zu grübeln, sondern sich aufs Fahren konzentrieren.

Der Toyota vor ihr hupte und bremste abrupt. Julia sah, wie ein Junge, der auf die Fahrbahn gelaufen war, erschrocken zu seiner Mutter zurückrannte und in ihren Armen zu weinen begann. Der Toyota fuhr wieder an und Julia wandte den Blick ab und beschleunigte. Sie würde den Wagen im Parkhaus abstellen. Von dort waren es nur dreihundert Meter bis zum Liebfrauenkloster. Ihr Vater hatte vom Klosterhof als einer Oase der Stille gesprochen.

»Dort sitzen Kapuzinermönche inmitten Hilfesuchender im stillen Gebet. Es ist ein Ort der Begegnung, an dem man Kerzen anzündet, betet, weint und sogar flucht, wenn man sich verloren vorkommt.«

»Vielleicht findest du dort selbst Hilfe ... neben deiner Arbeit«, hatte Julia gehofft, als er ihr von dem Gedanken erzählte, ehrenamtlich zu arbeiten.

»Kann durchaus sein. Hilfe und Selbsthilfe liegen oft nah beieinander.«

Julia parkte den Wagen, verließ das Parkhaus und bahnte sich an einer Gruppe junger Leute vorbei ihren Weg.

Nach wenigen Minuten hatte sie das Kloster erreicht.

Entdecke, wie viel Mitgefühl und Freundlichkeit hinter deinen Ängsten, Sorgen und Verurteilungen steckt, dann wirst du zu deinem eigenen und anderer Leute bestem Freund!, stand auf einer Leinwand, die an einer der Klosterwände angebracht war.

Julia sah sich suchend um. Nur wenige Schritte entfernt entdeckte sie ihren Vater. Er saß auf einer Bank, neben einer Frau, die den Kopf gesenkt hielt und still vor sich hin weinte.

Julia wich zurück und drückte sich gegen die Wand. Die Szene zwischen ihrem Vater und der Frau wirkte so intim, dass sie beschloss, abzuwarten, bis die Frau sich beruhigt hatte. Sie wollte sich gerade umdrehen, als ihr Vater den Kopf in ihre Richtung drehte. Ruckartig hob er das Kinn. Mit steinerner Miene sah er sie an, dann sagte er etwas zu der Frau, deren Hand er tröstend in seiner hielt, offenbar etwas Beruhigendes, stand auf und kam auf sie zu.

»Julia! Dass du so schnell hier sein würdest, hätte ich nicht gedacht.« Der Blick, mit dem Jakob sie ansah, war ausdruckslos, und die Umarmung, die folgte, zaghaft. Seit dem Unfall ihrer Mutter fühlte Julia sich in Gesellschaft ihres Vaters befangen. Wenn sie einander umarmten, hielten ihre Körper Abstand, als wäre eine Trennscheibe zwischen ihnen hochgezogen worden. Dieser Abstand war für Außenstehende nicht sichtbar, für Julia und – so vermutete sie – für Jakob jedoch spürbar. »Mir ist klar, dass du hier bist, um mir eine Menge Fragen zu stellen.«

»Das stimmt. Ich will alles wissen«, bekräftigte sie mit einem Lächeln, um ihren Worten die Schwere zu nehmen.

»Das verstehe ich«, pflichtete Jakob ihr bei. Julias überstürzte Abreise hatte ihm klargemacht, dass Ausflüchte sinnlos waren. Er würde alte Wunden aufreißen und den Schmerz aushalten müssen.

»Können wir nach Hause fahren und reden?«

Jakob sah zu der Frau hinüber. »Gib mir fünf Minuten«, bat er. »Ich gebe einem der Mönche Bescheid, dass ich wegmuss.«

Julia deutete auf eine Bank in der Nähe eines Durchgangs. »Ich warte dort auf dich.«

Als Julia das Wohnzimmer ihres Vaters betrat, blieb sie überrascht stehen. Es war nur wenige Wochen her, dass sie zum letzten Mal hier gewesen war, doch damals hatte der Raum völlig anders auf sie gewirkt – weltlicher und nüchterner. Nun standen auf dem Tisch vorm Fenster, auf der Anrichte, auf den Fensterbänken und in den Regalen, in denen die Bücher Lücken ließen, große weiße Kerzen. Jakob zündete eine nach der anderen an, sodass der Raum beinahe eine kirchliche Atmosphäre erhielt.

»Die Lichter in der Kirche haben mich inspiriert«, sagte er, als er Julias fragenden Blick auffing. »Schätz mal, wie viele Kerzen jeden Tag für Verstorbene und Hinterbliebene angezündet werden?« Julia zuckte mit den Schultern und so antwortete Jakob selbst. »Einmal, als ich sie gezählt habe, waren es über fünfhundert. Fünfhundert gute Wünsche und Bitten um Hoffnung und Trost.« Jakob ging in die Küche und kam mit Gläsern, einer Flasche Wasser und zwei Schüsseln zurück. Eine war mit Haferkeksen gefüllt, die andere mit Käsegebäck. »Wenn du Lust hast, koche ich uns später etwas«, schlug er vor.

»Steak mit Bratkartoffeln?«, fragte Julia. Wie oft hatte ihr Vater in den letzten Monaten dieses eine Gericht zubereitet.

»Ja, warum nicht. Salat ist auch da.« Jakob sah sie aufmerksam an. »Komm schon. Setz dich. Du bist hier zu Hause.« Er wies ihr mit einem Blick einen Platz am Fenster zu, dort, wo es hell und freundlich war und sie gerne saß. »Also gut«, sagte er, als er sich ihr gegenübersetzte. »Lass uns reden.« Julia nahm die Fotos aus ihrer Tasche und legte sie auf den Tisch. Jakob griff danach und warf einen prüfenden Blick darauf. »Ich nehme an, das sind die Fotos, von denen du mir am Telefon erzählt hast?«

Julia nickte. »Du und Ma, am Anfang eurer Ehe. Und das hier«, sie deutete auf das zweite Foto, »das bin ich … als Neugeborenes.«

»Du sagtest, jemand hätte die Fotos gefunden.« Jakob sah von den Fotos auf.

»Nicolas Lefort hat sie aufgestöbert. Er ist der Sohn eines Parfümeurs namens Antoine Lefort. Und dieser Monsieur Lefort hat Ma seit Jahren ihr Lieblingsparfüm geschickt. Nicolas hat die Fotos aus dem Rezeptbuch seines Vaters. In solchen Büchern notieren Parfümeure Formeln, Inspirationen und Gedanken über ein Parfüm, das sich noch in der Entwicklung befindet. In diesem Fall ging es um ›La Vie‹ – Mas Duft. Ma hat sich das Parfüm an ein Postfach schicken lassen. Dort habe ich einen Hinweis auf Antoine Lefort gefunden.«

Jakob sah sie mit wachsender Neugier an. »Woher hattest du den Schlüssel für das Postfach?«

»Den hab ich zufällig gefunden. Im Schrank, wo Mas Pullover lagen.«

292

Ein Schnauben entfuhr Jakob, laut und unbedarft. »Davon weiß ich nichts. Von dem Postfach, meine ich.«

Julia sah ihren Vater mitfühlend an, beugte sich vor, langte über den Tisch und drückte seine Hand. »Das war mir klar, deshalb habe ich dir den wahren Grund meiner Reise verschwiegen. Ich war in der Provence, um Nachforschungen anzustellen.«

»Nachforschungen?« Ein Ruck ging durch Jakobs Oberkörper. »Lefort ... der Name steht auf dem Parfüm, das deine Mutter immer als ihre zweite Haut bezeichnete. Als ich ihr einmal ein anderes schenken wollte, hat sie das geradezu vehement abgelehnt.« Er schüttelte den Kopf, offenbar stand ihm die damalige Situation noch lebendig vor Augen. »Warum ließ deine Mutter sich das Parfüm nicht nach Hause schicken?«

»Vermutlich, damit du nicht mitbekommst, dass sie Kontakt zu Antoine Lefort hielt. Ma und Antoine Lefort kannten sich – offensichtlich sogar sehr gut. Zumindest früher«, schränkte Julia ein. »Wie ihr Kontakt später verlief, darüber kann ich nur spekulieren.« Sie erzählte von der aufwendigen Spurensuche. Wie nahe sie Nicolas Lefort dabei gekommen war, verschwieg sie. Jakob war während Julias Erzählungen immer mehr in sich zusammengesunken und saß nach vorne gebeugt da.

Plötzlich ergriff er das Wort. »Weißt du noch? Der Widerspruchsgeist deiner Mutter ... Was sie nicht wollte, lehnte sie ab, aber für anderes kämpfte sie wie eine Löwin.« Jakob begann die Hemdsärmel aufzurollen. »Du hast deine Mutter immer für ihre Tatkraft und ihre Beharrlichkeit bewundert. Sie ist tough, hast du gesagt. Im Grunde dürfte dich ein Postfach, von dem niemand wusste, also nicht wundern.« Jakob erinnerte sich, wie nah Julia und Barbara sich gewesen waren und wie sehr ihn diese Nähe immer beglückt hatte.

»Ja, ich mochte ihre Stärke. Aber was ist mit dir? Lässt es dich kalt, dass Ma etwas vor dir verborgen hat?«

Jakob hob seine Hände. »Nein, ich wünschte, sie hätte mich eingeweiht … und hätte gewusst, dass ich ihr jeden Wunsch erfüllen wollte. Jeden, der möglich war … Die Wünsche deiner Mutter waren der Mittelpunkt meines Lebens. Und ihr größter Wunsch war es, Mutter zu werden. Darin sah Barbara die Erfüllung ihres Lebens, nicht in der Zweisamkeit. Dass wir eine Familie gründen würden, daran bestand für sie nie der geringste Zweifel. Vermutlich hätte deine Mutter mich sonst nicht geheiratet. Für sie war der Gedanke an ein Kind wie die Verschmelzung zweier Menschen mit einer höheren Aufgabe: der Begleitung eines Kindes auf seinem Weg zum Erwachsenwerden.« Jakob ließ den Blick über die Kerzen rundherum schweifen. Die Helligkeit schien ihm gutzutun, er fühlte sich wohl in seinen vier Wänden.

»Versteh mich nicht falsch, es gibt mich … ich bin da«, sagte Julia, »aber hast du deine Wünsche niemals hinterfragt? Es gibt Dinge, die wir zu brauchen glauben, bis wir sie beleuchten … Man kann mit und ohne Kinder glücklich sein. Dafür gibt es genügend Beispiele.«

»Beispiele hätten deiner Mutter nicht weitergeholfen. Für sie zählte, was sie empfand. Hinzu kam, dass sie andere Paare sah, die Kinder hatten und glücklich waren. Unser Leben kreiste immer mehr um das eine Thema: Elternschaft. Doch bald gab es Probleme. Deine Mutter wurde nicht schwanger. Monat um Monat verging und nichts geschah.« Jakob bemühte sich, seine Gefühle unter Kontrolle zu bringen, doch das leichte Zittern seiner Finger verriet seine Verfassung. »Als du zur Welt kamst, warst du nicht nur unsere Tochter, Julia, du warst unsere Zukunft, *unser wahres Leben*. Alles, was vorher war, wirkte wie Fotos in einem Album, das man sich einmal im Jahr ansieht und irgendwann vergisst, weil dies nicht mehr wichtig ist. Wir wollten dir später von unseren Schwierigkeiten, ein Kind zu bekommen, erzählen. Doch irgendwann meinte deine Mutter, das sei unser Thema, nicht deins. Sie hatte Angst, den Schatten der Vergangenheit zu begegnen. Wenn man sein Glück gefunden hat, verblasst das Unglück, egal, wie lange es einem schlaflose Nächte bereitet hat. Wir hatten bekommen, was wir wollten – wir waren eine Familie. Das wollten wir nicht gefährden, um keinen Preis.« Jakob schwieg, bis Julia ihn beschwor, weiterzusprechen.

»In den letzten Jahren ist mir klar geworden, dass wir, als wir uns mit aller Gewalt an den Kinderwunsch klammerten, unsere Unschuld verloren hatten. Wir wollten uns nicht mit *dem halben Leben* zufriedengeben. Das halbe Leben, das waren wir als Paar.« Jakob hatte eine gefasste Miene aufgesetzt, die ihm nun entglitt. »Es tut weh, zu erkennen, dass man einander nicht genug ist. Ich habe nie über meine Gedanken gesprochen, sondern um des lieben Friedens willen geschwiegen.« Jakob stockte, dann fuhr er fort. »Als deine Mutter nicht schwanger wurde, brachte sie das beinahe um den Verstand. Sie zerfloss in Selbstmitleid, dann folgten Wut und endlose Gespräche. Einmal schlug ich ihr eine Adoption vor, doch sie lehnte rigoros ab. Ein fremdes Kind wäre nicht dasselbe, sagte sie. Ich versuchte es mit sachlichen Argumenten, doch sie hörte mir nicht zu. Bald führte jede noch so kurze, unwichtige Diskussion über das Thema Schwangerschaft zu Missstimmung. Irgendwann waren wir erschöpft und resigniert, doch dann begann die Spirale wieder von vorne.« Jakob blieb sachlich, doch er konnte seine innere Unruhe kaum verbergen. »Nach dem Studium habe ich die These vertreten, man solle sich aussuchen, wer man werden wolle, heute weiß ich, dass das ein Irrglaube war.« Etwas Flehendes, um Verständnis Bittendes lag in seinem Blick.

»Warum habt ihr nie mit mir über diese Zeit gesprochen? Es fühlt sich unwirklich an, das alles erst jetzt zu hören. Wie die Geschichte fremder Leute.«

»Deine Mutter wollte auf keinen Fall darüber sprechen. Und ich habe nachgegeben.« Julia hielt Jakob seine direkte, ungeschönte Art zugute. Selbst nach so vielen Jahren hörte man aus seinen Worten die Angst heraus, seine Frau zu verlieren, wenn die Ehe kinderlos blieb.

Sie dachte an die Kälte, die im Herbst manchmal auf die letzten heißen Tage folgte; sie drang einem bis in die Knochen, weil man noch immer auf Sommer eingestellt war. Eine solche Kälte musste Jakob damals gefühlt haben.

Jakob nahm sich einen Keks, biss hinein, legte das Gebäck jedoch gleich wieder hin.

»Zwei Jahre haben wir versucht, ein Kind zu bekommen, dann ließ deine Mutter sich untersuchen. Ihr Gynäkologe beruhigte sie, bei ihr sei alles in Ordnung. Also bat sie mich, mich ebenfalls durchchecken zu lassen.« Jakob griff nach seinem Glas und trank es leer. »Nächtelang habe ich mir vorgestellt, wie der Arzt mir sagt, dass es an mir liegt. Dass mit mir etwas nicht stimmt. Ich fühlte mich wie ein Versager. Es gab kaum noch etwas, auf das ich mich freuen konnte. Nur noch Traurigkeit, weil ich mich an unserem Unglück schuldig fühlte. Ich versuchte deine Mutter zu trösten. Wir werden es schon schaffen, es gibt mehr als Kinder. Einen Beruf, der einen erfüllt, Freunde, Hobbys. Unser ganzes Leben lag vor uns. Ich versprach, zum Arzt zu gehen, fand aber immer wieder andere Ausreden. Einmal behauptete ich, sie hätten im Labor etwas verwechselt. Ein anderes Mal schob ich rasende Kopfschmerzen vor und behauptete, es sei wichtiger, zuerst diesem Problem nachzugehen. Die nächsten Monate waren wie ein Spießrutenlauf. Ich hatte das Gefühl, den Kampf schon verloren zu haben, bevor er richtig begann.«

Eine Textnachricht leuchtete auf Julias Display auf. *Ich denke an dich.* Ein Smiley und ein Siegerdaumen ergänzten Franks Nachricht. Julia steckte ihr Smartphone zurück in die Tasche. »Und als du dann zum Arzt gegangen bist – was hat er gesagt?«, fragte sie.

Jakob schüttelte den Kopf. »Ich war nicht beim Arzt. Meine Angst war zu groß … und eines Tages war Barbara dann schwanger. Die Erleichterung, die ich empfand, war unbeschreiblich. Wir waren gerettet. Unser Leben konnte weitergehen. Barbara strahlte wie noch nie zuvor.« Die Sekunden erschienen Julia wie Ewigkeiten. Was würde sie noch erfahren? »Endlich lachten wir wieder miteinander, schmiedeten Pläne. Wir waren wie ausgelassene Kinder. Doch je größer Barbaras Bauch wurde, umso vehementer meldete sich offenbar ihr Gewissen. Eines Tages gestand sie mir, in Südfrankreich eine Affäre gehabt zu haben. Wenn sie Nizza anflog, hatte sie manchmal ein, zwei freie Tage vor Ort, bevor sie eine neue Route zugeteilt bekam.«

»Hat Ma gesagt, wer der Mann war, mit dem sie …?« Julia ließ den Satz unvollendet.

»Nein! Ich wollte es nicht wissen. Die Affäre war beendet, das war alles, was mich interessierte. Deine Mutter hat mir damals versprochen, diesen Mann nie wiederzusehen.«

»Du warst doch bestimmt geschockt? Du konntest doch

nicht die Augen vor der Wahrheit verschließen«, hielt Julia dagegen. Die Vorstellung, dass Jakob die Affäre seiner Frau mit einem anderen Mann einfach verdrängen konnte, war ihr unverständlich.

»Natürlich war ich geschockt, allerdings wollte ich mich nicht von deiner Mutter trennen. Ich wünschte mir nur eins: dass wir zusammen glücklich sein würden«, beharrte Jakob. »Außerdem war ich viel zu erleichtert, um ihr weitere Fragen zu stellen. Wir würden ein Kind haben, nur das zählte. Und unsere Zukunft als Familie. Die nächsten Monate vergingen wie im Flug. Es gab so viel vorzubereiten. Und als ich dich im Krankenhaus sah, habe ich mich sofort in dich verliebt, Julia. Du warst meine Tochter, und ich wollte, dass du unbeschwert aufwächst. Deshalb habe ich mich der Meinung deiner Mutter angeschlossen, es sei das Beste, dir nichts über deine Herkunft zu sagen. Ich war … und bin doch dein Vater!«

Julia fühlte, wie sich alles in ihr zuschnürte. Selbst jetzt noch ließ sich die Angst, aber auch die große Erleichterung aus Jakobs Gesicht herauslesen, die er damals empfunden hatte. Seine Frau hatte ihn betrogen, doch so schmerzhaft dieser Fehltritt war, er barg auch ein Geschenk für ihn – den Freispruch von seiner körperlichen Fehlbarkeit. Das Zittern darum, vielleicht nie Vater zu werden und unter Umständen sogar seine Familie zu verlieren, war vorbei. Das Schicksal hatte ihnen arg mitgespielt, doch im letzten Moment hatte es sie verschont.

Julia konnte den Druck und die Angst ihrer Eltern nachvollziehen, doch sie konnte das Gefühl nicht abschütteln, dass es ihnen dabei vorrangig um sich selbst gegangen war und nie um ihr Kind.

»Habt ihr wirklich geglaubt, man kann einen Menschen

im Unklaren über seine Herkunft lassen?«, fragte sie fassungslos. »Irgendwann hättet ihr mir sagen müssen, wer mein leiblicher Vater ist. Habt ihr keine Sekunde daran gedacht, wie ich mich fühlen könnte, wenn ich es zufällig erfahre?« Tränen stiegen in Julia auf. Irgendwo hatte ein Funke Hoffnung in ihr überlebt, sie könne ihre Liebe zu Nicolas bewahren. Doch nun erlosch dieser Funke. Eine Zukunft mit dem Mann, den sie liebte, gab es nicht mehr.

Das Bild, als Nicolas sie geküsst hatte, stieg vor ihr auf. Sie fühlte seine liebkosenden Hände auf ihrem Körper. Für einen Moment hatte sie alle bedrückenden Gedanken und Probleme vergessen. Nicolas' Lippen auf ihren, so zart, behutsam und später so leidenschaftlich, hatten zum ersten Mal den Wunsch in ihr geweckt, ihn nie wieder zu verlassen.

Und nun brach mit aller Wucht die Erkenntnis über sie herein, dass die Liebe zu Nicolas eine verbotene war. Ihr leiblicher Vater war tot, und Jakob hatte ihr Vertrauen missbraucht.

Julia unterdrückte ihre Tränen und holte aus der Tasche die Zeichnung hervor, die Nicolas in Villefranche für Jakob gekauft hatte. Der Moment, als er sie gebeten hatte, das Bild für ihren Vater kaufen zu dürfen, war so beglückend gewesen. »Das soll ich dir mit einem Gruß von Nicolas Lefort aushändigen.« Jakob blickte auf die Häuser in den Hügeln und das Meer davor, drehte das Bild ins Licht und sah es sich genauer an. Julia beobachtete jede seiner Regungen, versuchte einzuordnen, was in ihm vorging, geradezu krampfhaft darum bemüht, den Menschen wiederzufinden, den sie so lange *meinen Vater* genannt hatte.

In einer Fernsehsendung, die sie einmal gesehen hatte, hatte ein Psychologe über Menschen gesprochen, die belogen worden waren und deren aufgestaute Verachtung in dem Augenblick aus ihnen herausbrach, als sie glaubten, das Ganze endlich hinter sich gelassen zu haben. Sie hatten ihre Gefühle verdrängt, ganz nach dem Motto: Die Zeit heilt alle Wunden. Sie würde diesen Fehler nicht begehen, würde genau hinschauen, auf Jakobs Gefühle und auf ihre eigenen.

»Ich bin ein wenig befangen … wie komme ich zu dem Geschenk eines Mannes, den bisher nur du kennst?« Jakob lächelte bemüht und bat Julia, Nicolas seinen Dank auszusprechen. »Richte Nicolas …«, er korrigierte sich rasch, »Monsieur Lefort meinen herzlichen Dank aus. Er scheint ein hilfsbereiter und großzügiger Mensch zu sein.«

Julia wusste, dass Jakob hoffte, sie möge ihm verzeihen. Doch dazu war sie noch nicht bereit, sie brauchte jetzt erst mal Zeit. »Nicolas ist der Mann, mit dem ich mein Leben verbringen wollte«, sagte sie. Sie hatte es für sich behalten wollen, doch der Satz war wie ein Felsbrocken, der sich unter großem Druck löste und aus ihr herausbrach.

Die Größe ihres Verlusts erfasste Jakob. Erstarrt begriff er, was die Tatsache, dass er nicht ihr leiblicher Vater war, für Julia noch bedeutete. »Es tut mir so leid …«, stammelte er.

»Hast du geglaubt, du könntest ein Leben lang mit einer Lüge durchkommen?«, fragte Julia resigniert. Sie sah in Jakobs starres Gesicht. »Früher habe ich mich in deine Arme geflüchtet, wenn ich traurig war, um mich vom liebsten Papi, den ich mir nur vorstellen konnte, trösten zu lassen. Ich habe dir blind vertraut.«

Jakob fasste Julia an den Schultern. Seine Augen ließen sie nicht los. »Ich bin noch immer derselbe, Julia«, sagte er verzweifelt. »Bitte vergiss das nicht.«

»Nein, das bist du nicht.« Julia riss sich von ihm los. »Vielleicht hat der Mann, dem ich glaubte und auf den ich mich verlassen konnte, nur in meiner Fantasie existiert.« Es kostete viel Kraft, vernünftig sein zu wollen. Wieso hörte sie nicht auf, gegen die Wahrheit und ihre Gefühle anzukämpfen, und ließ die Tränen zu. Jakobs Stimme drang nur noch wie aus weiter Ferne zu ihr, als sie aus der Wohnung eilte und die Tür hinter sich zuzog.

Lavendelträume

ALLES WAS DU FÜR EINEN
LAVENDELTRAUM BRAUCHST, IST EIN
OFFENES HERZ.

23. KAPITEL

Drei Monate später

Julia legte das Obst, das sie in kleine Stücke geschnitten hatte, auf einen Teller und ging damit zum Küchentisch. Drei Monate waren seit ihrer Rückkehr aus der Provence vergangen. Minutiös verplante sie ihre Tage. Die Termine lenkten sie von den trüben Gedanken ab. Und wenn sie abends todmüde nach Hause kam und ins Bett fiel, hatte sie keine Kraft mehr zum Grübeln. Auf diese Weise hatte sie den Sommer überstanden, und so würde sie auch den Herbst überleben.

Heute traf sie sich um dreizehn Uhr mit einer Kundin zum Mittagessen; um fünfzehn Uhr hatte sie einen Prophylaxe-Termin beim Zahnarzt, und danach würde sie eine Maisonettewohnung besichtigen, um mit der Interessentin die Einrichtung zu besprechen.

Doch zwischendurch überfielen Julia immer wieder bedrückende Gedanken. Sie waren stärker als ihr Wille und zwangen sie, Entscheidungen, die sie in naher Vergangenheit getroffen hatte, noch einmal zu überprüfen. Sollte sie sich wieder mit Jakob treffen, um ihr Verhältnis in Ordnung zu bringen? Sollte sie Nicolas anrufen? Seine Stimme wäre Balsam für ihre Seele, doch die Unmöglichkeit, ihre Liebe zu leben, hinderte sie daran.

Die ersten Nächte nach ihrem Gespräch mit Jakob hatte sie auf der Couch in Marens Wohnzimmer verbracht.

Julia weinend vor ihrer Tür stehen zu sehen, kaum in der Lage, einen Satz herauszubringen, hatte Maren tief erschüttert. Ohne genau zu wissen, was geschehen war, hatte sie die Freundin in die Arme genommen, um sie zu trösten. »Ich weiß, ich kann nicht viel tun, Julia … aber ich bin für dich da, du bist nicht allein«, hatte Maren versprochen, nachdem sie das Wichtigste von Julia erfahren hatte. Julia hatte nur ein schwaches Nicken zustande gebracht. Wenig später hatte sie reglos vor einer Tasse Tee gesessen und Maren dabei zugeschaut, wie sie im Wohnzimmer ein provisorisches Bett für sie herrichtete. Während Maren das Kopfkissen bezog und nach einer Decke suchte, bat sie Julia inständig, erst wieder in ihre Wohnung zurückzukehren, wenn sie sicher war, alleine klarzukommen. Seit diesem Tag bereitete Maren jeden Abend das Essen für sie zu. Später las sie Julia aus einem Buch mit orientalischen Märchen vor. »Ich liebe jede Zeile dieses Wälzers, egal, wie fantastisch die Geschichten klingen«, hatte sie nach dem ersten Kapitel nachdenklich gesagt, »und weißt du, warum?« Julia hatte zaghaft den Kopf geschüttelt. »Weil ich das sichere Gefühl habe, diese Geschichten haben die Macht, uns auf etwas Wahres hinzuweisen: wie wichtig ein freier Geist, Menschlichkeit und die Kraft der Vorstellung sind.« Von der gemeinsamen Lesestunde abgesehen, ließ Maren Julia in Ruhe, und Julia war dankbar, dass die Freundin nicht versuchte, sie mit Gemeinplätzen zu trösten. Maren hörte ihr geduldig zu, wenn sie reden wollte; doch vor allem leistete sie ihr beim Schweigen Gesellschaft.

Während dieser Zeit hatte Nicolas regelmäßig angerufen, doch die Freude, von ihm zu hören, wurde von der Unsicherheit getrübt, wie sie nun mit ihm umgehen sollte. Auch er wusste von ihrem Gespräch mit Jakob.

Drei Wochen nach ihrer Abreise aus Roquefort-les-Pins – Julia war inzwischen in ihre eigene Wohnung zurückgekehrt – sprachen sie über die überarbeitete Version des Flakons, die sie Nicolas gemailt hatte und über geplante Verhandlungen mit der Firma Lalique. Nicolas bezeichnete die alteingesessene Manufaktur als den Olymp der Glaskunst. Ein Angebot für die Herstellung des Flakons war also eine Ehre. Die Freude, über den Flakon zu sprechen, hatte ihnen einige Minuten geschenkt, die nur ihnen gehörten. Doch allzu schnell holte die Realität sie wieder ein; sie bemühten sich, normal miteinander umzugehen, doch es kam kein ungezwungenes Gespräch zustande.

Die Funkstille, die nun zwischen ihnen herrschte – sie war weder von ihr noch von ihm angekündigt worden –, änderte nichts daran, dass Julia jeden Tag an Nicolas dachte. Wenn sie vorm Einschlafen an Camilles Lavendelstrauß auf ihrem Nachttisch roch, sprach sie in der Dunkelheit mit Nicolas über den Tag. Er blieb ihr Vertrauter, der ihr zuhörte und sie daran erinnerte, ihre Traurigkeit zu akzeptieren. Es fiel Julia schwer, ihr neues Leben anzunehmen. Eines Tages würde sie Nicolas hoffentlich auf eine Weise lieben können, die der Tatsache, dass er ihr Halbbruder war, gerecht wurde.

Doch immer wieder kam ihr der Kuss in den Sinn. Sie waren einander auf eine Weise vertraut gewesen, die über das, was sie bis dahin miteinander geteilt hatten, weit hinausging. Diese Nähe hatte Julia als derart beglückend empfunden, dass sie kaum Worte dafür fand. »Überfordere dich nicht, lass dir Zeit«, mehr wusste Maren nicht zu sagen, wenn sie über Julias zwiespältige Gefühle sprachen. Doch die Zeit verging quälend langsam und manchmal glaubte Julia, sie könne diesen Kuss und ihre Gefühle für Nicolas niemals auslöschen.

Das Handy klingelte und unterbrach Julias Tagtraum. Sie steckte sich das letzte Stück Pflaume in den Mund, rutschte vom Hocker und griff nach dem Smartphone. Maren klang aufgeregt, sie murmelte einen knappen Morgengruß, dann kam sie sofort zum Thema.

»Frank hat angerufen.«

Julia schob mechanisch den Teller zur Seite. Sie hatte Frank seit dem Tag des Gesprächs mit ihrem Vater, dessen Details er haarklein nachgefragt hatte, nicht mehr gesehen. Am Abend desselben Tages hatten sie sich bei Maren zu einer Aussprache getroffen. Seitdem waren zwölf Wochen vergangen.

»Was wollte er?«

»Frag mich was Leichteres. Er wollte wissen, ob ich alleine bin, und nachdem er gehört hatte, dass du heute später kommst, sagte er, er sei gerade in der Gegend und schaue in einer Viertelstunde vorbei. Er will etwas abgeben. Mehr hat er mir nicht verraten.«

Julia biss nervös an ihrer Nagelhaut herum. Im Geist sah sie wieder seine verschlossene Miene vor sich, als er von Nicolas erfahren hatte.

»Vermutlich scheut er sich, Kontakt zu dir aufzunehmen. Weißt du noch, wie förmlich er war, als ihr auseinandergegangen seid, nachdem du ihm deine Gefühle für Nicolas gestanden hast?«, erinnerte Maren Julia.

Sie hatte Frank und Julia damals ans Herz gelegt, einander nicht völlig aus den Augen zu verlieren. »Ich weiß, es klingt abgedroschen. Aber bitte vergesst nicht, dass niemand von euch dem anderen Böses wollte.« Leider stand sie mit ihrem Wunsch auf verlorenem Posten. Frank hatte Julias Verliebtheit anfangs als Flucht angesichts des Todes ihrer Mutter angesehen und deshalb Verständnis gezeigt, doch Julia wollte nichts unausgesprochen lassen und gestand ihm, dass ihre Gefühle für Nicolas kein Ausweichmanöver waren, um sich von ihrem Schmerz abzulenken. Zwischen Mitgefühl und Kränkung hin- und hergerissen, hatte Frank sich daraufhin den schweren Dämpfer eingestanden, den seine Hoffnung auf ein gemeinsames Leben mit Julia erlitten hatte. Sie waren wie Fremde auseinandergegangen. Julia akzeptierte seinen Rückzug. Dennoch vermisste sie ihn manchmal.

»Wie auch immer, richte Frank herzliche Grüße aus«, bat sie Maren. »Ich hoffe, es geht ihm gut. Und was uns anbelangt, bleibt es heute bei halb elf?«

Maren hatte Julia um ein Treffen im Botanischen Garten gebeten. »Lass uns mal wieder frische Luft schnappen und das Getöse der Stadt hinter uns lassen, während ich Fotos für diesen Heilpraktiker mache, der partout ein Beet wie den Senckenbergischen Arzneipflanzengarten anlegen will. Und wenn wir schon im Grünen sind, spricht nichts gegen ein kleines Picknick auf einer Bank. Ich bringe Schoko-Croissants und eine Thermoskanne Kaffee mit.«

»Klar, alles wie besprochen«, bestätigte Maren.

»Ich parke übrigens nicht im Parkhaus am Palmengarten, sondern am Grüneburgpark. So früh gibt es dort sicher noch Parkplätze«, teilte Julia Maren mit.

»Okay, dann treffen wir uns dort. Und falls du ein paar Minuten früher vor Ort bist, finde ich dich bei den Sumpf- und Wasserpflanzen.«

»Richtig, du Hellseherin. Sag mal, wie schaffst du es eigentlich in letzter Zeit so früh auf die Beine? Hast du etwa deine Gewohnheiten geändert?«

Maren lachte und freute sich, dass Julia einstimmte. Es war schön, zu ein bisschen Leichtigkeit zurückzufinden. »Ach nein. Es gibt nur extrem viel zu tun. Und ein gutes Vorbild wie du zeigt irgendwann Wirkung.«

Maren hatte in letzter Zeit noch mehr zu tun als sonst. Vor

zwei Wochen hatte sie Alexander Schultheiß bei der Schlüsselübergabe eine Flasche Champagner und den Mädchen Bücher mitgebracht. Schultheiß hatte ihr sogar einen neuen Kunden vermittelt. Nach mehreren Besichtigungsterminen stand dieser nun kurz davor, den Kaufvertrag für ein Penthouse zu unterzeichnen. Inzwischen hatte auch Helmut Kurz einsehen müssen, dass er mit Maren nicht machen konnte, was er wollte. Schultheiß hatte es sich nicht nehmen lassen, ihn anzurufen, seitdem war Kurz auffällig zurückhaltend.

Julia trank den letzten Schluck Kaffee und räumte Tasse und Teller in den Geschirrspüler. »Also dann bis später, Maren.«

Der Radiomoderator hatte heute einen Altweibersommertag vom Feinsten versprochen. Beste Voraussetzungen für einen Besuch im Botanischen Garten. Während Julia in Leinenhose und Bluse schlüpfte, dachte sie über Marens neue Gewohnheit, früher aufzustehen, nach. Bei Liebeskummer oder Sorgen schlief Maren schlecht, deshalb glaubte Julia, dass ihr etwas auf der Seele lag. Vermutlich hatte sie sich in Alexander Schultheiß verliebt, und da er ein Kunde war, glaubte sie sich gegen diese Gefühle wappnen zu müssen. Schon mehrmals hatte Julia Maren ein Gespräch anbieten wollen, doch jedes Mal hatte sie aus Respekt geschwiegen. Sie schätzte Maren als grundsätzlich offenen Menschen, allerdings war sie beim Thema Gefühle verschlossen wie eine Auster. Seit dem Dauerstreit ihrer Eltern hatte bei Maren eine gewisse Desillusionierung stattgefunden. Sie machte die Dinge am liebsten mit sich alleine aus. Vermutlich in dem Glauben, sich schützen zu können, vielleicht auch, um niemanden mit ihren Zweifeln und Empfindungen zu belasten.

Julia ging ins Bad, trug Mascara, Rouge und Lipgloss auf

und steckte ihr Smartphone ein. Gegen Abend traf sie sich noch einmal mit Schultheiß' Töchtern. Es war ihr vorläufig letzter Termin mit den Mädchen. Danach hätte sie wieder mehr Zeit für die Zeichnungen, von denen niemand wusste, selbst Maren nicht. Dieses Projekt war eine Herzenssache, die sie brauchte wie die Luft zum Atmen. Wenn die Zeichnungen fertig wären, würde sie Maren einweihen. Was sie wohl zu der Welt sagte, die sie seit Wochen auf großen Papierbögen erfand? Jedes Mal, bevor sie zu zeichnen begann, betrachtete sie zuerst die Fotos, die sie von der Parfümerie gemacht hatte. Darauf sah man die mit schlichten Glasflaschen gefüllten Regale, die so viele wundervolle Parfüms enthielten, die verschnörkelten Samtstühle und den altmodischen Verkaufstisch. Sie würde Maren als Erstes diese Fotos zeigen, erst danach würde sie davon erzählen, dass sie für jeden von Antoine Leforts Düften einen Flakon für eine Sonderedition zeichnete. Kunden, die Julia sich im Geiste bereits vorstellte, würden zwischen den geradlinigen Flaschen und extravaganten Sondereditionen wählen können. Es würde vermutlich noch eine Weile dauern, bis sie alles fertig hätte: den aufgearbeiteten Verkaufstresen, die Regale aus Spiegelglas und die Vitrinen voller filigraner Flakons, doch Julia erahnte bereits die Magie, die der Raum danach ausstrahlen würde. Jeden Strich setzte sie für Nicolas, und jede Stunde, die sie diesem Projekt widmete, war eine Stunde mit ihm. Die Arbeit war der letzte Schnittpunkt, den sie noch hatten, ihr Rettungsanker.

Ausflüge in den Botanischen Garten schlugen für Julia eine Schneise ins feste Gefüge des Alltags – kleine Stadtfluchten, die sie durchatmen ließen. Heute steuerte sie als Erstes den Mediterranen Garten an. Die Vegetation dort hatte etwas wohltuend Inspirierendes. Links und rechts des Weges gab es eine reiche Ausbeute an bedingt winterharten Pflanzen, die üppig ineinanderwuchsen und einen glauben machten, man befände sich im Süden. Julia blieb stehen und schloss die Augen, und während sie auf das Summen der Bienen horchte, wähnte sie sich neben Nicolas. Obwohl es bereits September war und noch relativ früh am Vormittag, drückte die Sonne mit aller Kraft vom Himmel und verbreitete ein angenehm sommerliches Gefühl. Frankfurt mit seinen Hochhäusern, dem Trubel und der Geschäftigkeit war weit weg. Wenn man die ostasiatische, nordamerikanische oder mediterrane Flora an sich vorbeiziehen ließ, schien die Stadt nicht zu existieren. Erst auf dem Parkplatz, wenn man in den Wagen stieg, holte sie einen wieder ein.

Julia schlenderte den Kiesweg entlang. Inmitten dieser Oase nahm sie sich Zeit, um so viel Natur wie möglich in sich aufzunehmen. Vom mediterranen Teil des Gartens ging sie zu den Sumpfpflanzen. Schon von weitem sah sie Maren winken. Sie hielt ein Kuvert in die Höhe und rief ihr entgegen: »Das hat Frank für dich abgegeben.«

Julia drehte den Brief in ihren Händen, unentschlossen, ob sie ihn gleich hier öffnen sollte oder später, zu Hause. »Wie geht es ihm denn?«, fragte sie.

»Er ist schlanker geworden, und unter seinen Augen liegen violette Schatten, ansonsten sieht er aus wie immer«, meinte Maren ausweichend.

Julia zog nachdenklich die Augenbrauen hoch und deutete auf eine Bank unter einem Baum. »Soll ich den Brief gleich jetzt lesen?«

»Keine Ahnung, wie's dir geht, ich bin jedenfalls furchtbar neugierig, was drinsteht. Frank und Briefe? Ich hätte nicht gedacht, dass das zusammenpasst.« Maren setzte sich neben Julia, die mit dem Fingernagel über die Stelle strich, wo das Kuvert verschlossen war. Nach einem kurzen Zögern schob sie ihren Zeigefinger in den Spalt am Rand, riss den Umschlag auf und zog die gefalteten Blätter heraus. Maren warf einen Blick auf die beschriebenen Seiten mit Franks Schrift. »Soll ich dich alleine lassen?« Julia griff nach Marens Hand und schüttelte den Kopf. »Nein, bleib hier. Es tut gut, dich neben mir zu wissen.«

»Also dann …« Julia lächelte zuversichtlich, senkte den Kopf und begann zu lesen.

Hi Julia,

zwölf Wochen sind eine lange Zeit, in denen wir keinen Kontakt hatten.

Sicher erinnerst Du Dich noch gut an unser letztes Gespräch. Danach hatte ich das Gefühl, Zeit zu brauchen. Zeit nur für mich, um mit dem Durcheinander klarzukommen, das in meinem Kopf herrschte. Es hat wehgetan, die Wahrheit über Deine Gefühle für Nicolas zu hören. Noch mehr hat allerdings geschmerzt, was ich mir eingestehen musste, als ich alleine war – nämlich, wie verloren ich mich fühlte. Ich fühlte mich nicht nur verloren, weil Du nicht mehr da warst, Julia. Das Verlorensein fing schon früher an, in der Zeit nach dem Tod Deiner Mutter, als ich nicht wusste, wie ich mit diesem großen Verlust, den Du erlitten hast, umgehen sollte. Die ersten Wochen nach der Beerdigung bin ich kopfgesteuert durch die Tage gestolpert und habe ständig darüber nachgedacht, wie ich Dir helfen könnte. Ich bin Statistiker. Beurteilen, bewerten und ausrichten, das ist meine Materie. Mit dem Flüchtigen, Nichtfassbaren tue ich mich schwer. Aus meiner Sicht hattest Du nach dem Unfall Deiner Mutter jede Struktur verloren. Manchmal schien es mir, Du würdest nie mehr die Kraft finden, über Deinen Kummer hinwegzufinden, würdest nie wieder an eine glückliche Zukunft für Dich und für uns glauben. Ich wollte Dir helfen, so gut ich konnte, einen Weg in ein neues Leben zu finden.

Du sagtest bei unserem Gespräch, Nicolas habe nichts von Dir verlangt, er habe Dir einfach zugehört, auf eine Art, der ein Ernst zugrunde lag, der durch Lebenserfahrung erworben wurde, und dann habe er Dir gesagt, was er über Schmerz und Verlust wusste. Das habe Dir nicht nur imponiert, sondern Dich auch getröstet und befreit.

Ich habe mir nächtelang vorgestellt, wie Du diesem klugen Mann gegenübersitzt und ihm von Dir erzählst und wie er Dir zuhört, ohne derjenige sein zu müssen, der Dein Leben wieder richtet. Ich wusste damals nicht viel über Schmerz. Mein Leben war bis dato ziemlich unspektakulär verlaufen ... bis Du kamst, Julia. Ich habe unsere Liebe in vollen Zügen genossen, bis ganz unerwartet alles über uns zusammengebrochen ist. Ich war wütend, weil unser Leben vorbei war, bevor es überhaupt richtig angefangen hatte, vor allem aber, weil Du plötzlich nichts mehr von mir wissen wolltest. Ich war unsichtbar geworden.

Heute weiß ich mehr darüber, was Kummer und Schmerz einem Menschen antun können. Irgendwann ist mir aufgegangen, dass mein Verhalten mich in einer Sackgasse hat landen lassen. Ich habe Dich verloren, Julia, und das tut höllisch weh. Und weißt Du, was verrückt ist, ich habe mich genau wie Du innerlich zurückgezogen, ohne es anfangs zu merken. Wenn der Schmerz einen im Griff hat, fühlt sich das an, als würde man verschwinden. Man bekommt nicht mehr mit, wer man ist oder was man tut, und noch viel weniger, wer und wo die anderen sind. Alles ist wie hinter einer Wand verborgen.

Nach unserer Trennung habe ich versucht, irgendwie weiterzumachen. Aufstehen, arbeiten, abends ins Bistro gehen, Freunde tref-

fen, vor dem PC oder der Glotze sitzen oder was auch immer. An einem meiner Bistro-Abende bin ich Linda über den Weg gelaufen. Sie war mit einer Freundin unterwegs. Ich habe Dir nicht viel über sie erzählt, nur, dass wir ein halbes Jahr zusammen waren, bevor wir uns trafen. Linda und ich haben uns nach diesem Abend ein paar Mal verabredet. Bei unserem letzten Treffen habe ich sie geküsst. Es hat sich gut angefühlt, aber es hat nichts an meiner Traurigkeit geändert. Ich fühlte mich noch genauso verloren wie zuvor. Ich wollte ehrlich zu Linda sein, habe mich bei ihr entschuldigt und ihr gestanden, dass ich einen Fehler begangen habe. Sie war ziemlich wütend auf mich, aber ich glaube, ich habe das Richtige getan. Wir haben uns danach nicht mehr wiedergesehen, und das ist gut so.

Man kann einen Menschen nicht durch einen anderen ersetzen, um den Schmerz nicht mehr zu fühlen. Das wusste ich zwar schon vorher, doch jetzt bin ich mir zu hundert Prozent sicher.

Irgendwann habe ich Jakob angerufen. Keine Ahnung, warum. Ich bin einem spontanen Impuls gefolgt. Wir haben uns im Franziskustreff verabredet und darüber gesprochen, wie er mit der Situation, nicht Dein biologischer Vater zu sein, umgeht. Jakob sagte, es belaste ihn, nie stärker darauf gedrungen zu haben, Dir irgendwann die Wahrheit zu sagen. Angeblich hat er Barbara gegenüber oft versucht, das Thema anzusprechen. Im letzten Jahr sei es deshalb sogar zu einem heftigen Streit zwischen ihnen gekommen.

Jakob sagte, inzwischen frage er sich, ob man sein halbes Leben mit einer Lüge leben könne, ohne seelischen Schaden zu nehmen. Er glaubt, Barbara wollte alles so belassen, weil sie höllische Angst vor einer Aussprache mit Dir hatte. Vermutlich glaubte sie, Du würdest sie verurteilen, oder, noch schlimmer, verachten.

Julia unterbrach ihre Lektüre. Endlich verstand sie, weshalb ihre Mutter ihr in den Monaten vor ihrem Unfall manchmal fremd vorgekommen war. Barbara hatte Streit stets zu vermeiden versucht, vor allem Streit mit ihrem Mann. Warum hatten Menschen so viel Angst davor, sich zu zeigen, wie sie waren? Mit ihren Schwächen und falschen Entscheidungen. Julia wäre froh gewesen, die Wahrheit zu erfahren und ihrer Mutter helfen zu können.

Jakob und ich haben lange miteinander geredet, und als wir uns verabschiedeten, hatte ich das Gefühl, das Treffen hat ihm gutgetan. Ich schreibe Dir das, weil ich denke, es könnte wichtig für Dich sein. Sicher willst Du wissen, wie es ihm geht.

Weißt Du, was mich seit je an der Mathematik fasziniert? Es sind nicht die Ergebnisse einer Wahrscheinlichkeitsrechnung, mich berührt vor allem die Rhythmik der Zahlen, die Schönheit, die in ihrer Existenz liegt. Eine 2 ist nicht nur eine 2, sie ist auch der Weg zu einer weiteren Zahl, von der ich noch nichts weiß und die ich am Ende meiner Berechnungen kennenlerne. Zahlen sind meine Welt, Julia, mit Worten tue ich mich schwer. Deshalb hoffe ich, ich finde den richtigen Ton, damit Du mich verstehst, während Du diese Zeilen liest.

Ich habe schon lange nicht mehr so viel geschrieben. In diesen Wochen ohne Dich habe ich begriffen, welche Fehler ich in unserer Beziehung gemacht habe. Aber nun sehe ich klarer als je zuvor: Ich liebe Dich! Du bist die Frau, mit der ich gerne leben würde. Wir hatten keinen leichten Start. Wir haben ziemlich schnell die harte Seite des Lebens kennengelernt.

Ich rufe Dich nicht an oder bitte Dich um ein Treffen, weil ich Dich nicht in Verlegenheit bringen möchte. Aber es wäre ein großes Glück für mich, wenn wir uns hin und wieder sehen würden und abwarten, was mit uns geschieht. Das wäre das Größte für mich.

Julia, ich hoffe, es ist mir gelungen, mein Herz in diese Zeilen zu legen.

Danke, dass Du Dir die Zeit genommen hast, diesen Brief zu lesen.

Ich bin da. Das sollst Du wissen.

Ich vermisse Dich!

Frank

Julia hatte Franks Brief während des Lesens auf den Knien balanciert und blickte nun in den hellblau schraffierten Himmel, auf das Licht, das die Sonne im Garten verteilte. Womit hatte sie eigentlich gerechnet? Jedenfalls nicht mit so viel Ehrlichkeit und Courage. Zum ersten Mal seit langem fühlte sie sich Frank wieder nahe. Sie gönnte sich einen Moment, um seine Worte wirken zu lassen, dann gab sie den Brief an Maren weiter, damit diese ihn ebenfalls las.

Maren saugte gebannt jeden einzelnen Satz auf. »Wow! Ich glaube, es bricht mir gerade das Herz.« Sie schob das gefaltete Briefpapier zurück ins Kuvert und reichte es Julia. »Hättest du Frank *das* zugetraut?«

Julia schüttelte den Kopf. »Nein. Sein Innerstes derart bloßzulegen, ist ziemlich mutig.« In ihre Gedanken versunken, blickten Maren und Julia auf die Hochbeete mit den Kräutern.

Irgendwann sah Maren unentschlossen zu Julia hinüber. »Weißt du, dass ich in letzter Zeit das Gefühl habe, immer ängstlicher zu werden?«, sagte sie unvermittelt. »Nicht im Beruf, wenn ich eine Immobilie präsentiere oder mit jemandem in Verhandlung trete, oder im Zusammensein mit Menschen allgemein, sondern wenn es um mich selbst geht.« Julia nahm Marens Hand und drückte einen Kuss auf deren zarte Haut; eine Geste, dass sie ihr zuhören würde, wie lange auch immer es dauere. »Der Streit zwischen meinen Eltern … nach der Scheidung … ich habe höllische Angst davor, irgendwann etwas Ähnliches zu erleben.« Maren wandte sich ab, damit Julia ihre feuchten Augen nicht sah.

»Was du zu Hause beobachtet hast, hat dich geprägt. Im Übrigen musst du dich nicht für deine Gefühle schämen.« Vorsichtig ließ Julia die Hand ihrer Freundin los und suchte nach einem Taschentuch. »Du hast dich in Alexander Schultheiß verliebt, hab ich recht?« Maren nickte und schob das Taschentuch, das Julia ihr gereicht hatte, zwischen den Fingern hin und her. »Und nun ängstigt dich die Vorstellung, er könne deine Gefühle nicht erwidern?«

»Das ist es nicht allein. Er ist mein Kunde, Julia. Mit Kunden pflegt man keine privaten Kontakte.«

»Mag sein, dass es einfacher ist, Abstand zu wahren, allerdings entscheidest letztendlich du, was geht und was nicht. Sei ehrlich zu dir, Maren. Das eigentliche Problem ist doch vielmehr, dass du nicht enttäuscht werden möchtest, und deshalb redest du dir ein, es sei besser, erst gar kein Risiko einzugehen. Du unterdrückst deine Lebendigkeit. Ich weiß, wovon ich spreche.«

»Alexander zu mögen und ihn gern näher kennenlernen zu wollen, ist nicht das Problem … was danach kommt, macht mir Angst. Was, wenn ich abgewiesen werde?« Maren deutete auf die Schilder mit den Erklärungen über die verschiedenen Arzneipflanzen und lächelte traurig. »Wünschst du dir manchmal nicht auch, es gäbe ein Kraut gegen Zaghaftigkeit und Verlustangst?«

»Ja, vor allem gegen Verlustangst«, gab Julia zu.

Maren griff nach der Hand ihrer Freundin und drückte sie

318

fest. »Sag, würdest du an meiner Stelle ihm gestehen, was du für ihn empfindest?« Maren wirkte mit einem Mal wie ein kleines Mädchen.

»Ich denke schon«, entgegnete Julia nach einer Weile. »Gegen Angst gibt es nur ein Mittel: unerschrockenes Vorgehen. Bitte ihn um ein Treffen. Wer sagt, dass immer der Mann den ersten Schritt tun muss? Und um dich zu beruhigen, es gibt im Haus keine Änderungen, kein Zimmer für eine Ex-Frau. Sandra sagte unlängst, ihre Mutter sei oft sehr traurig. Offenbar wird sie behandelt. Vermutlich leidet sie unter Depressionen.« Julia steckte die Tüte mit den Croissants zurück in Marens Tasche. Sie waren nicht dazu gekommen, etwas davon zu essen. »Kinder reden manchmal frei von der Leber weg. Offiziell weiß ich natürlich nichts davon, und ich sage es dir auch nur, um dir die Angst zu nehmen, du könntest irgendwo dazwischenfunken.« Julia sah, dass Maren sich die Feuchtigkeit aus den Augenwinkeln tupfte. »Ist es nicht schön, jemanden ins Herz zu schließen?« Es tat gut, endlich einmal auch für Maren da sein zu können. »Sicher, es ist möglich, dass Schultheiß anders empfindet, als du, aber wolltest du, dass er dir zuliebe etwas tut, was er nicht möchte?«

Maren schüttelte heftig den Kopf. »Nein!«, sagte sie ehrlich. »Trotzdem täte es mir weh, eine Abfuhr zu bekommen. Soll ich mir das wirklich antun? Du weißt doch, wie sehr Liebeskummer schmerzt.«

Julia nahm Maren in die Arme. »Ich weiß.«

24. KAPITEL

Bruno kam ächzend auf die Beine und nahm den Zünd- und Reserveschlüssel des Peugeot entgegen, an dem er gerade die Nummernschilder montiert hatte. »Danke, Nico, dass du mir Totos Wagen samt seinem persönlichen Schlüsselbund überlässt.« Stolz blickte er auf das Herz aus Silber; damit hatte Antoine zu Lebzeiten immer herumgespielt, wenn er nachdachte. Da der Anhänger ihm Glück gebracht hatte, hatte Nicolas es nicht übers Herz gebracht, ihn vom Schlüsselbund zu nehmen.

»Mein Vater hätte gewollt, dass du den Glücksbringer bekommst, er gehört dazu, damit du unfallfrei durch die Tage kommst.«

Bruno öffnete die Fahrertür und ließ sich in den Ledersitz fallen. »Gibt selten einen Wagen, der so gepflegt ist wie dieses gute Stück.« Seine Hand fuhr über das Armaturenbrett, dann über das geschmeidige Leder. »Ich werde den Wagen in Ehren halten, das verspreche ich dir.«

»Danke, Bruno. Das hätte Vater gefreut.« Nicolas verdrängte das Bild seines Vaters am Steuer des nachtblauen Peugeot und klopfte auf die Motorhaube, um sich von Bruno zu verabschieden. Unfähig, sich von der Stelle zu bewegen, sah er, wie Bruno den ersten Gang einlegte, die Kupplung kommen ließ und Gas gab. Die Rücklichter des Peugeot leuchteten auf und wurden kleiner und verschwanden aus Nicolas' Blickfeld. Mit einem Seufzer löste er sich aus seiner Erstarrung, öffnete die Heckklappe seines Kombis und griff nach den Einkäufen, um sie in die Küche zu tragen. Langsamen Schrittes ging er aufs Haus zu. Die Müdigkeit der vergangenen Nacht machte sich langsam bemerkbar. Seine Arme waren schwer wie Blei, und sein Rücken schmerzte. Er sehnte sich nach einem Nickerchen.

Das Pensum, das er zurzeit absolvierte, war nur begrenzte Zeit durchzuhalten, das wusste er. Aber er brauchte für die geplante Ausstellung in New York nun mal eine gewisse Anzahl an Bildern und nur, wenn er so weitermachte wie bisher, würde er sie zusammenbekommen. Als er gestern um kurz nach eins das Atelier verlassen hatte, war er so aufgedreht gewesen, dass er trotz Müdigkeit nicht hatte einschlafen können. Heute Morgen war er mit schweren Gliedern aufgewacht. Ein Muskelkater mehr machte ihm nichts aus. Und nach einer Tasse Tee und einem Smoothie mit Sanddornsaft und Weizenkeimöl hatte er sich von Paris auf den Weg nach Roquefort-les-Pins gemacht. Bruno hatte ihn tags zuvor angerufen, um zu sagen, dass die neuen Nummernschilder da waren. Er konnte es kaum erwarten, Antoines Wagen zu übernehmen. Die Übergabe war einer der Gründe für Nicolas gewesen, in die Provence zu fahren. Der zweite war ein kurzfristig angesetztes Abendessen mit Pierre samt Familie. Louanne und Jade wollten ebenfalls kommen, um das Baby kennenzulernen. Es würde ein ungezwungenes Essen werden, an dem auch Camille und ihr Mann teilnehmen würden. Pierres Stippvisite war für Nicolas zudem die letzte Gelegenheit, noch in diesem Jahr sein Versprechen gegenüber Mathis einzulösen. Nachdem der Junge freudig zugesagt hatte, bei ihm zu übernachten, hatte Nicolas sich vorgenommen, sich tagsüber um ihn zu kümmern und nachts seiner Arbeit im Labor nachzugehen. ›Lueur d'espoir‹ war fertiggestellt. Nicht jedoch das Parfüm, an dem er seit Julias Abreise arbeitete: ›Le parfum d'amour‹ – ein zarter, besonders rein wirkender Fliederduft. Er wusste weder, wann das Parfüm seinem Anspruch genügen würde, noch, wann er die Gelegenheit bekäme, es Julia zu schenken. Eins jedoch wusste er, dies war kein Duft für den Verkauf, sondern nur für sie. Es hatte sich von Anfang an als kompliziert herausgestellt, einen Fliederduft zu kreieren, der einen Hauch von etwas enthalten sollte, das Nicolas nur schwer benennen, dafür aber umso deutlicher spüren konnte – Fragilität und Wahrhaftigkeit. Mit jeder weiteren Mischung hoffte und zweifelte er, verwarf und bejahte, und immer sah er Julia deutlich vor sich und stellte sich vor, wie sie an dem fertigen Parfüm riechen und es sofort lieben würde, weil es ein Teil von ihr war.

Nicolas hievte die Papiertaschen auf den Tisch und packte die Einkäufe aus. Er wusch sich die Hände und holte die Poularden aus dem Kühlschrank, die Camille besorgt hatte. Als ersten Gang würde es Thunfischtatar mit Avocadocreme und Mango geben, danach gefüllte Poularden. Nicolas überlegte, was er als Erstes tun wollte. Am geschicktesten wäre es, sich vorrangig um die Zitronen-Knoblauch-Poularden zu kümmern, die er mit Mangold und gerösteten Pinienkernen anrichten würde. Das Dessert, eine Mousse au chocolat aus weißer Schokolade, hatte Camille am Abend zuvor bei sich zu Hause vorbereitet.

Nicolas wusch die Poularden, trocknete sie sorgfältig ab und füllte sie mit Rosmarin, Knoblauch und je einer halben ungespritzten Zitrone. Vierzig Minuten vor Ende der Garzeit würde er die Poularden mit einer Marinade aus Olivenöl, Zitrone und Honig übergießen.

Seine Mutter hatte Zitronen-Knoblauch-Poularde zu besonderen Anlässen serviert, an Geburtstagen, am Hochzeitstag oder wenn es etwas zu feiern gab. Während Nicolas die Stufen zum Weinkeller hinunterging, um einen passenden Wein auszusuchen, standen ihm entspannte Abende im Kreis der Familie vor Augen. Als kleiner Junge hatte er manchmal Pierre zu solchen Abenden einladen dürfen. Ausgelassenes Lachen und Scherze waren an der Tagesordnung gewesen, bei ihnen war es immer ungezwungen zugegangen. Nur, wenn sein Vater sich nach dem Essen noch einmal ins Labor zurückzog, um zu arbeiten, mussten sie versprechen, leise zu sein. Doch das hielt nicht lange. Sie dachten sich wilde Geschichten und Spiele aus, riefen einander Kommandos zu, knallten Türen und brüllten herum. Wenn Toto sich beschwerte, gab Marguerite ihm einen Kuss, und Pierre und Nicolas rangen sich eine halbherzige Entschuldigung ab, und die Sache war erledigt.

Mit diesen Bildern im Kopf war es Nicolas schwergefallen, seinem Vater den Betrug und die Lügen an seiner Mutter und an ihm zu verzeihen. Eins passte nicht zum anderen. Vor allem Julias wegen war er voller Wut und Unverständnis gewesen. Bis er sich eines Nachts in Paris daran erinnerte, dass er nie jemand sein wollte, der andere für das, was sie taten oder unterließen, verurteilte. Kannte er sämtliche Hintergründe der Geschichte seines Vaters? Nein. Konnte er sich vollständig in dessen Leben hineinversetzen? Nein. Als ihm das klar war, ließ der Druck etwas nach. Er konnte verzeihen.

Nicolas ging die Reihen mit den Weißweinen ab und entschloss sich, Weißburgunder zum Essen zu servieren. Er nahm einige Flaschen aus dem Regal und ging damit in die Küche, um sie kaltzustellen. Als das getan war, nahm er sich die Tüte mit den Roten Rüben vor und bürstete das Gemüse unter fließendem Wasser. Gewöhnlich entspannte es ihn zu kochen. Doch heute drehte sich das Gedankenkarussell in seinem Kopf unaufhörlich weiter. Immer wieder dachte er an den

Kuss zurück und überlegte, wie er mit seinen Gefühlen für Julia in dieser neuen Situation umgehen sollte. Wie oft schon hatte er sein Smartphone zur Hand genommen und immer wieder hatte er gezögert, Julia anzurufen. Was hatte er ihr schon mitzuteilen, außer, dass er sie schmerzlich vermisste? Nein, es war besser, sich zurückzuziehen, ununterbrochen zu malen und mit seinem Galeristen die geplante Ausstellung in New York zu besprechen. Dass er zurzeit kaum Freizeit hatte, störte ihn nicht. Arbeit lenkte ab, zumindest für eine Weile.

Nicolas legte die Roten Rüben in den Topf, bedeckte den Boden mit Wasser und stellte den Topf auf die Herdplatte. Bernard Mauriac hatte den ersten Probeflaschen von ›Lueur d'espoir‹, die er ihm geschickt hatte, mit Enthusiasmus zugestimmt. Nun ging es um die Verpackung und Vermarktung des Parfüms. Mauriac lag ganz auf Nicolas' Linie, außerdem war er ein verlässlicher Partner. Nicolas war froh, sich zu einer Zusammenarbeit mit dem Kosmetikkonzern Auberon verpflichtet zu haben. Aus Kostengründen würde ›Lueur d'espoir‹ zwar nicht in einem Flakon der Firma Lalique auf den Markt kommen, doch Mauriac hatte eine kleine, noch weitgehend unbekannte Glasmanufaktur im Auge, die wundervolle Flakons herstellte. Nicolas hoffte, dass Julia ihre Einwilligung gab, den von ihr entworfenen Flakon dort fertigen zu lassen. Beruflich lief also alles nach Plan.

Von fern hörte Nicolas die Eingangstür zuschlagen. »Salut Nico«, rief Camille vom Flur aus.

»Bin in der Küche.« Er wischte sich die Hände an der Schürze ab und ging Camille entgegen. Sie balancierte eine riesige Schüssel Mousse au chocolat. Eilig half er ihr, die Schüssel abzustellen, dabei griff Camille nach seiner Hand und drückte sie kurz.

»Danke, dass du uns den Wagen überlässt, Nico. Bruno hat zu Hause sofort die Motorhaube geöffnet. Keine Ahnung, was er sich anschaut, aber es scheint ihn zu faszinieren. Wenn es um Autos geht, ist er wie ein kleiner Junge.«

»Ich bin froh, dass der Wagen nicht nach Grasse oder sonst wohin verkauft wurde. So kriege ich ihn wenigstens hin und wieder zu Gesicht.«

»Du hast uns den Wagen nicht verkauft, Nico, du hast ihn uns geschenkt.« Er hatte mit dem Gedanken gespielt, den Peugeot zu behalten, sich aber dagegen entschieden. Sein Wagen war so gut wie neu und einen zweiten brauchte er nicht.

»Es ist ein Erinnerungsstück, das ich in eure Hände gebe«, sagte Nicolas.

»Ja«, Camille nickte, »das ist es.« Nicolas war froh, das Thema damit beenden zu können. Camille musste sich nicht zu Dank verpflichtet fühlen.

Er deutete amüsiert auf die mit Frischhaltefolie abgedeckte Schüssel. Camille hob entschuldigend die Hände und grinste verschmitzt: »Kann sein, dass ich ein bisschen viel davon zubereitet habe, allerdings nur, weil ich an Pierres große Augen denken musste, wenn er eine Mousse blanc zu sehen kriegt.«

»Dann wollen wir hoffen, dass sein Magen so groß ist wie seine Augen«, sagte Nicolas. Er nahm Camille den Mantel ab, dann gingen sie in die Küche.

Im Türrahmen blieb Camille stehen. »Hier sieht's ja schon mächtig nach Arbeit aus«, stellte sie fest. »Höchste Zeit, mich nützlich zu machen, ehe es gar nichts mehr für mich zu tun gibt.« Schnurstracks steuerte sie die Arbeitsfläche neben der Spüle an, prüfte die Poularden, die mit Holzspießen zugesteckt und deren Keulen zusammengebunden waren, und öffnete das Zeitungspapier, in das der Mangold eingeschlagen war. »Soll ich als Erstes die Marinade für die Poularden und das Dressing für den Salat anrühren? Es gibt doch welchen, oder?«

Nicolas nickte. »Es gibt Rote-Bete-Salat. Am besten deckst du zuerst den Tisch, dann ist das schon mal erledigt.«

Camille sah, wie Nicolas die Augen schloss und dabei kurz die Arme hinterm Kopf verschränkte. »Du siehst müde aus«, sagte sie sorgenvoll.

Er löste seine Hände, blinzelte und lächelte matt. »Viel gearbeitet und zu früh aufgestanden ...« In letzter Zeit war Camille ständig um ihn besorgt. Sie war eine der wenigen in seinem engsten Umfeld, die nicht nur von seinen Gefühlen für Julia, sondern auch vom Geheimnis seines Vaters wussten. Die betont nüchternen Worte, die er über die Hintergründe von Julias Abreise gefunden hatte, hatten nicht verhindern können, dass Camille das Ausmaß dieses Chaos für ihn und Julia begriff.

Die Ehrfurcht, die sie früher manchmal in Antoines Gegenwart verspürt hatte, und die Selbstverständlichkeit, mit der sie angenommen hatte, ihn bestens zu kennen, waren mit wenigen Sätzen weggefegt worden. Noch jetzt fröstelte Nicolas, wenn er an Camilles Reaktion zurückdachte. Wie ernüchtert sie gewesen war und wie sehr sie sich darum bemüht hatte, es sich nicht anmerken zu lassen. *Dein Vater hat nicht nur Marguerite, sondern auch dich und mich betrogen.* Sie hatte es nicht laut ausgesprochen, doch Nicolas hatte ihr diese Gefühle angesehen. Als sie sich am Nachmittag dieses Tages von ihm verabschiedete, hatte sie seinem Vater, zumindest oberflächlich, verziehen. Sie hatte Nicolas in den Arm genommen und ihm gesagt, wie leid es ihr tue. Sie hatten nie wieder über die Vorkommnisse gesprochen. Trotzdem fühlte Camille sich seitdem wie seine Beschützerin und beäugte ihn noch aufmerksamer, doch auch eine Spur besorgter als früher.

Wenn sie sich nun trafen oder telefonierten, sprachen sie über harmlose Dinge, über Alltägliches, doch Camille schien zu spüren, dass er seine wahren Gefühle vor der Außenwelt verbarg. Vielleicht bemitleidete sie ihn, vielleicht bewunderte sie ihn aber auch im Stillen dafür, dass er sich nichts anmerken ließ. Camille konnte man nicht täuschen. Wenn sie ihn meist in Ruhe ließ, dann nur, weil es ihr vernünftig vorkam. Heute allerdings schien sie eine Ausnahme machen zu wollen. Sie warf ihm einen langen Blick zu und sagte: »Es geht dir nicht gut.« Er wollte etwas Banales darauf erwidern, doch sie winkte ab: »Nicht nötig, mich mit fadenscheinigen Sätzen abzuspeisen, Nico. Alles was ich sagen will, ist: Ich bin da.«

Camille hatte seit Julias erstem Auftauchen hier schnell begriffen, dass sich zwischen den beiden etwas anbahnte. Als Julia dann überstürzt abgereist war, war Camille klar gewesen, dass auch Nicolas Roquefort-les-Pins so schnell wie möglich verlassen würde. Seitdem erstattete sie ihm wöchentlich Bericht, wie die Dinge *auf dem Land* standen. Bei ihr liefen die Fäden zusammen. Sie hatte die *Hoheitsgewalt* über Haus, Grundstück und die Post, die Fournier jeden Morgen pünktlich vorbeibrachte. Wenn sein Telefon klingelte und Camille am Apparat war, erkundigte Nicolas sich stets, wie es ihr und Bruno ging, danach was Anouk und Mathieu und die anderen trieben, und schließlich, ob die Katze sich hatte blicken lassen. Die Katze war noch immer ein spezielles Thema zwischen ihnen. Die Milch, die Camille für sie hinstellte, blieb manchmal unberührt, manchmal aber auch nicht. Doch wer konnte schon sagen, ob sie wirklich von einer Katze aufgeschleckt worden war? Nicolas konnte sich keinen Reim darauf machen, bat Camille jedoch, weiterhin Milch hinzustellen. Sie tauschten Notwendigkeiten und Neuigkeiten aus, sprachen über Arthur, der seit einigen Wochen für den Garten und die groben Arbeiten zuständig war. Jedes dieser Telefonate gab Camille die Gelegenheit, sich davon zu überzeugen, dass er klarkam, dessen war Nicolas sich bewusst. Er gab sich Mühe, zuversichtlich zu klingen, doch sein Lächeln, wenn sie manchmal skypten, wirkte irgendwie angespannt und hielt ihrem scharfen Blick nicht immer stand. Trotzdem schwieg er darüber, wie schwer es ihm fiel, nichts, was mit Julia zu tun hatte, festhalten zu können. Sie hatten kaum noch Kontakt, und doch blieb sie ihm so nah, als sei sie bei ihm.

Nicolas hörte, wie Camille die Besteckschublade aufzog. Sie holte die Servietten aus dem Schrank und marschierte damit ins Esszimmer. Während sie den Tisch deckte und die Kerzen anordnete, grübelte sie wahrscheinlich darüber nach, dass sich in Antoines E-Mail-Postfach noch immer Julia Bents letzte Nachricht befand. Nicolas brachte es nicht übers Herz, sie zu löschen.

Mit verschränkten Armen stand Camille im Esszimmer und betrachtete den Tisch. »Es fehlen Blumen«, murmelte sie vor sich hin.

»Ich kann später welche besorgen«, schlug Nicolas vor.

»Nicht nötig.« Camille zog ihr Handy aus der Hose und rief Bruno an. »Bring, wenn du herkommst, bitte die Orchidee mit, die ich letzte Woche beim Gärtner gekauft habe … wo? … nein, dort steht sie nicht … am Fenster am Esstisch.«

Nicolas zog sich in die Küche zurück. Draußen wurde es immer dunkler, und plötzlich tropften dünne Regenfäden auf den kahlen Fliederstrauch vorm Fenster. Jäh stieg Julias Gesicht vor ihm auf, so machtvoll und realistisch, dass ihm das Messer, mit dem er gerade die Kartoffeln schälte, aus der Hand glitt und mit leisem Scheppern ins Spülbecken fiel.

25. KAPITEL

»Was machen wir, Onkel Nico, wenn die Katze sich nicht traut, zu uns zu kommen? Ich kenne ein Mädchen, das sich nicht traut, mit mir zu spielen, obwohl es eigentlich möchte.«

Nicolas strich Mathis bedächtig übers Haar. »Na ja, das ist gerade das Spezielle an Abenteuern, Mathis. Nicht zu wissen, was passiert. Wir stellen der Katze Milch hin und warten ab. Katzen sind scheu, aber wir haben alle Zeit der Welt. Die Zeit für seine Zwecke zu nutzen, ist eine Art Geheimnis. Nichts erzwingen wollen, sondern die Dinge abwarten.«

»Ich weiß nicht ...« Mathis setzte einen Schmollmund auf. Er wirkte enttäuscht. Für ihn klang das ganz und gar nicht nach einem echten Geheimnis.

»Abwarten klingt langweilig, schon klar. Allerdings kommt Abwarten nie allein, es hat ... na ja, nennen wir es einen Freund.«

»Wer ist der Freund?« Plötzlich war Mathis wieder Feuer und Flamme. Aufgeregt spielte er an seinen Zehen herum.

»Vorfreude, Mathis, ist der beste Freund des Abwartens. Denk nur an die letzten Wochen vor Weihnachten, wie spannend es ist, darüber nachzusinnen, womit man an Heiligabend am liebsten überrascht werden möchte.«

»Ich freu mich immer ganz furchtbar drauf, meinen Wunschzettel zu schreiben. Du nicht auch?«

»Natürlich, und wie. Wunschzettelschreiben ist das Spannendste überhaupt. Eben wegen der Vorfreude. So, jetzt wird aber geschlafen. Gute Nacht.« Nicolas zog Mathis' Bettdecke zurecht, knipste das Licht aus und verließ das Zimmer.

In der Küche hantierten Camille und Bruno. Sie hatten darauf bestanden, die Spuren des Abends zu beseitigen. Pierre und seine Frau Danielle waren mit dem Baby bereits vor zwei Stunden aufgebrochen, um zu Pierres Eltern zu fahren, wo sie übernachten würden. Nur Louanne und Jade waren noch da, befanden sich jedoch ebenfalls im Aufbruch. Jade kam mit einer kleinen Schüssel voll Mousse au chocolat aus dem Esszimmer. Nicolas half Louanne in die Jacke. Während sie sie zuknöpfte, küsste sie ihn auf beide Wangen. »Danke für den schönen Abend. Du bist ein begnadeter Koch und ein wunderbarer Gastgeber, Nico.«

»Und Zoé ist ein echter Wonneproppen«, warf Jade ein. Sie liebte Säuglinge, vor allem deren süßlichen Geruch und die manchmal selige, ein andermal quirlige Lebendigkeit. »Familie ist das Beste, was Pierre passieren konnte. Er wirkt gelöst und ausgeglichen, trotz des Schlafmangels. Und Danielle ist völlig ins Baby-Universum abgetaucht. Ich habe das Muttersein damals auch genossen.«

Nicolas nickte und küsste Jade zum Abschied auf die Wangen. »Schön, dass ihr da wart, und danke, dass ich Kraft bei euch tanken konnte.«

»Die wirst du bei deinem Terminstress bis Weihnachten auch brauchen.« Louanne hatte ein Telefonat mitgehört, das er zwischendurch mit seinem Galeristen geführt hatte. »Hast du bis Ende des Jahres überhaupt ein freies Wochenende?«

»Aber ja doch … na ja, ich gebe zu, die meisten sind verplant. Aber wisst ihr was? Genau so gefällt es mir.«

Louanne strich ihm besänftigend über die Wange. »Kommst du zurecht?«, fragte sie vorsichtig.

Er kannte sie gut genug, um zu wissen, dass sie mit dieser kurzen Frage Julias Namen umgehen wollte, offenbar, um seine Wunde nicht wieder aufzureißen.

»Ich halte still, wie ein weiser alter Mann«, sagte er, darum bemüht, scherzhaft zu klingen. »Was soll ich sonst auch machen?« Er zuckte mit den Schultern. »Vor einiger Zeit habe ich das Buch einer Extremsportlerin gelesen. Die Intensität, mit der sie die innere Verbundenheit mit ihrer Mutter schilderte, hat mich sehr beeindruckt.« Er schluckte, sprach seine Gedanken dann aber aus: »Vielleicht ist Julia in meinem Fall dieser Mensch für mich.« Louanne wusste darauf nichts zu erwidern und sah betreten zu Boden.

»Warum nicht«, griff Jade beherzt ein. »Mir ist klar, dass deine Situation nicht einfach ist, aber es ist nicht unmöglich, einen Weg zu finden, die Liebe zu Julia zu leben … auf freundschaftliche Weise.« Sie legte tröstend die Arme um ihn. Auch jetzt, das wusste sie, gab es glückliche Minuten in Nicolas' Leben. Etwa, wenn ihm ein Bild gelang oder wenn er in den Himmel sah und alles um sich herum vergaß. An Julia zu denken stimmte ihn auch jetzt noch froh, nur musste er die Zukunft außer Acht lassen. Erst wenn ihm bewusst wurde, dass er sie niemals wieder küssen würde, verschwand das Glück und ließ ihn niedergeschlagen zurück.

»Wir denken an dich, Nico. Vielleicht sehen wir uns ja an Weihnachten. Du bist herzlich eingeladen, mit uns zu feiern.« Ein kurzes Schweigen hing in der Luft. »Danke für das Angebot, Jade«, sagte Nicolas. »Wundere dich nicht, wenn ich darauf zurückkomme.«

Louanne trat mit Jade vors Haus und öffnete den Wagen.

»Kommt gut nach Hause.« Nicolas winkte ihnen nach und schloss fröstelnd die Tür hinter sich, als der Wagen außer Sichtweite war. Mit zitternden Händen zog er den Filzvorhang zu, der den Wind abhalten sollte, der durch die Ritzen der alten Holztür drang. Sich in die Hände pustend, kam er in die Küche. »Hat empfindlich abgekühlt.«

Camille nickte. »Zeit, sich ums Brennholz für den Kamin zu kümmern, falls du im Winter herkommst.«

Am nächsten Morgen schloss Nicolas die Flügeltür, die er nachts zum Lüften offen gelassen hatte – und da war sie. Sie kauerte unter einem Busch und sah ihn mit funkelnden Augen an, so dünn wie beim letzten Mal, jedoch erheblich gewachsen. Er öffnete die Tür einen Spalt, schob sich hindurch und ging in die Knie, um die Katze mit leisen Worten anzulocken. Es dauerte eine Weile, aber schließlich tapste sie auf ihn zu, blieb vor ihm sitzen und ließ sich kraulen. »Hallo, meine Schüchterne. Wo bist du die ganze Zeit gewesen?« Nicolas sprach leise auf die Katze ein, vielleicht gewöhnte sie sich ja an ihn. Nach einigen Minuten hielt er ihr beide Hände entgegen, und als sie näher kam, griff er vorsichtig nach ihr und nahm sie hoch, um sie zu Mathis mitzunehmen.

»Mathis«, sagte er leise, als er sich über das Bett des Jungen beugte. »Wach auf. Die Katze hat all ihren Mut zusammengenommen und ist zu uns gekommen.«

Mathis schlug verschlafen die Augen auf, sah die Katze auf Nicolas' Arm und stieß einen freudigen Schrei aus. Mit hastigen Bewegungen strampelte er sich die Decke vom Körper, und ehe Nicolas sich versah, saß er aufrecht im Bett und streckte beide Arme aus. »Bitte gib sie mir«, flehte er mit noch leicht verschlafenem Gesichtsausdruck. Nicolas reichte ihm das Fellknäuel. Mathis drückte die Katze behutsam an sich. Sein seliger Ausdruck rührte Nicolas. »Sie ist weich wie Watte, Onkel Nico.« Die Katze schnurrte, befreite sich aus Mathis' Armen und sprang in die Mitte des Bettes, wo sie sich einrollte und mit geschlossenen Augen liegen blieb. Mathis sah auf das Tier hinunter, zuerst ungläubig, dann strahlend.

»Pass mal kurz auf sie auf. Ich hole Katzenfutter. Camille hat welches gekauft.« Er ging in die Küche. Draußen war der Himmel wie blankgeputzt, keine Wolke war zu sehen. Im Schlafzimmer plapperte Mathis fröhlich vor sich hin.

»Du brauchst einen Namen, Katze. Wie möchtest du heißen? Warte, lass mich nachdenken.«

Nicolas lächelte, nahm den Dosenöffner, öffnete das Katzenfutter und genoss diesen Augenblick glücklicher Zufriedenheit.

26. KAPITEL

Frank trat in den Vorraum und ließ die Tür hinter sich zufallen. »Bin wieder da«, schallte es den Flur hinab. Er presste seinen linken Schuh gegen die Ferse des rechten, schlüpfte aus den Laufschuhen und ging in die Küche.

»Drei Minuten schneller als gestern.« Julia blickte auf die Stoppuhr, die neben ihr auf dem Tresen lag.

»Tja, man tut, was man kann, um einen freien Kopf zu bekommen.«

»Wenn ich morgens aufwache, läuft mein Geist schon auf Hochtouren. Keine Chance auf eine Pause, um mal eine halbe Stunde laufen zu gehen«, murmelte Julia, als Frank ihr einen Kuss gab.

»Komm doch mal mit und versuch's. Vielleicht ist Joggen auch dein Ding, obwohl du es im Moment nicht glauben willst.«

»Mal sehen«, antwortete Julia ausweichend. Sie bestrich ihr Brötchen mit Frischkäse und biss hinein. Frank griff nach der Kanne neben dem Herd und schenkte sich Kaffee ein. Dann setzte er sich zu Julia, um ihr Gesellschaft zu leisten. In den letzten Wochen hatte er einiges in seinem Leben verändert. Kaum wach, zog er sein Sportoutfit an, stieg in die Laufschuhe und rannte los. Seit Wochen hielt er dieses Ritual ein: Joggen, Kaffeetrinken, Duschen, zur Arbeit gehen – das garantierte ihm einen perfekten Start in den Tag. Julia bewunderte seine Ausdauer und seine konstant gute Laune, die der Erkenntnis zu verdanken war, wie zerbrechlich das Glück war. Seit sie wieder Kontakt hatten, ging Frank ausgesprochen respektvoll mit ihr um. Er hielt nichts mehr für selbstverständlich. Bei einem ihrer Gespräche hatte er ihr versprochen, keinen Druck mehr auf sie auszuüben, egal, um welches Thema es gehe.

Nun allerdings, wo er verschwitzt neben ihr saß und seine Hände um die angenehme Wärme des Bechers legte, wirkte er alles andere als abwartend. »Du siehst aus, als müsstest du etwas loswerden. Ist irgendwas passiert?« Frank löste seine Hände vom Becher und reichte Julia sein Smartphone. »Stefan Ruckers hat mir das Foto vor ein paar Minuten geschickt.«

Julia sah einen Ring auf Franks Display, der alle Frauenherzen höher schlagen ließ. »Ich nehme an, dieses wunderschöne Teil ist Astrids Verlobungsring.«

Frank nickte. »Stefan hat ihr gestern Abend einen Antrag gemacht.«

»Das ging ja schnell«, sagte Julia verwundert.

»Stefan meint es offenbar ernst und Astrid auch. Ich freu mich für die beiden.« Frank nahm eine Scheibe Brot aus dem Korb und bestrich sie mit Butter. »Du weißt ja, wie chaotisch Stefans letzte Beziehung war … und jetzt, beim zweiten Anlauf, ist er aufgeregt wie am ersten Schultag, schreibt er.« Julia goss sich Kaffee nach und fing Franks fragenden Blick auf. »Willst du nicht doch einen Ring haben, Julia? Wir können jederzeit einen aussuchen. Vielleicht einen Memory-Ring?«

Julia strich über Franks Wange. »Zum wievielten Mal fragst du mich das jetzt?«

Frank legte sich eine Scheibe Käse aufs Brot und biss ab. »Keine Ahnung«, sagte er kauend, »hab nicht mitgezählt.« Julia zeigte Frank eine Stelle an ihrer Hand, wo ständig der Stift rieb und sich deshalb eine Hornhaut gebildet hatte. Von diesen Stellen gab es mehrere. »Ich weiß, zeichnen ist dir wichtiger als Ringe tragen.«

»Aber es ist lieb von dir, dich zu vergewissern, ob ich nicht doch einen Ring möchte.«

Frank seufzte laut und schüttelte den Kopf. »Ich will nur ausschließen, dass es dir später leidtut. Du müsstest den Ring ja nicht immer tragen, wenn er beim Zeichnen stört.« Frank sah in Julias Gesicht und begriff, dass Weiterreden zwecklos war. »Okay, das war mein letzter Versuch. Tage ohne Stift zwischen deinen Fingern sind Tage, die nicht existieren.« Er langte nach der Küchenrolle, um sie als Serviette zu benutzen.

»Es geht doch um uns, Frank, darum, dass wir glücklich sind. Nicht um irgendwelche Klischees.« Julia küsste Frank liebevoll auf die Wange. »Apropos Klischee. Das Thema Hochzeitskleid lässt Maren offenbar nicht los. Nach dem Reinfall letztens will sie mich unbedingt in eine neueröffnete Boutique für Brautmoden schleppen ... in der Nähe der Goethestraße, glaube ich. Vielleicht sollte ich mich da mal umsehen? Mir schwebt ein Kleid aus einem fließenden Seidenstoff vor, schlicht, aber edel. Dazu ein zarter Schleier ...«

Frank rückte näher an Julia heran und legte den Arm um sie. Die Freude, die sie bei dem Thema zeigte, ging ihm zu Herzen. »Ich sehe dich schon in einem atemberaubenden Outfit vor mir ... und mich mit Sneakers zum Smoking neben dir. Und weißt du was? Ringe und das ganze Brimborium ...« Plötzlich entkam ihm ein erleichterndes Lachen. »Diese verdammten Klischees passen sowieso nicht zu uns. Weder zu einer Zeichnerin noch zu einem Versicherungsmathematiker. Mathematiker sind nüchterne, griesgrämige, blasse Typen, die nur Zahlen im Kopf haben.«

Julia ging auf Franks Ton ein. »Ja, ganz furchtbar unsympathische, arbeitsbesessene Männer, die keine Zeit fürs schöne Leben haben«, bestätigte sie und musste ebenfalls lachen.

»Apropos Zeit«, Frank sah auf seine Uhr. »Kann ich zuerst unter die Dusche? Ich habe um acht einen Termin.«

Julia presste ihre Hände zu Fäusten und entspannte sie wieder, eine Übung, die sie mehrmals am Tag wiederholte, um ihre Finger zu entspannen. »Klar. Geh nur. Ich hab's heute nicht eilig.« Frank steckte sich den letzten Bissen Brot in den Mund, rutschte vom Hocker und verschwand in Richtung Bad. Er wirkte durchtrainiert wie lange nicht mehr, voller Energie. Ein Mann, dem die Frauen hinterherschauten.

Julia löste sich von Franks Anblick, wischte die Krümel vom Tresen und stellte das benutzte Geschirr in die Spüle. Seit sie wieder an eine Zukunft für sich glaubte, schwebte Frank wie auf Wolken. Nach seinem Brief hatten sie sich getroffen und lange miteinander gesprochen. Auf das erste Treffen folgte ein zweites, schließlich ein drittes, und irgendwann hatte Julia zugestimmt, Frank wieder regelmäßig zu sehen. Eines Nachts hatte sie geträumt, dass Nicolas sie zärtlich küsste. Als sie aufwachte, war sie in Schweiß gebadet gewesen und deprimiert wegen eines Kusses, den es in der Realität nie mehr geben konnte. An diesem Tag nahm sie Franks Antrag an. Es tat gut, nicht mehr nur die Arbeit, sondern auch wieder ein Privatleben zu haben. Sie redete sich jeden Morgen gut zu, nach vorne zu blicken. Seit ihrer Trennung hatte Frank menschlich dazugewonnen. Seine gute Laune und seine Rücksicht halfen Julia. Und doch blieben Zweifel. Inzwischen glaubte sie, dass die ständigen Zweifel zu ihrem Leben gehörten. Die meisten Menschen zweifelten in bestimmten Situationen. Das musste nichts heißen, absolut nichts.

Julia ging zu ihrem Arbeitsplatz und klickte die Seite mit den Hochzeitskleidern an. Maren hatte ihr den Link zur Vorbereitung ihrer zweiten Happy-Wedding-Vergnügungstour geschickt. Beim ersten Mal, als sie wegen eines Brautkleids unterwegs gewesen waren, hatte Julia sich zwar umgesehen, aber nichts anprobiert, weil keins der Kleider ihr Herz höher schlagen ließ. Ein Brautkleid fand man nicht mal eben zwischendurch. Sicher hatte sie beim zweiten Anlauf mehr Glück, und vielleicht wäre es sogar lustig, ein paar Kleider nur zum Vergnügen anzuprobieren.

Julia wusste, wie sehr sich Maren über ihre erneute Annäherung an Frank freute. Sie empfand es als eine Leistung, dass sie wieder zueinandergefunden hatten, wusste aber auch, dass die Vergangenheit Julia zwischendurch immer wieder einholte.

Julia sah sich Hochzeitskleider aller Art an, üppig-romantische, edel-schlichte, Kleider im Stil der achtziger Jahre, die sie an Lady Di denken ließen; es war alles dabei, sogar superkurze Minikleider für besonders Wagemutige, die im Sommer am Strand heiraten wollten. Auf dem nächsten Bild stand eine Braut vor einem Sideboard, auf dem exklusive Parfümflakons zu Dekozwecken standen.

Nicolas hatte vor kurzem eine Probeflasche von ›Lueur d'espoir‹ an Marens Büroadresse geschickt. Julia hatte mitten in einem wichtigen Telefonat gesteckt, als das Paket geliefert wurde. Sie war nicht mehr fähig gewesen, dem Kunden ihre volle Aufmerksamkeit zu schenken, und hatte darum gebeten, ihn in einer Viertelstunde zurückrufen zu dürfen. Sie hatte ihr Handy weggelegt und den Flakon mit fahrigen Bewegungen aus dem Paket gezogen, um das Glas in die Sonne zu halten und zu sehen, wie der Flakon zum Leben erweckt wurde. »Die Umsetzung ist perfekt gelungen.«

»Ja, einfach fantastisch«, hatte Maren bestätigt. Der Flakon erzählte eine Geschichte; er war wie ein aufgeschlagenes Buch, dessen Worte man unbedingt lesen wollte. Julia hatte ihren Schreibtisch freigeräumt und den Flakon in die Mitte gestellt, danach hatte sie Nicolas eine Mail geschrieben, in der sie ihr Einverständnis zum Flakon gab. Am frühen Nachmittag kam bereits seine Antwort. Die Mail war kurz, doch auch Maren las zwischen den Zeilen Nicolas' Liebe zu Julia heraus. »Nicolas schreibt sehr warmherzig, er hat die Gabe, mit wenigen Worten viel auszusagen«, hatte sie gerührt festgestellt. Seitdem konnte sie noch besser nachvollziehen, wie schwer es Julia fiel, den Mann, in den sie sich Hals über Kopf verliebt hatte, nun als ihren Bruder zu sehen.

»Bin fertig. Du kannst jetzt duschen«, rief Frank aus dem Bad.

»In fünf Minuten«, rief Julia zurück. Sie schloss die Seite mit den Hochzeitskleidern, um noch rasch ihre Mails durchzusehen. Wie immer gab es jede Menge Werbung, außerdem eine Mail von Maren, mit dem Grundriss einer Wohnung … und eine Nachricht aus Südfrankreich. Im Betreff stand: *Grüße aus der Provence*. Julia öffnete die Mail und begann zu lesen.

Salut Julie,

seit acht Uhr heute früh gehe ich von Zimmer zu Zimmer, um sauberzumachen. Nirgendwo ist Staub zu finden, Unordnung schon gar nicht, denn es ist niemand da, der etwas durcheinanderbringen könnte. Trotzdem fahre ich mit meinem Staubtuch über die Möbel, wische und räume auf und lasse dabei meine Gedanken schweifen.

Vielleicht wissen Sie, dass ich früher Totos Mails durchgesehen habe, um auch dort für Ordnung zu sorgen, und nun habe ich mich an seinen Schreibtisch gesetzt, um Ihnen einige Zeilen zu schreiben.

Aus den Augen, aus dem Sinn – das trifft auf uns, die wir in Roquefort-les-Pins zu Hause sind, nicht zu. Wir erinnern uns an jeden, der eine Weile unter uns gelebt hat – so, wie Sie es getan haben. Auch wenn Monate ins Land gezogen sind, seit Sie uns verlassen haben, fragt man nach Ihnen. Wir haben Sie nicht vergessen, sondern bewahren Sie in unseren Herzen. Das sollten Sie wissen.

Viel Neues gibt es nicht zu berichten. Hier geschieht selten etwas Spektakuläres, wie Sie wissen. Nicolas hat vor einiger Zeit jemanden für den Garten und die groben Arbeiten im und ums Haus angestellt. Arthur stammt nicht von hier, hat als Junge aber seine Ferien bei uns verbracht, bei seiner inzwischen verstorbenen Tante. Das war auch der Grund, weshalb er nach seiner Pensionierung hergezogen ist. Am ersten Tag, als er hier ankam, hat er Blumen mitgebracht. Nelken. Die sind schon so lange aus der Mode, dass sie schon wieder schick sind. Es ist lange her, dass mir jemand Blumen in die Hand gedrückt hat – egal, ob Nelken oder andere. Bruno mit was Blühendem im Arm, das kann ich mir nicht vorstellen. Er repariert ein defektes Küchengerät, aber er tanzt nicht mit Grünzeug an.

Arthur ist aus anderem Holz geschnitzt. Er spricht wenig, lächelt kaum, außer manchmal mit seinen Augen. Er ist höflich, hält mir die Tür auf und hilft mir aus dem Mantel.

Es gibt einen weiteren Neuzugang: Boubou. Ich hätte wetten können, dass Nico mich mit dieser mysteriösen Katze an der Nase herumführen wollte, aber nein, sie existiert tatsächlich. Sie haben sie einmal gesehen, erinnern Sie sich? Mathis hat ihr den Namen gegeben. Als die Katze auftauchte, war er zu Besuch hier. Seitdem lebt Boubou bei uns. Eingesperrt zu sein mag sie nicht. Sie ist ein freier Geist, kommt und geht, wie es ihr beliebt, und kaum ist sie da, schnurrt sie nach Futter. Wenn ich ihr welches hinstelle, stürzt sie sich nicht etwa sofort darauf. Sie zelebriert ihr Mahl, sie ist eine Lady.

Vor ein paar Tagen hat das Wetter umgeschlagen. Der milde Herbst ist vorbei. Nun warten wir auf die Kälte. November ist ein stiller Monat, zumindest für mich und Bruno. Nico kommt kaum noch vorbei. Er hat viel zu tun in Paris. Wenn wir telefonieren, höre ich, was es in der Stadt Neues gibt. Anouk Fournier quetscht mich danach meistens wie eine überreife Zitrone aus.

Wissen Sie, Julia, irgendwie erinnern Sie mich an Boubou – obwohl Sie das genaue Gegenteil von ihr sind. Sie waren sofort mitten unter uns, haben sich nicht vor uns versteckt und sind dann wie ein Geist wieder verschwunden. Doch für uns sind sie noch immer da. Anouk und Mathieu reden manchmal von Ihnen, und unlängst hat sogar unser Bürgermeister a. D., Philippe Ropion, nach Ihnen gefragt. Ropion kann ein echter Stinkstiefel sein, aber an Sie erinnert er sich.

Denken Sie manchmal noch an die Geschichte vom Lavendeltraum? Ich hatte zeitweise befürchtet, Sie könnten mich für eine verschrobene Alte halten, die an Märchen glaubt. Natürlich hat nie jemand einen Lavendeltraum gehabt, es ist ein Sinnbild dafür, für das eigene Leben offen zu sein – ein wunderbares Bild für etwas, das jeder tun kann. Für einen Lavendeltraum braucht man lediglich ein offenes Herz … und Langmut! Das klingt nach wenig, aber glauben Sie mir, ich weiß, dass es mehr als genug ist.

Geben Sie auf sich Acht, Julie! Und verlieren Sie nie die Hoffnung auf einen Lavendeltraum.

Bisous,

Ihre Camille

Mit einem Klick schloss Julia ihr Postfach und holte sich zurück in die Realität.

»Was hältst du von Kino heute Abend? Vielleicht wollen Stefan und Astrid mitkommen?«, rief Frank den Gang hinab.

»Klar, warum nicht?«, antwortete Julia.

In Anzug und Krawatte trat er wenige Sekunden später hinter sie und küsste sie. »Lass uns am Nachmittag telefonieren. Dann entscheiden wir, welchen Film wir uns ansehen wollen.«

Als die Tür hinter ihm ins Schloss fiel, stützte Julia sich auf ihre Ellbogen und legte den Kopf in die Hände. Sollte sie Camille zurückschreiben oder lieber anrufen, um sich für die freundliche Mail zu bedanken? Seit sie in Frankfurt war, ging sie dagegen an, allzu oft an Nicolas und an die Menschen zurückzudenken, denen sie in der Provence begegnet war, doch nun standen sie ihr alle wieder vor Augen: Camille, Louanne, Anouk und Mathieu Fournier, Pierre; sogar Emma, die sie im Hotel so liebevoll betreut hatte. Es war eine Entscheidung der Vernunft, alles, was mit Nicolas und Roquefort-les-Pins zu tun hatte, als ein von Mauern umschlossenes Territorium zu betrachten. Je weiter sie davon weg war, umso eher war sie in Sicherheit. Doch diese sich selbst und Frank gegenüber zur Schau getragene Gleichgültigkeit war nicht echt. Ein Teil von ihr sehnte sich nach der Provence zurück. Julias Arme rutschten vom Tisch. Hastig langte sie nach ihrem Smartphone. Sie tippte die Nummer von Antoine Leforts Festnetzanschluss ein. Wenige Sekunden später drang Camilles Stimme an ihr Ohr. »Camille ... ich bin's, Julia.«

»Mademoiselle Julie!?« Camilles warme Stimme schlug augenblicklich eine Brücke zwischen der Provence und Frankfurt. Julia spürte die Vertrautheit zwischen ihnen und sah sich neben Camille im Garten sitzen. Es war wieder Mai und eine glückliche Zukunft mit Nicolas lag vor ihr.

27. KAPITEL

»Eine Spur nach rechts. Ja, ein, zwei Zentimeter reichen aus, und jetzt um die Ecke ... perfekt ... ab hier geht's nur noch geradeaus.« Nicolas dirigierte die Männer, die eins seiner großformatigen Bilder trugen, sicher durchs Vorhaus. Als Maler fühlte er sich nicht nur für die Herstellung eines Bildes verantwortlich, sondern auch für einen reibungslosen Transport, denn niemand konnte ein Bild, das beschädigt worden war, ersetzen.

Nicolas hielt die Hände vor der Brust verschränkt und sah den Männern zu, wie sie das Abbild einer jungen Frau an einigen Passanten vorbei in Richtung Lieferwagen balancierten. Die letzten Wochen hatte er Nächte durchgearbeitet, um den Abgabetermin einzuhalten, den sein Galerist ihm vorgegeben hatte. Nun war es höchste Zeit, sich eine Pause zu gönnen. Gestern hatte er mit dem Gedanken gespielt, für ein paar Tage irgendwohin zu fliegen. Doch dann war es ihm vernünftiger erschienen, in Paris zu bleiben. Er würde ausschlafen, in seinem Lieblingsbistro frühstücken, danach durch die Parks schlendern oder sich eine Ausstellung ansehen und sich abends mit Freunden treffen. Die Männer hievten das Bild auf die Ladefläche des Transporters und sahen fragend zu Nicolas hinüber. »War das alles, Monsieur Lefort?«

Nicolas nickte und steckte den Männern ein Trinkgeld zu. »Ja, das war's. Danke für Ihre Umsicht.«

»Alles klar! Gern geschehen. Ist ja unser Job.« Die Männer reichten ihm die Hand und stiegen in den Wagen; der Blinker wurde gesetzt und der Transporter scherte aus der Parklücke aus.

»Monsieur Lefort?« Nicolas drehte sich nach der Stimme um.

»Bonjour, Monsieur Lefort.«

»Bonjour«, entgegnete Nicolas.

Der Postbote kramte in seiner Tasche. »Ein Einschreiben für Sie.«

Nicolas quittierte den Empfang, »Merci Monsieur«, betrat den Aufzug und warf einen Blick auf den Absender. Der Brief stammte vom Anwalt seines Vaters. Sonderbar! Seines Wissens hatten sie alles geregelt. Was konnte er noch von ihm wollen? Im Atelier öffnete Nicolas den Brief und zog zwei offizielle Schreiben und einen Brief seines Vaters aus dem Umschlag. »Ach du meine Güte«, entkam es ihm. Monate nach dem Tod seines Vaters dessen Schrift auf einem Briefbogen zu sehen, versetzte ihm einen Stich in den Magen. Was bedeutete das? Und warum schrieb Antoines Anwalt ihm? Nicolas ließ sich in seinen zerschlissenen Ledersessel sinken, ein liebevoll gehegtes Möbel voller Flecken und Gebrauchsspuren, in das er sich zum Nachdenken zurückzog, und begann das Schreiben des Anwalts zu lesen. »... *gemäß einem von Antoine Lefort vorgenommenen Nachsatz zum offiziellen Testament lassen wir Ihnen heute, ein halbes Jahr nach dessen Ableben, eine Information bezüglich der Rechte an seinem Parfüm ›La Vie‹ zukommen. Wir legen diesem Schreiben einen Brief des Verstorbenen bei, der Ihnen ebenfalls zum selben Zeitpunkt übermittelt werden soll ...*«

Nicolas las den Nachsatz zu Antoines Testament, der auf einem separaten Schriftstück festgehalten worden war, sodass er ihn bei der Eröffnung des Testaments vor einigen Monaten nicht zu Gesicht bekommen hatte. Es ging um die Rechte an dem Parfüm ›La Vie‹, die an Barbara Bent gehen sollten. »*Im Falle des Todes von Frau Bent sollen die Rechte an deren Tochter, Julia Bent, wohnhaft in Frankfurt am Main, übergehen.*« Nicolas sah auf den dritten Briefbogen, den er aus dem Kuvert gezogen hatte. Eine persönliche Nachricht seines Vaters, geschrieben im April, kurz vor dessen Tod.

Mon très cher Nicolas,

wenn Du diesen Brief liest, ist ein halbes Jahr vergangen, nachdem ich mein Leben hinter mir gelassen habe. Mein Anwalt sollte diese Zeit verstreichen lassen, bevor Du Informationen bekommst, die Dich vermutlich verunsichern.

Du solltest in Ruhe Abschied von mir nehmen können.

Du und ich, Nico, wir sind uns immer sehr zugetan gewesen. Diese Nähe hat mich dazu veranlasst, Dir die Wahrheit über mein

*Leben lange Zeit vorzuenthalten. Es hat mir viel Kraft abverlangt,
mich nach vielen Jahren des Zögerns und Zauderns endlich dazu
durchzuringen, diesen Brief zu schreiben. Doch an der Wahrheit
kommt man nun mal nicht vorbei. Ich habe eine uneheliche Tochter. Sie heißt Julia und lebt in Frankfurt. Geh ins Archiv und such
die Rezeptbücher von ›La Vie‹ heraus. Dort findest Du Antworten
auf die berechtigte Frage, wie ich zu einer Tochter komme, von der
auch Deine Mutter nichts wusste.*

*Ich will nicht lange um den heißen Brei herumreden, nichts be-
schönigen. Julias Mutter, Barbara Bent, war auf eine Weise für
mich wichtig, für die es nur ein Wort gibt: Liebe!*

*Diese Liebe ist mir passiert, während ich ein rundum zufriede-
nes Leben mit Deiner Mutter und Dir lebte. Alles in meinem Leben
war, wie ich es mir vorgestellt hatte. Ich hatte eine wunderbare Familie und einen Beruf, der mir Freude machte – ich war ein vom
Leben reich beschenkter Mann.*

*Da trat Barbara in mein Leben, und alles geriet durcheinander.
Obwohl ich glücklich war, habe ich mich unsterblich verliebt. Ja, es
klingt verrückt, aber damals fand – trotz des besagten Durcheinan-
ders – alles zu einer Ordnung, die ich im Herzen als wohltuend
empfand. Barbara zu begegnen war, als fände ich etwas, von dem
ich bis dahin nicht einmal gewusst hatte, dass ich danach suchte.
Ich empfand Liebe ohne Verstand und ohne Kalkül. Ein grenzen-
loses Gefühl, berauschend schön.*

*Aus diesem Gefühl heraus habe ich ›La Vie‹ kreiert – für Barbara.
Die Arbeit daran war Balsam für meine Seele, denn ich wusste, dass
ich Barbara vermutlich nie wiedersehen würde. ›La Vie‹ ist ihr Parfüm und wird immer ihres sein. Deshalb möchte ich, dass sie die
Rechte daran übertragen bekommt. Barbara soll darüber befinden,
was mit dem Parfüm geschieht, sie soll die Einkünfte aus dem Verkauf erhalten. Das ist das Mindeste, was ich für unsere Liebe tun kann.*

Ich hoffe, Du trägst diese Entscheidung mit, Nico. Du bist ein erfolgreicher Maler und wirst, wenn Du so weitermachst, eines Tages ein wohlhabender Mann sein. Bitte verzeih mir, dass Barbara oder, im Falle ihres Ablebens, unsere Tochter Julia über ›La Vie‹ verfügen darf.

Meine Liebe zu Dir, zu allem, was Du bist und tust, war zeit meines Lebens übergroß. Nico, Du bist von uns beiden der talentiertere Parfümeur. Und Du bist wesentlich ausgeglichener, als ich es war. Ich bewundere Dich. Und ich bin Dir und Marguerite zutiefst dankbar für Euer Leben mit mir, für Euer Verständnis. Es tröstet mich, zu wissen, dass Marguerite nichts von Barbara wusste und ich deshalb hoffen durfte, sie glücklich gemacht zu haben.

Nico, ich hoffe auf Deine milde Liebe für einen Vater, der der Liebe nicht widerstehen konnte, weil sie das Größte ist, was das Leben uns schenken kann.

Mögest Du, neben Deinem beruflichen Erfolg, die tiefe Liebe zu einer Frau erfahren – so, wie es mir vergönnt war. Liebe ist der wahre Grund zu leben, sie ist alles, Nico.

Bitte urteile nicht zu hart über mich!

Bien à toi,

Toto

Das Leder knarzte unter Nicolas' Schenkeln, als er sich aus dem Sessel erhob, um sein Handy zu holen. Es waren noch ein paar Wochen bis Weihnachten, doch er hatte das untrügliche Gefühl, sein Geschenk bereits in Händen zu halten: Das grenzenlose Vertrauen seines Vaters war so kostbar und gleichzeitig so schmerzhaft, dass Nicolas es kaum schaffte, normal weiterzuatmen. Toto legte seinen Wunsch bezüglich der Rechte an ›La Vie‹ sowie alle weiteren finanziellen Entscheidungen in seine Hände. Es gab einen dem Testament angefügten

Hinweis für die Rechteübertragung, mehr jedoch nicht. Was tatsächlich mit den Rechten und Einkünften aus ›La Vie‹ geschah, lag nun in seinen Händen. Es war an ihm, Julia von ihrem Erbe in Kenntnis zu setzen. Dem Brief seines Vaters lag die Adresse eines Postfachs in Frankfurt bei, desselben Postfachs, in dem Julia das Parfüm und die Karte gefunden hatte.

Nicolas ging zu den Leinwänden, griff nach einem Kohlestift und schrieb auf den weißen Hintergrund. Als er fertig war, rief er den Anwalt seines Vaters an. Während er telefonierte, ruhte sein Blick auf den schwarzen Buchstaben, die nun die Leinwand füllten: »*Du hast recht, Papa. Liebe ist größer als wir selbst.*«

28. KAPITEL

Maren schlenderte mit Julia die Kleine Bockenheimer Straße entlang. »Hast du schon entschieden, wann du nach Paris fliegst?«

Julia hakte sich bei Maren ein und schüttelte nachdenklich den Kopf. »Nein, noch nicht«, gestand sie. »Vor Weihnachten ist eine Menge zu tun, deshalb ist es fraglich, ob ich es dieses Jahr noch schaffe.« Ein Ferrari fuhr mit aufheulendem Motor neben den Frauen an. Julia fasste Maren fester am Arm und gemeinsam überquerten sie die Straße.

»Ich an deiner Stelle würde unbedingt wissen wollen, was es mit dieser Rechteübertragung auf sich hat. Das klingt doch megaspannend. Wenn du der Arbeit wegen zögerst ... ich komme schon ein paar Tage ohne dich klar.«

»Danke, Maren. Ich weiß dieses Angebot zu schätzen.« Maren und Julia waren vor dem Brautmodengeschäft angekommen, das Maren ausfindig gemacht hatte, und blieben vor der Auslage stehen. Das Fenster war mit weißem Seidentaft ausgeschlagen, und gegen einen silbernen Stuhl gelehnt stand eine Schaufensterpuppe in einem Kleid aus Brüsseler Spitze.

»Das nenne ich mal ein gelungenes Hochzeitsoutfit.« Maren drückte ihre Nase gegen die Scheibe und besah sich das Kleid in allen Einzelheiten. Es wurde in der Taille von einem weißen Samtband gehalten, ab da ging es in einen glockigen Rock über, der hinten eine Spur länger war als vorne. »Wenn ich jemals heirate, dann in einer Traumrobe wie dieser. Verspielt, romantisch, ganz in Spitze …« Maren konnte ihre Begeisterung kaum zurückhalten und suchte nach dem Preis, der jedoch nirgends zu finden war. »Der einzige Nachteil ist vermutlich, dass der Kauf eines solchen Kleids meinen Geldbeutel sprengt.«

Julia sah Maren auffordernd an. »Das werden wir ja sehen. Lass uns reingehen. Du probierst das Kleid an, und ich sehe mich ein bisschen um.«

Maren wollte gerade die Boutique betreten, als ihr Smartphone piepste. Ein Blick auf das Display ließ sie die Luft anhalten. »Juliaaa!«, sie stieß die Freundin aufgeregt in die Seite. »Das ist eine Einladung von Alexander Schultheiß.«

Julias Handy piepste ebenfalls. »Ich habe auch eine bekommen«, sagte Julia überrascht. Gleichzeitig mit Maren klickte sie die Nachricht an. Ein Bild, auf dem ein Mann und zwei Mädchen winkend nebeneinanderstanden, wurde angezeigt.

Maren sah Julia verdutzt an. »Hast du das gezeichnet?« Julia nickte. »Schultheiß hat mich um eine private Zeichnung gebeten. Allerdings wusste ich nicht, für welchen Zweck.«

348

»*Unser neues Zuhause. Einladung zur Housewarming-Party*«, las Maren vor. »*Dresscode: Nach Vergnügen.*« Sie lachte amüsiert auf. »Den Dresscode haben sich garantiert die Mädchen ausgedacht.« Marens Handy gab einen zweiten Piepton von sich. Aufgeregt öffnete sie auch diese Nachricht. »O du meine Güte«, Maren starrte auf einen Big Mac und eine Tüte Pommes, beides war mit rotem Stift durchgestrichen. Der Text sagte alles. »*Gutschein für ein Essen in einem Restaurant Ihrer Wahl, ausgenommen eine Filiale von McDonald's. In Vorfreude, Alexander Schultheiß.*« Julias Partnerin schoss die Röte ins Gesicht. Besonders die Worte *In Vorfreude* ließen ihr Herz beinahe zerspringen.

»Witzige Einladung«, Julia starrte fasziniert auf Marens Handy.

»Originell ist sie auf jeden Fall«, gab Maren zu.

»Und vielversprechend«, fügte Julia an. Sie legte den Arm um Maren und deutete auf die Tür des Brautmodengeschäfts. »Willst du eigentlich meinet- oder deinetwegen unbedingt da rein?« Julias verschmitztes Grinsen entlockte Maren ein entspanntes Lächeln.

»Natürlich deinetwegen. Aber irgendwann werde ich vielleicht auch Ja sagen …«, sagte sie hoffnungsvoll.

»Also gut«, Julia öffnete die Tür, »entern wir das Paradies und verlassen es nicht, bevor wir was Schönes für uns beide gefunden haben. Zumindest hypothetisch.« Maren folgte Julia mit neugierigen Blicken in die Boutique, die aus einem einzigen großen Raum bestand, der ausgesprochen luxuriös wirkte. Bereits wenige Minuten später probierten die Freundinnen die ersten Kleider an. Maren benötigte beim Probieren des Kleides aus der Auslage die Hilfe der Verkäuferin. Die kleinen, mit Samt überzogenen Knöpfe am Rücken konnte sie nicht alleine schließen. Als sie den Vorhang der Umkleidekabine zur Seite schob und vor den riesigen Spiegel trat, stieß sie einen Pfiff aus. Das Kleid hatte schon in der Auslage umwerfend ausgesehen, doch an ihr war es geradezu unwirklich schön. Es schien für sie gemacht zu sein.

Die Verkäuferin musterte Maren von Kopf bis Fuß, prüfte die Taille und die Schulterpartie und besah die Länge des Kleids. »Perfekt, nicht der kleinste Abnäher ist nötig«, murmelte sie zufrieden. »Das Kleid sitzt wie angegossen.« Nicht nur die Verkäuferin, auch Maren strahlte. Von den begeisterten Kommentaren der beiden Frauen angelockt, trat auch Julia aus der Kabine. Das Kleid, das sie trug, war aus schimmerndem Seidenstoff gefertigt, dessen tiefer Rückenausschnitt jedoch nicht richtig saß.

Julia trat neben Maren und fixierte deren Spitzenrobe. »Maren, du siehst aus wie aus einem Hollywoodfilm. Ich habe noch nie eine hübschere Braut gesehen. Das ist *dein* Kleid!« Julia nahm Marens Hand und drehte sie einmal um sich selbst, dabei raschelte der weite Rock und schwang um Marens Beine.

Die Verkäuferin, die sie kurz alleine gelassen hatte, kam mit zwei Gläsern Sekt zurück. Erneut nickte sie Maren, dann Julia zu. »Ihre Freundin trifft es auf den Punkt. Es kommt nicht oft vor, dass wir Frauen hier haben, bei denen ein Kleid so perfekt sitzt. Wie für Sie gemacht. Darauf müssen Sie anstoßen.«

Maren und Julia nahmen die Gläser und prosteten einander zu. »Auf unseren guten Geschmack und auf Ihre Auswahl.« Maren lächelte der Verkäuferin zu und trank einen Schluck Sekt. Als sie ihr Glas abgestellt hatte, betrachtete sie Julia eingehend und schüttelte nachdenklich den Kopf. »Das

Kleid ist nicht schlecht, passt aber nicht zu dir. Du brauchst etwas Gewagteres, etwas, worin deine Figur zur Geltung kommt, vor allem deine Beine. Komm, lass uns weitersuchen.« Maren wandte sich dem offenen Schrank zu, in dem eine Reihe zauberhafter Kleider hingen. Während sie eins nach dem anderen ansahen, kam die Verkäuferin mit einem Kleid zu ihnen, das sie vorsichtig aus einer Folie zog.

»Dieses Modell ist erst gestern reingekommen. Möchten Sie es anprobieren? Sie sind ein schlichter Typ, aber ein Wow-Effekt sollte schon sein, wenn man vor den Traualtar tritt.« Julia warf einen Blick auf das Kleid. Es war im Stil der zwanziger Jahre gehalten und ziemlich kurz.

»Komm schon, auf einen Versuch mehr oder weniger kommt's nicht an. Du siehst sicher sexy darin aus«, motivierte Maren sie.

»Also gut. Warum nicht.« Julia ging mit dem Kleid in die Kabine. Auch dieses Modell bestand aus einem schlichten Seidenstoff, war allerdings gerade geschnitten und ab Brusthöhe mit schimmernden Fransen versehen, die bei jeder Bewegung hin und her schwangen.

Die Verkäuferin reichte Julia durch einen Spalt im Vorhang ein weißes Band. »Probieren Sie das dazu an. Man trägt es anstatt eines Blumenkranzes im Haar, außerdem gibt es noch weiße Handschuhe, die bis zu den Ellbogen reichen.« Julia nahm beides entgegen und zog es an. Zum Schluss kam die Verkäuferin mit einer langen Perlenkette in die Kabine und schlang sie ihr zweimal um den Hals, dann nickte sie zufrieden und zog den Vorhang auf. Freudestrahlend sah die Verkäuferin in Marens Richtung, gespannt auf deren Reaktion. Julia trippelte in cremeweißen High Heels zum Spiegel und formte lachend einen Kussmund.

»Verrucht kannst du also auch!« Maren lachte, während sie die Spaghettiträger richtete, die das Oberteil von Julias Kleid hielten. Als alles perfekt war, machte sie ein Foto von Julia und ein Selfie. Die Verkäuferin zog sich diskret zurück und kam wenige Minuten später mit Visitenkarten zurück.

»Ich habe Ihnen die Modellnummern und die Preise der Kleider aufgeschrieben. Selbstverständlich können Sie gern weitere Modelle anprobieren, aber ich glaube, Sie tragen beide das, was am besten zu Ihnen passt. Sie sehen reizend aus und glamourös. Ich gratuliere Ihnen zur bevorstehenden Hochzeit.«

Als die Frau ihnen beim Abschied die Tür aufhielt, brachen Julia und Maren in mädchenhaftes Gekicher aus. Nicht der Sekt war ihnen zu Kopf gestiegen, sondern die wie aus einem Film entsprungene Szene, als sie in ihren Kleidern vor der Spiegelwand gestanden und sich kaum wiedererkannt hatten. Beide hatten sie sich sofort in ihren Anblick verliebt.

»Komm, lass uns irgendwo was trinken gehen. Brautkleider probieren und Einladungen von tollen Männern bringen mich durcheinander. Ich brauche etwas Zerstreuung«, sagte Maren. Ein paar Minuten später landeten sie in einem Bistro, in dem sie noch nie zuvor gewesen waren. »Zwei Gläser Sekt und eine große Flasche stilles Wasser.« Maren machte es sich auf einer Bank an der Wand, wo zwei Plätze frei geworden waren, gemütlich. Von dort hatte sie einen ungehinderten Blick auf die Fensterfront und die Passanten. Die Kellnerin brachte ihre Getränke. Ohne zu zögern, griff Maren nach der Sektflöte und nahm einen großen Schluck. »Ich lasse mein Glas vorläufig nicht los. So träumt es sich am besten.« Mit schwärmerischem Gesichtsausdruck starrte sie auf den Kronleuchter an der Decke. »Was meinst du, wohin soll ich mit Schultheiß essen gehen? Doch sicher nicht in eins dieser Edelrestaurants.«

Julia dachte nach. »Mir schwebt eher ein intimes Lokal vor, wo ihr in Ruhe reden und den Abend genießen könnt. Franks Kollege war letztens in einem zauberhaften Restaurant. Ich kann Frank bitten, sich danach zu erkundigen.«

Maren klatschte in die Hände. »Ich habe eine bessere Idee. Ich bitte Schultheiß, mir sein Lieblingsrestaurant zu zeigen. So lerne ich ihn ein bisschen besser kennen, und die Stimmung ist von Anfang an entspannt.«

»Kluges Mädchen!« Julia nahm ihr Glas und stieß mit Maren an. »Wo das geklärt ist, lass uns mal sehen, was unsere Kleider kosten.« Julia wühlte in ihrer Tasche nach dem Zettel, den die Verkäuferin ihr gegeben hatte. Als Maren ihren ebenfalls in der Hand hielt, zählte sie den Countdown ab. »Zehn, neun, acht, sieben, sechs ...« Bei null schauten Julia und Maren gleichzeitig auf ihre Zettel.

»O Mist«, fluchte Maren. »Warum steh ich auch auf teure Spitze. Mein Traumkleid bleibt ein Traumkleid. Und wie sieht's bei dir aus?«

Julia machte eine unbestimmte Handbewegung. »Preisgünstig ist was anderes, aber zumindest könnte ich mir das Kleid leisten.«

»Wenigstens ein Treffer«, freute sich Maren. Sie trank den Sekt aus und gab der Kellnerin ein Zeichen, sie möge die Karte bringen. »Sollen wir was essen? Ich habe Hunger.«

»Ich auch«, Julia rieb sich über den Bauch. Sie entschieden sich für Salat mit gebratenen Hühnerbruststreifen und getoastetem Brot. Kaum hatte die Kellnerin ihre Bestellung aufgenommen, griff Maren nach dem Handy, um ihre Termine durchzusehen.

»Was hältst du davon, heute Nachmittag blauzumachen? Bei mir steht nichts Wichtiges mehr auf der Agenda.« Maren schob ihr Smartphone zurück in die Tasche und sah Julia abwartend an.

»Bei mir auch nicht. Das, was dringend war, habe ich bereits hinter mir.«

»Wie lange ist es her, dass wir das letzte Mal einen Tag nur für uns hatten?«

Julia zuckte mit den Schultern. »Schon eine ganze Weile ... Monate«, konkretisierte sie nach kurzem Nachdenken.

»Wir sollten öfter mal durchatmen, Julia. Abschalten.« Die Kellnerin brachte einen Teller mit Besteck und Servietten und stellte ihn auf den Tisch. Maren nahm die Visitenkarte mit dem Preis ihres Kleids und zerriss sie. »Damit ich nicht schwach werde und mein Konto überziehe. Man kann Brautkleider auch im Voraus kaufen, als gutes Omen«, scherzte sie. »Sag mal, warum verziehst du eigentlich keine Miene, obwohl du so ein wunderschönes Kleid gefunden hast, das auch noch bezahlbar ist?«

Julia trank den letzten Schluck Sekt und stellte ihr Glas viel zu laut zurück auf den Tisch. »Das Kleid ist toll. Und es hat Spaß gemacht, mit dir einen Blick in die Zukunft zu werfen.« Julia schob ihre Hände zwischen die Beine und versuchte, Marens forschendem Blick auszuweichen.

»Aber?« Maren ließ nicht locker und sah Julia fragend an.

»Beim Anprobieren der Kleider hat mich das Gefühl beschlichen, einen Fehler zu begehen«, gab Julia zu. Die Kellnerin brachte die Salate. Julia legte sich eine Serviette auf den Schoß und griff nach dem Besteck. Auch Maren hatte nach Messer und Gabel gegriffen, zögerte aber, mit dem Essen zu beginnen.

»Hast du nicht gesagt, Frank würde sich irrsinnig um dich bemühen?«

354

»Das tut er. Er ist ein toller Mann und ein wunderbarer Mensch. Aber ich sollte ihn nicht heiraten.«

»Er ist nicht Nicolas ... sosehr du es dir auch wünschst. Ist es das?!«

Julia sah Maren nachdenklich an. »Vor Mas Unfall war ich sehr in Frank verliebt.«

»Ich weiß, ich habe es miterlebt.«

Julia schüttelte den Kopf: »Aber seit ich Nicolas kenne, hat sich alles verändert. Was ich für ihn empfinde, ist so ganz anders. Ich wusste nicht, dass Liebe sich so anfühlen kann ... so groß.«

»Habt Frank und du ... seid ihr euch wieder nähergekommen?«, haspelte Maren.

»Du meinst, ob wir wieder miteinander schlafen?« Julia klang resigniert, als sie weitersprach. »Seit Ma verunglückt ist, nicht. Ich weiß, nach ihrem Tod und nach der Sache mit Nicolas sollte ich mir Zeit lassen. Frank ist geduldig. Aber weißt du, Maren, langsam wird mir klar, dass Frank und ich nur noch gute Freunde sind, und nur weil wir beide offenbar unfähig sind, loszulassen, halten wir an dem Bild eines Liebespaars fest. Als ich eben in dem Kleid dastand, wurde mir klar, dass Frank zu heiraten auch bedeuten würde, ihm sein Glück abzusprechen ... und mir meins. Er hat jemanden verdient, der ihn wirklich liebt.«

Maren legte das Besteck zur Seite. »Du hast es dir nach dem Tod deiner Mutter nicht leicht gemacht, Julia, und niemand wüsste besser als ich, wie schwer es für dich war, die Kraft zu finden, wieder nach vorne zu blicken. Ich fand es mutig von dir, Frank dein Jawort zu geben.«

»Nach vorne blicken will ich weiterhin, Maren. Nur muss man manchmal noch einmal zurückschauen, um zu wissen, was man von der Zukunft erwartet. Ich dachte, ich könnte meine Gefühle für Nicolas vergessen. Doch Tatsache ist, ich würde Frank immer mit ihm vergleichen. Das hat er nicht verdient.« Den letzten Satz hatte Julia mit einer derartigen Überzeugung ausgesprochen, dass Maren zusammengezuckt war. Das hier waren keine leeren Worte, es war Julia ernst. Maren öffnete den Reißverschluss zum Seitenfach ihrer Tasche, zog ein zusammengefaltetes Din-A4-Blatt heraus und legte es vor Julia auf den Tisch.

»Wenn du schon von zurückschauen sprichst ... ich habe vor einer Weile recherchiert. Du bist doch noch im Besitz des Päckchens, in dem Antoine das Parfüm geschickt hat?«

Julia nickte. »Ich habe damals nur die Karte genommen.«

»Gut. Dann nimm es als Wink des Schicksals, dass du über etwas verfügst, das mit Antoines Speichel in Berührung gekommen ist. Die Briefmarke auf dem Paket.« Julia faltete das Din-A4-Blatt auseinander und sah auf mehrere farblich markierte Textpassagen.

»Abstammungsuntersuchungen in Fällen, in denen der fragliche Elternteil bereits verstorben ist.«

Maren deutete auf einen gelb hervorgehobenen Absatz. »Es ist zwar problematischer, die Vaterschaft festzustellen, wenn jemand nicht mehr lebt, aber es ist nicht unmöglich.«

Julia überflog den entsprechenden Absatz: »Eine Lösungsmöglichkeit zum Nachweis der Vaterschaft ist die Untersuchung von Gegenständen, an denen Hautzellen des Verstorbenen haften, so zum Beispiel Zahnbürsten, ein Gebiss oder Ohrstöpsel. In manchen Fällen helfen auch Briefmarken weiter, die der Verstorbene zu Lebzeiten mit Speichel auf Briefumschläge geklebt hatte ...«

Maren sah Julia eindringlich an. »Lass die Briefmarke untersuchen … und bitte auch Jakob um einen Vaterschaftstest. Er hat selbst erzählt, dass er sich damals nicht hat durchchecken lassen. Ergo kann er nicht hundertprozentig wissen, dass er nicht dein Vater ist.« Maren fasste Julia bei den Schultern. »Wenn ich du wäre, würde ich jede noch so kleine Chance auf eine Zukunft mit Nicolas nutzen. Eine Vermutung ist zu wenig, um seine Zukunft darauf aufzubauen. Egal, wie sicher Jakob sich ist, nicht dein Vater zu sein, es ist seine Einschätzung der Situation. Überleg dir gut, was du tun willst, Julia. Ich würde wissen wollen, wer mein Vater ist … erst dann könnte ich an später denken. Ich weiß, ein Vaterschaftstest bringt alles wieder gehörig durcheinander. Aber danach kannst du dir wenigstens sicher sein.«

»Schmeckt es Ihnen nicht? Ist mit dem Essen etwas nicht in Ordnung?« Die Kellnerin war zu ihnen an den Tisch getreten.

»Nein, alles bestens. Wir sind nur mitten in einem wichtigen Gespräch«, beruhigte Maren sie.

»Na dann will ich nicht stören … guten Appetit.« Die Kellnerin nickte ihnen zu und ließ sie wieder allein.

»Mir ist klar, worauf du hinauswillst, Maren. Vermutlich hält mich nur die Angst ab, schriftlich bestätigt zu bekommen, dass Nicolas niemals mein Mann sein kann. So bleibt ein letzter Funke Hoffnung, so unsinnig diese Hoffnung auch ist.« Julia nahm ihr Handy zur Hand und öffnete den Speicher mit den Fotos. Erst vor zwei Tagen hatte sie die letzten Zeichnungen, die sie von der Parfümerie gemacht hatte, abfotografiert.

»Was ist das?«, erkundigte sich Maren, als Julia ihr die Bilder zeigte.

»Antoines Parfümerie, besser gesagt, Zeichnungen, wie

ich mir die Parfümerie nach einem kleinen innenarchitekto-
nischen Facelift vorstelle.« Julia beugte sich zu Maren hinüber: »Schau mal, das sind Flakons, die als Sonderedition herauskommen könnten.« Maren betrachtete die verschiedenen
Fläschchen, eins exquisiter als das andere. »Neben die Kasse
würde ich einen Spiegeltisch mit Duft-Empfehlungen stellen
und dahinter Vitrinen mit verschnörkelten Eisenfüßen, darin kämen die Flakons perfekt zur Geltung.«

Als sie alle Fotos durchgesehen hatten, griff Maren nach
ihrem Sektglas. Es war leer, doch sie stieß trotzdem gegen
Julias ebenfalls leeres Glas. »Deine Zeichnungen treffen mitten ins Herz, Julia. Die Parfümerie sieht aus wie aus einem
Fünfziger-Jahre-Film. Charmant, ein bisschen retro, sehr verspielt und sehr speziell, typisch du! Was sagt Nicolas dazu?
Will er die Parfümerie umbauen und wieder eröffnen?«

Julia schüttelte abwehrend den Kopf. »Nein, eine Wieder-
eröffnung ist nicht geplant. Ich habe niemandem von den
Skizzen erzählt, auch Nicolas nicht. Sie sind mir eines Tages
in den Sinn gekommen, als ich Fotos angesehen habe, die ich
damals in der Parfümerie gemacht habe. Plötzlich habe ich
zu zeichnen begonnen, weil ich das Gefühl hatte, dadurch
mit Nicolas verbunden zu sein. Wir haben damals lange in
den roten Plüschsesseln gesessen. Du glaubst nicht, wie laut
die knarzen, wenn man sein Gewicht verlagert.« Julias Gesichtsausdruck wurde schwärmerisch. »Vom ersten Blick an
war mir klar, dass in dieser winzig kleinen Parfümerie eine
besondere Atmosphäre herrscht. Diese Atmosphäre habe ich
aufgegriffen, um sie durch kleine Änderungen noch zu ver-
stärken. Die Arbeit ist illusorisch, dessen bin ich mir bewusst,
aber sie ist alles, was ich habe.« Julia legte ihr Handy zur Seite und widmete sich wieder dem Essen. Nach einigen Minu-

ten blickte sie auf und sagte entschlossen: »Ich werde die Briefmarke untersuchen lassen und auch Jakob um einen Test bitten. Diesmal drückt er sich bestimmt nicht vor der Wahrheit.«

Maren zog einen Notizblock aus ihrer Tasche, riss ein Blatt ab, schrieb etwas darauf und reichte es Julia. »Hier, die Adresse des Instituts an der Universität Mainz, an dem Vaterschaftstests jeder Art durchgeführt werden.«

Julia steckte die Notiz in ihr Portemonnaie. »Danke, Maren. Wie's aussieht, sollte ich endlich in meinem Leben aufräumen.«

Maren ergriff Julias Hände und drückte sie aufmunternd. »Bring alles auf den Weg und dann flieg um Himmels willen nach Paris, um dir die Rechte an dem Parfüm deiner Mutter zu sichern. Länger als eine Woche kann ich dich allerdings nicht entbehren. Bei Schultheiß' Einweihungsparty musst du an meiner Seite sein. Schon um mich vor irgendwelchem Unsinn zu bewahren.«

29. KAPITEL

Julia verließ das Hotel durch die Drehtür. Draußen wartete Paris mit einer metallisch glänzenden Sonne und einem perfekten Winterhimmel auf sie. Maren hatte ihr von der Stadt vorgeschwärmt, vor allem von Saint-Germain-des-Prés. Im 6. Arrondissement ging es gemächlicher zu als im Zentrum von Paris, wo das Leben tobte. Hier kam man nicht nur an eleganten Boutiquen, Antiquitätenläden und Buchhandlungen vorbei, sondern auch an einer kleinen Bäckerei und einem Geschäft mit herrlich frischem Fisch und Muscheln – Läden, wie Julia sie vorwiegend aus Kleinstädten und Dörfern kannte. Julia blickte die Straße hinab, die in gedämpftem Licht lag. Die Geschäfte, die sich einer Perlenkette gleich aneinanderreihten, wirkten allesamt verlockend, besonders zu dieser Jahreszeit, wenn die Lichter früh angingen und alles in einen zauberhaften Glanz legten.

Drei Tage vor ihrer Abreise nach Paris hatte Julia online ein Zimmer in einem gemütlichen Hotel in Saint-Germain-des-Prés gebucht. Vom Hotel zur Seine und zum Louvre war es nicht weit, und auch die Metrostation Rue du Bac befand sich nur wenige Gehminuten vom Quartier Latin entfernt. Julias Zimmer war nicht groß, aber blitzsauber. Nach dem Einchecken hatte sie rasch ihr Gepäck abgestellt, war in Schuhe mit niedrigen Absätzen geschlüpft und hatte sich eine Wollmütze und Handschuhe übergezogen, um gegen die Kälte gewappnet zu sein.

Julia wandte sich nach rechts und folgte der Straße. Als Erstes würde sie zum Boulevard Raspail laufen und in der Rue de Grenelle bei Dalloyau nach Delikatessen aus aller Welt Ausschau halten. In unmittelbarer Nähe dazu gab es einen winzigen Laden, der eine reiche Auswahl an Käse bot. Maren hatte ihn entdeckt, als sie vor vier Jahren mit ihrem damaligen Freund in Paris war, und nun betrat Julia das Geschäft und vergaß, völlig überwältigt von der Auswahl, wonach ihr überhaupt gelüstete. Dieses Käsegeschäft war wirklich eine Sensation. Maren hatte Julia regelrecht dazu gedrängt, Paris noch vor Weihnachten zu besuchen, allein der Stimmung wegen. »Was kann schöner sein als Paris im Advent«, hatte sie sie überzeugt.

Doch Julia wollte vor ihrer Abreise unbedingt noch ein klärendes Gespräch mit Frank führen. Erst als sie sich einvernehmlich zur endgültigen Trennung entschieden hatten, stand der Reise nichts mehr im Weg.

Der Tag, an dem Frank seine wenigen Sachen in Julias Wohnung zusammensuchte, verlangte ihnen beiden einiges ab. Sie waren einander eng verbunden, mochten sich von Herzen – aber eben nicht als Partner fürs Leben. »Ich wollte so sehr, dass es mit uns klappt.« Frank hatte diese Worte nur schwer herausgebracht, als er Julia einen letzten Kuss gab. Julia hatte sich dann ins Bett verkrochen und darüber nachgedacht, wie traurig es war, dass es manchmal nicht genug war, sein Bestes zu geben.

An jenem Abend schrieb sie Nicolas eine Mail, dass sie für fünf Tage nach Paris kommen würde. Dass sie schon heute am Flughafen Charles de Gaulle gelandet war, wusste er allerdings nicht. Julia sehnte sich nach ein, zwei Tagen nur für sich, um die Stadt allein zu erobern. Sie würde durch das Opéra-Viertel bummeln, die Rue Royale hinunter und dann weiter bis zur Rue de Saint-Honoré, würde nach Lust und Laune Läden und Museen erkunden. Bei schönem Wetter würde sie einen Abstecher in den Bois de Boulogne einplanen, um auf den See zu schauen und alles hinter sich zu lassen.

Paris würde ihr helfen, die Zeit zu überbrücken, bis sie den Namen ihres leiblichen Vaters erfuhr. Die Anspannung, die sie spürte, ließ sie schwindeln, doch dieses Jahr hatte sie schon so viel überstanden. Sie würde auch diese Hürde nehmen.

Was für eine Erleichterung wäre es, an Silvester einen Strich unter die letzten zwölf Monate ziehen und das neue Jahr ohne all den seelischen Ballast begrüßen zu können.

Julia kam mit einer prall gefüllten Tüte aus dem Käsege-
schäft und genoss die festliche Stimmung um sich herum. Am
Abend, wenn die Weihnachtsbeleuchtung die Stadt in eine
Märchenmetropole verwandelte, würde sie im Glitzern und
Funkeln der Lichter den Rückweg zum Hotel antreten, voller
Vorfreude auf einen gemütlichen Abend mit Käse-Baguette
und einem Film. Julias Absätze klackten über das Pflaster, als
sie der Straße Richtung Seine folgte. Übermorgen würde sie
Nicolas wiedersehen. Ob er sich genauso auf sie freute wie sie
sich auf ihn?

Seit sie die Vaterschaftstests in Auftrag gegeben hatte, verspürte Julia eine ständige innere Unruhe. Die Wahrschein-
lichkeit, dass Jakob vielleicht doch ihr leiblicher Vater war,
war gering, doch eine Hoffnung blieb. Julia hielt auf ein Geschäft zu, dessen Auslage ganz in Violett gehalten war. Die
gesteppte Winterjacke, die die Schaufensterpuppe trug, war
zum Verlieben. Entschlossen stieß Julia die Tür auf und trat
ein. Warme Luft schlug ihr entgegen und ließ die schneiden-
de Kälte draußen augenblicklich in Vergessenheit geraten.
Julia sah sich um und entdeckte das gleiche Modell an einem
Kleiderständer. Da alle Verkäufer beschäftigt waren, griff sie
kurzerhand nach der passenden Größe und verschwand in
einer Kabine, um die Jacke anzuprobieren. Die Farbe des Stof-
fes schmeichelte ihr. »Die Jacke steht Ihnen außerordentlich
gut«, sagte ein Verkäufer, der auf Julia zukam, als sie sich vorm
Spiegel betrachtete. »Kindchen, dieses Teil müssen Sie mit nach
Hause nehmen. Sie sehen entzückend darin aus«, mischte sich
eine ältere Dame mit toupierten Haaren ein. Julia lächelte wegen der etwas antiquiert wirkenden Frisur der Kundin und
wegen der Worte, mit denen sie sie angesprochen hatte, bedankte sich für die Komplimente, drehte sich nach allen Sei-

ten und erinnerte sich daran, dass sie in den letzten Monaten gut verdient hatte. Sie konnte sich die Jacke leisten und entschied sich deshalb zum Kauf. Mit einer eleganten Tüte über der Schulter verließ sie einige Minuten später die Boutique. Der Bummel durch Saint-Germain, mit seinen Geschäften, den Auslagen voller Kerzen, Weihnachtssterne und Engel, versetzte Julia in eine eigentümliche Stimmung. Dies war Nicolas' Stadt, sein Zuhause. Hier lebte und arbeitete er. Vielleicht hatte er sich bei dem Herrenausstatter, an dem sie gerade vorbeikam, irgendwann einen Anzug für eine Vernissage gekauft? Eine geradezu kindliche Freude stieg in Julia auf, als sie sich ihn in dem eleganten Laden vorstellte.

Jede Form von Liebe brachte Helligkeit ins Leben, das wusste sie inzwischen. Auf dem Flug hierher hatte sie sich gut zugeredet, offen für Neues zu sein. Doch das konnte sie nur, wenn sie Unerwartetes nicht von vornherein ablehnte. Seit kurzem schaffte sie es, zumindest hin und wieder die Benommenheit abzuschütteln, die sie befiel, wenn sie daran dachte, was Nicolas und sie verloren hatten – eine gemeinsame Zukunft als Paar. Sie hatte keine Ahnung, was die nächsten Monate bringen würden, doch sie wusste, dass Nicolas immer Teil ihres Lebens sein würde – etwas anderes konnte sie sich einfach nicht vorstellen.

Julia überquerte den Boulevard, um einen Blick in eine Papeterie zu werfen, in dessen Schaufenster ein Riesenrad in Miniaturformat stand. Sie wusste gar nicht, wo sie als Erstes hinschauen sollte, so viel gab es in den Gondeln zu entdecken. Einladungskarten, Glückwunschkarten, Ansichtskarten. Neben der Gondel lag eine Karte in Übergröße. Sie ähnelte der Zeichnung, die sie für Alexander Schultheiß zur Hauseinweihung angefertigt hatte.

Seit Maren die Einladung erhalten hatte, redete Julia ihr gut zu, die Gegenwart zu genießen und nicht immer an die Zukunft zu denken. Denn diese Gedanken lösten bei Maren Ängste aus, weil sie die Zukunft als unberechenbar empfand. »Du weißt doch, dass man die Zukunft mitunter nicht selbst in der Hand hat«, hatte sie argumentiert.

»Ebendeshalb ist es das Vernünftigste, sich selbst den Rücken zu stärken. Wer sonst außer uns sollte es tun?«, hatte Julia erwidert. »Denk nur an den Brief von Antoine Leforts Anwalt. War damit zu rechnen?«

Maren hatte betreten dreingeschaut. »Nein, der Brief kam wie aus heiterem Himmel«, hatte sie kleinlaut zugegeben.

»Ganz genau. So wie deine Gefühle für Alexander Schultheiß. Plötzlich waren sie da, und nun lähmt dich diese fast kleinliche Sorge vor dem, was sein könnte.« Dem Brief des Anwalts war kurz darauf eine Mail von Bernard Mauriac gefolgt, in der er einen Gesprächstermin in Paris vorschlug. Sowohl der Brief als auch die Mail hatten Julia mehrere schlaflose Nächte bereitet. Offenbar wusste Monsieur Mauriac durch Nicolas, dass ab sofort sie über die Rechte an ›La Vie‹ verfügte, und zeigte Interesse, das Parfüm in einer leichteren Duftvariante neu zu lancieren. »*Die Story vom Vater, der sein olfaktorisches Vermächtnis an den Sohn weitergibt, bietet interessante Möglichkeiten zur Vermarktung, vorausgesetzt Nicolas Lefort verantwortet eine zeitgemäße Überarbeitung des Parfüms*«, hatte er geschrieben. In den letzten Tagen hatte Julia sich abends mit dem Thema Neulancierung eines bestehenden Parfüms beschäftigt. Guerlain hatte nach vielen Jahren eine neue Version des Klassikers ›Shalimar‹ herausgebracht. Wenn Nicolas Mauriacs Vorschlag annahm und ›La Vie‹ überarbeitete, konnte wer weiß was dabei herauskommen. Eine Neulancierung bot enorme Möglichkeiten. Allerdings hatte Julia keine Vorstellung, in welchen Dimensionen sich das Ganze abspielte. Sie wusste nur, dass sie das Gespräch mit Mauriac kaum abwarten konnte. Genauso wie das Abendessen am Mittwoch, zu dem Nicolas sie eingeladen hatte.

Julia löste ihren Blick von der Auslage und betrat die Papeterie. Neugierig ging sie die Regale mit den Grußkarten ab und stöberte dann überall ein wenig herum. Während sie eine erste Auswahl an Karten, Briefpapier und Zeichenstiften traf, dachte sie an ihr letztes Telefonat mit Camille zurück. Von ihr hatte sie erfahren, dass es Madame Fournier nach der Einnahme eines neuen Medikaments besser ging und sie sich deshalb den Wunsch nach einer Reise nach Paris erfüllen konnte. Julia hatte kurzerhand um Madame Fourniers Handynummer gebeten und sie angerufen, und nun stand auch ein Essen mit ihr in einer Brasserie in der Nähe von Notre-Dame im 4. Arrondissement auf dem Programm. Madame Fourniers Stimme am Telefon hatte jung und aufgekratzt geklungen. Ihr Entzücken über ein Treffen mit Julia war ansteckend, dazu kam ihre Dankbarkeit, überhaupt nach Paris reisen zu können. Auch diese Begebenheit war nicht vorherzusehen gewesen. Es waren die kleinen Dinge, die einem das Gefühl gaben, nicht allein durchs Leben zu gehen.

30. KAPITEL

Am frühen Mittwochvormittag holte Nicolas Julia von ihrem Hotel ab und gemeinsam gingen sie in Bernard Mauriacs Büro. Mauriac ragte hinter seinem wuchtigen Schreibtisch auf. Wie alt mochte er sein? Schätzungsweise Ende fünfzig, höchstens Anfang sechzig, vermutete Julia. Er war ein eindrucksvoller Mann, bestimmt eins neunzig groß, trug einen dunkelblauen Anzug mit farblich abgestimmter Krawatte und strahlte eine gewisse Noblesse aus, doch die Zurückhaltung, auf die Julia sich insgeheim eingestellt hatte, erwies sich als das blanke Gegenteil. Sie tauschten einen langen Händedruck, dann bat er sie gestenreich, ihm zu folgen.

»Kommen Sie. In meiner Komfortzone hinterm Paravent spricht es sich leichter.« Sie zogen sich in den abgetrennten Bereich des Büros zurück, mit zwei Couches, einem Tisch, einer riesigen Palme und einer Stehlampe, die warmes Licht verbreitete. Julia fühlte sich an ein gemütliches Wohnzimmer erinnert, dessen Fenster die Stadt ins Zimmer holte, die Dächer und Kamine der Häuser und den Himmel samt Schneeflocken, die aus dem Grau rieselten. Frühmorgens hatte ein Sonnenstrahl, der durchs Fenster ihres Hotelzimmers fiel, sie aus dem Schlaf gekitzelt. Doch später waren Wolken aufgezogen, und es hatte zu schneien begonnen.

»Darf ich Ihnen etwas anbieten?« Ohne ihre Antwort abzuwarten, verschwand Mauriac ins Vorzimmer und kam gleich darauf mit einer Platte mit Gebäck, Kaffee und Wasser zurück. Er stellte die Platte in die Mitte des Tisches, hob beide Hände, als wolle er sich ergeben, und deutete auf die Zimtsterne, Spekulatius und Butterkekse. »Ich bin kein Fan von diesem

Wahnsinn namens Advent und Weihnachten. Gebäck leider ausgenommen«, er grinste spitzbübisch, »in diesem Fall dient mir der Advent jedes Jahr als Ausrede, zwei, drei Kilos zuzunehmen, ohne mich dabei disziplinlos zu fühlen.«

Mit solch einer Aussage hatte Julia nicht gerechnet. Aufs erste Hinsehen wirkte Mauriac wie jemand ohne Fehl und Tadel, vor allem ohne jede Schwäche. »Und schon haben Sie mich auf Ihrer Seite, Monsieur Mauriac.« Julia tat es Mauriac gleich und legte gleich zwei Kekse auf ihren Teller.

»Merveilleux!« Mauriac lächelte. »Beste Voraussetzungen für eine gute Zusammenarbeit, n'est-ce pas? Nimm nichts zu ernst, weder Erfolg noch Rückschläge noch dich selbst …«, er sah auf ihren Teller, »und wenn du Lust auf zwei anstatt auf einen Keks hast, gönn sie dir.« Er schmunzelte. »Mit den Jahren lernt man, dass fast alles sich irgendwann ändert. Nur die Leidenschaft für das, was dich bewegt, bleibt. Meine Leidenschaft sind Parfüms. Übrigens, herzliche Gratulation zu den Rechten an ›La Vie‹. Der *Fingerabdruck* dieses Parfüms beeindruckt mich seit langem. Das ist auch der Grund, weshalb ich auf die Idee einer Weiterentwicklung des Parfüms gekommen bin. Lassen Sie sich von meinem Vokabular … Fingerabdruck und dergleichen … nicht beeindrucken. In unserer Branche lieben wir es, die Bedeutung von Worten für unsere Zwecke … sagen wir mal, umzuwandeln.« Mauriac biss in einen Zimtstern. Ob dieser kleine Ausschnitt seiner Person, den er ihnen gerade zeigte, einen Teil seiner wahren Natur wiederspiegelte? Der Mensch hinter dem erfolgreichen Geschäftsmann, dem es vorwiegend um Zahlen ging. Mauriac hatte den Zimtstern im Nu aufgegessen und sah Nicolas auffordernd an: »Wären Sie so freundlich, Mademoiselle Bent in meinen Plan einzuweihen? Ich müsste dringend ein Telefonat erledigen und wenn ich zurück bin, sind wir alle auf dem gleichen Stand.«

»Natürlich.« Nicolas deutete auf das Gebäck und den Kaffee. »Lassen Sie sich ruhig Zeit. Wir sind ja bestens versorgt.«

Mauriac verließ das Büro, das – wie auch das Haus, in dem sich die Firma Auberon befand – eine Geschichte von Erfolg und harter Arbeit, von Leidenschaft und Ideen verströmte. Hier zu sitzen hieß für Julia ganz unerwartet Teil dieser Welt zu sein. »Ich habe Mauriac einige Male getroffen, um mit ihm über ›Lueur d'espoir‹ zu sprechen. Er ist ein Mann von großer Voraussicht. Bei unserem letzten Gespräch habe ich ihm mitgeteilt, dass die Rechte an ›La Vie‹ an dich gehen, und da kam ihm spontan die Idee, beide Düfte zusammenzufassen … ›Vermählung‹ nannte er es.«

»Eine sehr emotionale Beschreibung«, fand Julia.

»In der Tat. Mauriac umschreibt die Dinge gern blumig.«

Seit sie sich im Hotel mit einer Umarmung begrüßt hatten, kam Julia sich wie ein Teenager vor. Die Umarmung hatte das Gefühl des Verliebtseins zurückgebracht. Trotz der Vorbehalte, weil sie nicht wusste, wie sie Nicolas gegenübertreten sollte, war das, was sie zuletzt für ihn empfunden hatte, noch verstärkt worden: Respekt, Achtung, vor allem jedoch zärtliche Verbundenheit. Ihm schien es ähnlich zu ergehen.

Auf dem Weg zu Mauriac hatten sie nur einige Banalitäten wechseln können, allerdings zeigten Nicolas' liebevolle Blicke Julia, dass sich zwischen ihnen nichts geändert hatte. Das freute sie einerseits, machte sie andererseits aber auch nervös. Zumindest als Bruder durfte sie Nicolas lieben. Nur, wie machte man das? »Mauriac möchte ›La Vie‹ und ›Lueur d'espoir‹ nacheinander herausbringen? Habe ich das richtig verstanden?« Julia zwang sich, zum Geschäftlichen zurückzukommen.

»Richtig! Er will die Parfüms mit einigen Monaten, höchstens einem Jahr Abstand auf den Markt bringen. Damit die Menschen sich noch an die Geschichte erinnern, die wir mit beiden Düften transportieren wollen. Die Parfüms sollen mit der Geschichte des Vaters, der seinem abtrünnigen Sohn sein Vermächtnis zu treuen Händen übergibt, beworben werden.« Beim Wort *abtrünnig* verzog Nicolas das Gesicht zu einem schiefen Grinsen. »Mauriac will das Projekt allerdings nur umsetzen, wenn er mich als verantwortlichen Parfümeur für die Überarbeitung von ›La Vie‹ verpflichten kann. Ich habe schon etwas mit dem Gedanken gespielt. Als Erstes brauchen wir einen erweiterten Namen, etwas in der Art wie ›La Nouvelle Vie‹ und eine olfaktorische Erweiterung des ursprünglichen Dufts. Eine Nuance blumiger oder leichter, süßer oder herber, um es vereinfacht auszudrücken … je nachdem, was ich als passend empfinde, wenn ich daran arbeite.«

»Verstehe! Und stimmst du zu?«, fragte Julia.

Nicolas nickte. »Die Idee ist genial, und mein Einsatz zeitlich begrenzt. Mein Vater hätte sich bestimmt riesig darüber gefreut. Und dir bringt es eine ordentliche Summe ein. Mir natürlich auch.«

Mauriac öffnete schwungvoll die Tür. »So, jetzt bin ich ganz für Sie da.« Er legte sein Handy auf den Schreibtisch und nahm wieder Platz. Mit funkelnden Augen sah er Julia an. »Und«, nahm er das Gespräch wieder auf, »hat Monsieur Lefort Ihnen die Story von Vater und Sohn erzählt?«

»Hat er … ja«, bestätigte Julia.

Mauriac lehnte sich zurück. Er wirkte entspannt. »Zum ersten Mal brauchen wir weder eine geniale Idee noch einen ausgefuchsten Marketingexperten, sondern erzählen schlicht und einfach die Wahrheit. Von Anfang an rührte mich die Geschichte Antoines, der seinen Sohn gern wieder als Parfümeur sehen wollte, weil er seine Nase göttlich fand – eine Meinung, der ich mich anschließe. Wir hatten nur selten Kontakt, wissen Sie. Ein Nischenparfümeur und ich, das passt nicht zusammen ... aber einmal, als ich ihn hier hatte und ihn davon überzeugen wollte, seine Vorliebe für Nischendüfte aufzugeben, erzählte er mir von seinem Wunsch, seinen Sohn wieder als Parfümeur arbeiten zu sehen, aber er glaubte nicht daran, dass dieser Wunsch je in Erfüllung gehen würde.« Mauriac flocht seine Finger ineinander und holte tief Luft. Julia merkte, dass die Geschichte ihm wirklich naheging. »Und plötzlich, kurz nach Antoines Tod«, sprach Mauriac weiter, »geschehen Dinge, die seinen Wunsch Wirklichkeit werden lassen. Die Wahrheit hat eine besondere Kraft, sie ist das beste Argument überhaupt.«

Julia überkreuzte die Beine. Die Art, wie Mauriac Antoines Geschichte erzählt hatte, berührte sie. »Sie scheinen Feuer und Flamme für dieses Projekt zu sein?«

Mauriac löste seine Finger und drückte die Handballen zusammen. »Ich wäre kein Mensch, wenn mich das nicht begeistern würde. Und weil das so ist, bitte ich Sie, weitere Zeichnungen in Ihrem Vintage-Stil beizusteuern, die wir für Print-Werbung, Plakate und Ähnliches verwenden können. Sie haben eine eigene Art zu zeichnen, ein wenig naiv, dabei erfrischend und zauberhaft. Ihre Zeichnungen haben einen hohen Wiedererkennungswert. Betrachten Sie mich als Fan, der Sie mit seinem Enthusiasmus anstecken möchte. Wenn die Parfüms sich gut verkaufen, was ich hoffe, können Sie sich bald den einen oder anderen Luxus gönnen. Sie werden gut verdienen.« Mauriac griff nach einem weiteren Keks und ließ es sich schmecken.

Julia ließ das Gesagte auf sich wirken. »Mit dieser Größenordnung habe ich nicht gerechnet, Monsieur Mauriac. Was genau brauchen Sie denn von mir, und vor allem, wann?«

Mauriac wischte sich die Krümel vom Mund. »Verdauen Sie meine Informationen erst mal und dann machen Sie mir einige Vorschläge.«

»Verdauen ...?« Julia trank ihren Kaffee aus und stellte die Tasse zurück. »Ehrlich gesagt, machen mich Ihre Pläne sprachlos. Für mich klingt das nach einer längerfristigen Zusammenarbeit. Da kommen eine Menge Entscheidungen auf mich zu, auch bezüglich der Rechte an ›La Vie‹, die finanzielle Abwicklung. Ich weiß erst seit kurzem, dass die Rechte an mich gehen. Allein das zu verarbeiten, braucht Zeit.«

Mauriac schenkte Julia Kaffee nach. »Ich bin überzeugt, Monsieur Lefort wird Ihnen gern bei allem helfen. Ich natürlich ebenfalls, wenn Sie Fragen haben, die in meinen Zuständigkeitsbereich fallen.«

Mauriacs Assistentin trat ins Zimmer, um Julia den Vorvertrag auszuhändigen.

»Leider bin ich ein ungeduldiger Mensch, Mademoiselle Bent, nicht nur zum Leidwesen meiner Frau, sondern auch zum Leidwesen aller, die mit mir arbeiten. Abwarten ist das, was ich am wenigsten gut kann.«

»Ich verspreche, nicht zu trödeln, Monsieur Mauriac.«

Julia blickte aus dem Fenster und konnte sich von dem Anblick kaum losreißen. Weiße Flocken verwandelten die Stadt immer mehr in eine Landschaft wie aus einem Wintermärchen. Mauriac fing ihren Blick auf und lächelte.

»Paris ist einzigartig, nicht wahr? Meine Frau behauptet, ich würde die Stadt mehr lieben als sie. Das ist natürlich übertrieben. Ich kenne die Stadt nur länger als sie, das ist alles.«

»Danke für das Gespräch und die Kekse, Monsieur Mauriac ... und diesen sensationellen Blick.« Julia steckte den Vertrag in ihre Tasche und erhob sich.

»Dann höre ich nächste Woche von Ihnen?«, fasste Mauriac nach.

»Ganz sicher«, versprach Julia. »Sie können einen mitreißen, Monsieur Mauriac. Wissen Sie das?«

Mauriac nickte geschmeichelt. »Das sagt man mir nach. Eine Zusammenarbeit mit mir kann allerdings herausfordernd sein. Das wird ebenfalls behauptet«, lachte er.

»Am besten denkt man nicht über seine eigene Kühnheit nach«, gab Julia sich selbstbewusst.

»Chapeau, Mademoiselle Bent. Sie werden sich hervorragend schlagen. Das sagt mir mein Gefühl. Willkommen bei Auberon.«

Das Wasser tropfte von Julias Körper. Das Schaumbad hatte ihr gutgetan. Rasch wickelte sie sich in ein Frotteehandtuch und trat barfuß ans Fenster. Es war erst kurz nach vier Uhr nachmittags, doch die Dämmerung senkte sich bereits über die Stadt. Bald würde das Weiß der Lichterkette, die sich von der Fassade ihres Hotels bis zum Haus gegenüber spannte, die dünne Schneeschicht auf dem Gehsteig zum Funkeln bringen. Julia schob die Vorhänge zur Seite, um zwei Mädchen zu beobachten, die mit offenen Mündern Schneeflocken auffingen. Als Kind hatte sie dieses Spiel ebenfalls geliebt.

Bald verließ sie ihren Platz vorm Fenster und holte sich eine Flasche Apfelsaft aus der Minibar. Nach dem Termin bei Mauriac war sie mit Nicolas zur Nachbesprechung, wie er es nannte, in einem Café gelandet. Kaum standen zwei dampfende

Teebecher vor ihnen, waren die Fragen nur so aus Julia herausgesprudelt. »Ich habe keine Ahnung, was es bedeutet, über die Rechte an einem Parfüm zu verfügen, und auch nicht, wie Mauriac sich die Zusammenarbeit mit mir vorstellt … in der Realität, meine ich.«

»Langsam, Julie. Nicht so viele Fragen auf einmal. Zuerst solltest du dir darüber klar werden, wo die Reise hingehen soll. Selbstverständlich kann niemand in die Zukunft sehen, aber mit ein bisschen Glück werden die Kunden die neue Version von ›La Vie‹ mögen, dann kannst du dich auf satte Einnahmen freuen, müsstest aber längerfristig mit Mauriac zusammenarbeiten. Bezüglich der Zeichnungen, die er von dir haben möchte, solltest du die Themen eingrenzen und die Menge der Bilder festlegen, die du abzuliefern hast. Die entscheidende Frage ist aber: Schaffst du es, diese Arbeiten mit deinen Verpflichtungen in Frankfurt unter einen Hut zu bringen?«

Julia dachte nicht eine Sekunde nach. »Klar kriege ich das hin. Ich arbeite schon immer viel und gern, davon abgesehen ist Maren eine Partnerin, mit der ich alles offen besprechen kann.«

»Gut, dann hättest du zumindest diese Frage für dich beantwortet. Was mich angeht, habe ich mir noch nicht sehr viele Gedanken über ›La Vie‹ gemacht, eins steht aber fest, ich würde den Duft gern verjüngen. Er hat genügend Tiefe und Substanz, etwas mehr Leichtigkeit würde gut in die heutige Zeit passen. Vielleicht behältst du das für die Zeichnungen im Hinterkopf?« Sie tauschten sich über die nächsten Schritte aus.

»Was ist mit dem Flakon von ›La Vie‹? Soll daran etwas geändert werden? Eigentlich finde ich ihn schön, wie er ist«, überlegte Julia.

»Falls du etwas daran ändern möchtest, dann so, dass man den Flakon auf jeden Fall wiedererkennt. Den Duft gibt es ja schon, wir wandeln ihn lediglich ab. Wenn du möchtest und du es dir zeitlich einteilen kannst, wäre es hilfreich, wenn du nach Roquefort-les-Pins kämst, um zumindest die letzte Etappe des Prozesses der Überarbeitung zu begleiten. Camille und ich wären glücklich, dich bei uns zu haben.« Er lächelte einnehmend. »Und vergiss nicht. Du kennst weder Monte-Carlo noch Saint-Paul-de-Vence ... und noch eine Menge mehr. Das alles würde ich dir gern zeigen.«

Es klang verlockend, und selbst jetzt noch glaubte Julia, bei diesem Vorschlag ihr Herz hämmern zu hören. Sie trank den Rest Apfelsaft und ging zum Kleiderschrank. Grübelnd stand sie vor der geöffneten Tür und überlegte, was sie zu dem Abendessen mit Nicolas anziehen sollte. Das cremeweiße Wollkleid, das sie eingepackt hatte, stand ihr ausgezeichnet, dazu passten ihre braunen Wildlederstiefel und ein flauschiger, hellbrauner Schal. Sie hatte das Kleid letzten Winter im Schlussverkauf ergattert. Maren und sie hatten an jenem Nachmittag eine reiche Ausbeute nach Hause getragen.

Maren! Julia legte das Kleid aufs Bett und nahm sich vor, ihre Freundin noch vor dem Essen anzurufen, um ihr eine Zusammenfassung der aktuellen Ereignisse zu geben.

Julia legte das Handtuch zur Seite und zog ihre Unterwäsche an. Sie hatte gerade das rechte Bein in die Strumpfhose gesteckt und wollte das linke nachfolgen lassen, als ihr Handy klingelte. Hüpfend schaffte sie es bis zum Nachttisch. »Frau Bent?«, begrüßte sie eine weibliche Stimme. Julia schluckte. Sie erkannte die Stimme auf Anhieb. »Franziska Ritzenhöfer. Ich rufe aus Mainz an. Es geht um Ihre Vaterschaftstests. Sie baten darum, Sie anzurufen, sobald die Ergebnisse vorliegen.«

»Danke, dass Sie sich melden. Auf Ihren Anruf warte ich sehnsüchtig.« Julia ließ sich aufs Bett sinken.

»Um gleich zum Wesentlichen zu kommen, Jakob Bent ist nicht Ihr biologischer Vater, Frau Bent. Was den anderen Fall anbelangt …«, Frau Ritzenhöfer legte eine kurze Pause ein und holte dann aus, »gewöhnlich liegt der Prozentsatz bei über 99,9 Prozent Sicherheit. Bei einer Briefmarke als einzigem Ausgangspunkt sieht es selbstverständlich anders aus. Aber wir haben uns damit behelfen können.« Konzentriert lauschte Julia Frau Ritzenhöfers Ausführungen, hörte Begriffe, die sie nicht verstand, bekam Wahrscheinlichkeiten genannt und stellte Fragen, doch das Wichtigste erschloss sich ihr sofort: Sie war Antoine Leforts Tochter.

Frau Ritzenhöfer, von der sie gedacht hatte, dass sie sich keinesfalls lang und breit über etwas auslassen, sondern kurz fassen würde, klärte sie umfassend auf. »Ich weiß, welche Emotionen und rechtlichen Konsequenzen auf solch ein Ergebnis folgen können. Zögern Sie also nicht, wenn Sie Fragen haben.« Während Julia beinahe ergeben zuhörte, registrierte sie, dass kein Damm in ihrer Brust brach. Sie saß da und spürte keine Regung, weder Versteinerung noch den Drang zu weinen – nichts. Sie hatte diese Nachricht erwartet. Trotzdem machte es einen Unterschied, Gewissheit zu haben. Nun konnte sie sagen, sie habe wenigstens alles getan, was sie tun konnte. Frau Ritzenhöfer war am Ende ihrer Ausführungen angelangt. »Das Ganze geht Ihnen selbstverständlich noch schriftlich zu, Frau Bent. Ich hoffe, wir konnten Ihnen helfen.«

»Ja, danke! Das konnten Sie.« Julia verabschiedete sich, legte das Handy zur Seite und zog sich fertig an.

Als sie mit frisch gebürstetem Haar aus dem Badezimmer kam, rief sie Jakob an. Nach einer kurzen Begrüßung fuhr sie fort: »Man hat mich angerufen, gerade eben, und es mir gesagt.« Jakob sagte nichts. Vermutlich stand er im Wohnzimmer und sah mit traurigem Blick durch die Fensterscheibe.

Seine Stimme hallte durchs Telefon, als er endlich zu sprechen begann: »Unser letztes Gespräch ist nicht gut gelaufen.« Julia dachte daran, was sie zueinander gesagt und was sie Jakob vorgeworfen hatte. Damals hatte sie jedes seiner Worte auf die Goldwaage gelegt und viel zu emotional reagiert, jetzt verspürte sie Scham. Zwar fand sie Jakobs Vorgehensweise noch immer falsch, doch mit der Zeit verloren manche Argumente ihre Kraft. Sie wusste nun, dass sie sich ihrer selbst annehmen musste. Niemand sonst tat es. Das hatte der Anruf von Frau Ritzenhöfer ihr erneut verdeutlicht.

»Ich war so aufgebracht und wütend. So verletzt.«

»Du musst dich nicht erklären, Julia. Sicher hätte ich an deiner Stelle ähnlich reagiert«, verteidigte Jakob sie.

»Blut ist dicker als Wasser, das ist doch Unsinn, oder? Wir sind eine Familie, du bleibst mein Vater.« Julia fiel es schwer, weiterzusprechen. Der Verlust ihres familiären Bezugspunkts raubte ihr die Stimme. »Es war alles so enttäuschend für mich ... dein Schweigen all die Jahre, das, was du mir über Ma erzählt hast ... der Verlust von Nicolas ... das vor allem.«

»Verzeih mir, bitte verzeih mir, Julia ...« Sie hörte, dass Jakob weinte. Dieser Mann, der immer stark und unbeugsam auf sie gewirkt hatte, weinte. Julia spürte, wie nahe ihr das ging, wie sehr sie mit ihm litt. So verrückt es klang, Frau Ritzenhöfers Anruf hatte einiges relativiert. Es gab nicht nur die Realität in Form eines Stück Papiers nach einer wissenschaftlichen Untersuchung, sondern auch ihre Gefühle. Sie war frei zu entscheiden, ob sie Jakob als ihren Vater ansah, den einzigen, den sie je haben würde. Wenn sie ihn verlor, verlor sie dann nicht auch einen Teil ihrer selbst? Julias Hals war wie zugeschnürt, etwas Nasses rann an ihren Nasenflügeln entlang bis zum Kinn. Rasch wischte sie sich mit der Hand über die Wange.

»Papa …«, mehr brachte sie nicht heraus, denn nun weinte sie selbst.

Die abendliche Kälte drang Julia durch den dick gefütterten Wintermantel bis auf die Knochen. Nur noch wenige Schritte, dann war Schluss mit Frieren und Bibbern. Julia steuerte die schmucklose Fassade des Hauses an, in dem sich das Restaurant befand, wo sie mit Nicolas verabredet war. Herumwirbelnde Schneeflocken wehten ihr ins Gesicht, und der Wind brannte in ihren Augen, dennoch war Schneefall seit je etwas Besonderes für sie. Sie stemmte sich gegen die von der Nässe beschlagene Tür und öffnete sie. Stimmen wehten nach draußen, zusammen mit dem Geruch von gebratenem Fisch, Gewürzen und warmem Öl.

Julia trat ein, sah sich suchend um und entdeckte Nicolas weiter hinten in einer Nische. Er stand auf, als er sie kommen sah. Sein Blick erinnerte Julia an ihr erstes Treffen; dieser offene, warmherzige Blick, der sie schon damals bezaubert hatte. Im hinteren Teil des Restaurants war es ruhiger und privater als vorne. »Da bist du ja.« Nicolas nahm ihr Mantel und Mütze ab. »Möchtest du auf der Bank sitzen?« Er deutete auf die lederbezogene Bank, die sich über die gesamte Breite des Restaurants zog.

»Ja, danke.« Julia setzte sich und nahm den Schal ab.

»Wasser? Oder Tee? Deine Nase ist ganz rot vor Kälte.«

»Wasser, bitte.«

Nicolas griff nach der Karaffe, füllte Julias Glas und sah ihr zu, wie sie es mit hastigen Schlucken leerte. »Warum wolltest du eigentlich nicht, dass ich dich abhole?«

Julia stellte das leere Glas zurück auf den Tisch. »Weil ich einen romantischen Spaziergang durchs weihnachtlich geschmückte Paris nicht jeden Tag geboten bekomme und weil das Restaurant nicht mal zwei Kilometer vom Hotel entfernt ist.« Julia sah sich um. Die Nische, in der sie saßen, lag im schmal zulaufenden Teil des Restaurants. Dort waren die Wände mit Plakaten von Toulouse-Lautrec tapeziert, was dem Raum etwas Einladendes verlieh. »Ich hätte gern ein Glas Weißwein. Paris im Schnee und das Gespräch mit Mauriac … ich brauche ein bisschen Leichtigkeit im Kopf.«

Nicolas deutete auf eine Tafel, auf der die Weine aufgelistet waren. »Der Hauswein ist sehr zu empfehlen. Ein Chardonnay, allerdings nicht zu stark.«

»Klingt gut.«

Nicolas winkte nach dem Kellner und bestellte eine Flasche Chardonnay. »Wir sind hier in einem der besten Fischrestaurants der Stadt. Eine Tischreservierung, vor allem im hinteren Bereich, grenzt inzwischen an ein Wunder. Ich habe das Lokal vorletztes Jahr entdeckt. Gemeinsam mit Pierre, als er in der Gegend Termine hatte. Hier schmeckt alles köstlich, besonders die Fischsuppe«, klärte Nicolas sie auf.

Julia schlug die Karte auf und warf einen Blick hinein. »Abgesehen von der Suppe, was kannst du mir sonst empfehlen?«

»Die Menüs wechseln alle drei Wochen und sind fantastisch. Kein Firlefanz, ein schönes Stück Fisch, überbackene Kartoffeln und Spinat oder ein anderes Gemüse. Der Koch ist gebürtiger Algerier. Ein unkonventioneller Typ, von oben bis unten tätowiert … mit Gemüse, Fisch und Rezepten. Die

Leute redeten über ihn und so wurde das Restaurant bekannt.«

Julia klappte die Karte zu. »Klingt spannend. Ich nehme das Überraschungsmenü von Monsieur Algérien.« Der Kellner nahm die Bestellung auf, zeigte Nicolas die Weinflasche und goss einen Probeschluck in sein Glas. Als Nicolas einen genussvollen Seufzer ausstieß, füllte der Kellner ihre Gläser, stellte den Wein kalt und ging zu einem anderen Tisch.

»Santé.« Nicolas prostete Julia zu.

»Ein guter Tropfen«, bekräftigte sie, als sie einen Schluck getrunken hatte. Sie stellten ihre Gläser ab und sahen sich einen Moment schweigend an, bevor Nicolas das Wort ergriff.

»Wie geht es dir mit Jakob? Du hast in deinen Mails kaum darüber geschrieben, wie ihr mit eurer Situation klarkommt.«

Julia lehnte sich zurück und ließ sich von der Atmosphäre des Restaurants forttragen. »In gewissem Sinne haben wir die Dinge geklärt. Es war nicht leicht, aber wir waren ehrlich zueinander. Und um ganz sicher zu gehen, habe ich einen Vaterschaftstest in Auftrag gegeben«, erzählte Julia. »Du erinnerst dich an das Päckchen deines Vaters, in dem das Parfüm für meine Mutter lag und die Karte. Die Briefmarke, die auf dem Paket klebte, habe ich untersuchen lassen. Antoine ist mein Vater, Nicolas. Jetzt ist es amtlich.«

Nicolas griff nach seinem Weinglas, nahm einen Schluck und drehte das Glas nachdenklich in der Hand. Für ihn hatte es keinen Zweifel gegeben, dass Antoine Julias Vater war. Es offiziell bestätigt zu bekommen, traf ihn trotzdem. »Und deine Arbeit? Kommst du voran? Habt ihr genügend Kunden, du und Maren?« Julia ahnte, dass Nicolas sich mit dem abrupten Themenwechsel vor dem Schmerz schützen wollte, den er in diesem Moment empfand.

»Haben wir. Maren genießt inzwischen einen ausgezeichneten Ruf und ich ebenfalls. Jetzt ernten wir, was wir gesät haben.« Julia gab bereitwillig Auskunft und erkundigte sich schließlich nach Nicolas' Bildern. Seit er sie in Roquefort-les-Pins in die Scheune mitgenommen hatte, ging ihr das Bild, das sie damals gesehen hatte, nicht mehr aus dem Kopf.

»Die Ausstellung in New York ist fix. Ich freu mich drauf, habe aber auch gehörigen Respekt davor. Weder mein Galerist noch ich können voraussagen, wie meine Bilder in den Staaten ankommen werden.«

»Wenn deine *Frauen* den Leuten dort nur halb so gut gefallen wie mir, wird die Sache ein Riesenerfolg. Deine Arbeiten sind außergewöhnlich, Nicolas, sie lassen niemanden kalt. Das ist es doch, worauf es in der Kunst ankommt, darauf, sich von etwas berühren zu lassen.« Nicolas freute sich über diese Worte und erzählte vom Abtransport seiner letzten Werke, an denen er Tag und Nacht gemalt hatte. Dann fragte er nach Maren. Er wusste, wie wichtig Julia diese Partnerschaft und Freundschaft war.

»Maren hat sich in einen Kunden verliebt … und in dessen zwei Kinder. Und nun kann sie es kaum abwarten, zu erleben, wie es weitergeht.« Ihr Gespräch sprang von Thema zu Thema und wurde immer lebendiger. Nicolas berichtete von Pierre und dessen kleiner Tochter Zoé und von Bruno, der sich als Verwalter von Antoines Wagen sah. »Apropos Bruno. Weißt du, dass Camille mir eine Mail geschrieben hat?«, warf Julia ein.

Nicolas schüttelte den Kopf. »Das hat die gute Camille mir verschwiegen … ein Lebenszeichen von ihr wundert mich aber nicht, das ist typisch für sie. Camille achtet auf die Leute, die sie mag.«

»Du glaubst nicht, wie sehr ich mich über ihre Nachricht gefreut habe. Durch sie weiß ich, dass ihr Zuwachs bekommen habt … Boubou«, sagte Julia.

Nicolas erzählte von seinem Wochenende mit Mathis und dem Auftauchen der Katze. Während er einige Anekdoten zum Besten gab, stürzten sie sich mit Appetit auf den Gruß aus der Küche, Muscheln mit Chili und Knoblauch. Julia kratzte den letzten Rest Sauce vom Teller und wischte ihre Hände in das feuchte Tuch, das auf einem Teller bereitlag.

»Es ist schön, mit dir zu reden, während wir köstliche Gerichte serviert bekommen«, schwärmte sie, »die Themen fliegen uns nur so zu.«

Nicolas senkte kurz den Blick. »… ich weiß, was dir durch den Kopf geht. Wir sprechen über alles Mögliche … nur nicht über uns«, sagte er. Bevor er hergekommen war, hatte er überlegt, wie er mit der Erinnerung an diesen Kuss und der aufkeimenden Liebe umgehen sollte.

»Immer, wenn ich daran denke, wie es war, als du mich geküsst hast, schwanke ich zwischen Dankbarkeit, weil ich diesen Kuss erleben durfte, und Trauer, weil ich diese Seite der Liebe niemals werde leben dürfen«, sagte Julia. Plötzlich wirkte sie unsicher und verletzlich. Geradezu verloren saß sie neben Nicolas.

Er legte das Besteck auf den Rand seines Tellers. »Ich habe diesen Kuss nicht vergessen, Julie, er ist immer präsent. *Du* bist immer präsent.«

Nicht zum ersten Mal wünschte Julia sich, sie könnte die Dinge weniger emotional sehen. Der Glaube an die große Liebe hatte sie schon oft in Schwierigkeiten gebracht, denn die Realität sah häufig anders aus als die Fantasie. Wieso war sie nicht einer dieser kopfgesteuerten Menschen, die, wenn sie etwas verloren hatten, sofort nach Ersatz Ausschau hielten? So jemand hatte es deutlich leichter als sie. »Ich weiß, ich sollte das nicht sagen, aber ich vermisse dich, Nicolas … die Nähe zu dir!« Julia las in Nicolas' Augen, wie sehr auch er sie vermisste, und schüttelte den Kopf, weil einer hoffnungslosen Romantikerin wie ihr offenbar nicht zu helfen war. »Entschuldige«, sie rutschte von Nicolas weg, »dieses Thema ist tabu. Tut mir leid. Ich habe eine Grenze überschritten.«

Nicolas machte eine verneinende Handbewegung. »Wer sagt das, Julie?!« Er ergriff ihre Hand und hielt sie fest. »Wir können über alles reden, und zwar jederzeit. Und denk bloß nicht, mir ginge es anders als dir. Als du weg warst, habe ich mir einzureden versucht, meine Empfindungen für dich seien etwas Verbotenes. Es ist schmerzhaft, dich nicht *so* lieben zu dürfen, wie ich es mir wünsche, trotzdem weigere ich mich, meine Gefühle für dich aufzugeben. Wenn wir fertig gegessen haben, möchte ich dir etwas zeigen. Es gibt Dinge, die wir miteinander teilen können, auf eine andere Art.«

»Nicht so schnell … es ist ziemlich rutschig hier.« Julia hielt sich krampfhaft an Nicolas' Arm fest und folgte ihm die Straße hinab. Im Wagen hatte er ihr mit einem Schal die Augen verbunden, und nun brachte er sie wer weiß wohin. Vor Aufregung war ihr ganz heiß, obwohl es draußen bitterkalt war. »Nur noch ein paar Schritte, dann sind wir am Ende der Straße angelangt. Dort gibt es eine Mauer, die in den nächsten Minuten eine wichtige Rolle in unser beider Leben spielen wird.« Julia schlitterte neben Nicolas über den Bürgersteig. Was um Himmels willen hatte er mit ihr vor? »Wir steuern jetzt besagte Mauer an, Julie.« Nicolas legte eine Decke, die er unterm Arm trug, auf das Mäuerchen. »Kannst du bitte in die Hocke gehen?« Vorsichtig dirigierte er Julia auf ihren Platz. »Gut so, ein bisschen mehr nach links … und nun setz dich«, wies er sie an. Als Julia an ihrem Platz saß, zog Nicolas zwei Smartphones, an denen Ohrstöpsel hingen, aus seiner Jackentasche. Ein Smartphone behielt er selbst, das andere steckte er in Julias Manteltasche. »Bist du bereit?«, fragte er sie.

Julia nickte aufgeregt. »Egal, was du vorhast, befrei mich endlich von diesem verdammten Schal«, verlangte sie.

»Also gut … Es geht los.« Nicolas entknotete den Schal. »Tatatata!«, rief er. Julias Blick erfasste die Stadthäuser, die am Ende der Straße ein Quadrat ergaben. Eins der Häuser stach direkt hervor, weil sämtliche Fenster über und über mit Lichterketten und brennenden Kerzen geschmückt waren.

»Wow! Wer wohnt dort?«, fragte Julia verwundert, während sie die glimmenden Kerzen betrachtete. In manchen Fenstern stand nur eine, in anderen leuchteten mehrere Kerzen nebeneinander, in Windlichtern, auf Kerzenständern oder auf Tellern, die nah ans Fenster gerückt worden waren.

»Meine Theorie ist, dass hier ein weihnachtsfanatisches Pärchen lebt, das sich bei seinem Einzug dazu entschloss, jedes Jahr ein weiteres Fenster zu beleuchten. Und nun sind die beiden älter geworden und jedes Fenster ist in perfektem Zustand.«

Julia sah, wie ihr Atem weiße Wolken bildete. »Und wie lautet die Wahrheit?«

Nicolas zuckte mit den Schultern. »Als ich mich letztes Jahr um die Zeit in der Gegend verfahren hatte, entdeckte ich das Haus.« Nicolas nahm sein Smartphone und durchsuchte den Speicher nach einem bestimmten Bild. »Hier … sieh dir das an«, sagte er. Julia blickte auf den Kopf einer Frau, die entfernt Ähnlichkeit mit ihr hatte. »O mein Gott ….« Sie wurde rot. »Keine Angst, ich male keine Porträts, ich lasse mich nur inspirieren«, beteuerte Nicolas.

»Diese Frau … sie sieht so zart aus, so verletzlich.« Julia rieb sich über die Wangen, um sie zu wärmen, während Nicolas seinen Atem in seine zu einem Trichter geformten Hände pustete.

»Hast du das Bild in dir aufgenommen?«, fragte er.

Julia deutete auf ihren Kopf. »Ist hier drin abgespeichert.«

Nicolas setzte sich neben sie auf die Mauer und schlug die Decke über ihre Beine. »Okay, hier kommt der erste meiner Lieblingssongs. Meiner Meinung nach passt er perfekt zu dem Bild, das du gerade gesehen hast.« Nicolas steckte zuerst Julia, dann sich selbst Stöpsel ins Ohr. »La maladie d'amour, die Liebeskrankheit, von Michel Sardou«, klärte er sie auf. Dann nickte er und spielte den Song ab. Während sie auf die beleuchteten Fenster schauten, erklangen die ersten Takte eines französischen Chansons, das Julia noch nie gehört hatte. Gegen die Kälte eng an Nicolas gepresst, lauschte sie Michel Sardous Stimme, die sich direkt in ihr Herz schlich. Nicolas legte den Arm um sie und zog sie fest an sich, und so genossen sie das Lied. »Das waren Bild und Song Nummer eins, es folgen Bild und Song Nummer zwei.« Diesmal zeigte Nicolas Julia eine Frau mit tiefen Falten im Gesicht, deren Augen jedoch strahlten. »Dazu passt das ultimative Weihnachtslied. Chris Rea, Driving Home for Christmas.«

»Dieses Lied liebe ich«, rief Julia aufgeregt.

»Ich auch!« Nicolas fand den Song in seiner Playlist, gab Julia ein Zeichen und spielte ihn ab. »I'm driving home for christmas … oh, I can't wait to see those faces …«

Hier saßen sie, in Paris, umgeben von Dunkelheit und Licht.

Nicolas warf Julia einen fragenden Blick zu. »Hast du Lust, mitzusingen?«

»Im Duett?«, fragte Julia.

Nicolas nickte. »Warum nicht? Lass uns den perfekten Einsatz abwarten.« Gemeinsam warteten sie auf eine Stelle, an der sie als Chor einsteigen konnten, und begannen mitzusingen. Sie begleiteten Chris Rea voller Inbrunst und hörten auch nicht auf, als ein Mann an eins der Fenster des gegenüberliegenden Hauses trat und ihnen zuhörte, bis der letzte Ton verklungen war.

»Wieso suchst du Songs zu deinen Bildern aus?«

Nicolas zuckte die Achseln. »Keine Ahnung. Eines Tages fiel mir das ein, und inzwischen macht es Spaß, nach Melodien und Texten Ausschau zu halten, die irgendwie zu meinen Bildern passen.« Nicolas lachte plötzlich auf und deutete auf eins der Häuser. »Sieh mal, wir haben einen zweiten Fan.« An einem Fenster im obersten Stockwerk stand eine Frau im Widerschein eines Lichts und blickte auf sie hinunter.

»Sicher fragt sie sich, was wir hier tun. Komm, winken wir ihr zu.« Julia und Nicolas winkten und riefen: »Joyeux Noël. Merry Christmas. Frohe Weihnachten.« Die Frau zögerte, dann lachte auch sie, winkte zurück und verschwand wieder hinter den zufallenden Gardinen.

Nicolas und Julia blickten noch einen Moment auf das Fenster mit den Lichtern, an dem die Frau gestanden hatte, dann wandte Nicolas sich an Julia. »Ich wollte dir zeigen, was wir haben, Julie. Es ist nicht das, was wir beide uns wünschen, aber es ist immerhin etwas.« Nicolas schüttelte die Decke aus, auf der sie gesessen hatten, und faltete sie sorgsam zusammen.

Julia legte ihre Hand auf seinen Arm. »Danke, dass du mir gezeigt hast, was Liebe sein kann.« Ihre Hand folgte seinem Arm bis hinunter zu seiner Hand. Sie ergriff sie und flocht ihre Finger in seine. So gingen sie Seite an Seite zu seinem Wagen, wo Nicolas einen Umschlag aus seiner Jacke zog und ihn kommentarlos in Julias Handtasche steckte. »Hey, was soll das?« Julia suchte den Umschlag, zog ihn aus der Tasche und las ihren Namen auf dem Kuvert.

»Dir steht die Hälfte von Totos Haus zu, Julie. Glaubst du, ich wüsste das nicht?«

»O nein, das geht nicht, auf gar keinen Fall!« Julia sah Nicolas sprachlos an. »Es stimmt, Antoine ist auf dem Papier mein Vater, aber das Haus gehört dir. Ich mache keine Ansprüche geltend«, protestierte sie.

Nicolas legte seinen Zeigefinger an Julias Lippen und unterbrach ihren Redefluss. »Hör mir doch erst mal zu. Mein Vater hat mir einen Brief hinterlassen, in dem er von deiner Mutter und dir schreibt. In dem Umschlag findest du eine Kopie davon. Zusammengefasst spricht mein Vater mir in diesem Brief sein Vertrauen aus und legt seine Hinterlassenschaft in meine Hände. Du glaubst nicht, wie viel mir dieser Brief bedeutet. Leider habe ich ihn auf Wunsch meines Vaters erst ein halbes Jahr nach seinem Tod erhalten.«

Julia stieg in den Wagen und blickte schweigend aus dem Fenster. Über Erbansprüche hatte sie bisher nicht nachgedacht. Es ging ihr um die Wahrheit und um Vertrauen. Erst als der Brief des Anwalts gekommen war und sie von ihren Rechten an ›La Vie‹ erfahren hatte, hatte sie begriffen, dass noch viel mehr hinter der Tatsache steckte, dass Antoine Lefort ihr Vater war. »Lass uns morgen über alles reden … wenn ich den Brief gelesen habe.«

»In Ordnung. Du musst nichts überstürzen. Und nur damit du es weißt ... morgen koche ich für dich.« Nicolas startete den Motor.

»Warte«, fasste Julia sich ein Herz. »Ich habe auch etwas für dich. Wir haben uns lange nicht gesehen und ich hatte Zeit ...« Sie reichte Nicolas ihr Handy, auf dessen Display das erste einer Reihe von Fotos zu sehen war.

»Das ist die Parfümerie meiner Mutter«, sagte Nicolas verwundert. Er betrachtete die Vitrinen aus Glas und die Spiegelschränke, in denen die Flakons der Sondereditionen standen, die Julia sich ausgedacht hatte. »Himmel, Julie ... die Parfümerie und die Flakons ... das alles ist kaum wiederzuerkennen.«

»Während ich an all dem gezeichnet habe, hatte ich das Gefühl, mit dir zusammen zu sein. Nur wir beide, du und ich.« Nicolas ließ sich mit jedem Foto Zeit, und als er sie alle durchgesehen hatte, gab er Julia das Handy zurück. Sie ließ es in ihre Tasche gleiten und unterdrückte ein Seufzen. »Falls du irgendwann vorhast, die Parfümerie wiederzueröffnen ... so könnte sie mit ein bisschen Aufwand aussehen.« Nicolas küsste Julia liebevoll auf die Stirn, dann wanderte sein Blick zur Uhr im Wagen. »Gleich Mitternacht. Ich sollte dich ins Hotel bringen. Danke für deine Ideen und für dieses zauberhafte Erlebnis, Julie. Diese Zeichnungen sind das schönste und vor allem das persönlichste Weihnachtsgeschenk, das ich je bekommen habe.«

»Ich schicke sie dir per Mail«, versprach Julia. »Dann kannst du dir alles noch einmal in Ruhe anschauen.« Nicolas nickte, setzte aus der Parklücke und folgte der Straße bis zur Ampel. Bezaubert von ihrem gemeinsamen Abend, den Lichterketten in den Bäumen, den Schlitten vor den Eingängen der Kaufhäuser und den kletternden Weihnachtsmännern an den Fenstern und Fassaden fuhren sie durch Paris. An diesem Tag war so viel passiert, dass Julia es kaum schaffte, ihre Gedanken zu zügeln. Ihr spukten bereits Ideen für die Werbekampagne von ›La Nouvelle Vie‹ im Kopf herum. Sie würde gleich morgen früh mit Skizzen beginnen, damit keine ihrer Ideen verloren ging.

Nicolas hielt vor dem Eingang ihres Hotels. Die Lobby war hell erleuchtet. »Soll ich dich morgen abholen?«, fragte er. »Danke, aber das ist nicht nötig. Ich mag es, die Stadt zu erkunden, egal, ob zu Fuß oder mit öffentlichen Verkehrsmitteln. Das gibt mir das Gefühl, keine Touristin zu sein, sondern eine echte Pariserin.« Julia küsste Nicolas auf die Wange und stieg aus dem Wagen. »Es war ein herrlicher Tag. Danke für alles. Ich freue mich auf morgen, wenn du für mich den Kochlöffel schwingst.« Nicolas hob die Hand zum Gruß, fuhr an und bog an der Ecke rechts ab.

Julia drehte sich zum Eingang des Hotels und suchte in ihrer Tasche nach der Schlüsselkarte. Sie hatte eine Vorliebe für Beuteltaschen, in denen man alles Mögliche transportieren konnte, leider fand man darin nie auf Anhieb, wonach man suchte. Ihre Finger tasteten den Inhalt der Tasche ab, Taschentücher, Lippenbalsam und ihr Portemonnaie – bis ihre Finger plötzlich einen unbekannten Gegenstand fühlten. Er war hart und kühl. Nicolas musste ihn ihr gemeinsam mit dem Brief zugesteckt haben, ohne dass sie es bemerkt hatte. Julia zog eine kleine Flasche aus Aluminium heraus. Sie war mit einem Aufkleber versehen, auf den mit Filzstift etwas geschrieben stand. Julia drehte sich ins Licht einer Straßenlaterne, um die winzigen Buchstaben entziffern zu können. »*Le parfum d'amour ... das Parfüm der Liebe.*« Darunter stand: »*Das hier ist allein für dich, Julie!«* Julia öffnete den Drehverschluss. Augenblicklich stieg ihr der Duft von frischerblühtem Flieder in die Nase, außerdem ein Duft, den sie nicht benennen konnte. Julia tupfte sich einige Tropfen Parfüm aufs Handgelenk. Flieder, eine Explosion des Dufts, subtil und betörend, hüllte sie ein. Während sie den Duft tief einatmete und darauf wartete, dass er ihren ganzen Körper durchdrang, schloss sie die Augen. Sie roch Frühling und spürte die Sonne auf der Haut. Sie war in der Provence, Nicolas war bei ihr, und gemeinsam genossen sie die Fliederblüte.

Frühling, Flieder, Weihnachten, Nicolas ... und sie in Paris, mit einem Duft in der Nase, der allein ihr gewidmet war, und Schneeflocken auf den Wangen, die langsam schmolzen. Lieben hieß, einen bunten Blumenstrauß zu empfangen, jede Blüte einzigartig und jede Blume eine Möglichkeit. Nicolas hatte recht. Man konnte auf viele Arten lieben.

31. KAPITEL

Der Lärmpegel in der Brasserie war so hoch, dass Julia beim Eintreten wie betäubt stehen blieb. Überall wimmelte es von Menschen. Sie saßen auf Bänken, Stühlen und Heizkörpern und standen neben Tischen; dazwischen balancierten Kellner ihre vollen Tabletts über den Köpfen. Julia schälte sich aus ihrem Mantel und quetschte sich an ein paar Neuankömmlingen vorbei zur Garderobe.

Sie war zu spät dran, weil Maren ausgerechnet in dem Moment angerufen hatte, als sie das Hotel verlassen wollte.

Damit nicht genug, hatte Julia beim Anziehen ihrer Stiefel ein Loch in der Strumpfhose entdeckt. Beides zusammen hatte gereicht, um sie ein paar Minuten in Verzug zu bringen.

Suchend ließ Julia ihre Augen über die Köpfe der Gäste fliegen und blieb an einer Frau mit dunklen Haaren hängen. Nein, das war nicht Anouk Fournier, die Frau sah ihr nur ähnlich. Ob sie sich ebenfalls verspätete? Ein Kellner kam an Julia vorbei. »Entschuldigen Sie, Monsieur, ist ein Tisch unter dem Namen Fournier reserviert?«, wollte Julia wissen.

»Sie müssen nach oben.« Julia blickte zur Galerie, die sie bisher nicht bemerkt hatte und nahm die Eisentreppe. An einem Zweiertisch wartete Anouk Fournier auf sie.

»Bonjour, Madame Fournier. Bitte entschuldigen Sie meine Verspätung«, rief Julia.

Anouk Fournier erhob sich. Ein heiteres Lächeln huschte über ihr Gesicht. »Welche Freude, Sie zu sehen, Mademoiselle Bent.« Julia erwiderte die Küsse zur Begrüßung. Dann setzte sie sich, sah, dass Anouk Fournier ein Glas Sherry vor sich stehen hatte, und bestellte sich ebenfalls einen Aperitif. »Was für ein Zufall, dass wir beide zur selben Zeit in Paris sind. Ich für meinen Teil habe mir vorgenommen, die Stadt in ihrer ganzen Fülle in mich aufzunehmen, Louvre, Sacré-Cœur, Rue de Saint-Honoré, Île de la Cité, Champagner, Sherry, Macarons. Ich hoffe, Sie eifern mir nach«, versuchte Madame Fournier Julia zu animieren.

»Sie könnten jederzeit als Fremdenführerin Ihr Geld verdienen. Ihre Aufzählung geht direkt ins Blut«, erwiderte Julia beeindruckt. »Wann sind Sie in Paris angekommen?«

»Gestern Abend.« Madame Fournier wedelte sich mit der Getränkekarte Luft zu. »Ich wohne bei meiner Cousine im

15. Arrondissement und kann noch gar nicht glauben, dass ich hier bin.« Madame Fournier wirkte gepflegt in ihrem blitzblauen Kleid, dem zurückgebundenen Haar mit der Spange und dem rosa Lippenstift. Das Schönste war jedoch ihr strahlendes Lächeln, voller Zufriedenheit und Vorfreude.

»Ich habe von dem neuen Medikament gehört, das Ihnen verschrieben wurde. Hoffentlich hilft es Ihnen dauerhaft.«

»Zurzeit geht es mir besser, den Rest muss man abwarten«, schränkte Madame Fournier ein. »Aber mein Zustand soll uns jetzt keine Sorgen bereiten. Viel wichtiger ist, dass wir in der Hauptstadt Spaß haben.« Nun strahlte sie wieder, entschlossen, jedem Augenblick das Beste abzugewinnen. Der Kellner brachte Sherry für Julia und die Tageskarte. »Lassen Sie uns anstoßen – auf Paris und auf uns«, brachte Madame Fournier den Trinkspruch aus.

»Auf uns«, bekräftigte Julia. Madame Fournier warf einen Blick in die Karte. »Was halten Sie von der Tagesempfehlung: Zwiebelsuppe und Quiche Lorraine?« Sie schlug die Karte zu und lehnte sich zurück, behielt ihr Gegenüber dabei aber im Auge.

»Klingt lecker«, sagte Julia und bestellte für sie beide, als der Kellner an ihren Tisch kam.

Madame Fournier strich sich mit den Fingern über die Augenbrauen. Eine für sie ganz typische Handbewegung, wie Julia bald feststellte. »Meine Cousine hat mir die Brasserie empfohlen. Sie sagt, das Essen schmeckt wie selbstgekocht.«

»Eine Menge anderer Leute sind offenbar der gleichen Meinung.«

»Nun, wie's scheint, mag meine Cousine Menschenansammlungen. Ich hoffe, Ihnen ist es nicht zu voll?« Madame Fournier schien das Getümmel um sie herum nichts auszumachen. Im Gegenteil. »Ich liebe es, von Menschen umgeben zu sein. In Roquefort-les-Pins ist das ganze Jahr über wenig los.« Julia sah sich um und begriff, warum die Frau des Briefträgers die Galerie als Treffpunkt ausgesucht hatte. Es gab kaum einen freien Stuhl, allerdings schrien die Leute hier nicht gegen den Lärm an, sondern unterhielten sich in normaler Lautstärke. Trotzdem saß man mitten im Geschehen. »Spüren Sie dieses Vibrieren? Ach, wie herrlich ist Geselligkeit«, schwärmte Madame Fournier. »Ich genieße den Trubel, um später, wenn ich wieder zu Hause bin, davon zehren zu können.«

Die Zwiebelsuppe wurde dampfend serviert. Julia hatte sich inzwischen an das Gewusel in der Brasserie gewöhnt und begann, die lebendige Atmosphäre ebenfalls zu genießen. Sie erkundigte sich nach Madame Fourniers Erlebnissen in den vergangenen Monaten. »Da gibt es nicht viel zu erzählen. Meine ersten Stunden in Paris haben mir mehr Erlebnisse beschert, als die vergangenen Monate in der Provence zusammen. Damit genug von mir. Wie steht es um Sie? Es wird behauptet, Sie entwerfen den Flakon für Totos letztes Parfüm und arbeiten mit Nico zusammen?« Madame Fournier aß einen Löffel Suppe und sah Julia abwartend an.

»Sie verstehen es, das Gespräch geschickt in die von Ihnen gewünschte Richtung zu lenken«, Julia schmunzelte.

»Wie soll ich sonst das Wichtigste so schnell wie möglich erfahren?« Madame Fournier legte ihren Löffel beiseite und trank einen Schluck Sherry. »Was hat es also mit dem Gerücht auf sich?«

»Es ist kein Gerücht, Madame Fournier. Nicolas und ich arbeiten bei zwei Projekten zusammen. Mehr kann ich dazu leider nicht sagen, weil das Ganze noch top secret ist.«

Madame Fournier beobachtete Julia aufmerksam. Jedes Mal, wenn Nicolas' Name fiel, huschte ein vorsichtiges Lächeln über ihr Gesicht. »Sie bilden offenbar ein gutes Team, Nico und Sie.«

»Zweifellos.« Julia schlug verschämt die Augen nieder. Sie wusste nicht, inwieweit die Leute in Roquefort-les-Pins über sie und Nicolas Bescheid wussten.

MadameFournier nickte. »Ich ahne, was in Ihrem Kopf vorgeht«, sagte sie verständnisvoll. »Sie fragen sich vermutlich gerade, was ich über Ihre Gefühle zu Nico und über Totos Vergangenheit weiß.«

»Sie nehmen kein Blatt vor den Mund, Madame Fournier.«

»Nein, warum auch. Camille hat mir reinen Wein eingeschenkt, nachdem ich sie diesbezüglich angesprochen habe.« Julia fuhr sich mit der Serviette über den Mund und beugte sich zur Seite, um dem Kellner auszuweichen, der die leeren Suppentassen abräumte. »Schauen Sie nicht so erschrocken. Ich habe Camille nicht aus Neugierde gefragt oder weil getuschelt wird, ich hatte einen ernsthaften Grund für mein Interesse.« Madame Fournier strich sich richtend übers Haar. Sie schien etwas zu zögern, als ob sie sichergehen wollte, ob das, was sie vorhatte, auch das Richtige war. »Ich erzähle Ihnen jetzt eine Geschichte, über die ich eigentlich schweigen sollte.«

»Wenn Sie jemandem dieses Versprechen gegeben haben, sollten Sie es auch einhalten«, mahnte Julia.

»Ach ja?« Madame Fournier richtete sich auf und sah Julia ernst an. »Aber wenn Umstände eingetreten sind, die mich, moralisch gesehen, dazu zwingen, dieses Versprechen zu brechen? Manchmal gibt es Gründe, die es geradezu als Pflicht erscheinen lassen, sein Schweigen zu brechen. Einer dieser Gründe sind Nico … und Sie.«

Julia stieß bei diesen Worten aus Versehen gegen ihr Sherryglas, das beinahe umfiel. Unwillkürlich begann ihr Herz schneller zu schlagen. »Was haben Nicolas und ich mit dieser Geschichte zu tun?« Die Anspannung, die sie verspürt hatte, als Madame Fournier geradeheraus ihre Gefühle für Nicolas angesprochen hatte, fiel von ihr ab. Die Wahrheit lag auf dem Tisch, es gab nichts mehr zu verbergen. Was konnte ihr jetzt noch passieren.

»Warten Sie's ab, Mademoiselle Bent. Ich möchte mir das, was damals passiert ist, vergegenwärtigen, damit ich alles der Reihe nach erzähle … mit dem nötigen Respekt für die darin verwickelten Personen.«

Julia blickte Madame Fournier entschuldigend an. »Ich möchte Sie keinesfalls bedrängen.«

»Das tun Sie nicht. Glauben Sie mir, ich habe Verständnis für Ihre Ungeduld.« Madame Fournier atmete mehrmals tief ein und aus, dann schien sie bereit. Sie nickte Julia zu. »Das, was ich Ihnen nun erzähle, begann vor über dreißig Jahren, als ich durch Zufall Kenntnis von einer Sache bekam, die sich in Saint-Paul-de-Vence zutrug. Damals ging ich nicht in Grasse zum Frauenarzt, wie die meisten Leute aus der Gegend, sondern in Saint-Paul. Der Grund war Geneviève, meine Freundin. Sie arbeitete in Saint-Paul bei einem Gynäkologen. Jeder Untersuchungstermin war für mich auch eine Gelegenheit, sie zu treffen.« Der Kellner brachte zweimal Quiche Lorraine und zwei Gläser Weißwein. Doch weder Madame Fournier noch Julia begannen zu essen, sie steckten weiter die Köpfe zusammen, vereint in einer Geschichte, die gerade erst ihren Anfang genommen hatte. »An jenem Tag verließ ich den Un-

394

tersuchungsraum, um ins Wartezimmer zu gehen, wo ich auf Geneviève, die bald Feierabend hatte, warten wollte. Als ich an der Tür des zweiten Behandlungsraums vorbeikam, hörte ich eine Stimme, die mir bekannt vorkam. Marguerite. Ich wunderte mich, ich hatte immer angenommen, ich sei die Einzige, die nach Saint-Paul zum Arzt fuhr. Marguerite klang aufgebracht. Sie war schwanger und flehte den Gynäkologen an, ihr zu helfen. Bei dem Wort schwanger blieb ich wie angewurzelt stehen und horchte. Marguerite wusste nicht mehr ein noch aus, das konnte ich ihrer Stimme deutlich entnehmen. Plötzlich war es drinnen still, dann stieß Marguerite völlig unerwartet die Tür auf und lief geradewegs in mich hinein. Wir wären beide hingefallen, wenn wir uns nicht aneinander festgehalten hätten. Marguerite sah mich mit schreckgeweiteten Augen an. Sie wusste sofort, dass ich gelauscht hatte, also erzählte sie mir wenig später, als wir in einem Park auf einer Bank saßen, notgedrungen alles. Sie hatte Philippe Ropion wenige Wochen zuvor näher kennengelernt, eine kurze Liebelei, so nannte sie es, und nun war sie schwanger von ihm. Selbstverständlich fragte ich nicht nach Einzelheiten. Die Tatsache ihrer Schwangerschaft war verstörend genug. Marguerite war schüchtern und zurückhaltend, Ropion das genaue Gegenteil. Die beiden passten überhaupt nicht zusammen. Sie waren wie Feuer und Wasser. Marguerite weihte mich also in ihr Geheimnis ein und nahm mir zugleich das Versprechen ab, keiner Menschenseele je davon zu erzählen. Ich musste ihr hoch und heilig versprechen, Wort zu halten.«

»Ropion? Das ist doch ...«

Madame Fournier nickte, »... unser Bürgermeister außer Dienst, richtig. Ropions Familie war und ist noch immer sehr angesehen, stets um Diskretion bemüht, und weil Marguerite das wusste, verhielt sie sich dementsprechend. Ganz anders Ropion selbst, er tat so, als gehöre ihm die Welt. Über seine Treffen mit Marguerite schwieg jedoch auch er wie ein Grab. Na ja, ich gebe zu, er war damals ziemlich gutaussehend, und er konnte charmant sein. Die meiste Zeit war er jedoch ekelhaft, vor allem, wenn etwas passierte, das er nicht guthieß. Für mich war er ein verzogenes Bürschchen, jemand, der die Dinge ausreizte, um zu sehen, ob er damit durchkam.«

Obwohl sie saß, spürte Julia, wie ihre Beine nachgaben. In ihrem Kopf kreiste unaufhörlich eine Frage, die sie kaum zu stellen wagte. »Hat Marguerite Ropion von der Schwangerschaft erzählt?«

Madame Fournier schüttelte den Kopf. Die Bilder von früher, nach denen sie in ihrem Gedächtnis forschte, waren so lebendig, als erlebe sie alles ein weiteres Mal. »Nein, hat sie nicht, und wäre ich an ihrer Stelle gewesen, hätte ich es auch nicht getan. Marguerite und Philippe haben sich damals kaum gekannt, das war ein Strohfeuer zwischen ihnen, und als es vorbei war, begriff Marguerite, dass Philippes Interesse ihr bestenfalls geschmeichelt hatte. Durch ihn hatte sie kurzzeitig ihre Komplexe vergessen. Ständig hat sie gejammert, ihre Beine seien zu dick und ihr Haar sei zu dünn. Dabei war sie hübsch, aber leider zweifelte sie daran, weil sie sich ständig mit anderen verglich, am liebsten mit den Schauspielerinnen aus der Zeitung. Bald nachdem Philippe und sie sich getrennt hatten, lernte sie Toto kennen. Er war älter als sie und arbeitete ununterbrochen, ein Workaholic, würde man heute sagen. Toto schwärmte für Marguerite, doch sie hatte ihn nie wirklich wahrgenommen, was sich von einem auf den anderen Tag änderte. Toto und Marguerite verliebten sich ineinander und heirateten sehr bald. Vier Monate nach der Hochzeit kam Nicolas zur Welt. Alle glaubten, er sei eine Frühgeburt. Nur Marguerite und ich wussten es besser.«

Julia hatte schweigend zugehört. Nun sah sie die Frau, die ihr das alles anvertraut hatte, mit einem Ausdruck größten Erstaunens an. Was sie gerade erfahren hatte, war von einer solchen Tragweite, dass sie kaum glauben konnte, das alles könne wahr sein. »Die Geschichte klingt wie aus einem Roman. Hat Marguerite ihrem Mann nie gesagt, dass sein Sohn das Kind eines anderen Mannes ist?«

Anouk Fournier schüttelte den Kopf. »Wir erleben alle unsere Niederlagen, Mademoiselle Bent, oder etwa nicht? Marguerites Schwangerschaft war ihr persönlicher Tiefpunkt, der sich rückblickend, Gott sei Dank, als ihr Glück entpuppte, denn nur ihrer Enttäuschung über Ropion war es zu verdanken, dass sie Toto näher kennen- und lieben lernte. Ihre Durchsetzungskraft in dieser Sache habe ich bewundert.«

Ein Gefühl des Unverständnisses kroch in Julia hoch. »Und was war mit Nicolas? Hatte nicht zumindest er die Wahrheit verdient?«

»In diesem Fall? Nein.« Madame Fournier blieb hart. Sie sprach in gesetztem Ton weiter, als sei schon die Betonung jedes Wortes von enormer Wichtigkeit. »Marguerite schwieg nicht, um ihren Mann zu hintergehen, und auch nicht, um ihren guten Ruf zu wahren, sie schwieg um Nicos willen. Ropion war, sagen wir mal … gewöhnungsbedürftig. Marguerite wusste, dass es mit der Ruhe vorbei wäre, wenn er erführe, dass er Nicos Vater war. Ropion war willensstark und seine Familie, wie gesagt, einflussreich. Er hätte sich überall eingemischt und zu allem lautstark seine Meinung gebrüllt. Marguerite fürchtete sogar, er könnte sie unter Druck setzen, wenn sie in einer Sache unterschiedlicher Ansicht wären. Auch spä-

397

ter noch glaubte er, seine Ideen und Projekte seien lediglich zu anderer Leute Bestem. Diese Überzeugungskraft hat ihn zum Bürgermeister gemacht, doch privat kann dieser Charakterzug problematisch sein. Marguerite wollte Nico eine friedliche Kindheit bieten und die hatte er. Ich an ihrer Stelle hätte mich ebenfalls für mein Kind und gegen die sogenannte Wahrheit entschieden. Sind die wirklichen familiären Beziehungen tatsächlich das Wichtigste, egal, welche Konsequenzen sich daraus ergeben? Ich für meinen Fall entscheide mich lieber dafür, von Herzen zu lieben und geliebt zu werden. Toto hat Nico über alles geliebt. Er war sein Vater. Daran hätte sich nie etwas geändert, auch nicht, wenn Nico die Wahrheit erfahren hätte. Marguerite war auf ihre Weise aufrichtig. Sie wog ab, was das Beste für ihr Kind war. Das war ihr Maßstab.« Madame Fournier brachte Beispiele, inwiefern Marguerites Schweigen Nicolas eine glückliche Familie beschert hatte. Mit jeder weiteren Begebenheit zeichnete sie das Bild einer Frau, die sich zum Wohle ihres Kindes zu diesem radikalen Schritt entschieden hatte, und je länger Julia ihr zuhörte, umso besser verstand sie Nicolas' Mutter.

Irgendwann blickte Madame Fournier auf ihre Quiche hinab. »Unser Essen ist kalt geworden«, sagte sie.

»Was halten Sie davon, wenn ich uns noch einmal das Gleiche bestelle? Diesmal schaffen wir es sicher, die Quiche warm zu essen«, schlug Julia vor.

»Für mich bitte nicht. Die Suppe war ausreichend, und später bin ich noch zu Kuchen und Kaffee verabredet.«

Julia gab dem Kellner ein Zeichen, dass sie nichts mehr bestellen wollten, und wandte sich wieder Madame Fournier zu. Sie konnte kaum glauben, dass die Frau, die sie heute zum zweiten Mal sah, nun über ihr Schicksal entschied. Am liebsten hätte sie Madame Fournier umarmt, doch aus irgendeinem Grund hielt sie sich zurück. »Ich kann Ihnen gar nicht sagen, wie dankbar ich Ihnen für die Wahrheit bin, Madame Fournier. Die letzten Monate waren nicht einfach für Nicolas und mich. Wir haben uns ineinander verliebt und mussten erfahren, dass diese Liebe unmöglich ist. Und nun erzählen Sie mir diese Geschichte, und alles erscheint in neuem Licht. Vor allem Nicolas muss wissen, was damals passiert ist.«

Madame Fournier beugte sich näher zum Tisch: »*Sie* sollten ihm sagen, wer sein Vater ist. Im ersten Augenblick fühlt sich die Wahrheit vermutlich wie ein Schock für ihn an, doch im zweiten bedeutet sie die Chance auf ein Leben mit Ihnen. Ich hätte es mir nicht verziehen, Sie beide wegen eines Versprechens, das so lange zurückliegt, unglücklich zu sehen. Nur aus diesem Grund habe ich Ihnen von der Vergangenheit erzählt.«

»Gut, dann werde ich ihm gleich heute Abend sagen, was ich von Ihnen erfahren habe«, versprach Julia. Sie hörte sich selbst reden und hatte dabei das Gefühl, gar nicht richtig anwesend zu sein. Seit Madame Fournier von Marguerites Beziehung zu Philippe Ropion berichtet hatte, ging es in Julias Kopf drunter und drüber.

»Camille sagte mir, sie habe Ihnen von den Lavendelträumen erzählt.«

»Ja, eine faszinierende Geschichte, die mir nicht mehr aus dem Kopf geht.«

»Das hier ist ihr gemeinsamer Lavendeltraum ... jeder Tag, der kommt, kann von Ihnen und Nico mit Leben gefüllt werden. Nicolas wird die Wahrheit letztlich als Geschenk empfinden.«

Julia sah Madame Fournier mit großer Dankbarkeit an. »Wissen Sie, wie Sie mir vorkommen?«

»Nein, sagen Sie es mir.«

»Wie ein Weihnachtsengel, der in letzter Sekunde zur Rettung zweier Menschen herbeigeeilt ist. Dafür kann ich Ihnen nicht genug danken.«

Madame Fournier sah die Tränen in Julias Augen. »Ich finde, es ist höchste Zeit, dass Sie mich Anouk nennen … schon, damit ich mich ein paar Jährchen jünger fühle! Und was diese sogenannte Rettung anbelangt … einmal im Leben sollte jeder Mensch in die Rolle des guten Boten schlüpfen dürfen.« Julia unterdrückte die Tränen, nickte und zog Madame Fournier endlich in ihre Arme.

»Nicolas Lefort. Hinterlassen Sie eine Nachricht. Ich rufe so schnell wie möglich zurück.«

»Nicolas, ich bin's.« Julias Stimme zitterte vor Aufregung, als sie Nicolas auf die Mailbox sprach. »Ich komme früher zu dir. Es gibt unglaubliche Neuigkeiten! Vielleicht erreiche ich dich später noch. Ansonsten … bis dann.«

Auf dem Rückweg zum Hotel bemerkte Julia weder die Schneeschicht auf dem Gehsteig noch die Matschspritzer auf ihren Schuhen. Sie malte sich aus, wie Nicolas reagieren würde, wenn sie ihm eröffnete, dass es doch eine gemeinsame Zukunft für sie gab.

Der Begriff der Wahrheit war für Julia immer eng mit Vertrauen und Glück verknüpft gewesen. Marguerite Leforts Geschichte machte ihr jedoch klar, dass man Wahrheit durchaus unterschiedlich definieren konnte, je nachdem, aus welchem Blickwinkel man sie betrachtete. Die Erkenntnis wurde durch das monotone Gehen, das Julias Körper auf angenehme Weise ermüden ließ, noch verstärkt. Die schlaflosen Nächte und Grübeleien der vergangenen Monate lösten sich auf wie eine Wolke, die endlich die Sonne durchscheinen ließ.

Julia nickte dem Fahrer eines Audis zu, der anhielt, um sie über die Straße zu lassen. Paris war ihre Schicksalsstadt. Hier hatte sich ihr der wichtigste Teil der Vergangenheit offenbart. War es nicht verrückt, dass sie Antoine Leforts Tochter war, Nicolas jedoch nicht sein Sohn?

Julia vergewisserte sich mit der Navigation ihres Handys, wo sie sich befand. Der Verkehr ließ immer mehr nach. Es schien, als liefere der Schnee den Menschen den langersehnten Grund, das Tempo zu drosseln. Julia ging weiter und erkannte bald die Umrisse ihres Hotels.

Vom Zimmer aus würde sie nochmals Nicolas anrufen und danach Maren, die ihr in all den Monaten beigestanden, mit ihr gelitten und sie getröstet hatte. Julia hielt auf den Eingang zu, fädelte sich in die Drehtür ein und fuhr in den vierten Stock. Auf ihrem Zimmer entledigte sie sich ihrer Garderobe und wählte Nicolas' Nummer. Erneut wurde sie auf die Mailbox umgeleitet. Hatte Nicolas das Handy ausgeschaltet, während er kochte?

Julia unterbrach die Verbindung und rief Maren an. Sie erreichte sie auf dem Weg zu ihrer Verabredung mit Alexander Schultheiß. »Ich bin ein emotionales Wrack«, gestand Maren Julia mit banger Stimme. »Keine Ahnung, ob ich das Richtige anhabe, in der richtigen Stimmung bin und die passenden Worte finde, wenn Schultheiß mich wer weiß was fragt. Am liebsten würde ich kneifen, aber das kommt natürlich nicht infrage.«

Julia beschloss, Maren erst am nächsten Tag von dem Wunder zu erzählen, das das Gespräch mit Madame Fournier in ihr Leben gebracht hatte. Heute war Marens Tag. »Du musst bei dem Essen nur du selbst sein.«

»Und ein Quäntchen Mut aufbringen, Schultheiß wenigstens durch eine kleine Geste zu verstehen zu geben, dass ich ihn mag … ich weiß. Glaubst du, das schaffe ich? Wie zum Beispiel soll diese *kleine Geste* aussehen?«

»Sag ihm, dass du es bemerkenswert findest, wie er mit seinen Töchtern umgeht. Erzähl ihm von deinen Eltern, davon, dass du unter deren Trennung gelitten hast und deswegen beurteilen kannst, was er leistet. Zeig ihm deine verletzliche Seite und hab ein bisschen Vertrauen. Schultheiß lädt dich nicht ohne Grund zum Abendessen ein. Er mag dich. Schon mal davon gehört?« Julia hörte, wie Maren am anderen Ende tief durchatmete. Vermutlich war sie vor einem Geschäft stehen geblieben, um sich in der Scheibe ihres Lächelns zu versichern, eine Übung, auf die sie schwor, wenn es hart auf hart kam.

»Wenn man dir zuhört, klingt das alles nach einem Spaziergang. Nach dem Motto: Wenn Schultheiß bei meinem Lächeln nicht dahinschmilzt, verstehen du und ich die Welt nicht mehr.«

Julia lachte. »Genauso ist es. Jetzt hast du den Dreh raus. Der Rest ergibt sich schon.«

Maren ließ ein leises Schnaufen hören. »Okay … oookay«, motivierte sie sich. »Am besten denke ich an Cameron in ›Liebe braucht keine Ferien‹. An die Stelle, wo Jude Law ihr nach ihrer gemeinsamen Nacht beim Frühstück gesteht, sich niemals bei der Frau zu melden, mit der er die Nacht verbracht hat …«

»… und Cameron antwortet: ›*Kein Problem, ich verliebe mich nie, das kann ich gar nicht …*‹ Sie lässt sich nicht aus der

Ruhe bringen, weil sie weiß, dass niemand so kaltherzig ist und es ernst meint, wenn er behauptet, ein Kuss oder Sex oder ein gutes Gespräch bedeuteten ihm nichts.«

»Schultheiß hat mich zum Essen eingeladen, bevor wir uns überhaupt geküsst haben oder Sex miteinander hatten«, fuhr Maren nach einer kurzen Pause fort.

»Deshalb ist er auch mutiger als Jude Law, und deshalb bist du auf dem Weg zu einem Abendessen mit ihm.« Julia versuchte, Maren weiter ins Gewissen zu reden, und plötzlich lenkte diese ein.

»Also gut, du hast mich überzeugt. Wenn ich nach der ersten Stunde mit Schultheiß ein gutes Gefühl habe, schicke ich dir ein Foto von uns.«

»Eins, auf dem ihr beide lächelt, hoffe ich.« Julia gab Maren noch ein paar abschließende Tipps mit auf den Weg, dann beendete sie das Gespräch und verschwand ins Bad, um sich frischzumachen. Als sie fertig war, gab sie einige Tropfen ›Parfum d'amour‹ auf Hals und Handgelenke und schrieb Nicolas eine SMS, dass sie sich nun auf den Weg zu ihm machen würde.

Vor dem Hotel standen einige Taxis bereit, deren Fahrer gelangweilt auf Kundschaft warteten. Sie winkte eines herbei, nannte dem Fahrer die Adresse und lehnte sich zurück, um abzuschalten. Als Kind hatte sie alle Arten von Geschichten geliebt und war herb enttäuscht gewesen, als ihr aufgegangen war, dass das Leben kein Wunschkonzert war, sondern mitunter harte Realität. Der Tod ihrer Mutter, die Tatsache, dass Jakob nicht ihr Vater war und sie Nicolas, den Mann, den sie liebte, nicht als Partner wählen durfte – diese Dinge hatten ihre Realität in der jüngsten Vergangenheit schmerzhaft werden lassen. Durch das, was sie heute von Madame Fournier erfahren hatte, würde sich ihr Schicksal abermals wenden – diesmal allerdings zum Guten. Sie kam sich vor, wie in einem Roman. Wie konnte das Leben innerhalb kurzer Zeit derart herausfordernd, aber auch beglückend sein? Der Verkehr war inzwischen wieder stärker geworden und der Schneefall dichter. Es tat Julia gut, in der Sicherheit dieses Taxis zu sitzen, den Schneeflocken zuzusehen und die flauschige Wärme ihrer Mütze an den Ohren zu fühlen. Dieser Moment erschien ihr wie der schönste, den das Leben ihr gerade bieten konnte. Vierzig Minuten später entdeckte sie Nicolas. Er stand in Daunenjacke und Pudelmütze vorm Eingang seines Hauses und wartete auf sie. Julia winkte ihm zu, stieg aus dem Taxi und fiel ihm in die Arme. »Ich habe versucht, dich anzurufen.«

»Manchmal koche ich mit Musik. Dann höre ich das Klingeln nicht. Aber ich habe deine SMS gelesen und die Mailbox abgehört. Was hast du mir denn Wichtiges mitzuteilen? Ich platze fast vor Neugier.«

»Sobald wir in deiner Wohnung sind, erfährst du alles.«

»Du machst es ja ganz schön spannend«, erwiderte Nicolas lachend und schob sie zur Hausmauer, um sie vor dem aufspritzenden Schneematsch zu schützen, als ein Kleintransporter vorbeidonnerte. Es war eiskalt, doch Julia spürte nur die Wärme, die sie empfand, wenn sie an ihre Zukunft mit ihm dachte.

»Komm«, trieb sie Nicolas an, »lass uns reingehen.« Sie sah, wie er mit klammen Fingern die Haustür aufsperrte und ihr den Vortritt ließ.

»In welchem Stockwerk wohnst du?«

»Im Dachgeschoss.« Sie fuhren mit dem Aufzug nach oben. Im fünften Stock öffneten sich die Aufzugtüren und gaben einen Blick in seine Wohnung frei. Julia sah die enorm hohen

Decken mit den weißen Holzbalken und erst dann die wenigen modernen Möbel aus hellem Holz, vor denen die Bilder – Schwarzweißfotos und Gemälde von Nicolas – regelrecht hervorstachen. Sie wollte gerade ein überschwängliches Lob aussprechen, weil die Wohnung so beeindruckend war, als ihr Handy piepste. Nervös griff Julia danach und klickte das Foto an.

»Netter Schnappschuss.« Nicolas warf einen Blick auf die Frau und den Mann, die ihm entgegenlächelten.

»Das ist vielleicht das zweite Wunder an diesem Tag. Zumindest der Beginn davon ...«, sagte Julia mit warmer Stimme.

»Glaubst du an Wunder, Julie?«, fragte Nicolas, als er das Strahlen in Julias Gesicht sah.

»Du etwa nicht?« Am liebsten hätte sie ihm gleich hier gesagt, dass heute ihr glücklichster Tag war, ein Tag, den sie niemals vergessen würde.

»Mir reichen Glück und deine Gesellschaft«, verriet Nicolas ihr.

»Und ein Lavendeltraum zur rechten Zeit, das rät zumindest Camille«, setzte Julia vieldeutig hinzu. Sie reichte Nicolas ihren Mantel und die Mütze und schlüpfte aus den Schuhen. Nicolas legte ihre Sachen auf der Bank am Eingang ab und führte sie in die Küche. Auf dem Herd standen mehrere Töpfe, in denen verschiedene Gerichte und Saucen vor sich hin köchelten.

»Ich habe viel zu früh zu kochen angefangen. Wir können also bald essen.«

Julia trat zur Dachluke und blickte hinaus auf die Stadt. »Wie klein von hier aus alles aussieht.« Einige Eltern zogen ihre Kinder in Schlitten hinter sich her.

»Laut Wetterbericht bleibt uns die weiße Pracht noch ein

paar Tage erhalten. Paris im Schnee ... das kommt nicht allzu oft vor.« Nicolas wandte sich ab, ging zum Herd und rührte in einem der Töpfe, dabei sah er, dass Julia durch die offene Tür ins Wohnzimmer spähte. »Und? Was ist heute Großartiges passiert?«, sagte er auffordernd.

Ihre Blicke kreuzten sich. »Wusstest du, dass Madame Fournier zufolge zwei Personen einen gemeinsamen Lavendeltraum haben können?«, fragte Julia.

»Tatsächlich?« Nicolas öffnete die Butterdose und verfeinerte das Kürbisgemüse mit kleinen Butterstückchen. »Heißt das, dass man sich in diesem speziellen Fall einen Traum teilen muss? Falls ja ...«, er zog den Topf von der Herdplatte und wandte sich mit einer geschmeidigen Bewegung Julia zu, »was muss ich tun, um mit dir in einen solchen Traum zu geraten?«

»Zuhören, mehr nicht. Der Rest geschieht von selbst.«

Nicolas schüttelte amüsiert den Kopf. »Klingt zu gut, um wahr zu sein. Gib mir einen Moment, um hier alles klarzumachen, dann widmen wir uns diesem geheimnisvollen *Rest*.« Er öffnete den Ofen und wich der Dampfwolke aus, die ihm entgegenschlug: »Das Fleisch ist durch. Wir können essen.« Er nahm den Braten aus dem Ofen, schnitt ihn in Scheiben und tat jedem ein Stück Fleisch, Sauce und Beilagen auf. Dann stellte er die Teller mit dem Essen warm.

Julia nahm die Pfeffermühle und das Salz und ließ ihren Blick über den liebevoll gedeckten Tisch wandern. »Es ist alles da, was wir brauchen«, sie stellte die Gewürze auf den Tisch und sah Nicolas mit einer Flasche Champagner auf sie zukommen. Er füllte die Gläser bis an den Rand.

»Willkommen in meinem Pariser Zuhause, Julie.« Er reichte ihr ein Glas, stieß mit ihr an und rückte ihr den Stuhl zurecht, damit sie Platz nehmen konnte. »Und jetzt spann mich nicht länger auf die Folter, sondern verrate mir endlich, was es mit diesem speziellen Lavendeltraum auf sich hat! Vorher werde ich keinen Bissen hinunterbringen.« Er setzte sich und sah Julia interessiert an. Die Wehmut in seinem Blick, die er mit einem Lächeln zu überdecken versuchte, würde vergehen.

Julia nahm Nicolas' Hand. »Über das Parfüm, das du mir gestern heimlich zugesteckt hast, sprechen wir später. Zuerst muss ich etwas loswerden, das auch du in die Kategorie Wunder einordnen wirst. Es fing damit an, dass ich in diese hoffnungslos überfüllte Brasserie kam, wo ich mit Anouk Fournier verabredet war ...« Ohne zu beschönigen oder zu verurteilen, ließ Julia Marguerites Vergangenheit aufleben. Sie erzählte von deren jungen Jahren, ihrer Liebelei mit einem Mann, der nicht der Richtige für sie war, und von ihrer Schwangerschaft. Von Beginn an wich der neugierige Ausdruck nicht aus Nicolas' Gesicht, und als Julia Philippe Ropion erwähnte, entglitt ihm laut scheppernd sein Besteck. Nicolas saß reglos am Tisch, den Blick in die Weite des Raums gerichtet, als könnte er dort Antworten finden. Julia trat hinter ihn und schloss ihn in die Arme.

Nach einer Weile suchte er ihren Blick. »Der doppelte Lavendeltraum ... jetzt verstehe ich, was du damit meinst. Es gibt wieder ein Leben für uns.« Noch während er diese Worte aussprach, wurde ihm klar, dass es nicht allein darauf ankam, jemanden zu lieben, sondern auch darauf, wer man mit diesem Menschen an seiner Seite sein konnte – wie aufgehoben, lebendig und wohltuend frei man sich fühlte und wie ehrlich man zu sich selbst sein konnte.

Julia schlang ihre Arme fester um Nicolas und legte ihre Wange an seine. Sie hörte seinen Herzschlag und spürte seine Lebendigkeit bis in ihren eigenen Körper hinein. »Das hier ist unsere Chance, Nicolas«, ein zuversichtliches Lächeln umspielte ihre Lippen, »eine Möglichkeit.«

Nicolas spürte der Befreiung einer drückenden Last nach. Er musste diese Nachricht erst mal verdauen. Ob er mit Philippe Ropion über die Vergangenheit sprechen würde, konnte er jetzt noch nicht sagen, eins wusste er jedoch genau: Antoine würde in seinem Herzen immer sein Vater bleiben. Das Wichtigste aber war: Es gab mit einem Mal eine Zukunft mit der Frau, die er liebte.

Er fasste nach Julias Armen und drehte sie vorsichtig zu sich um. Sie sahen einander schweigend an, dann beugte er sich vor und legte seine Lippen sanft auf ihre.

Ein Kuss, zart wie der Schnee, der das Grau der Gehsteige draußen in frisches Weiß verwandelte. Mit jeder Stunde, die verging, ein kleines bisschen mehr.

DANKSAGUNG

Seit ich als kleines Mädchen den Garten meiner Großmutter entdeckte, ist Riechen für mich etwas Besonderes: Fliederblüten und Rosenduft, frisch gepflückte Erdbeeren, sogar aufgeworfene Erde, später natürlich Parfüms zeigten mir die Welt in ihrer Vielfalt. Diese Freude am Riechen und an Parfüms hat mich zu diesem Roman inspiriert.

Um Antoine Lefort und seinem Sohn Nicolas den nötigen Hintergrund zu geben, habe ich unter anderem in Jean-Claude Ellenas Buch: »Parfum – Ein Führer durch die Welt der Düfte« recherchiert. Es ist faszinierend, was es über Düfte und deren Herstellung zu erfahren gibt.

Meine Tochter Arina schoss während der Recherchereise in die Provence fleißig Fotos, damit ich sie später als Gedankenstütze benutzen konnte. Beim Umherstreifen in der Gegend rund um Grasse entdeckte ich Roquefort-les-Pins. Ich habe mir die Freiheit genommen, diesen Ort etwas zu verändern, damit er die perfekte Kulisse für die Handlung abgibt.

Es hat mir große Freude bereitet, die Figuren in diesem Buch schreibend zu begleiten.

Auf meiner »Reise« durch diesen Roman haben mich Rosi Kern von der Agence Hoffman und Gesine Dammel vom Insel Verlag begleitet. Beide schätze ich sehr und bin glücklich, mit ihnen arbeiten zu dürfen. Außerdem war mein Freund Wolfgang wieder an meiner Seite. Seine Vorschläge und aufbauenden Worte sind für mich jedes Mal ein Zeichen dafür, dass das Leben es gut mit mir meint.

Mein besonderer Dank gilt meinen LeserInnen: Es macht mich glücklich, für Sie erzählen zu dürfen.

Bücher können aus Fremden Freunde machen, denn sobald zwei Menschen über ein Buch sprechen, nähern sie sich an. Sie reden miteinander und manchmal wachsen sie sogar zusammen.